リヨン, ベルクール広場の
王子さまとサン=テグジュペリの
銅像

サン=モーリス=
ド=レマンスの
屋敷

サン=テグジュペリ（中央）と
妻コンスエロ（右から２人目）
（パリ, ブラスリー・リップ,
1936年）Ⓢ

パリのホテル・ポン=ロワイヤル

サン=テグジュペリの足跡（フランス国内）

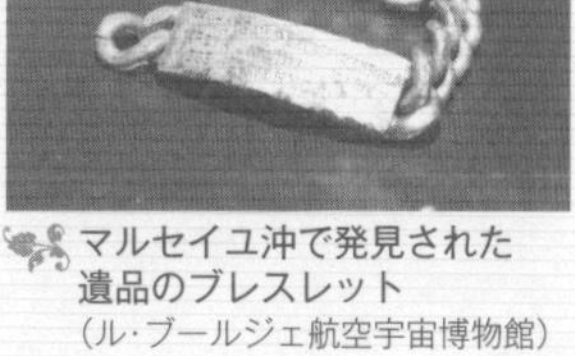

マルセイユ沖で発見された
遺品のブレスレット
（ル・ブールジェ航空宇宙博物館）

「星の王子さま」事典

ENCYCLOPÉDIE
DU
PETIT
PRINCE

三野博司……著

TAISHUKAN

LPP™

目次

第二章 ＊『星の王子さま』の物語…………39

LPP™

LPP™

第五章＊『星の王子さま』の草稿、出版、翻訳、翻案

LPP™

第六章＊『星の王子さま』はどのように読まれてきたか……211

第七章＊サン＝テグジュペリの生涯……253

図版提供　Éditions Gallimard/Succession Antoine de Saint-Exupéry（S）/TBSテレビ/Virgil Tanase/YM
ユニフォト・プレス（U）
イラスト提供　Succession Antoine de Saint-Exupéry Licensed by Le Petit Prince™ 星の王子さま™

『星の王子さま』事典

第一章＊『星の王子さま』の誕生

アメリカ，フランスでそれぞれ刊行された初版本
（ル・ブールジェ航空博物館）

1　ニューヨークで生まれた本

☆アメリカへの亡命

フランス人作家がフランス語で書いた本として世界中で翻訳され読まれている『星の王子さま』が、実はニューヨークで執筆され、まず初めにアメリカの出版社によって刊行されたことはあまり知られていない。この作品には、当時の作者のアメリカでの体験や、そこにおける苦悩が刻印されている。

一九三九年に第二次世界大戦が勃発すると、サン＝テグジュペリは偵察飛行隊に従軍するが、翌四〇年フランスがナチス・ドイツに降伏すると動員解除を受けた。同年末、アメリカの参戦を呼びかけるため、ニューヨーク行きを決意した彼は、リスボンから乗船して大西洋を渡った（→p.288）。

だが、英語が得意でなく、アメリカ嫌いの彼にとっては、ニューヨークでの生活は不満の多いものだった。アメリカは彼にとって、感情的、言語的、文化的に「追放の地」となった。一九四一年から一九四三年までのアメリカ時代にサン＝テグジュペリが書いた手帳や手紙には、彼の追放感の深さがうかがわれる。一方、祖国フランスへの思いは募るばかりで、一日も早く戦線に復帰し、祖国のために戦うことを希求するようになる。

そうした状況において、一九四二年『星の王子さま』の執筆が開始される。

☆執筆開始まで

一九四一年一月からサン＝テグジュペリのアメリカでの生活が始まり、同年夏、かつての飛行機事故の後遺症でロサンゼルスの病院に入院した彼は、そこでもっぱらアンデルセン童話を読み、子どものころの無邪気な思い出にふけった。彼は子どものとき母にアンデルセン童話を聞かせてもらい、五歳のとき、彼がはじめて読み通したのもその本だった。

そのころハリウッドにいた女優のアナベラ（→p.16）は、病院に旧知のサン＝テグジュペリを見舞い、枕元にアンデルセン童話集があるのに気づいた。退院してから治療が終わるまでの数週間、サン＝テグジュペリは二間のマンションを借りて、アナベラの言葉によれば、そこに「空想の世界」を創り上げて暮らしていた。それは『星の王子さま』の誕生に至る創造的過程の一環だった。ニューヨークに戻ると、彼はアナベラに電話して、新しい物語の数章を読んで聞かせた。

また、女友だちの一人だったシルヴィア・ハミルトン（→p.14）は、一九四二年の初め、彼に初めて会ったとき『星の王子さま』のあらすじを聞いたと言っている。そのころ彼はまだ原稿を一ページも書いていなかった。ハミルトンは彼に、挿絵をプロの挿絵画家に任せず、彼自身で描いたらどうかと提案し、彼はそれを受け入れて仕事に取りかかった。

☆絵から先に生まれた本

絵本というものは通常は本文が先に書かれて、あとから画家によって挿絵が描かれる。そして、この挿絵は時代とともに古びてしまうと新しいものに差し替えられることもある。だが、『星の王子さま』の場合は、事情がいささか異なっている。まず第一に、この挿絵が古びることも、新しく変えられることも、絶対にありえない。さらに、これは文章より先に絵が描かれた稀な例であることを思い出しておく必要があるだろう。『星の王子さま』の場合は、まず作者自身によって素描された絵があった。

一九三〇年代から、サン＝テグジュペリは、手紙や本の献辞を記したページ、数式の間、レストランのテーブルクロスに、のちの王子さまとおぼしき少年の絵をいたずら書きのように描いていた。友人たちへの数百通の手紙に繰り返し描かれた少年は、翼をつけていることが多く、雲の上に立っていたり、ドイツ軍の戦闘機メッサーシュミットをあらわす小さな悪魔に襲われている姿もあった。一九三九年のレオン・ヴェルト（→p.44）宛の手紙の中には、雲に乗った少年や羽をつけた少年の絵がいくつも描かれている。こうしたいくつかのデッサンから『星の王子さま』が誕生することになった。

☆カフェ・アーノルド

『星の王子さま』が誕生する直接のきっかけは、ニューヨーク、コロンバス・サークルにあった「カフェ・アーノルド」での会話である。サン＝テグジュペリはしばしば、この当時流行のビアホールであり、ニューヨークの亡命者たちの間で「食堂」と呼ばれていた場所で、編集者たちと会っていた。

伝記作家が伝える二つの異なった証言がある。まずカーティス・ケイト（→p.34）によれば、一九四二年夏のカフェ・アーノルドでの昼食のとき、友人のカーティス・ヒッチコックが、サン＝テグジュペリがいたずら書きをした少年の絵を見て、その子を主人公にした物語を書いてはどうかと提案した。この思いつきにサン=テグジュペリはすっかり面食らったが、しかし、その種子は着実に成長していった。

もう一つの証言はステイシー・シフ（→p.36）が伝えているものである。一九四二年六月、異国で失意の状態にあったサン=テグジュペリに、友人のエリザベス・レイナルが夕食時に一冊の本の執筆を勧めることになる。彼女は、サン=テグジュペリが手すさびに描いていた少年を主人公にして、「子ども向けの本」を書けば、気も紛れるのではないかと思ったのである。

果たして、昼食なのか夕食なのか、カーティス・ヒッチコックなのか、それともエリザベス・レイナルなのか、いずれにせよ、当時亡命地のニューヨークでサン=テグジュペリを支援した友人たちの提案であったことは確かであるだろう。

こうして、この本は、子どもが描くような絵から生まれ、子ども向けの本として企画された。ただ、自分の絵がきっかけで出版の話が持ち上がったものの、サン=テグジュペリは、初めは自分自身の絵を用いるつもりはなく、ベルナール・ラモットに挿絵を依頼した。ところが、その絵は作者を満足させることができず、彼は自分で描き始めることになった。挿絵は、八番街のドラッグ・ストアで買い求められた一箱の水彩絵の具によって描かれ、テクストと不可分にして一体となった。

☆一九四二年夏・秋

一九四二年夏、サン=テグジュペリと妻のコンスエロ（→p.17）は、マンハッタンを去って、ニューヨーク郊外のロング・アイランドにあるベヴィン・ハウスに転居し、そこで『星の王子さま』の執筆がなされた。コンスエロはこの家を「王子さまの家」と呼んだ。

サン＝テグジュペリの執筆方法については友人たちの証言が残っている。彼は、夜中に仕事をしながら友人たちに電話をかけまくり、多量のブラック・コーヒーを飲んだ。そのコーヒーの染みのあとは、ニューヨークのピアポント・モーガン図書館に保管されている『星の王子さま』の草稿（→p.184）の上に見いだされる。

スイス人の友人ドニ・ド・ルージュモン（→p.22）は、花園でうつぶせになって泣いている王子さまの絵のモデルを務めた。

当初英訳を担当していたのは翻訳家のルイス・ガランティエールであったが、彼の証言によると、サン＝テグジュペリは出版社に送った一ページのためにおそらくは百ページの草稿を廃棄したらしい。とはいえ、この作品の場合、作者にとっては物語そのものは苦労なく生まれ出たと思われる。彼が長いあいだ感じていた実存的空虚が、子ども向けの物語という形を与えられて、一気に芸術的表現に至ったのだ。

☆孤独から生まれた本

この意味において、文学作品として以上に、『星の王子さま』を一つの個人的な総括の書物、一種の自己分析の本として読むことができるだろう。

物語はそれゆえパイロットと王子さまの出会いから始まる。王子さまはバラの花といさかいを起こし、それをつかの間忘れるために自分の星をあとにしてきたのだ。物語の全体がこの出発点の不和に基づいている。サン＝テグジュペリにとって、最初の原動力がニューヨーク時代に危機的となった男女間の問題であったことは、容易に理解できる。妻コンスエロと愛人ネリ・ド・ヴォギュエ（→p.283）の問題だけでなく、彼を取り巻いていた「かわい子ちゃんたち」、とりわけ一九四二年から一九四三年におけるシルヴィア・ハミルトンとの問題もあった。

そして孤独の主題もまたニューヨークに深くかかわっていると思われる。サン=テグジュペリにとっては、『人間の大地』のような作品において人間の絆を繰り返し宣言しようとも、人間とはこの世界にあって癒し難く「孤独」なのだ。王子さまの孤独、それはもちろんこの物語を書いていた時期、フランス人が政治的党派に別れて敵対する時代におけるニューヨークでのサン=テグジュペリの孤独である。

☆出版と出発

一九四二年十月におおよそは完成し、そのあと二か月の推敲期間があった。しかし、早急な出版を目指したにもかかわらず、クリスマスには刊行されなかった。編集者たちは、フランスと米国とで同時に出版することを望んだからであり、ガストン・ガリマールのほうでは、まだ出版の準備ができていなかった。さらに不幸なことに、ルイス・ガランティエールは飛行機事故に逢って英語への翻訳ができなくなってしまい、その任務はキャサリン・ウッドに委ねられた。

『星の王子さま』がひとたび印刷されると、シルヴィア・ハミルトンから贈られた革のスーツケースに一冊だけを入れて、サン=テグジュペリは北アフリカへ出発した。しかし、この一冊は、サン=テグジュペリが彼の作品を携えて出発できるようにとカーティス・ヒッチコックが緊急に印刷させた特別版であったように思われる。『戦時の記録』（ガリマール社、一九八二年）のために執筆されたヘンリー・エルキンの証言によれば、サン＝テグジュペリは、ニューヨーク港から船が出発する前に『星の王子さま』を一冊彼に見せたと言う。それは公式の刷り上がりと販売日に先立って出版社が急遽印刷させたものだと、エルキンは証言している。ほかにもジュレ（→p.26）やロワ（→p.28）など、北アフリカでサン＝テグジュペリと出会った人は、彼が所有していた『星の王子さま』を読んだと証言しているが、これは特別版だったのだろう。

サン＝テグジュペリが北アフリカへ出発するとき、シルヴィア・ハミルトンは彼の名前と血液型を刻ませた金のブレスレットを与えた。お返しに彼が手渡したのは自分の手書き原稿（→p.184）であり、このときまだ『星の王子さま』は一般に刊行されていなかったのだ。

一九四三年六月八日、モロッコのウジダからカーティス・ヒッチコックに宛てた手紙の中で、サン＝テグジュペリはこう書いている。「僕は『星の王子さま』がどうなっているのか何も知らない（出版されたかどうかも知らないんだ！）、何もわからない。知らせてくれたまえ」

☆『星の王子さま』刊行

一九四三年四月六日、『星の王子さま』の英訳版が刊行された。フランス語版も時をおかずに売り出されたはずだが、正確な日付は目下のところわかっていない。

最初の反響においては、批評家たちは感動もしたが、困惑もしていた。愛くるしいおとぎ話は、アメリカが『戦う操縦士』の男らしい作者に求めていたものと、必ずしも一致しなかったからである。ただ、アン・モロウ・リンドバーグ（→p.212）とパメラ・リンドン・トラヴァース（→p.213）の二人は、この作品が失われた幼年期についての苦い物語であることをすぐに見抜いた。

その年の六月、『ニューヨーク・タイムズ』紙のベストセラー・リストに一週間、『ニューヨーク・ヘラルド・トリビューン』には二か月とどまったが、この作者にとってはそれほど感激するような業績ではなかった。秋までの販売部数は、英語版が三万部、フランス語版は七千部でしかなかったのである。オーソン・ウェルズ（→p.102）は、五月、午前四時に仕事仲間を自宅に呼び出し、『星の王子さま』を読んで聞かせた。ウェルズは実写とアニメーションとを織り交ぜて映画化したいと考えていた。この企画が失敗に終わったのは、ウォルト・ディズニーの協力が得られなかったからである。

フランスでは、第二次大戦終結後の一九四六年四月になって、ガリマール社から『星の王子さま』が出版された（→p.192）。

2　物語誕生に関わった人たちの証言（女性たち）

作品の中では繰り返し男同士の友愛を讃えたサン=テグジュペリであるが、実生活では同時につねに女性たちに取り巻かれていた。マザーコンプレックスのこの冒険家にとって、彼女たちは、あるときは心優しい母のような慰め手であり、親身になってくれる打ち明け話の聞き手であり、また恋愛のトラブルにおいて彼の心配や疲労や苦しみの原因ともなった。『星の王子さま』の誕生にかかわった女性は数多く、彼女たちは物語の生成において重要な役割を果たしたのである。この物語の中には一見して女性の形象が見られないが、しかし中心的な場所に、バラの花という不在の形をとって女性が存在している。

☆ペギー・ヒッチコック（編集者）

ペギーは、『夜間飛行』をアメリカで出版したカーティス・ヒッチコックの妻であった。サン＝テグジュペリは、一九三二年パリでヒッチコック夫妻と会った。その後、一九三八年、サン＝テグジュペリがニューヨークで療養中に、ヒッチコックはユージン・レイナルと組んで、両大戦間に発表されたサン＝テグジュペリのルポルタージュ記事をまとめて、『風と砂と星と』（『人間の大地』）として出版した。さらに、一九四〇年末、サン＝テグジュペリがニューヨークに亡命すると、カーティスおよびペギー・ヒッチコック、ユージンおよびエリザベス・レイナルの二組の夫婦は、このフランス人作家にとって孤独の地でのもっとも親しい友人として、さまざまな援助をおこなった。一九七八年、『イカロス』第八四号に、ペギーは当時を回想する手記を発表した。

ベルナール・ラモットと一緒に彼のリビング・ルームで、私たちはくつろぎのひとときを過ごしたものだった。［……］私たちが風に大きなスカーフをなびかせ、ぼさぼさの髪を乱した少年の最初の素描を目にする権利を得たのは、そこにおいてだった。その子はひんぱんにやってきた。カーティスは、この少年が、不幸な大男であるサン＝テグジュペリにとって格好の気晴らしになるのではないかと考え始めた。［……］多少のためらいはあったものの、ついにカーティスは、これらのデッサンに描かれた少年が子ども向けの本の主題となり、主人公となりうるのではないかと提案した。サン＝テグジュペリの手紙によると、彼はその意見に驚くと同時に魅惑されたことが明らかだ。彼は仕事に取りかかった。文章を書き、挿絵を描いたのである。

(Peggy Hitchcock, « Relations auteur éditeur », *Icare*, n°84, printemps 1978, p.79)

☆ブロー(英語教師)

英語が苦手で学ぼうともしなかったサン=テグジュペリだが、ロング・アイランドの別荘に引きこもって『星の王子さま』の執筆に取りかかると、ついに英語の個人レッスンを受けようと思い立った。ノースポート学校の若い教師、アデル・ブローが彼の英語教師となった。彼女は、一九七八年『イカロス』第八四号に発表した手記の中で、当時を振り返っている。

サン=テグジュペリが『星の王子さま』の執筆を始めたころだった。ある日、英語のレッスンをしに行くと、部屋の様子が変わったように思われた。仕事机の上には大量の紙がうずたかく積まれていた。とりわけ薄葉紙の巨大な堆積があった。それらの紙には、色塗りでさまざまな人物が描かれているのが認められた。絵の具箱、色水の入ったグラスと筆が、窓の下にある右側の机を占拠していた。その机の下には、くしゃくしゃになった紙の山。かたわらには、これも紙でいっぱいの屑籠。そのうちの何枚かは折り目のないままだった。[……]「ほら、たくさんの紙を捨てたんだ。ここにあるのは、たぶん使いものになるだろう。あっちのは、まだ見直す必要がある。見たまえ……」

それは鉛筆書きのデッサンで、色が塗られていた。パステルの色調が目立っていた。風になびくスカーフを首に巻いた小さな少年の姿に目が留まった。ブロンドのこの子どもは、他のほとんどすべてのデッサンにも描かれていた。スカーフの優美な線と服装を見て、どうしてかわからないが私はコンスエロのことを考えた。これらの素描は、失われた夢、長いあいだ待ち望まれていた子どもを表しているのではないだろうか。沈黙を破ったのは彼だった。

「おかしいんだよ、だって、僕はデッサンも絵も、全然知らないんだから。いまは、ひとりの王子さまの物語を書いている。たとえ素人みたいな絵であっても、僕が自分で挿絵を描いたほうが本はよく売れると編集者たちが言うので、納得したんだ。デッサンも絵も、僕は子どものときに覚えたきりなんだ。それに、そのころの僕の才能は誰の注意も引かなかったことは確かなんだ。当時、絵を描くのが好きだったかどうかさえも、もう覚えていない。ただ、いまは、これは楽しい仕事だよ。試しに描いてみて、自分の主人公のイメージにふさわしくないものはすべて捨てることにしている。［……］

『星の王子さま』のこの数ページを読んでくれたまえ。これはまったく空想の物語だ……。ところで、同じタイプの作品だが、『メリー・ポピンズ』を読んだことがあるかい?」「いいえ」「読むべきだよ。僕が知っている本の中で、最良の子ども向けの本だ。魅力的で、おとなたちにも好まれている。僕は大好きで、何度も読み返したよ。古典的作品と言ってよい。」

（彼は『星の王子さま』に話を戻した）「この物語が王子さまの死によって終わるべきだということを、編集者たちに納得させるのに苦労したよ。子ども向けの物語は不幸で終わってはいけないと、彼らは言ったんだ。僕は、彼らは間違っていると説明した。子どもたちは自然なことはすべて受け入れる。そして、死とは自然なことなんだ。子どもたちは、反発することなくそれを認める。子どもたちに対して、自然についての考え方をゆがめて教えるのはおとなたちだ。どんな子どもも、王子さまの旅立ちに動揺したりはしない。さあ、君が自分で読んで、感想を聞かせてほしいんだ」

（Adèle Breaux, « J'étais son professeur d'anglais », *Icare*, n°84, printemps 1978, p.99-100）

☆ハミルトン（ジャーナリスト）

一九四二年三月、サン=テグジュペリは、ニューヨークで若く美しいジャーナリストのシルヴィア・ハミルトンに出会った。この優しく母性愛あふれる女友だちは、作家が北アフリカへ出発するまでの期間、彼を支え続けた。特に一九四二年の夏と秋、『星の王子さま』の原稿と挿絵を書いていたとき、サン=テグジュペリは多くの時間を彼女のアパルトマンで過ごした。その痕跡は作品の中に見いだすことができる。彼女の飼っていたプードル犬はとりわけヒツジのモデルとなり、ぼさぼさの金髪の人形は王子さまのモデルの一つとなったのである。一九七八年『イカロス』第八四号には、彼女の思い出も掲載されている。

私たちが出会ったとき、彼はまだ書き始めていなかった『星の王子さま』の物語を語ってくれたのだ。彼がいつもすばらしいクロッキーを描いていたので、私は彼に自分でその本の挿絵を書いてはどうかと提案した。そこで彼は小さな絵を描き始め、それが『星の王子さま』の挿絵として使われた。トラについては、当時私が飼っていた小さなボクサー犬をモデルにしたことをよく覚えている。彼はこの本を仕上げるのにおよそ一年を費やしたと記憶している。しかし、彼に『星の王子さま』を哲学的な書物に仕立て上げようという意図があったようには見受けられなかった。今日では、多くの人がその反対を考えているが、私としては、彼はいつもこの作品をすばらしいおとぎ話だと見なしていたと思っている。〔……〕

私の家で、彼は『星の王子さま』の物語の大半を書き、挿絵を描いたのだ。そして毎日、「よく読んで批評をしてほしい」と言って、書き終えた部分を私のもとに置いていくのだった。〔……〕

彼の出発の日が近づいてきた。〔……〕彼が別れを告げにやって来た朝、私は特別に作らせたブレスレットをプレゼントした。すると彼は、旅立ちの言葉を告げた。「なにかすばらしいものをきみに贈りたい。でも僕が持っているのはこれだけなんだ」。彼は、ツァイス・イコンの古いカメラと、『星の王子さま』のフランス語の草稿を私の手に渡したのだった。

(Silvia Hamilton, « Souvenirs », *Icare*, n°84, printemps 1978, p.113-114)

☆アナベラ(女優)

サン=テグジュペリは、一九三三年『アンヌ=マリー』と題した映画のシナリオを書き、二年後、その映画撮影のときに主演を演じた女優アナベラ(本名シュザンヌ・シャルパンティエ)と知り合った。その後、アメリカに渡った彼は、一九四一年ロサンゼルスでの病気療養中に、見舞いに来てくれた彼女と再会することになった。一九七八年、『イカロス』第八四号に、「おとぎ話とともに」と題した彼女の証言が掲載された。

一九四一年、私は夫のタイロン・パワーと一緒にロサンゼルスに滞在していた。そのとき突然、フランス人の友人からサン=テグジュペリ――彼はそれまでのかなり長いあいだジャン・ルノワールのところに寄寓していた――が同じ町の病院にいることを知った。ただちに、私は車に乗って、彼に会いに行った。[……]彼は広い病室にひとりきりだった。[……]しばらくして、私は、枕元のテーブルの上に本が一冊、ただ一冊だけ、『アンデルセン童話集』があるのに気づいた。私はそれを手に取り、「人魚姫」を読み始め、二、三行読んだあとは本を閉じて、自分が暗唱しているその先を続けた。私たちの交流はこうして確かなものになった。[……]

彼がニューヨークに戻ってからは、私がカリフォルニアにいてもシカゴにいても、[……]時々彼から電話がかかってきて、それは果てしなく続く会話となった。

「ねえ、聞いておくれよ、僕が書いたばかりの章を読むから……」と彼は言うのだった。こうして『星の王子さま』は、私にとって、女優としての生涯を通じて共演したすべての俳優とはまた違った意味で、実際に存在する生身の人物となった。それは私たちを結びつける絆だった。私たちの会話の中心となる主題は、『アンヌ゠マリー』のシナリオでも、政治問題でも、時事の話題でも、過去の思い出でもなかった。彼の心の中に生きていたこの「王子さま」だったのだ。この理想の人物は、サン゠テグジュペリにとって、彼が現実の人間を嫌い、現代の生活を、アメリカでの生活を嫌っていることを示す手段だった。というのも、アメリカ人たちの心遣いにもかかわらず、彼は合衆国でひどく苦しみ、フランスから遠く離れていることに苦しんでいたからだ。占領されたフランスに苦しむ彼の絶望は、まるで口を開けた傷のようだった。おそらくはそのためなのだろう、彼は「王子さま」の純粋な世界に逃げ込んだのである。

(Annabella, « Sous le signe des contes de fées », *Icare*, n°84, printemps 1978, p.57-58)

☆コンスエロ（妻）（1）——手記

サン゠テグジュペリの妻、コンスエロは、一九四一年十一月にニューヨークの夫のもとにやってきたが、二人の関係はフランス時代と同様、平穏なものではなかった。夫の求めにより、彼女は一九四二年夏、自分たちが住む家をロング・アイランドで探した。このベヴィン・ハウスにはひんぱんに来客があり、サン゠テグジュペリは広すぎると考えていたが、そこで彼は『星の王子さま』の執筆を続けたのだ。

コンスエロが戦後に書いた手記は、彼女の死後二〇年を経て、二〇〇〇年になってようやくアラン・ヴィルコンドレの序文を付して、プロン社から『バラの回想』（邦訳、文藝春秋社）として刊行された。その中から、『星の王子さま』に関する部分を以下に抜き出そう（コンスエロは夫アントワーヌをトニオと呼んでいた）。

この家は「王子さま」の家になった。トニオはそこで原稿を書き続けた。私は『星の王子さま』のためにポーズをとり、やってきた友人たちもまたポーズをとった。ところが彼は友人たちをすっかり怒らせてしまった。というのも、ひとたびデッサンができあがると、そこに描かれたのは彼らの姿ではなくて、髭を生やした男や、花々や小動物だったからだ。［……］

ベヴィン・ハウスでは、彼はほんとうに幸福だった。私たちはそこを「王子さまの家」と呼んでいた。私が整えた屋根裏部屋で、彼は多くの時間を過ごした。［……］

ああ！　トニオ、愛しいひと、戦士の妻であるというのはつらいことよ。［……］アルジェに向かって飛び立つ前に、私を抱きしめ、さようならを言ったときのあなたの声が、まだ耳に残ってるわ。自分の心臓の鼓動のように、あなたの声が聞こえる。これからもずっと聞こえるでしょう。

「泣かないで。未知のものは、発見しようとするときには美しいものだ。僕は自分の国のために戦うつもりだ。僕の目を見ないで。だって僕は、君の涙を見る悲しみと義務を果たす歓びで泣いているのだから。［……］それより僕のネクタイを直しておくれ。君の小さなハンカチをおくれ。そこに僕は『星の王子さま』の続きを書くよ。物語の終わりでは、王子さまはそのハンカチを王女さまにあげるんだ。君はもうトゲのあるバラじゃなくなるだろう。いつまでも王子さまを待っている、夢の王女さまになるんだ。その本を君に捧げるよ。君に本を捧げなかったことが、あきらめきれない」

（Consuelo de Saint-Exupéry, *Mémoire de la Rose*, Plon, 2000, p.264, p.268, p.272–273）

☆コンスエロ（妻）（2）——手紙

二〇〇一年、アラン・ヴィルコンドレの序文を付して、プロン社から刊行されたコンスエロ・ド・サン＝テグジュペリ著『日曜日の手紙』は、二通を除いて実際には送られることのなかった夫宛の手紙をまとめたものである。一九四三年四月、アントワーヌが北アフリカへ向けて出発したあと、二人は二度と会うことがなかったが、コンスエロは夫への手紙を書き続けた。フランス語またはスペイン語で綴られ、さらに多くは口述録音機に吹き込まれた。録音されたものは文字に起こされ、また大部分は日付が不明のため推測によって年代順に配置された。

一九四四年　冬

［……］でも、孤独な私にとっての大きな慰めは、あなたが送ってくれた最初の手紙なの。あなたの王子さまを私に捧げなかったことがとても悔やまれると、あなたはあんなにも優しい言葉で言ってくれた。感動して泣いてしまったわ。あなたの心から追放されること、それが私の恐れていることだから……。あなたの両腕に包まれて、あなたを強く抱きしめたい。もうこれ以上、私を遠くに放っておかないで。

［……］

一九四六年、パリ。

［……］私はまた彼らのことを、レオン・ヴェルトのことを考えるわ。『星の王子さま』を私に捧げる代わりに、私たちのユダヤ人の友だちに捧げるようにあなたにお願いしたとき、彼らがどんなに優しかったかを考えるわ。レオン・ヴェルトは、私たちが夫婦喧嘩をしていたときに、田舎にかくまってくれた。彼の家にいて、どんなに幸福だったことか。

日付なし、おそらくはパリ。

［……］

［……］私はあなたにとっての王女さまであり、花だった。なぜって、あなたはいつもあなたの良心と、あなたの心と、あなたのバラの花と話をしていたのだし、間違いなく、あなたは王子さまだったから。あなたは言っていたわ。「ねえ、僕が死ぬようなことになっても、それはちょうど『星の王子さま』の中で語ったことと同じなんだ。身体はなんでもない。僕たちには星が残るし、そこに僕は住み続けるんだ」

（Consuelo de Saint-Exupéry, *Lettres du dimanche*, Plon, 2001, p.101, p.133, p.147）

3 物語誕生に関わった人たちの証言（男性たち）

他方で、男たちは、サン=テグジュペリが作品を執筆する間は、アメリカにおいてかくもかわいい息子が生まれ出る現場に立ち会い、また出版後はアフリカにおいて、彼の作品を読む喜びを得た。彼らは編集者であり、作家であり、パイロット仲間や上官であった。

☆ヴィクトール（民族学者）

一九三六年一月にニューヨークを訪れたとき、サン=テグジュペリは、民族学者で北極や南極を探検したポール=エミール・ヴィクトールと知り合った。その後、友情によって結ばれた彼らは、パリでひんぱんに交際し、次いで一九四一年にニューヨークで再会した。サン=テグジュペリと同様に、ヴィクトールは一九四八年に、自分で文章と絵を描いた小さなエスキモーの美しい教育的な物語によって、当時の子どもたちの心をとらえた。一九七八年の『イカロス』第八四号に発表した文章の中で、彼は『星の王子さま』執筆時のことを次のように回想している。

サン=テクスは『星の王子さま』の本文を書き、そして挿絵となる予定であった最初の下図を紙の上に描いた。ただどのような技法を用いて色を塗るのか、彼は迷っていた。水彩画は好きではなかったのだ。色鉛筆は子供じみているように思われた。そこで私は、自分の絵を描くときにずいぶん前から使っている、水彩画効果を持つ色鉛筆を彼に教えた。これは、普通の色鉛筆のように描いたあと、筆を使って水を塗ると色調が変化して均一化するものであった。「すばらしい」、それが彼の反応だった。

私たちはあらゆる試みをおこなった。彼がどの技法を選んだのか、正確にはわからない。ただ、『星の王子さま』の挿絵を注意深く見てみると、私にはサン=テクスが水彩効果のある色鉛筆を使って、万年筆で描線を描き、筆でインクを薄くぼかしているように思われる。

(Paul-Émile Victor, « Nous nous sommes donné rendez-vous à Alger, à Londres ou à New York », *Icare*, n°84, printemps 1978, p.23–24)

☆クレール（映画監督）

『巴里の屋根の下』（一九三〇年）や『自由を我等に』（一九三一年）で知られる映画監督のルネ・クレールは、一九三〇年代にサン=テグジュペリと知り合った。第二次世界大戦が勃発すると、彼はハリウッドに移り、ヴィシー政権に国籍を剥奪された。彼は、ジャン・ルノワールとともに、サン=テグジュペリがアメリカで過ごした十五か月の間に交際した映画人のひとりである。彼の証言も『イカロス』第八四号から引用する。

彼は、かつて事故で受けた古傷が悪化して、専門医の処置を受けるためカリフォルニアへ行くことを余儀なくされた。私は彼が手術を受けた病院へ見舞いに行き、それから彼が回復期を過ごしたジャン・ルノワールの家に会いに行った。病床の彼を慰めるために何を持って行ってよいかわからなかったので、もし自分が彼の立場だったらもらってうれしいと思うものをプレゼントにした。すなわち、一箱の水彩絵の具と画帳である。このつつましい贈り物は、たいそう彼の気に入ったらしく、おそらくそれが『星の王子さま』のすばらしい挿絵を描くように彼をうながすことになったのだろう。この挿絵画家の仕事は、彼にとっては新たな遊びのようなものだった。

(René Clair, « Entretien », *Icare*, n°84, printemps 1978, p.70)

☆ルージュモン（哲学者）

スイスのエッセイストで哲学者、とりわけ一九三九年に刊行された『愛と西洋』（邦訳『愛について』平凡社）の著者であるドニ・ド・ルージュモンは、一九四〇年九月からニューヨークに滞在していた。彼はサン＝テグジュペリ夫妻と親密な関係を持ち、彼らと一緒に住まないにしても、次々と転居する彼らの住居の近辺で生活していた。彼はコンスエロの愛人であった。一九六八年、ガリマール社から刊行された『日記』の中に、彼はサン＝テグジュペリ夫妻の思い出を記している。

一九四二年、九月末、ロング・アイランド

ベヴィン・ハウス——サン＝テグジュペリ夫妻と、ニューヨークから二時間、田舎の新しい家。そこで毎週、三六時間の休暇を過ごした。コンスエロがこの家を見つけたのだが、まるで彼女がこの家を発明したみたいだった。広大な家だった。［……］

「僕は小屋を望んでいたのに、まるでヴェルサイユ宮殿だ」と、最初の晩、ホールに足を踏み入れたトニオは不機嫌をあらわにして叫んだ。だが、いまでは彼をベヴィン・ハウスから外へ連れ出すことはもうできないだろう。彼は子ども向けの物語を書く仕事にふたたび取りかかり、自分で水彩画も描いた。禿頭の巨漢である彼は、高貴な家柄を思わせる鳥のような丸い目で、機械工の正確な指使いで、子ども用の小さな絵筆を扱うのに専念して、「期限に遅れない」ように苦労した。私は『星の王子さま』のために腹這いになり両足をあげて、ポーズをとった。トニオは子どものように笑った。「君はあとになって、この絵を見せながら〈これは僕だよ〉って言うんだろうね」

(Denis de Rougemont, *Journal d'une époque, 1926-1946*, Gallimard, 1968, p.521)

☆モーロワ（作家）

多くの評伝で読者を得ていたアンドレ・モーロワは、一九四〇年七月から一九四六年七月まで、一九四三年に一時地中海沿岸に住んだことを除くと、アメリカに避難していた。彼は、一九四六年『ヌーヴェル・リテレール』に「模範的な運命、サン=テグジュペリ」と題した文を寄稿して、サン=テグジュペリの家に滞在したときの思い出を語り、また一九七〇年フラマリオン社から刊行された『回想録』の中においても、その時代を振り返っている。

わずか四年前のこと、ニューヨークにほど近い、海のほとりにある家ベヴィン・ハウスで、彼は『星の王子さま』を書いていた。サン=テグジュペリ夫妻は、彼らにとってはあまりに広すぎる風変わりで人間離れした住居を見つけ出すことに長けていた。彼らには、まるで幽霊を住まわせるために空き部屋が必要であるかのようだった。その家は、森と葦に囲まれた人気のない場所であるノースポートのエトン・ネックにあった。粗暴で強烈なアメリカの秋は、木々を燃えるような色で染め上げていた。ドニ・ド・ルージュモンと私は、そこに到着した。午後の間中、私たちはサン＝テクスがすばらしい話を語るのを聞いた。彼は私たちを、インドシナからパリの下町へ、サハラ砂漠からチリへと連れ回した。みごとな語り手だった。彼が死後に『千一夜物語』を書き残したとしても、私はまったく驚かなかったことだろう。

夕刻になると、女教師が彼に英語のレッスンをしようと言う。だが、なんというむなしい試みだろうか！　サン＝テグジュペリは英語を学ぶことを望まなかった。「フランスの作家は」と彼は言うのだ。「自分の国の言葉をないがしろにしてはいけないのだ」。電話口で返事をするには、彼には三語で十分だった。「Not at home.（留守です）」。ニューヨークで買い物をするたびに、店員に話が通じないと、彼は電話で私たちの友人ルーショを呼び出すのだった。「ショーウインドーにある赤いネクタイが欲しいんだと、この店員に言ってやってくれたまえ」。ルーショが翻訳して、一件落着という次第である。

夕食後、サン＝テクスはチェスをやり、私がかつて見たこともないような不思議なトランプの芸当をやり、私たちを驚かして手品師と詩人の歓びを手に入れるのだった。真夜中には、彼は仕事部屋に入り、朝の七時まで『星の王子さま』の冒険物語を書き、デッサンを描いた。自分の小さな惑星に住むこの象徴的な王子さまには、作者の姿が映し出されている。夜が更けたころ、彼は大きな声で私たちを呼び、ご満悦の絵を見せるのだった。自分の生活を他人にも惜しみなく振りまき、押し付けるのは天才の特徴の一つである。

（André Maurois, « Les destins exemplaires : Saint-Exupéry », *Les Nouvelles littéraires*, 7 novembre 1946, n°1095.D.R.）

［一九四二年］十月、私は、ロング・アイランドにある、サン＝テグジュペリ夫妻が借りた広大な別荘で数日を過ごした。そこにはドニ・ド・ルージュモンがいて、会話は高尚でまじめなものになった。真夜中に、コンスエロと客たちが寝室へと去ると、サン＝テグジュペリ（コンスエロはトニオと呼んでいた）がひとり残って、『星の王子さま』に取りかかった。午前二時ごろ、トニオの声が眠っている私たちを目覚めさせた。「コンスエロ！　退屈したよ。チェスをやろうよ」。勝負が終わると、コンスエロは寝床に戻り、トニオはふたたび自分の執筆に取りかかった。それから午前四時ごろに、「コンスエロ！　お腹がすいたよ！」ほどなく階段に、台所へと降りていくコンスエロの足音が聞こえた。

（André Maurois, *Mémoires 1885-1967*, Flammarion, 1970, p.351-352）

☆ラザレフ（出版人）

大物の出版人であったピエール・ラザレフは、ネリ・ド・ヴォギュエの紹介でサン＝テグジュペリと知り合った。二人はニューヨーク亡命中に再会し、友情の絆を深めて、ほとんど毎日のようにコロンバス・サークル場にあるカフェ・アーノルドで会った。彼はテーブルクロスの上に作家がたえず鉛筆書きをして、王子さまが誕生する現場に立ち会った。

イヴ・クリエールがガリマール社から一九九五年に刊行した『ピエール・ラザレフ、あるいは現代の放浪者』の中には、『星の王子さま』に関するラザレフの個人的な証言が引用されている。ただし、この中でラザレフ夫妻が所有しているという草稿については、アルバン・スリジエ編『昔々、王子さまが……』（ガリマール社、二〇〇六年）によると、その存在がラザレフの家族によってまだ確認されていないとのことであり、目下のところ行方が不明である。

しばしばサン＝テグジュペリは夜中に電話をかけてきて、こう言った。「さらに五ページを書いたから、それを読むよ。君の感想を知りたいんだ」。物語が完成すると、彼は自分で終わりの部分を泣きながら読んでくれた。まるで、『星の王子さま』の終結と同じような自分の終焉を予感していたかのように。そのために、妻と私がすべての挿絵がそろった草稿を所有しているこの作品に、私は特別に個人的な愛着を覚えているのだ。

(Yves Courrière, *Pierre Lazareff ou Le vagabond de l'actualité*, Gallimard, 1995, p.402)

☆ジュレ（軍人）

一九四三年五月四日、サン＝テグジュペリはアルジェに着いたあと、モロッコのウジダでついに三三—二飛行部隊に復帰する。部隊はそのときまだ数日間マックス・ジュレ将軍の指揮下にあり、二人の再会が果たされた。一九八一年『イカロス』第九六号に、将軍は次のような回想を発表した。

その日、私は彼の精神の新たな一面に気づいたのだ。とても注意深く、彼は私のために、——しかし一瞬たりとも手から放すことなく——『星の王子さま』のただ一冊きりのフランス語版を取り出した。彼の手からそれを取り上げるなどということは不可能だった。彼はこう説明した。

「いいかい、僕はこれを書いてへとへとになったんだ。それぞれの絵を何度もやり直さなくてはならなかった。編集者がなかなか納得しなかったんだ。ほら、これがいちばん苦労したやつだ。三本の巨大な木に覆われた地球を描こうとして、まず初めに一本の木を描いた。それがほぼできあがると、あと残る二本に取りかかる意欲を無くしてしまった。そこで二回、絵を一二〇度回転させて、最初の一本を複写することで間に合わせたんだ。こうして、最後には三本のバオバブのある望み通りの絵を完成することができたってわけさ」

その機会をとらえて私は、一九四〇年に彼がよく私たちに言っていた言葉を思い出させた。自分たちが生きているこの世界にうんざりしたと彼はしばしばこぼして、次のように繰り返したものだった。

「次は別の星に生まれて来るんだ！」

どの星を選ぶのか、『星の王子さま』の中にはそれが書かれていた。しかし、その本を私はまだ手にしていなかったのだ！

それからほどなくして、正確には五月十三日以降（それは私がジロー将軍のところに着いた日だった）、私はふたたび彼に出会ったのを幸いと、こうたずねた。

「君の王子さまだが、結局のところ、僕はまだ表紙しか見ていないんだ！ ぜひ読みたいんだ……一日だけ貸してくれないかい？ 手放してくれるかね？」

「でも、手放すのはとてもつらいんだが。いいよ、今晩持って行きたまえ。でも明日の朝、必ず返しておくれよ。それに一つ条件がある」

「どんな条件だい？」

「君の考えを聞かせてほしいんだ。ちゃんと紙に書いて」

そこで私はこの貴重な預かりものを一晩手元に置いた。そして求められたように感想を書いた。私の読書報告文がどのようであったのか、その文言を正確には覚えていない。当然、私は本が気に入ったと述べたはずだし、また次のような内容のことを何か書き加えたと思う。「一家の父として、僕には君がこの子にとても愛着を抱いていて、手放したくないことがよくわかるよ」

(Max Gelée, « Le chasseur de papillons », *Icare*, n°96, printemps 1981, p.82-85)

☆ロワ（作家）

サン=テグジュペリより七歳年少で、アルジェリア生まれの飛行家であり作家であったジュール・ロワは、一九四三年、アルジェから南へ四百キロにある町ラグアットで、トランスアトランティック・ホテルに二間続きの小さなアパルトマンを借りていた。五月のある日、隣室から聞こえて来た声を耳にして、彼はそれがサン=テグジュペリであると気づき、こうして二人の再会が果たされた。ロワは、この思い出を一九四七年『コンフリュアン』誌に発表し、さらに一九五一年に刊行した『サン=テグジュペリの情熱』（ガリマール社）の中に再録した。

数日後、私が、地球儀の半球のようなホールのドーム上に立てられた梯子を通って、ホテルのテラスから降りていった時、彼はそこで、上を見上げて私を待っていた。私は突然、ニューヨークで刊行され、彼が携えてきた『星の王子さま』のガス灯点灯夫に自分が似ている気がした。私たちは彼の部屋に入った。ベッドの上に巨躯を置いて、夜行性の鳥のような目で天上を見据え、タバコの煙をたえず吸い込み、長い沈黙のあと、彼は自分の苦悩を語った。彼は自分の絶望を告白することを望まなかったが、心身においてフランスの不幸を苦しんでいた。フランスが息絶えの状態にあるというのに、すぐに救出に駆けつけられないことで身を焦がす思いだった。しかし、彼は、地球を祖国とすることを可能にするすべてをフランスの中に見ており、また人類の敵のすべてを抑圧の中に見ていた。

その時から、私が一部しか知らない『ある人質への手紙』や、読んだばかりの『星の王子さま』は、この同じ深い絶望に根ざしているように思われた。私はまたサン=テグジュペリが二年前に書き、彼の荷物の中に入っていた『戦う操縦士』も読み終えたところだったが、この本には希望が感じられた。サン=テグジュペリは、祖国の空と大地における戦いにまだ身を熱くしていた時に、アメリカでそれを書いたのだ。他方で、『ある人質への手紙』と『星の王子さま』には、夜の闇が封じ込められている。

(Jules Roy, *Passion de Saint-Exupéry*, Gallimard, 1951, p.68-69)

☆オルディオーニ（編集者）

ピエール・オルディオーニの証言によれば、サン=テグジュペリは『星の王子さま』が自分の遺書であると打ち明けていた。彼の証言はまた、サン=テグジュペリが一九四三年モロッコで『星の王子さま』を出版させようと試みたことをも示している。アメリカで刊行された版は北アフリカでは販売されていなかったのだ。おそらくはタイプ打ちした原稿のコピーを携えていたサン=テグジュペリは、幾人かの編集者にそれを手渡したのだろう。そのひとりがピエール・オルディオーニであった。彼は、一九七二年にストック社から刊行された大部な書物『すべてはアルジェで始まる』の中で、サン=テグジュペリとの出会いについて報告している。

飛行服姿の彼と再会して私はうれしかった。しかし、ともに過ごせる時間はわずかしかなかった。ドゴールと、次第にはっきりしてきたフランスの未来が彼に心配を与えていた。個人的な一つの事柄が彼の心をとらえていた。彼はカサブランカでひとりの編集者から原稿の出版を断られて帰ってきたのだ。その脇に抱えた原稿を、ぜひ読むようにと私に言った。読むのに一時間もかからないと彼は請け合い、明日の朝、アレッティで返すようにと頼んだ。私はそれを読んで、びっくり仰天した！　どうして『夜間飛行』の作者が、甘ったるいシンボル表現を散りばめた、私には価値のないと思われるこの物語に、つかの間であっても没頭することができたのか？

その薄いノートを返す時、私は自分の感想を述べて、すぐに出版できないのを嘆く彼を見て驚いたことも隠さなかった。すると、ためらったあと、サン=テクスは、彼の意図は子ども向けの物語の下に数人の人にだけにわかる遺言を残すことだと私に説明したのだ。彼の『星の王子さま』には秘教的なところとモデル小説の部分がある。彼だけがその重要性を知っていたから、急いで出版する必要があったのだ。私たちにとって、フランスが与えてくれる再会の場所には、死が待っているのではなかっただろうか？

(Pierre Ordioni, *Tout commence à Alger 1940-1944*, Albatros, 1972, p.641)

4　サン=テグジュペリ自身の証言

☆アメリカの編集者への手紙

『星の王子さま』の生成過程を語る第三者の証言はたくさんあるが、今日まで、デッサンや草稿を除くと、サン=テグジュペリ自身が執筆中のことを語った資料はほとんどない。ガリマール社から二〇〇六年に刊行されたアルバン・スリジエ編『昔々、王子さまが……』に紹介された次の資料は、二〇〇五年にコンスエロ・ド・サン=テグジュペリの受遺者であるマルチネス・フルクチュオーソによって著書の中に引用されたものである。

アメリカの編集者に宛てたこの手紙には、サン=テグジュペリが自分の本に対して抱いていた愛着が顕著にあらわれている。この手紙はまた、彼が本文と挿絵がぴったりと結び合うような全体を構想しながら、どれほど自分の作品の体裁を気にかけていたかを示している。そのことは、『星の王子さま』の最終的な体裁には、著者の意図が十分に反映されていると見なすことを可能にするだろう。ここで話題になっているマクシミリアン・ベッカーは、アメリカにおけるサン=テグジュペリやジッド、シムノンの代理人であった。

親愛なる友よ、

ベッカーの説明は僕にはまったく理解できない。三か月も前から僕が要求していることを、彼は少しもわかっていないように見える。

彼に僕のデッサンを渡した時、こう言ったんだ。

「どんな仕事でも、それがなされる前に、僕自身で決めたい。

（a）挿絵の位置

（b）挿絵の大きさ

（c）カラー挿絵の選択

（d）挿絵に添える文章

たとえば、『これは僕が描き上げた彼のいちばんすてきな絵だ』と書く時、僕は自分がどの絵をそこに置きたいのかよくわかっている。大きな絵なのかそれとも小さいものか、白黒なのかカラーなのか、本文と挿絵は重ねるのかそれとも離しておくのか。骨の折れる訂正によって時間を失わないように、本のレイアウトについてはあらかじめ完全に合意しておくことがとても大事だと思う」

僕は、彼にこのことをきちんとわからせることができなかったし、デッサンに番号をつけてそれぞれの役割を説明する機会もなかったのだ。

(*Il était une fois... Le Petit Prince*, Gallimard, 2006, p.230)

☆ペリシエ医師への手紙

一九四四年アルジェで、友人のペリシエ医師に宛てて書かれた三通の手紙にも、作家の『星の王子さま』への愛着ぶりがうかがわれる。医師はサン=テグジュペリには了解を得ずに、彼がニューヨークから持ってきた(おそらくは作者が北アフリカへ出発する前に出版者が急いで校正刷りを仮綴じしたものだろう)『星の王子さま』の一冊を借り出すことを思いついたのだ。サン=テグジュペリは、イギリスの映画制作者アレクサンダー・コーダとこの作品の映画化の仕事に取りかかっており、やってきた仲介者を通じて彼に本を渡す必要があったのでなおさら困り果てていた。好機を逸するのではないかと気をもんで、彼は友人に「僕の本はどこにあるんだ?」と、気分を害して置き手紙を残した。ついに、ペリシエが告白して、サン=テグジュペリは機嫌を直した。二人の友情に暗雲を投げかけたこの映画化の話は、結局実現することはなかった。ガリマール社のプレイヤッド版『サン=テグジュペリ全集』第二巻に収められたペリシエ宛の手紙から引用しよう。

僕が恨んでいるなどとは思わないでくれたまえ。もし君が誰かに僕の本を「貸した」のなら(僕は自分の一冊しかない本を貸すことは絶対ないし、それよりは自分の部屋で読んで聞かせる)、僕は君を恨みに思うだろう。しかし、君は自分のためにその本を持って行ったのだ。それはむしろうれしいことだし、心から感動させられたよ。

だが、そのことが僕をひどく困惑させたのだ。映画がどういうものか、君が知っているかどうかわからない。確実と思われる話が生まれるとすぐ、成功するか失敗するかどちらかなんだ。けっして待ってはくれないんだ。ところで、いまあることを取り決めたところだが、その成否は明日ロンドンでおこなわれるその本の朗読会にかかっている。僕は今日の午後出発することになっているその仲介者と昼食をとっていた。もちろん本は持ってきていなかったし、タンジールに向かう彼の飛行機が発つ前に、それを取りに戻ったのだ。［……］

なんであれ、友情と争うことなどできないものだ。僕は大金支払って友情を買おうとは思わない。君が僕の本を気に入って読んでくれるのなら、コーダ氏が待ちぼうけをくわされて、映画化をあきらめることになってもかまわない。君には優先権があるのだ。もっと正確に言えば、問題はそんなところにはない。気前よさとは違うのだ。僕はコーダ氏の映画を十本手に入れようと、それで君の友情を買おうとは思わない。コーダ氏の金はそれだけの値打ちのものだ。たいしたものではないよ。つまらぬものだ。

(Antoine de Saint-Exupéry, *Œuvres complètes, Tome II*, Gallimard, « Bibliothèque de la Pléiade », 1999, p.1012-1014)

5　伝記作家たち

サン=テグジュペリの伝記はこれまでにいくつか書かれているが、その中から『星の王子さま』の誕生について書かれた部分を紹介しよう。

☆シュヴリエ（一九四九年）

サン=テグジュペリを援助し続けたネリ・ド・ヴォギュエ夫人（→p.283）は、一九四九年、ガリマール社から、ピエール・シュヴリエという男性名で『アントワーヌ・ド・サン=テグジュペリ』と題した伝記を出版した。競争相手であったコンスエロに関する記述がごくわずかに限られ、彼女の存在を無視しようとする姿勢が明白である。それと同時に、コンスエロの面影が反映している『星の王子さま』は、ヴォギュエ夫人には気に入らなかったようでもある。また作家の死後、大作『城砦』の出版に尽力した彼女にとっては、『星の王子さま』はとるに足りない作品だと思われたのかもしれない。三百ページを越えるこの本の中で、『星の王子さま』はなんと二行で片づけられている。

『星の王子さま』は、四月六日に本屋の店頭に現れた。サン=テグジュペリはその成功に立ち会うことがなかった。彼は北アフリカへ向けて、アメリカ軍の輸送船に乗り込んだのだ。

(Pierre Chevrier, *Antoine de Saint-Exupéry*, Gallimard, 1949, p.251)

☆ケイト(一九七〇年)

パリに生まれアメリカで教育を受けた伝記作家カーティス・ケイトは、一九七〇年、サン=テグジュペリの伝記としてはおそらくもっとも大部なものである『アントワーヌ・ド・サン=テグジュペリ』(邦訳『空を耕すひと、サン=テグジュペリの生涯』番町書房)を刊行した。その中で、ケイトは『星の王子さま』誕生のいきさつについて次のように述べている。

何年も前から、レストランのメニューや、手近な紙に書かれた数知れない手紙に、この「孤独な坊や」はさまざまな姿で登場していた。頭に冠を戴いて雲の上に座っていたり、山の頂に立っていたり。[……]

サン=テクスは、ほとんど毎日のように、コロンバス・サークルのカフェ・アーノルドで友人のエレーヌおよびピエール・ラザレフと落ち合ってコーヒーを飲んでいたが、いつも決まって彼は、紙ナプキンに彼の王子さまを鉛筆でさまざまにスケッチしてみせて、ラザレフ夫妻を楽しませていた。［……］

童話を書くという思いつきは、そもそもサン=テグジュペリが抱いたものではなかった。それは、ある日ニューヨークのレストランにおいて、昼食のテーブルの上で生まれたのだ。白いテーブル掛けにサン=テクスがいたずら書きをしていると――ウェイターは眉をひそめて観察していたが――、これに興味をそそられた同席のカーティス・ヒッチコックが、いったい何を描いているのかと彼にたずねた。「いや、別にたいしたものじゃないんだ」と、相手は答えた。「僕の心の中にはこんな少年がいて、どこにいても一緒についてくるんだ」。ヒッチコックがこの少年の絵をさらに子細に眺めているうちに、ある思いつきが彼の頭の中に浮かんだ。「おい、この少年だがね――この少年の物語を書くなんていうのはどうだい？……子ども向けの本にして？」

この思いつきは、サン=テグジュペリとしてはまったく思いがけないものだった。それまでにも彼は、自分が本職の作家であるとは一度も思ってみたことがなかったが、童話作家であるとはなおのこと考えたことがなかった。しかし、ひとたび着想の種が蒔かれると、その種子は、出版社の優しい刺激に育まれ、着実に成長していった。童話……、クリスマス用の？　それは彼がつねに愛してきた蝋燭が点される季節だ……。そして子どもたち？　待ちこがれながらもついに恵まれそうにない子宝……。本物の子どもに恵まれないのなら、想像上の小さなアントワーヌでもかまわないではないか……。「考えてもみてくれ」と、この昼食会の数日後、彼はレオン・ワンセリアスに語った。「今度彼らは童話を書けと言ってるんだ！……文房具屋まで付き合ってくれ。色鉛筆を買いたいんだ」。

（Curtis Cate, *Antoine de Saint-Exupéry His Life and Times*, G.P.Putnam, 1970, p.457, p.461）

☆シフ（一九九六年）

ステイシー・シフが一九九六年に発表した『サン＝テグジュペリ、伝記』（邦訳『サン＝テグジュペリの生涯』新潮社）は、サン＝テグジュペリへの愛情を示しながらも、この作家の弱点をも客観的な目で描き出し、画期的なものとして評価された。『星の王子さま』の誕生について書かれている章から抜粋しよう。

一九四二年六月にニューヨークに戻ってきた彼には、さしあたって何の予定もなかった。ここでも救いの手をさしのべたのはエリザベス・レイナルである。『戦う操縦士』の原稿の余白には、あちこちに、彼が一九三〇年代半ばから――手紙や本の献辞を記したページ、数式の間、レストランのテーブルクロスに――描いていたあの子どもが跳びはねていた。この作家の絶望感をよく理解していたエリザベスは、彼の「坊や」を登場させて子ども向けの物語を書けば、気晴らしになるのではないかと思ったのだ。彼女がある夕食の席でその案をそれとなく伝えると、相手はただ黙って見つめ返しただけだったらしい。あるいは、彼女がそのアイデアを夫に伝え、それを聞いた夫が昼食の際にサン＝テグジュペリに提案したらしい。一九四一年ないし一九四二年に作家に絵の具セットを贈ったことを記憶している人は多数にのぼる。それは事実かもしれないが、彼がこの作品にかなり気まぐれに取り組み始めた時使われたのは、八番街のドラッグ・ストアでみずから買い求めた子ども用の水彩絵の具セットだった。

サン＝テグジュペリは、一九四二年の夏から秋にかけて、『星の王子さま』の文と絵を書いた。いつものように深夜長いあいだ没頭して、コーヒーやコカコーラやタバコが仕事のエネルギー源となり、その痕跡は原稿に色濃く残っている。次々と違ったペンや鉛筆を使って書き、訂正を加えたり、しわくちゃにしてしまったり、余白になぐり書きをした。トレーシングペーパーの裏側から色を塗ったりもした。ガランティエールによれば、印刷にまわされた原稿一枚につき百枚は捨てられたものがあったと言う。サン＝テグジュペリは、この短い作品にかつてなかったほどの神経を使った。彼は、以前ある記者に、もっともむずかしいのは書き始めだと語ったことがあるが、『星の王子さま』の場合、そのような苦労はなかったらしい。ストーリーは熟し切って溢れ出てきた。だが、挿絵のほうはもっとやっかいだった。特に悩んだのがバオバブの絵で、一本描いては紙を百二〇度回転してもう一本描くという方法を考え出し、ようやく納得いくものを描き上げた。彼はこの絵にとても満足しており、本文の中でも少しばかり自慢している。

(Stacy Schiff, *Saint-Exupéry, A Biography*, Da Capo Press, 1996, p.378)

☆ヴィルコンドレ（二〇〇八年）

コンスエロの『バラの回想』や『日曜日の手紙』（→p.17, 19）の出版に協力した伝記作家のアラン・ヴィルコンドレは、二〇〇八年、フラマリオン社から『星の王子さまのほんとうの物語』を出版した。特にコンスエロが残した資料を活用して、『星の王子さま』執筆時の二人の生活を詳細に描き出した。

彼らの愛の表現は、やはりサン＝テグジュペリが北アフリカへ向けて出発する前の数か月において、いちばん激しく高まった。それはまた『星の王子さま』が完成へ向かう時期でもあった。「ねえ、バラの花、それは君のことなんだ」と、作家は書いている。「僕はたえず君の世話をすることができなかったかもしれない。でも、いつだって君がきれいだと思っていた……」。こうして、『星の王子さま』は真の愛の行程であると言うことができるだろう。すべてが、中世における宮廷風騎士道物語のやり方で作られているように見える。バラの花に捧げられた心遣いは騎士の「名誉」にかかわることであり、アントワーヌは魔法のような物語や、ファンタジー、魔法使いや騎士や妖精がいっぱい登場する物語に対する彼の趣味を、ここでふたたび見いだしたのだ。

（Alain Vircondelet, *La Véritable Histoire du Petit Prince*, Flammarion, 2008, p.148）

第二章　＊『星の王子さま』の物語

ENCYCLOPÉDIE
DU PETIT PRINCE

1　表題と献辞

☆表題『小さな王子さま』

『星の王子さま』は長短さまざまな二七の章から成っているが、それらを順次検討する前に、パラテクストの考察から始めよう。パラテクストとは、テクスト（本文）に含まれず、その周縁にある表題、献辞、前書き、序文、作者略歴などを指し示す総称である。まず、この本の表紙（→p.167）には作者名サン=テグジュペリと、表題『*Le Petit Prince* 小さな王子』が掲げられている。英訳では *The Little Prince* である。

わが国ではこの名作の初訳者である内藤濯の卓抜な発想によって『星の王子さま』として親しまれている作品だが、原題は **Le Petit Prince**「小さな王子（または君主）」である。定冠詞の **Le** のあとに、形容詞 **Petit**（小さな）と **Prince**（王子、君主）が続いている。

フランス語の **Prince** は「王子」「君主」「大公」などを意味する。この物語の主人公は「小さな王子」ではなく、「小さな君主」であると解釈することもできる。実際、彼は自分の星をひとりで治めており、父である王様も、母である王妃様も、この物語には登場しない。また、第二〇章には、五千本のバラの花を目の前にした王子さまが、ただ一本のバラしか所有していない自分は「**grand prince**（りっぱな王子・君主）」にはなれないと言って泣く場面がある。ここでも彼は、自分を国を治める者として位置づけているように思われる。

☆「小さな」――文学の伝統

「Petit 小さな」は子どもを意味する指小辞であり、これを伴う表題は文学の伝統に基づいている。十七世紀末にペローが書いた童話集には、おなじみの『*Le Petit Chaperon rouge* 小さな赤ずきん』や『*Le Petit Poucet* 小さなプーセ（親指太郎）』が含まれている。また、小説の分野では、十八世紀末ベルカンの『*Le Petit Grandisson* 小さなグランディソン』（一七八七年）に始まり、十九世紀に入るとジョルジュ・サンドの『*La Petite Fadette* 小さなファデット（愛の妖精）』（一八四九年）、アルフォンス・ドーデの『*Le Petit Chose* 小さなショーズ（プチ・ショーズ）』（一八六八年）が現れる。

一九九七年、ドニ・ボワシエは『ルビュ・ディストワール・リテレール・ド・フランス』に「サン＝テグジュペリとトリスタン・ドゥレーム、『星の王子さま』の起源」と題した論文を発表し、アンドレ・エレの挿絵付でトリスタン・ドゥレームが一九二九年に書いた『*Patachou, petit garçon* パタシュー、小さな少年』の中に『星の王子さま』の原型を見いだした。これに対して、アニー・ルノンシアは、『昔々、王子さまが……』（ガリマール社、二〇〇六年）に収載された論文において、サン＝テグジュペリはドゥレームの『パタシュー』を読んだかもしれないが、それが『星の王子さま』の原型であると結論づけることはできないと述べている。根本的な相違は、エスプリ、声域、調子、文学的かつ哲学的な射程がまったく異なるからである。パタシューは、空から落ちてきた天使、不思議な子ども、形而上学的な坊やのいずれでもない。他方でサン＝テグジュペリの王子さまは、戦争の不安と危険、異国にあって戦う人の苦悩と動揺から生まれたのだ。

フランスの外へ目を転ずると、十九世紀のアンデルセン童話集には仏訳で書くと『*Le Petit*

Sirène 小さなセイレン（人魚姫）』と題された有名な物語があり、この童話集はサン＝テグジュペリも小さな頃から愛読しており、また『星の王子さま』の執筆前にも読み返していた（→p.5）。また、アメリカでは、女流作家のバーネットが、すでに一八八六年『*Little Lord Fauntleroy* 小公子』を発表しており、その後一九〇五年には『*A Little Princess* 小公女』を著している。後者については一九三四年にドラグラーブ社から仏訳『*La Petite Princesse* 小さな王女さま』が刊行されている。

☆献辞「子どもたちには許してほしい」

絵の描かれた表紙と扉（→p.167）に続いて、本文に入る前に献辞が置かれている。これはイタリック体で印刷され、中央に置かれた第一行から、「〜へ」という前置詞が献呈の相手の名前、レオン・ヴェルトを導き入れる。この同じ名前が、同じ字体で、文の最後にふたたび現れる。ただし、今度は「小さな少年だったころの」と書かれており、この本はおとなのレオン・ヴェルトではなく、かつての子ども時代のヴェルトに捧げられている。

イタリック体の二つの文章にはさまれたテクストは、ローマン体の活字で印刷されている。著者は、ここでは、レオン・ヴェルトではなく、この本の特権的な読者となるだろう子どもたちに呼びかけて、「子どもたちには許してほしい」と述べ、子ども向けの本をおとなに献じたことの言い訳を三つ提示する。第一にヴェルトは著者にとって最良の友人なのであり、第二に彼は子どもの本も理解できる人であり、そして第三に、彼はいまフランスにいて飢えと寒さに苦しんでおり、慰めを必要としている。だが実は、同じ時期に書かれた『星の王子さま』と対をなす『ある人質への手紙』（→p.46）が明らかにするように、彼は飢えと寒さ以上に、何よりも自由を奪われていることに、すなわち「人質」であることに苦しんでいるのだ。

そして作者は、この三つの言い訳でも十分でないならと、次には献辞そのものを「小さな少年だったころのヴェルトに」と書き改める。そこでおとなの読者は、子どもだった時の自分にこの本が差し向けられていると思うことになる。ここでは、子どもとおとな（→p.156）という二つの語が何度か用いられて、基本的な対立を示しているが、この二項対立は、今後この本の中で繰り返し現れることになるだろう。

☆献辞――レオン・ヴェルト

サン=テグジュペリは、自分の本を友人たちに献呈する習慣があった。『夜間飛行』はリヴィエールのモデルであったディディエ・ドーラに、『戦う操縦士』はアリアス少佐をはじめとするすべての戦友に、『人間の大地』はアンリ・ギヨメに、そして『星の王子さま』はレオン・ヴェルトに捧げられている。

『星の王子さま』の冒頭に掲げられた献辞の中で、子どものための本をおとなに捧げることについて作者はいささかまわりくどく弁明をしているが、しかし、ここには祖国フランスへの想いが表明されている。アメリカに亡命したサン=テグジュペリは、祖国に残って困難な状況を生きているレオン・ヴェルトを想起する。慰めを必要としている友人のために、彼はこの本を書いたのであり、慰めとはこの物語の主要主題の一つでもある。そして、この手の込んだ言い訳を通して、その裏に隠されたもう一つの言い訳があるのに私たちは気づくだろう。それは、祖国から遠く離れた亡命の地において、一見したところ時局とはかかわりのない本を書くことに対する釈明である。しかしながら、これから私たちが見るように、同時に作者はこの子ども向けの本の中に祖国フランスへの痛切な思いを託すことを試みているのである。

☆レオン・ヴェルトとは誰なのか

世界でもっとも読まれている本の最初のページに名前が出ているにもかかわらず、レオン・ヴェルトは一般には知られていない人物にとどまっている。彼は一八七八年二月十七日、フランス北東部のヴォージュ県にあるルミルモンにおいて、ユダヤ人の小ブルジョワの家庭に生まれた。成長すると、学校での勉強を中断して、自由思想家への道を歩み、エッセイ、時評、小説などを書いた。

サン=テグジュペリとヴェルトの出会いの正確な日付はわからないが、一九三一年に、『ラントランシジャン』誌の編集長であったルネ・ドランジュの仲介によって知り合ったらしい。その五年前、一九二六年にイヴォンヌ・ド・レトランジュ(→p.268)に宛てた手紙の中で、サン=テグジュペリはすでにヴェルトの著作を称賛していた。また、彼はヴェルトに献本した『人間の大地』に次のように書き込んだ。「これはレオン・ヴェルト氏のために印刷させたものです。なぜなら、彼は私がこの世で得た最良の友のひとりであり、また精神的に彼に負債を負っているからです。彼を知るずっと以前から、私は彼の著作を読んでいたからです。もっとも彼のほうでは、私がいかに多くを彼に負っているかを知らないのですが」

彼らは多くの点で異なっていた。サン=テグジュペリはヴェルトより二二歳も年下だったし、一方は貴族の末裔、他方は小ブルジョワで社会的出自も違い、職業経験も別だった。しかし、二人の共通点が次第に明らかになり、サン=テグジュペリは、この革命思想の信奉者に親近感を抱くことになる。『ある人質への手紙』に、彼はこう書くだろう。「たとえ僕が君とは異なっていても、僕は君を侵害するどころか、君を高めるのだ」

☆レオン・ヴェルト（1）——友情と別れ

彼らの十五年間の友情は、パリの知的生活の中心地、カフェ・ドゥ・マゴに根を下ろした。シュザンヌとレオン・ヴェルト夫妻は、トニオ（アントワーヌ）とコンスエロのなじみとなった。彼らは、二人の幻滅の時期の証人でもあった。サン=テグジュペリは、しばしばヴェルトの別荘があるジュラ地方のサン=タムールへ旅行した。それは彼が初めて空を飛んだアンベリューの飛行場（→p.262）から遠くないところにあった。彼は友人を乗せてフランス上空を飛んだのだ。

第二次大戦が勃発するとユダヤ人であったヴェルトは、一九四〇年、妻と子どもを連れてパリを去ることを余儀なくされ、一九四四年六月までサン=タムールに身を隠すことになる。彼の日記は、この辛い時期の記録である。一九四〇年十月初め、サン=テグジュペリはサン=タムールに短期間滞在して、ヴェルトと会っている。彼のアメリカへの出発をヴェルトがどのように考えるかが気がかりだったのだ。彼は草稿を抱えて友のもとを去った。それは『三三日』と題されたヴェルトの退却を描いた物語であり、サン=テグジュペリは自分で序文を書いて、アメリカで出版しようと考えていた。序文の校正刷りは「レオン・ヴェルトへの手紙」となっており、これは「コリエズ・マガジン」に発表するためにルイス・ガランティエールによって翻訳された。しかし、最後の瞬間になって、この計画は延期された。ヴェルトの本は出版されず、序文は最終的に切り離されて一九四三年六月（すなわち『星の王子さま』出版の二か月後）に、少し修正がほどこされて発表された。それがサン゠テグジュペリの『ある人質への手紙』である。

☆レオン・ヴェルト（2）――『ある人質への手紙』

ここで言う人質とは、ナチス・ドイツの占領下にある祖国フランスの人々であり、それは「四千万人の人質」なのである。「私がまた戦うとすれば、いくぶんかは君のために戦うことになるだろう。〔……〕私たち、海外にあるフランス人にとって、この戦争において重要なのは、ドイツ軍の駐留という雪によって凍りついてしまった種子の蓄えを解氷させることだ。君たち、かなたにいる君たちを救うことだ。君たちが根を張る基本的権利を持っている土地で、君たちを自由にすることだ。君たちは四千万人の人質だ」。亡命の地ニューヨークにあって、サン゠テグジュペリは祖国の友人を、そして四千万人の人質を忘れることはなかった。そして、その友人のために戦場に復帰し、ふたたび戦わなければならないと考えていた。

彼はここではヴェルトの著作への賛辞を削除して、ヴェルトの名前を出さないように配慮している。身を隠して生きている友人に危害が及ぶことを恐れたのだろう。そのため彼の呼びかけはより広い射程に及んでいる。序文として書かれた文章が輝かしいエッセイへと姿を変えることによって、ヴェルトは寓意的な人物となった。すなわちフランスにとどまって、抑圧に耐えるサン゠テグジュペリのすべての同郷人の形象となったのである。

『ある人質への手紙』は、出版年、同じ人物に献呈されていることはもとより、主題やイメージも含めて、『星の王子さま』と対を成す作品である。そこに見られるのは、星、砂漠、孤独、責任感、思い出、隣人や生命との奇蹟のような交感である。

サン=テグジュペリがアメリカへ出発したあと、二人は二度と会うことがなかった。サン=テグジュペリの死はヴェルトを深く悲しませ、彼は一九四八年「私が知っているままのサン=テグジュペリ」を発表し、これはルネ・ドランジュ著『サン=テグジュペリの生涯』（スイユ社）（邦訳、みすず書房）に付録として掲載された。

2 出会い

☆第一章 ボアの絵、それとも帽子の絵？

ヴェルトへの献辞が書かれたページを繰ってみて、本文に先立って私たちが目にするのは、野獣を呑み込もうとしている大蛇ボアの絵（→p.170）である。その下にローマ数字のIがあり、ここから第一章が始まるのだとわかる。この物語は、まず初めに挿絵が提示され、次にその説明をおこなうという形でテクストが続く。

物語は、「六歳の時、僕はすばらしい挿絵を一度見たことがある」と語り手の回想から始まる。絵本の中で、野獣をのみ込む大蛇ボアのデッサンを見て心を動かされた彼は、色鉛筆を使って「最初のデッサン」を書き上げることに成功するが、おとなたちにはまったく相手にされない。このおとなたちの無理解に対する深い失望は、語り手とこの本を読む若

LPP™

い読者たちを近づけることになる。読者もまた、語り手と同様に、おとなと子どもの二つの世界を隔てる距離に気づいて、苦い思いを味わうのだ。

　こうして物語は子ども時代から始まるが、しかし同世代の子どもについてはいっさい語られることなく、いきなり子ども対おとなの構図が導入される。子ども時代の語り手はこのボアの絵に恐怖を抱いた。だから、彼はそれをおとなに見せて「怖くない？」とたずねるのだが、しかし彼が感じ取った恐怖をおとなたちは理解しない。彼が感じ取った恐怖とは何なのか。当時の歴史状況に照らし合わせて、この野獣をのみ込むボアは周辺諸国を侵略するドイツであるとか、あるいは作者サン=テグジュペリに対する精神分析的解釈によって、子どもをのみ込む母親であるとかの説明がある。しかし、ここで重要なのは恐怖そのものというよりも、ボアの体内が見通せるかどうか、説明抜きでそのことを理解できるかどうか、という点だろう。

　語り手は、六歳以後のことについては簡単に要約して語る。画家になるというすばらしい人生をあきらめた彼は、別の仕事を選び、作者サン=テグジュペリと同様に、パイロットになったのだ。その間、彼は多くのおとなたちに会ったが、六歳の時に抱いたおとなへの失望は変わることがなかった。

　物語の導入部となるこの第一章の語り機能は、語り手の「僕」が読者との契約を結ぶことである。おとなの語り手が、自分の子ども時代の話から始めることによって、子どもたちの心をつか

LPP™

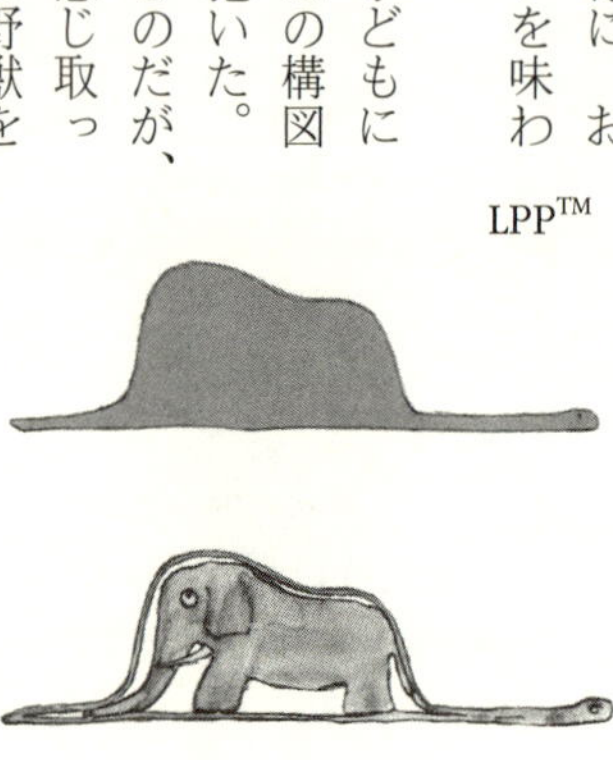

もうとするのだ。

☆第二章（1）　砂漠に不時着して

「六年前、サハラ砂漠に不時着するまでは……」、ここからいよいよ王子さまとの出会いの物語が始まり、まず初めに物語の時（六年前）と場所（サハラ砂漠）が提示される。語り手は作者の分身と見なすことができるが、この体験はサン=テグジュペリの生涯の事件と関わっている（→p.106）。

続いて語り手は、この六年前まで、「ほんとうに心を許して話し合える友人もなく、僕は孤独に生きてきた」と言う。このことは裏返せば、六年前、砂漠の中の絶対的孤立の状況で、真に語り合える友と出会う機会があったことを意味している。ここにすでに孤独の主題と、友人の探索の主題が提示されている。

不時着について、語り手は、「僕のエンジンの中で、なにかが壊れてしまった」と述べている。これは厳密には「僕の飛行機のエンジン」となるべきところである。だが、「僕のエンジン……」という表現について、これを語り手の心の中で何かが壊れたのだと解釈することもできる。この不時着事故は語り手の精神的な危機をも暗示しているように思われるのであり、そうした魂の渇望に応答するようにして不思議な少年が現出する。

一週間分の飲み水しか持たないパイロットは、生死の境にあって、夜明けにかわいい声で目を覚まされる。「お願いです……ぼくにヒツジの絵をかいて！」（→p.154）。砂漠の真ん中で、飢えや渇きや恐れとは無縁の妖精のような少年があらわれる。この出会いは、いわゆる「妖精との出会い（フェアリー・エンカウンター）」の一種と見なすことができる。妖精との出会いは共同体が外界と接する場所で生じるのが通例である。かつては村の縁辺や森の中などであったが、ここでは砂漠（→p.148）がそうした異世界との交流の場所となっている。

この場所は、「人の住んでいる土地から千マイルも離れた」という表現が繰り返されて、その孤絶性が強調される。千マイルには、フランス語で mille milles（ミルミル）という音の遊びが見られ、これは砂漠にどこまでも広がる砂を想起させるようでもある。

まるで砂漠におけるまぼろしのように出現した少年は、ヒツジを描いてほしいと頼む。そこで語り手は、体内の見えないボアの絵を描いて見せる。ところが、「ボアに呑み込まれたゾウなんか欲しくないよ」と、少年はただちにその中身を見抜いてしまうのであり、ここで初めて語り手はデッサン第一号を理解する人物と出会う。この風変わりな男の子は、語り手の友だちとなる資格試験にいとも簡単に合格するのである。

☆第二章（2）　ヒツジの絵

少年はボアではなくヒツジが一匹必要なんだと、なおもヒツジの絵（→p.172）をせがむので、語り手が一枚の絵①を描いて見せると、相手は「これはもう重い病気にかかっている」と拒否し、次にもう一枚②描

LPP™

くと、今度は「これはヒツジじゃない。乱暴な牡ヒツジだよ。角が生えているだろ……」との返事。この少年が「ヒツジの絵」を求める時、フランス語では mouton であり、これは一般にヒツジを意味することもあるが、特に去勢した牡ヒツジを指す語である。そして、「乱暴な牡ヒツジ」と訳したのは bélier であり、去勢しない牡ヒツジを意味する。だからこそ、少年はこれを拒絶するのだ。次に語り手が描いた三枚目の絵③も「それは歳をとりすぎているよ」と言って、はねつけられてしまう。

忍耐の限界に達した語り手は、ぞんざいな絵を描いて、ぶっきらぼうに言う。「箱だ。君の欲しいヒツジは、この中だ」。ところが、なんとも驚いたことに、この少年は満足して顔を輝かせるのである。彼は大蛇ボアの中のゾウも、箱の中のヒツジも簡単に見通してしまうのだ。ここにすでに、大切なものは目に見えないという主題と、中身を見抜くことのできるのはおとなではなく子どもであるという主題が提示されている。

LPP™

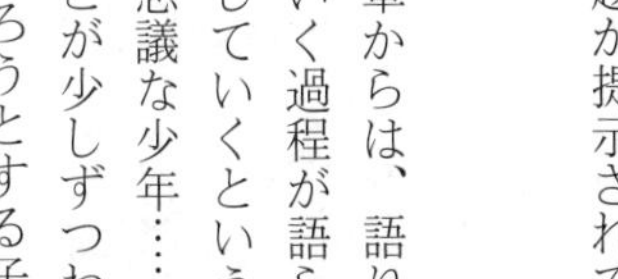

☆第二章　星から来た少年

第二章で王子さまが出現したあと、第三章からは、語り手が王子さまについて少しずつ知識を得て、理解を深めていく過程が語られる。まず「神秘」が提示され、次にこの神秘を明らかにしていくという形で物語が展開する。パイロットの目の前にあらわれた不思議な少年……彼はどこか遠い星からやってきたらしい……、そうしたことが少しずつわかり始めてくる。

王子さまは、好奇心いっぱいで何でも知ろうとする子どものように、次々と質問を投げかける。語り手に対してだけではなく、後に見るように、旅の途中で出会った相手にも、彼は執拗に、時には同じ質問を何度も繰り返すのである。

まず始めに、王子さまは、パイロットの壊れた飛行機を見て、彼が空から「落ちてきた」と笑う。しかし、のちに第二五章において、王子さまもまたこの地球に「落ちてきた」のだと語るだろう。飛び立ったあとには、二つの選択肢がある。永遠に飛び続けることはできないのだから、地上に「降りる」かまたは「落ちる」かである。そして、私たちは、パイロットとしてのサン＝テグジュペリがしばしば「落ちた」ことを知っている。一九三三年水上飛行機のテスト飛行中での事故を初めとして、一九三五年のパリ＝サイゴン飛行の途中でリビア砂漠に墜落し、一九三八年にはグアテマラで離陸に失敗して重傷を負う。そして一九四四年、コルシカ島からフランス上空への偵察に出撃したあとは消息を絶ち、地中海に「落ち」て不帰の人となる。

語り手も王子さまも、砂漠に降りたのではなく「落ちた」のだ。語り手はパイロットであり、空を旅する者である。子ども時代に画家になる夢を挫かれた彼はパイロットとなり、「僕はほとんど世界中を飛んだ」と言う。王子さまもまた、渡り鳥を利用して自分の星を出発したあと、六つの星をたずねて、最後に地球に来るまで、宇宙空間を飛行している。しかし、物語の中では、語り手はずっと砂漠に不時着したままで、旅することを禁じられており、王子さまもまた最後に姿を消すまで砂漠の上にいる。

この語り手および王子さまの背後に、ニューヨークで、ふたたび飛行できる時を待ちながら鬱々たる日々を過ごしていた作者の姿を見ることができるだろう。最後にサン＝テグジュペリは飛び立つが、それは王子さまの飛行と同様に永遠に姿を消してしまうことであった。

第三章後半では、ヒツジの絵をめぐる少年とのやりとりによって、語り手は、彼が「ほかの星」からやってきたらしいとわかる。ヒツジをつなぎ止めておくための紐を描いてあげようと言う語り手に、少年はそんな必要はないと言う。「とても小さいんだから、僕のところは！」彼はそんな小さな小さな星からやってきた王子さまなのである。

☆第四章　小惑星B六一二

第四章は六年前の砂漠での出会いの物語から一時的に離れ、「王子さまの星は小惑星B六一二だと思う」と語り手は述べる。この星は一九〇九年にただ一度だけトルコ人の天文学者（→p.135）によって発見されたことがある。

続いて、数字（→p.155）をめぐるおとな批判が展開される。「小惑星B六一二について、君たちに、これほど詳しく語り、またその数字まで示すのは、おとなのせいなんだ。おとなたちは数字が好きだからね」。B六一二は、『南方郵便機』におけるベルニスの操縦する機体に付された番号でもあるが、こうした小惑星の数字を示すことが王子さまが実在した証拠にまったくならないのは当然であり、これはおとなたちの数字崇拝を揶揄するために語られている。「驚異」の世界から一見「リアリズム」の世界へと戻ったかと見えながら、実はそれは見かけに過ぎず、B六一二という具体的数字に何らの根拠もないことは明らかだ。

すでに読者である子どもたちを味方に引き入れている語り手は、「人生をよくわかっている僕たちは、数字なんかどうでもいいんだ！」と述べて、一段と上位に立っておとな批判をおこなう。そして、この物語をおとぎ話のように、「昔々、ひとりの王子さまが……」と始めたかったのだが、そうしなかったのはおとなのためであると言う。ここにはすでに、この『星の王子さま』という作品の複雑な性格があらわれているように思われる。語り手はつねに、おとな対子どもの二項対立に従っておとなたちを揶揄するが、同時に、この本の読み手として子どもに語りかけながらも、つねに読者としてのおとなを意識している。実際、これらの批判はおとなに読まれなければ意味がないだろう。

「昔々」は、おとぎ話（妖精物語）の冒頭の決まり文句である。たとえば、ボーモン夫人の『美女と野獣』やペローの『赤ずきん』は「昔々」で始まっており、これらは、一挙に読者を現在から遠く離れた時間、すなわち非時間の世界へといざなってしまう。そこでは、野獣に姿を変えられた王子さまや、人間の言葉を話すオオカミがあらわれても、読者はそれを自然なこととして受け入れるのだ。ところが、『星の王子さま』では、すでに見たように、「六歳の時」と語り手は自分の少年時代を回想することから始める。そして、王子さまがあらわれるのは、「昔々あるところに」ではなく、今から六年前のサハラ砂漠、と時空間が特定されている。

ここで語り手は、なぜ自分がこの物語を語るのか（→p.108）を明らかにしたあと、最後にこう述べる。「でも残念ながら、僕は箱の中にいるヒツジを見ることはできない。少しおとなのようになってしまったのかもしれない。きっと歳をとってしまったんだ」。子ども対おとなの図式でおとな批判を繰り返す語り手であるが、ここでは年老いた悲しみを語るのだ。王子さまと出会うまで彼は、おとなになったあとでさえも、子どもの側に立っておとな批判をおこなっていた。しかし、王子さまという絶対に老いることのない存在に出会って、彼は自分が老いていく人間であることを意識するのである。

☆第五章　バオバブ

こうして、語り手は、王子さまの星について、旅立ちのいきさつやその道中について、少しずつ知るようになる。そして第五章冒頭では、「こうして三日目に、僕はバオバブの惨事を知った」と語られ、ここで話は三日目に飛んでバオバブ（→p.157）の話となる。

どうしてヒツジにバオバブを食べさせたいのか、そのわけをたずねる語り手に、王子さまは「えっ！　わからないの！」と反応する。彼はいっさいの説明をせず、自分の知っていることは語り手にとっても自明のことだと思っているのだ。その意味で他者への想像力を欠いていると言えるかもしれないし、そこに王子さまの子どもらしい性格を見ることもできるだろう。他方で、そこには、導き手としての王子さまの役割があると言える。この物語は、語り手が少しずつ王子さまについて、また彼の語る真実について知識を得て、学んでいく過程でもある。おとなが子どもから学ぶのだが、その際王子さまは語り手側の努力をうながすように配慮している。すなわち、語り手は「独力」で問題を解決することを求められるのであり、それこそが優れた教育の方法である。

そこで語り手が理解するに至ったのは、次のようなことだ。「王子さまの星には、ほかのすべての星と同様に、良い草と悪い草が生えていた」。そして、悪い草の場合には、芽が小さいうちに摘み取っておかなくてはならない。毎朝、規律正しく、星の身づくろいを怠らず、小さな芽のうちにバオバブを引き抜かなくてはならないと、王子さまは言う。

ここで私たちは、王子さまが規律を重んじる子どもであることを知る。子どもらしく次々と質問を投げかけて、未知のことがらを貪欲に学ぼうとすると同時に、彼はまたすでにおとなの知恵を身につけてもいるのだ。これまで一方的に語り手に質問するばかりだった王子さまは、ここで初めて深い叡智の持ち主としての一面を見せるが、これは今後、物語を通じて次第に顕著になるだろう。次にバオバブの絵を描く際に、語り手は「道徳家ぶった語り方はあまり好きじゃない」と弁明するが、実際、この物語において道を説くのはおとなである語り手ではなくて、むしろ子どもの王子さまである。おとなと子どもの対話からなるこの物語において、しばしば両者の立場が入れ替わってしまうのを、これからも私たちは目にすることになるだろう。

LPP™

　王子さまの星ではバオバブの種が土壌を荒らしてしまった。一本のバオバブでも、処置が遅れると、もう根絶することはできない。だから、小さなバオバブがバラと区別がつくようになった

ら、すぐに欠かさずそれを引き抜かなくてはいけない。そこで、語り手も王子さまの助言に従って、バオバブが繁殖する星の絵（右頁）を描いて、「子どもたちよ！　バオバブに気をつけなさい！」と忠告するのである。

☆第六章　夕陽を好む少年

朝の光とともに語り手の前に出現した王子さまは、四日目になって、実は夕陽を好む憂い顔の少年であったことが明らかになる。第六章は、「ああ！　王子さま」と詠嘆調で始まり、語り手が王子さまに「君」で直接呼びかける唯一の章である。語り手は、今は地球上にいない王子さまに語りかけることによって、王子さまの「悲しさ」を理解し共有しようとしている。

王子さまの星のように小さな星では、椅子を数歩分だけ動かせば、いつでも夕陽を見ることができる。しかし、地球ではそういうわけにはいかない。語り手は「アメリカ合衆国が正午の時、フランスでは太陽が沈んでいく。一分間でフランスへ行くことができたなら、日没に立ち会うことができるだろう。ところが残念なことに、フランスはあまりに遠すぎる」と嘆くのだ。

LPP™

ここには、作者サン＝テグジュペリの祖国フランスに対する思いが現れているようである。この作品を書いていた時、彼はニューヨーク（→p.153）にいて、冒頭の「献辞」に見られたように、祖国で不自由な生活を余儀なくされている同胞のことを考えていた。だから、「日没に立ち会うことができるだろう」は、「慰めを必要としている友人に会うことができるだろう」と読み替えることもできる。

王子さまは「四四回も陽が沈むのを見たことがあるよ」と述べて、「ひどく悲しい時には、夕陽が見たくなるんだ」と言いそえる。語り手は、その日は「ひどく悲しかったんだね？」とたずねるが、「しかし、王子さまは何も答えなかった」とこの章は結ばれている。冒頭において「君」と呼びかけたこの章は、最後の一行においては「君は」ではなくて「王子さまは」となって、ふたたび物語の枠内に取り込まれることになるのだ。

3　バラの花

☆第七章（1）　王子さまの生活の秘密

語り手は王子さまとの出会いから、毎日少しずつ新しいことを知るようになるが、その際いつもヒツジが先導役を務める。「五日目になって、今度もまたヒツジがきっかけで、王子さまの生活の秘密が明かされた」。私たちはいよいよ、バラと王子さまをめぐる物語の核心部分へと入っていく。

五日目になって、飛行機の修理に専念しているパイロットには、故障が重大なものらしいとわかり始め、飲み水も底を尽き、最悪の事態も心配されていた。彼は不安にかられながら、エンジンのボルトを抜くことに専念する。しかし、そんなことにはお構いなしに、王子さまは、ヒツジがバラのようなトゲのある花でも食べるのか、そうだとすればトゲは何の役に立つのかと、執拗に質問を投げかける。仕事の邪魔をされて苛立った語り手は、そこで「僕はいま、まじめなことに取り組んでいるんだ!」と叫ぶ。すると王子さまは、「きみは、おとなみたいなものの言い方をするね!」と、手厳しく言って、ブロンドの髪を風になびかせて怒るのだ。王子さまが「おとな」と言うのはこれが初めてだが、語り手がこれまで用いてきた子ども対おとなの図式を彼も採用するのである。

パイロットは飛行機の修理に専心している。もちろんこれが彼の生死にかかわる大事で「まじめな」ことだからである。たとえ油で醜く汚れようと、それは彼が今なすべき仕事なのだ。それに対して、王子さまは、あとで登場するビジネスマンの仲間であり、計算ばかりしている「まじめな」男の例を出して、語り手を批判する。だが、これはかなり無茶な非難であり、「すべてを混同している」のはむしろ王子さまのほうだ。にもかかわらず、「おとなみたいなものの言い方をする」と言って批判された語り手は、あっけないほどに「自分を少し恥じ」る。ここでは、おとな=悪、子ども=善の単純な二項対立が前提とされており、すべてがそこから判断される。だが、一見だだをこねる子どものような王子さまの無茶な理屈の背後に、彼の真情とその批判の純粋性があるだろう。

☆第七章(2) ヒツジと花の戦争

続いて、王子さまはヒツジと花の戦争は大事なことじゃないのかと、次々と問いかけることよって、語り手を追いつめていく。その中で、彼は「まじめな sérieux」（→p.159）から「大事な important」へと形容詞を移行させる。「まじめなことじゃないって言うの」と問いかけ、次に「大事なことじゃないの」、そして「まじめで大事なことじゃないの」とたたみかけて、さらには「大事じゃないって言うの」と二回発する。ここで王子さまが使った「大事な important」という形容詞は、やがてキツネによる秘儀伝授を経てさらに深い意味を与えられることになるだろう。

王子さまの星にはバラとバオバブの木があり、小さい時には見分けがつかない。バオバブの若い芽を食べさせるためにヒツジが必要であるが、しかし、ヒツジはバラも食べてしまうかもしれない。このジレンマからヒツジと花の戦争が想定される。これこそが王子さまにとって大事な問題なのだが、のちに見るように、彼が地球から去ったあとは、夜空を見上げる語り手にとっても切実な問題として残ることになるだろう。

そして、王子さまはどこかの星に咲いている花をヒツジが食べてしまうとしたら、その花を愛する者にとって、それは「すべての星の光が消えてしまうようなものだよ！」と言う。

ヒツジは普通は無害な動物であるが、実際、飛行士にとっては時には危険な存在でもあった。サン=テグジュペリは、『人間の大地』において、牧場の上に飛行機が着陸する際に、車輪の下にあっというまに駆け込んでくる「三〇頭のヒツジ」の危険について書いている。

熱弁を振るったあと、最後に王子さまは、もう言葉が続かなくて泣き出してしまうが、勝利したのは彼である。この慰めを必要としている少年を前にして、語り手は自分の渇きや死でさえ「もうどうでもよかった」と思ってしまうのだから。ここで彼は、生命より大事なあるものが存在することを知るのである。王子さまが「慰めを必要としている」ことは、この本の献辞に書かれた「彼にはどうしても慰めが必要なんだ」を想起させるだろう。作者はヴェルトに対して、語り手は王子さまに対して、それぞれ慰めを与える義務を負う。

『星の王子さま』は、おとなの語り手が子どもの王子さまから学んでいく物語でもあるが、その最初のレッスンがここに見られるのである。

☆第八章（1）　バラの目覚め

第七章でバラの主題が導入されたあと、物語はこの花を中心に展開することになる。第八章からは、パイロットと少年の対話の形ではなく、語り手が王子さまから聴き知った話を直接読者に伝えるという形になる。

「王子さまのその花は、どこからともなく運ばれてきた種から、ある日、芽を出したのだ」。そして、並はずれて大きなつぼみができたあと、花はゆっくりと衣装を身にまとい、何日もかけて神秘的な身づくろいを続けて、まさに陽が昇ろうとする時刻に、姿をあらわした。「ああ！　やっと目が覚めたわ……」と言う花の美しさに、王子さまはたちまち魅了されてしまう。

すでにこの花は女性に擬してその身づくろいが語られていたから、ここで花が人間の言葉を話したとしても、私たちは驚くことはない。私たちはすでに妖精物語の中にいるのだ。だが、この感嘆するほどに美しいバラ（→p.118）は、あまり謙虚ではなく、「いささか気むずかしくて見栄っ張りな彼女」は王子さまを悩ますよ

LPP™

うになる。バラは王子さまに水遣りや風よけなどの世話をしてもらい、外敵から守ってもらわなくてはならない。彼女の武器と言えば、貧弱なトゲだけである。そうした保護される立場にある彼女は、わがままな要求を持ち出し、さらには自分の過誤の責任を王子さまになすりつけようとする。それに対して彼のほうでは、なんでもない花の言葉をまじめに受け取って、それでたいそう苦しむことになる。

バラとの恋愛関係は、王子さまの子どもっぽい外見とは不釣り合いに見える。彼は子どもらしさをたたえながらも、時にはひどくおとなぶった口ぶりを見せるし、またここでは可憐な少女というよりはいかにも艶麗な女性であるバラを相手に、思春期の若者のように悩むのである。

☆第八章（2）　王子さまの反省

中世の騎士道恋愛小説におけるように王子さまは意中の女性に恭順であるが、しかし彼は、気むずかしく要求の多いバラに悩まされて、ついには自分の星を去ることになる。仲違いをしたあと、彼は聖杯を求める騎士のように遍歴の旅に出る。

この恋愛を振り返って、王子さまは、「ことばではなくて、振る舞いで彼女を理解すべきだったんだ」と、語り手に告白する。だが、それはキツネの秘儀伝授を受けたあとのことだ。第二一章で語られるように、彼はキツネから「少し離れて座り」「なにも言わずに」見つめることを学び、「ことばは誤解のもと」であることも知った。その王子さまが、バラを思い出して反省する。彼は言葉に信頼を置きすぎたのであり、花はただ眺めるだけにすべきだった。成熟するとは、花の言葉の裏に隠された真意に気づく想像力と知恵を身につけることである。

サン=テグジュペリの未完に終わった大作『城砦』には、『星の王子さま』に通ずる考え方が随所に見られる。砂漠の族長は、しばしば星から来た王子さまと同じ思想を語るが、言葉に対する警戒心もまた両者に共通している。「もしおまえが、人間たちを理解しようと欲するならば、彼らが語る言葉に耳を傾けてはならない」と、族長は教え諭すのである。

王子さまは、「ぼくはまだ若すぎて、彼女を愛するにはどうすればいいのかわからなかった」と述懐する。彼が自分の星を出立してから地球に着くまでに要した時間はわからないが、のちに見るように、地球に着いてからは一年が経過しただけである。だが、実際に経過した時間がどれほどであれ、王子さまの成長がその間になされたことは確かだろう。

☆第九章（1）　バラの告白

第九章冒頭では、「王子さまは星から逃げ出すのに、渡り鳥を利用したのだ」と、いきなり旅立ちの話から始まるが、その決心へ至るまでの過程については説明がなされない。語り手は、王子さまの移動手段について推測して、それを絵に描いており、同じ絵はこの本の扉ページ（→p.168）にも掲げられている。この鳥の揚力を借りた移動は、いかにもファンタジーの手法に従っているように思われる。

LPP™

王子さまの飛ぶ場所が、単に空ではなく宇宙空間である点を別にすれば、セルマ・ラーゲルレーフの『ニルスのふしぎな旅』などの子ども向け物語を想起させるだろう。また、渡り鳥を利用しての移動という点では、十七世紀に数多く生み出された空想旅行小説の一つであり、月世界旅行記の先駆である『月の男』がある。イギリス人フランシス・ゴドウィンによって書かれたこの物語では、二五羽の渡り鳥の雁が月へと帰っていくのを利用して、月世界へと旅する男が登場する。

ここでは、物語はすぐに出発の日の朝の状況へと移行し、王子さまが自分の星をきちんと片づけ、「活動中の火山」も、「休火山」も念入りに煤払いをおこなう様子が語られる。花に最後の水をやり、ガラスの覆いを被せようとした時、彼は自分が泣きたい気持ちになっているのに気づく。そして、さんざん王子さまを悩ませたバラの花は、いよいよ彼が星を去る段になると、「ええ、そうよ、あなたが好きよ」と、愛を告白するのである。

第八章では、王子さまとバラは、「あなた」と相手を指す場合に丁寧な言葉使いの vous で話していたが、第九章の別れの場面では、バラは王子さまにより親しい間柄で用いる tu で話しかけている。

☆第九章（2）　バラとの別れ

ここで「お別れだね」と王子さまは二度バラに声をかけるが、この別れの言葉は、「また会いましょう」の意味を持つ Au revoir ではなくて、「もうこれ限り」の Adieu である。王子さまは、ふたたび星に戻ってくることはないと思っているのだ。

いわば母屋を乗っ取られた形で、王子さまは遍歴の旅に出るが、ここでは出立の理由は明確に示されていない。第十七章に至って、地球に降り立った王子さまはまず初めにヘビに出会い、何をしに地球に来たのかとたずねられて、「花といさかいがあった」と答える。だが、それだけでは、彼の出立を説明するには十分ではないように思われる。花が自分の過ちを認めて謝罪し愛の告白をする時点で二人が和解していれば、旅立ちの必要はなかっただろう。

王子さまの旅立ちは、彼の成長にとって必要な試練なのだ。第二章から第九章まで、語り手は王子さまとの対話を通じて、王子さまについて、またその「生活の秘密」について少しずつ知ることになった。しかし、次章から物語は、語り手との対話の形をとらずに、王子さまの探求物語へと展開していく。友だちを探すというのがその名目であるが、しかしすべての探求物語は自己探求にほかならない。王子さまもまた自分探しの旅に出るのである。

第七章から第九章までの三つの章は、「バラ」の主題によって連続している。第七章は不時着から五日目となり、ヒツジとバラの争いが議論になる。第八章は「たちまち僕は、王子さまの花のことをいっそうよく知るようになった」と始まるので、やはり五日目のことと想定されるが、ここで王子さまとバラとの出会いが語られる。そして第九章においては、バラとの別離、星からの脱出へと物語は展開するのである。

4　星巡り

☆第十章　王様の星

王子さまの旅の目的は、「仕事」を見つけることと、「必要な知識を得」ることである。これは学習の旅であり、物語は教養小説のスタイルになり、ここから王子さまの遍歴と修業が始まる。第十章から第十六章までの星巡りは、それだけで独立した挿話を構成しており、『星の王子さま』の物語にとって必ずしも本質的な部分ではない。ただこの作品に風刺物語としてのおもしろさと、多彩なキャラクターの魅力を与えることに貢献していると言えるだろう。

また、この星巡りは、ラブレー『第四之書　パンタグリュエル物語』や、スウィフト『ガリヴァー旅行記』のような空想旅行記における島巡りのパロディでもあるだろう。大海に浮かぶそれぞれ個性豊かな島々が、ここでは宇宙空間に浮かぶ小惑星によって置き換えられている。

最初に訪れた星には王様（→p.129）が住んでいる。権威にすがりつくおとなと、物事の外見にとらわれず率直にものを言う子どもの対話という、基本的な図式が、この最初の訪問から確立することになる。王子さまと王様との間のユーモラスなやりとりは、しかし結局のところ堂々巡りで、それにうんざりした王子さまは、この星を立ち去ることを決心する。

出立にあたって、王子さまは「不思議な王様だ」と言わずに、「おとなたちって、ずいぶん不思議な人たちだ」と、この最初の出会いから一般化をはかる。王子さまが自分の星にいた時知って

いたのは、火山とバラの花、そして夕陽だけだった。旅立って初めて彼は人間に出会うのだが、まだひとりのおとなに出会っただけなのに、早くも「おとなたち」と複数形になっている。王様という個別のおとなを相手にしているだけでなく、おとな一般という概念をすでに王子さまは所有している。その意味で、この王様は「おとなたち」と呼ばれる種族（それはすでに見たように「子どもたち」の対立概念である）の性格の一面を象徴する存在として登場している。

☆第十一章　うぬぼれ屋の星

遍歴の旅に出た王子さまは、最初の星から「不思議な人」に出会ってしまうが、以後も次々と「おかしな人たち」があらわれる。

二番目の星には、うぬぼれ屋（→p.130）が住んでいて、彼は王子さまの姿を認めるや遠くから「おお！　おお！　崇拝者の来訪だ！」と叫び、あいさつを強要する。しかし、この帽子を上げたり下げたりのあいさつゲームはあまりに単調で、五分もやっていると、王子さまは飽きてしまう。

称賛の言葉しか耳に入らないうぬぼれ屋を相手にして、いささかあきれた様子で「肩をそびやかす」王子さまは、この星を早々に立ち去ることになる。

☆第十二章　呑んべえの星

三番目の惑星には呑んべえ（→p.130）が住んでいる。

LPP™

王子さまは「そこでなにをしているの？」と声をかけて、二人の短いやりとりが続く。呑んべえの三つの答え、「忘れるためさ」「恥ずかしい気持ちを忘れるためさ」「酒を飲むのが恥ずかしいんだよ！」は、不条理な堂々巡りで、苦いユーモアがある。

　王様やうぬぼれ屋の前では退屈した王子さまだが、ここでは「途方に暮れて」「すっかり憂鬱」になる。これは王子さまが出会った中で、いちばん救いようのない人なのだ。呑んべえも「おかしなおとなたち」のひとりであるが、同時に哀れな存在でもある。ただ、彼は自分の行為が恥ずべきことだと知っており、この苦い自己認識が、他の星の住人たちと決定的に違う点である。

LPP™

☆第十三章　ビジネスマンの星

　四番目の星は、ビジネスマン（→p.131）の星であり、この男は仕事に没頭して、王子さまがやって来ても頭をあげることさえしない。

　ビジネスマンも他者を必要とせず、彼には数字さえあればいいのであり、ひたすら数を数えている。というわけで、呑んべえの場合と同様、ここでも王子さまのほうから声をかけて、次々と質問を投げかける。その質問に、呑んべえは逃げるように短い答えを返したが、ビジネスマンは、仕事の邪魔をされることが不満で、ぶっきらぼうな返事をよこすのだ。しかし、「ひとたび質問すると、けっしてあきらめたことのない王子さま」なのだから、ついにはビジネスマンも平穏が得られないと観念して、王子さまの相手を務めることになる。

このビジネスマンは、空の星を所有していると思い込んで、それを数えているのだった。王様は星を治めているだけだが、自分は星を所有している、まったく違うんだと力説するビジネスマンに向かって、王子さまは「それで、星を所有して、なんの役に立つの？」とたずねる。それに対する答えは「金持ちになるのに役立つのさ」であり、このあと呑んべえの時と同じような堂々巡りの議論になる。「この人は、あの呑んべえと同じような理屈をこねている」と王子さまは思うのだ。

だが、王子さまはさらに質問を重ねて、ビジネスマンが執着している「所有」の虚妄をあばくことになる。星を所有することが何の役に立つのか、星を占有してどうするのか。王子さまが火山や花を持っていることは、それらにとって役立っている。「でもあなたは、星の役に立っていない……」と、彼はビジネスマンに宣言する。口を開いたまま答える言葉が見つからないビジネスマンを見て、王子さまはこの星をあとにする。

ここまで、王様、うぬぼれ屋、呑んべえ、ビジネスマンと訪ねてきて、王子さまは、いつも去る時に、「おとなたちって変わっている」と言うが、その表現の程度は次第に増大していく。まず王様に対しては「おとなたちって、ずいぶん不思議な人たちだ」、次にうぬぼれ屋には「おとなって、ほんとうにおかしな人たちだ」、

そして呑んべえには「おとなって、ほんとうに、まったくもっておかしな人たちだ」、最後にビジネスマンについては「おとなたちって、ほんとうに並はずれて変わっている」ととどめを刺すことになる。

☆第十四章　点灯夫の星

五番目の星はこれまででいちばん小さく、街灯と点灯夫（→p.133）のための場所がかろうじてあるだけだ。宇宙のこんな場所でそれらが何の役に立つのかと、王子さまは自問するが、どう考えてもわからない。だが、「これはとても美しい仕事だよ。美しいからこそ、ほんとうに役に立っているんだ」と思うのである。

呑んべえやビジネスマンと同様に、点灯夫も他者を必要としていない。あるいは、むしろ、他者とかかわっている余裕がない。だから、王子さまのほうからあいさつする。「おはよう。どうして、いま街灯を消したの？」それに対して、点灯夫は、「指令なんだよ」と答える。すぐに彼がまた街灯を灯すので、王子さまは「どうして、いま街灯をまた灯したの？」とたずねると、点灯夫はふたたび「指令なんだよ」と答える。彼によれば、「星は年々、だんだん速く回転するようになったのに、指令は変わらなかった」。そこにこそ彼の悲劇がある。そして今では、「星は一分間で一回転」するから、休む間もなく「一分間に一回、灯したり消したり」しなくてはならない。この不条理な「指令」に束縛された点灯夫は、行動の自由を奪われて、休息することも眠ることもできないのである。

王子さまは、指令にきわめて忠実なこの点灯夫が好きになる。最初に訪れた王様の星で、早くも彼は自分の星の夕陽を懐かしんでいたが、ここでまた夕陽を思い出す。王子さまは点灯夫に同情を寄せて、彼が休息できるようなやり方を提案するが、それも効果がないとわかり、結局この星をあとにする。

「彼だけは、ぼくにとって奇妙に思えない人なんだ」。王子さまは、ここで初めて奇妙ではないおとなと出会うが、それは点灯夫が自分以外のことに専念しているからだ。しかし、彼は他者とかかわっているわけではなく、指令というものに忠実なだけである。彼はその不条理な指令から自分を解き放つすべを知らない。星の動きは変わってしまったが、指令は昔のままである。点灯夫もまた自分自身を変えることができずに、昔の指令にしばられたままなのだ。

ここで王子さまは、「友だちになれたかもしれないただひとりの人なのに」と残念に思う。指令に束縛された点灯夫には他者を受け入れる余裕がないのだ。王子さまは、未練のため息をついて、おとなって奇妙だ、というあの決まり文句を言わずに旅立つことになる。

☆第十五章（1）　地理学者の星

六番目の星は十倍も大きい星だった。そこには、並はずれて大きな本を書いている老人が住んでいた。この老人は地理学者（→p.134）であり、彼は他者（探検家）を必要としている点においては、「家来がやって来た」あるいは「崇

LPP™

拝者の来訪だ」と言う王様やうぬぼれ屋と同族である。彼は自分のほうから王子さまに声をかけて、「探検家がやって来たぞ！」と叫ぶのだ。

ここで、いつものように王子さまが次々とくり出す質問に対して、地理学者はさも自分が大学者であるかのように返答し、次に地理学者と探検家との相違を説明する。「地理学者はとても偉いから、出歩いたりはしないのだ。自分の書斎を離れることはない。その代わり、探検家を迎え入れるのだ。彼らに質問して、その報告を書きとめる」。ビジネスマンは自分が「まじめ」だと思い込んでいたが、地理学者は自分が「とても偉く」て、地理学の本が「いちばんまじめな本」だと信じている。

LPP™

地理学者の求めに応じて、王子さまは、自分の星には火山が三つあって、花も一輪咲いていると説明する。地理学者が花ははかないものだから記録しないと言うと、王子さまはいつものように、「どういう意味なの？〈はかない〉って？」と繰り返したずねることになる。それは「近いうちに消えてなくなる恐れがある」という意味だと教えられて、彼は、バラの花をひとりぼっちで星に残してきてしまったことを後悔する。花ははかないものだからこそ、自分が守ってやらなければならない。この責務の意識は、やがてキツネとの出会いによってより明確なものになるだろう。彼は、旅立って以来初めて花のことを思い出し、その思念を抱いたまま、さらに自分の旅を続けるのである。

☆第十五章（2）　地球訪問の勧め

地理学者は、王子さまに「はかない」ということの意味を教えただけではなく、次の訪問先として地球を推薦する。こうして王子さまの六つの小惑星訪問が終わることになる。

王子さまの移動手段については、第九章冒頭で星を出立する時に渡り鳥を利用したと推測されたが、そのあと六つの惑星を訪れ、地球に到着するまで、その間の移動手段についてはいっさい語られることがない。最初の王様のところで、王子さまは「長い旅をしてきた」と言い、六番目の地理学者のところでも、「もうずいぶんと長い旅をしてきたのだ」と語られる。さらに第十七章では、地球から王子さまは自分の星を見上げて、「なんて遠いんだろう」と嘆息をもらす。このように王子さまのたどる旅路は遠いものとして設定されており、その遠さゆえに旅は試練としての意味を持つと言えるだろう。

この六つの小惑星訪問は王子さまに何をもたらしたのだろうか。彼はおとなたちが奇妙な人たちであることを知るが、それが以後の物語に直接的な影響を及ぼすわけではない。仮に王子さまがこれらの小惑星を歴訪せずにいきなり地球に降り立ったとしても、そのことによって寓話としてのおもしろさは減ずるものの、物語の因果関係の展開に支障が生ずるわけではないだろう。ただ、この小惑星歴訪はそれ自身で一つのまとまりを成しており、この星の訪問順序を入れ替えることはできない。地理学者は最後に、すなわち地球訪問の直前に置かれなければならないし、王子さまが点灯夫に出会うまでに、王様、うぬぼれ屋、呑んべえ、ビジネスマンといった独善的で、それゆえに受け入れ難い人たちに会う必要があるだろう。

全二七章のうちの第十章から第十五章までを占めるこの小惑星歴訪は、いわば中間部の幕間狂言を成しており、物語の筋立てとは直接関わりを持たないとはいえ、この作品の魅力を形成する重要な要素となっている。そして、物語は次の第十六章から後半部へと入る。

5　地球到着

☆第十六章　空から見た地球

「七番目の星は、そんなわけで地球だった」と第十六章は始まり、次にたくさんの数字が並べられる。地球はまず、これまで王子さまが訪問した小惑星の住民たちが大勢いる場所として紹介される。そこには数量的増大だけがあり質的な相違はなく、小惑星は地球と異なった星である必要はなかったということになる。王子さまが奇妙な人だと思ったあのおとなたちが大勢住んでいるのが地球なのであり、本文に示された数字を足し算すると、王様、地理学者、ビジネスマン、酔っぱらい（ここでは「呑んべえ」ではなく「酔っぱらい」となっている）、うぬぼれ屋の総計で、三億一九四〇万七一一一人となる。ここには含まれていない点灯夫については、別扱いであとで語られる。そして二〇億人にするには、これにおよそ十六億八千万人を足さなければならないが、これがどういう人々なのかについては言及がない。

あとの数字の正確さはともかくとして、二〇億人というのは、この作品が書かれた時代の地球上の人口数と同じである。だが、ここで「二〇億人のおとなたち」とあることに注意しよう。ここからは子どもは除外されている（そしておそらくは女性も除外されている）。この本は子ども向けに語りかけながら、六歳の時の語り手と王子さまを除けば子どもが登場せず、王子さまが出会うのはおとなばかりである（それも男のおとなばかりだ）。わずかに、第二二章で、列車の窓に鼻を押し付けて外の景色を眺める子どもたちに言及されるにすぎない。

小惑星の住民の中では、点灯夫だけが別に語られる。王子さまが訪問した時は、「彼が街灯を灯す時、それは星をもう一つ、あるいは花をもう一輪、生み出すようなものだ」と語られたが、ここではそれが数量的に拡大されて、「壮麗な効果を生み出し」、飛行士サン゠テグジュペリならではの、空から見た地球の姿とそこで展開される華やかな光の群舞が描き出される。だが、この光景も「電灯が発明されるまで」なのだ。電灯の時代となった今では、この点灯夫たちの「光のバレエ」もすでに過去のものであり、点灯夫はやはり旧時代に属しているのである。

☆第十七章　砂漠のヘビ

小惑星を歴訪した王子さまは、そこで奇妙なおとなたちと対話をおこなったが、ひとたび地球に降り立つと、しばらくは人に出会うことがない。彼が出会うのは、順番に、ヘビ、一輪の花、こだま、五千本のバラ、キツネである。そして、あとで見るように、このヘビやキツネ、さらには花でさえも、人間たちに対する批評的言辞をつらね、王子さまがまだ出会わない人間たちの批判者として登場する。

「地球に降り立った王子さまは、人影がまったくないのに驚いた」。そこは砂漠だったのだ。そして最初に出会ったのは、砂漠に住むヘビ（→p.127）である。

ここでは、王子さまのほうから「こんばんは」とあいさつする。六つの小惑星訪問の時は、夜と昼が短時間のうちに交代する点灯夫の星を除いて、「こんばんは」というあいさつが交わされることはなかった。地球到着は夜であり、だからこそ王子さまは地上から自分の星を仰ぎ見ることができる。

「なにをしに来たんだい」と地球訪問の理由をたずねるヘビに対して、王子さまは「花とうまくいかなくてね」と、星を出立してきた理由を述べる。問いと答えがかみ合っていないが、知恵者のヘビにはそれで十分のようだ。続いて、「どこにいるんだろう、人間たちは？」と、王子さまは地球でこれから何度も発することになる問いを、ヘビに向かって投げかける。「砂漠にいると、少しさびしいね」と言う王子さまに対して、ヘビは「人間たちの中にいても、さびしいものさ」と応ずる。このヘビの言葉の中に、人間の絶対的な孤独というこの物語の主題を見いだすことができるだろう。仮に王子さまが人口密集の土地、たとえばニューヨークに降り立ったとしても彼の孤独は癒されなかったであろう。その意味で、砂漠は人間の根源的孤独を象徴的に表す場所として選ばれている。

LPP™

ここでヘビは、王子さまのくるぶしに巻き付いて、一年後におこなう儀式、つまり王子さまを遠くへ運んでいくための儀式を前もってほのめかす。「触れるものを大地に還らせる」というヘビの言葉は、明らかに死の暗示となっている。

ヘビと王子さまの会話は謎めいて、沈黙に中断されがちだが、ヘビは王子さまを見て「純粋」

「かわいそう」「とても弱そう」と述べる。これまでの小惑星の住民たちは、自分たちのことしか頭になく、このように王子さまへの関心を抱くことはまったくなかった。人間のおとなではなく、ヘビが初めて、王子さまに同情と憐憫と関心を寄せるのだ。そして、ヘビは、王子さまがこの地球上では長くは生きられないことをすでに予想している。

☆第十八章　一輪の花

地球に着いてヘビと出会ったあと、第十八章、第十九章と二つの短い章において、王子さまの人間たちを探し求める旅が続く。特に第十八章は原文で十一行しかなく、第二三章と並んでもっとも短い章である。そこで王子さまが出会ったのはなんともつまらない一輪の花であり、彼は自分から「こんにちは」とあいさつする。ここで、王子さまのあいさつが「こんばんは」から「こんにちは」へと変わり、夜が明けたことが明らかとなる。

「なんともつまらない花」であるにもかかわらず、この花はヘビと同様に機知を見せる。「どこにいるんですか、人間たちは?」とたずねる王子さまに、花は「人間たちには根がないから」、風に吹かれてさすらうのだと答える。ここには、人間たちは精神的なよりどころを持たない、確固とした不動の信念を持たないといったニュアンスの風刺的批判がこめられているだろう。

☆第十九章　こだま

一輪の花と出会ったあと、次の第十九章において、王子さまは高い山の頂に登る。読者の目には、地球到着前の壮麗な光のバレエとはうってかわって、荒涼たる景観が広がる。王子さまは小惑星で奇妙な住民たちに出会ったが、地球はこの惑星そのものが「奇妙」なのである。地球に来てから、ヘビ、一輪の花、こだまの順に王子さまは自分のほうから、「こんばんは」「こんにちは」と声をかける。友だちとしての人間たちを探すが見つからず、ここではこだまが彼の言葉をむなしく反響するだけだ。王子さまは「人間たちには想像力が欠けている。人の言ったことを繰り返すばかりだ」と考える。「ぼくのところには花がいて、いつも彼女のほうから話しかけてくれたのに……」。かつて、王子さまのバラの花は、たえずさまざまな注文を出して彼を困らせたが、その気むずかしい要求でさえも、今では懐かしいものとなる。

この人間たちを呼び求める声は、すでに『人間の大地』にもあらわれている。一九三五年リビア砂漠で遭難（→p.282）したサン=テグジュペリもまた、人間たちを探し求めて、砂漠をさすらったことがある。彼は「それにしても、人間たちはどこにいるのだろう」と問いかける。しかし、砂の上を長いあいだ歩いても人影一つ見つからず、ついには「おーい！　人間たちよ！……」と虚空に向かって呼びかけたのである。

LPP™

☆第二〇章　五千本のバラ

王子さまは、砂漠や高い山頂のあと、砂や岩や雪を越えて長いあいだ歩いた末に、とうとう一本の道を見つける。「道というものはすべて、人間たちのいるところへ通じているもの」だから、その道をたどって、五千本のバラ（→p.136）が咲きこぼれる庭に行き着く。だが、ここでもこのバラを栽培している人間に出会うことはない。彼は、まず五千本のバラに「こんにちは」とあいさつして、次に、どれもこれもが自分の星に残してきたバラに似ていることに驚くのである。

王子さまがまず考えたのは、「ひどく傷つくだろうな、もし、あの花がこれを見たら……」ということだ。そして、次に彼は自分の不幸に思いを致す。「この世にあるただ一つの花だと思って、ぼくはとても豊かな気持ちになっていた。ところが、ぼくの持っているのは、ただのありふれたバラにすぎないんだ」

ビジネスマンに会った時、彼は、自分が一輪のバラと三つの火山を所有して、そのことが役立っていると述べて、ビジネスマンを論破したのだった。だが、ここで王子さまは懐疑にとらわれて、彼もまた数量化の罠に陥ってしまう。一つの庭だけで五千本もの同じようなバラが咲いていて、それを所有している人間がいる。王子さまはただ一本のバラしか持っていないが、しかもそれは五千本のバラと何ら変わるところがないように思える。彼は自分が所有し、世話をしている花の価値について疑念を抱き、花や火山が自分にとってどういうものなのかを問うている。

「それだけでは、ぼくはりっぱな王子さまにはなれやしない……」と、言って王子さまは泣き伏してしまう。彼は、りっぱな王子さま

LPP™

であることの条件として、何を所有しているかを第一に考えている。所有物が所有者の質を決定するというこうした虚妄から解放されるためにこそ、キツネの教えが必要になるだろう。

王子さまは、地球に降り立ってから、次第に孤独を深めてきたが、ついに五千本のバラを前にして泣き伏してしまう。そして、このように王子さまが失意の底に達したまさにその時、次の二一章において、キツネが登場する。

6　キツネ

☆第二一章（1）　キツネとの出会い

第二一章は、いよいよ王子さまがキツネ（→p.124）と出会う場面である。このキツネによる秘儀伝授の章は、物語における一番目の山場を形成し、二番目の山場である第二六章に次いで長大な章となっている。

「その時だった、キツネがあらわれたのは」と始まり、「こんにちは」とキツネが声をかける。ここで、王子さまは地球に来てから初めて、相手のほうからあいさつされるが、このことはキツネがすでに友愛を求めていることを示しているだろう。王子さまは「こっちに来て、一緒に遊ぼうよ。ぼくは、とても悲しいんだ……」と誘う。それに対して、キツネが答える。「君とは遊べないんだ。おれは手なずけられていないから」

LPP™

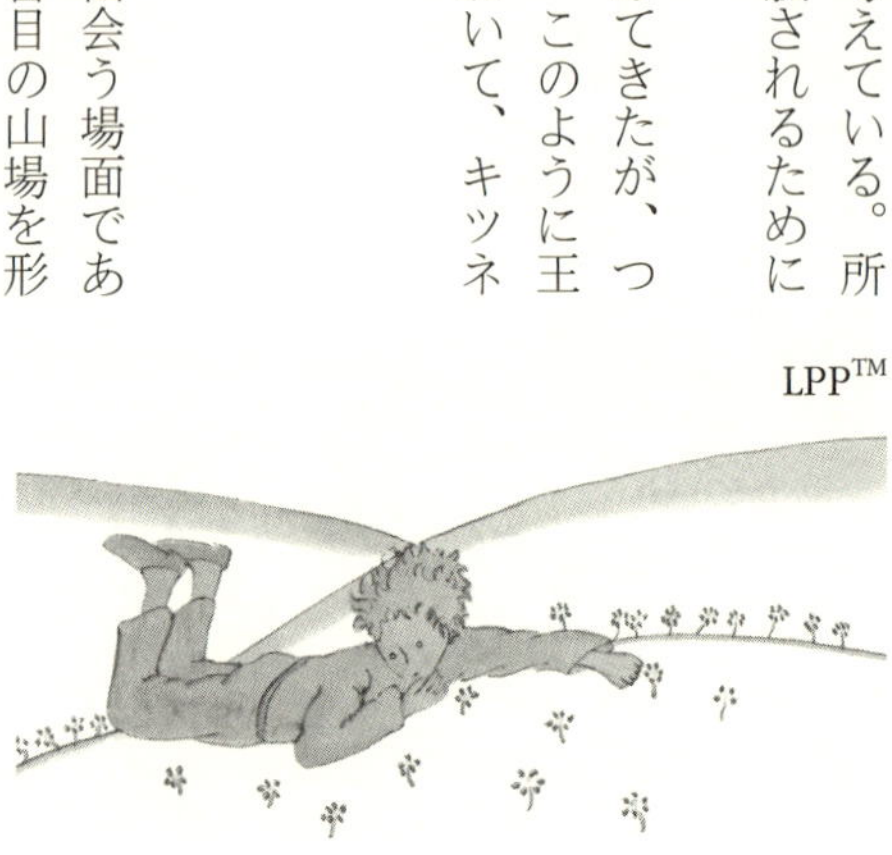

この第二一章だけで、「手なずける」（→p.160）は十五回も使われている。王子さまは、例のご

とく、キツネに向かって「どういう意味なの、〈手なずける〉って?」と三度繰り返してたずねるが、キツネはすぐには答えない。逆に王子さまに何を探しているのかをたずねたあと、三度目の王子さまの問いかけで、ようやくそれは「絆をつくる」ことだと答えるのである。

このキツネは人間(村人)の目から見れば、家畜の鶏を襲う害獣であるだろう。だが、「人間たちはどこにいるの?」とこれまで人間を探し続けてきた王子さまにとっては、友だちになれるかもしれない最初の動物である。王子さまはこの近くにいるはずの村人には関心を示さず、ここではただキツネの相手を務める。彼の求めていたのは、実際にはただの人間ではなく友だちなのだ。

キツネは退屈しており、彼はいま誰にも手なずけられておらず、誰とも絆を結んでいないようだ。しかし、彼は手なずけられることによって、自分を取り巻く世界が一変することを知っている。キツネはこう言うのだ。「君は黄金色の髪を持っている。だから、君がおれを手なずけてくれれば、それはすばらしいものになるんだ! 小麦は黄金色だから、おれは君のことを思い出すだろう」。それまではキツネにとってまったく無縁のものだった小麦畑が、王子さまの髪の色と関連づけられることによっ

LPP™

て新たな意味を帯びる。キツネは王子さまとだけではなく、小麦畑とも絆を結ぶのであり、こうして世界は類縁性による絆によって新たな相貌のもとに立ち現れる。キツネにとっては小麦畑が王子さまのメタファーになるのだと言えるが、同様に後になって、語り手にとっては夜空の星々が王子さまのメタファーになるだろう。

キツネが求めているのは友だちを得ることであり、小惑星の住民たちのように家来や崇拝者や探検家としての相手を探しているのではない。彼が王子さまに教えるのは、「手なずける」とは「絆をつくる」ことであり、その時にはお互いが「この世でただ一つのもの」（→p.161）になるということである。そして、彼は王子さまに手なずけることの手ほどきをしてみせるが、それには「忍耐」（→p.162）や「しきたり」（→p.163）が必要なのだ。ここで、手なずける行為の主体は王子さまでありキツネはその対象であるが、しかしこの行為を指導するのはキツネのほうなのである。実はこの手なずけることがそのまま王子さまにとっての実践的学習となることをキツネは知っている。

☆第二一章（2）キツネの教え

学習が終わるとすぐに「別れの時」が近づいてきて、キツネは「泣き出しそうだよ」と王子さまに告白する。せっかく絆を結んだ二人がなぜすぐに別れなければならないのか、いっさい理由は説明されず、まるで出会いが別れを必然的にはらんでいたかのように事態は進行する。

キツネはふたたび退屈な生活に戻るだろうが、しかしこれからは小麦畑を見るたびに王子さまのブロンドの髪を思い出すことだろう。彼が得たのは思い出である。『星の王子さま』の主題の一つは、別離としかしそれに伴う美しい思い出であり、キツネにとっても、そしてのちに見るように語り手にとっても、王子さまは回想の中に生き続けることになる。

別れにあたって、キツネは王子さまに、「もう一度、バラたちを見に行ってごらん。きっとわかるよ、君のバラがこの世でただ一つのものだということが」と、助言する。王子さまはその言葉通り、もう一度五千本のバラを見に行き、そこで花を相手に雄弁を振るう。これはキツネによる秘儀伝授の最終試験であると言えるだろう。王子さまはみごとにそれに合格する。

戻ってきた王子さまに、キツネは最後の言葉として、二つの教訓を与える。「心で見なくっちゃ、よく見えない。いちばん大切なものは目に見えないんだ」(→p.164)。そして、「時間を費やすこと」と、「自分が手なずけたものに対して責任がある」(→p.165)ことである。

なぜ王子さまは、いったん友情を結んだキツネと別れるのだろうか。彼はキツネに対しても責任を負っているはずではないだろうか。また、王子さまとバラの花、王子さまとキツネ、この二つの「手なずけられた」関係のうち、どちらが優先されるべきなのだろう。それは、恋愛と友情のどちらが優先されるか、という問題でもあるように見える。しかし、キツネとの関係は、友だち関係であるだけではなく、秘儀伝授の師弟関係でもある。師から秘儀を伝授された弟子は、もはや師を必要とせず、また師に依存してはならず、師のもとを去っていかねばならない。そして、今度は彼がこの秘儀を誰かに伝える任務を負うだろう。こうして、王子さまの旅は先へと続けられなければならないのだ。

☆第二二章　転轍手

王子さまが転轍手（→p.138）と言葉を交わすこの第二二章と、薬を売る商人に出会う次の第二三章は、いきなり「こんにちは」で始まる二つの章である。物語の展開とはあまり関わりなく、この作品の中でいちばん当惑させられる章であるが、直接的な論理展開を拒み、驚きの効果を生み出す結果になってもいる。確かに、物語は大詰めへと急速になだれ込む前に、ここで少しだけ足踏みをするのである。それに商人の話は、次の井戸の探索へとつなぐための布石ともなっている。

地球に降り立って以来初めて、王子さまはここで人間と短い会話を交わす。あれほど人間たちを探し求めていた彼であるが、キツネと友情の絆を結んだあとは、ようやく転轍手や商人に出会ったというのに、そこに歓びは感じられない。王子さまはキツネから時間をかけることの意味を学んだ。ここでは、いずれも時間を節約する人間たち、すなわち特急列車で往来する乗客、およびのどの渇きを止める薬を必要とする人たちが風刺の対象となる。

転轍手は「誰も自分のいるところには、けっして満足できないんだよ」と、おとなたちを批判する。これは、特急列車に象徴されるような利便性を追い求める近代機械文明への批判である。小惑星歴訪の時には、そこの住人たちが風刺の対象になっていた。地球では、王子さまが出会ったヘビ、一輪の花、キツネ、転轍手のそれぞれが、人間の中にいてもさびしい、人間たちは根がないから困る、人間たちにはもう友だちがいない、自分のいるところに満足できないと、人間やおとなについて批判的言辞を吐くのである。

☆第二三章　薬商人

続く第二三章は、原文で十一行しかなく、第十八章とともにもっとも短い章であるが、前章と同様に、いきなり王子さまの「こんにちは」によって始まる。彼が出会ったのは「のどの渇きをおさえる特効薬」を売る商人だった。週に一錠、それを飲むと、もう水を飲みたいとは思わなくなってしまう薬である。そのために「週に五三分の節約になる」と商人は言う。それに対して、王子さまは、自分だったら「自由に使える五三分があれば静かに歩いていくだろうな、泉に向かって……」と答える。

商人の話は、前章の転轍手と同様、時間節約の主題とかかわっている。これは、ミヒャエル・エンデの『モモ』に登場する人物たち、時間を倹約すればするほど生活のうるおいを失っていく「時間貯蓄家」たちを連想させる。キツネは王子さまに、バラのために費やした時間のおかげでバラがとても重要なものになったのであり、「人間たちはこの真理を忘れてしまった」と教えた。第二二章、第二三章では、そうした真理を忘れてしまった現代人たちが批判の対象となる。

そして、ここには時間節約の主題のほかにもう一つ、砂漠における重大な問題である水の主題が提示され、これが次章へと展開していくのである。

LPP™

7　別れ

☆第二四章（1）　最後の水

王子さまがパイロットに出会うまでの、後説法（カット・バック）による物語は前章で終わる。八日目、すなわち最後の水がなくなる日、薬を売る商人の話から語り手の飲み水が底を尽いた話へと移行することによって、王子さまの旅物語から語り手の遭難物語（六年前のサハラ砂漠）へと戻ることになる。王子さまは相変わらず自分の物語世界の延長に生きていて、キツネのことを思い出す。他方で、語り手のほうは、より切実な当座の問題に直面している。王子さまは、「友だちができたのはいいことなんだよ」と言う。王子さまはキツネと友だちになったが、しかし別離はすぐにやってきた。理由は明らかにされていないが、お互いを手なずけ、絆を創り上げた王子さまとキツネは、すぐにも別れてしまう。生がすでに死を包摂しているように、友だちを持つということは、すでにその中に別離を包含している。王子さまにはもう友だちはいないが、その過去の思い出が彼を支えている。

王子さまは、また「たとえもうじき死ぬとしてもね」と付け加える。これは、字義的には語り手であるパイロットが「もうじき渇きで死んでしまうんだから」と言ったことに呼応しているが、しかし実は王子さまの真意は別のところにあるだろう。これはパイロットが死に瀕していることよりも、むしろ王子さまが自分の死を覚悟していることを示している。結局のところ、死ぬのはパイロットではなくて、王子さまのほうなのだ。すでに五千本のバラを前にして、彼は自分が手なずけたバラのために死ぬ覚悟を表明していた。ここでまた、死の予告がなされる。だが、この死のほのめかしは語り手には理解することができず、彼は王子さまにとっては水や食べ物でなく「少しの陽の光があれば、それで十分」だと思っている。

☆第二四章（2） 井戸の探索

次に、のどの渇くはずのない王子さまが井戸を探しに行こうと提案して、砂漠での二人の探索が始まることになる。何時間も歩いたあと、日が暮れて、二人は腰をおろして、星や砂漠を見つめる。王子さまは、星が美しいのは「ここからは見えない花のため」であり、砂漠が美しいのは「どこかに井戸を隠しているからなんだ」と言う。

そこで、語り手は子ども時代のことを思い出す。彼が王子さまを理解するのは、つねに自分の子ども時代という回路を通してである。そしてまた、そこには作者の子ども時代が投影されている。姉シモーヌの回想によれば、子ども時代にアントワーヌとシモーヌたちは、サン＝モーリス＝ド＝レマンスの館（→p.257）で、壁や古い梁の割れ目を調べて、宝探しに熱中した。「古い家には必ず宝物があると信じていたのです」とシモーヌは語る。

宝物は、それがただ家の奥深い中心部に隠れていると想像するだけで、十分宝物としての役割を果たすのだ。想像力や妖精物語によらずして財宝をつかまえようとするのはむなしいことである。だから、それは発見されたり、探されたりしてはならない。このような宝物はただ「埋もれている」ことによってのみ価値を持つのである。

☆第二四章（3）　バラのイメージ

語り手の言葉、「家でも、星でも、砂漠でも、それらの美しさを作り出しているものは、目に見えないんだ！」を聞いて、王子さまは、キツネから受け取った秘儀が語り手に伝わったことを確認する。語り手の水が尽きて、飛行機の修理もまだ終わらず、絶体絶命の境地に陥った時、王子さまが持ち出したのはキツネの話だった。その時はキツネを拒否した語り手だったが、ここにおいて、彼はわれ知らずしてキツネの秘密を語ることになるのだ。王子さまが「うれしいよ、きみがぼくのキツネと同じ考えだから」と言うのは、語り手に対して新たに秘儀伝授の導師となった王子さまが、みずからの役割が果たせたことの歓びの表現なのだろう。

語り手は眠り込んだ王子さまを抱えて、ふたたび砂漠を歩き始める。星には花が、砂漠には井戸が、家には宝物が隠されていて、そして王子さまの心の中には一輪のバラのイメージがランプのような光を放っている。すべて大切なものは内に隠されていて、目では見えない、心で見なければ見えないのだ。「目に見えない」と何度も繰り返されることによって、物語は次第に神秘的な様相を呈し始めることになる。

ここでは、王子さまの壊れやすさが強調される。初めて語り手の前にあらわれた時、彼は砂漠で、飢えや渇きや生命の危険にいっさい無縁のように見えていた。しかし実は、彼は花のようにはかない存在なのだ。王子さまが命短い花を大切に思うように、語り手ははかない王子さまをいとおしむのである。

「一輪のバラのイメージが彼の中にあって、ランプの炎のように光を放っている」と、語り手は考える。王子さまのバラはついには内面化され、それは王子さまの所有物であることを越えて、彼の存在の核心となる。

☆第二五章（1） 井戸の発見

八日目の夜、語り手と王子さまは砂漠を歩き続けて、九日目の夜明けに井戸（→p.149）を発見する。第二五章は、二人で井戸の水を汲みあげる奉献の場面である。すでに前章で、井戸を探して歩き始めた語り手は、熱があってまるで夢を見ているようだと述べていた。井戸を発見した彼はここで、「僕は夢を見ているのかと思った」と言う。王子さまとの出会いそのものが語り手にとっては不思議な体験であったが、その王子さまに導かれて彼はさらに夢の奥深くへと入り込んでいき、物語はいよいよ神秘性を帯びていくのである。

彼らが発見した井戸には、滑車や桶、それに綱までもがそろっていて、王子さまは綱を手にとって、滑車をまわす。それを手伝ったあと、語り手は言う。「この水は、ただの飲み水ではなかった。星空の下を歩いてやって来て、滑車の歌を聴いて、僕が自分の腕で汲みあげて、そこから生まれた水なのだ」。砂漠の不思議

LPP™

な井戸から汲み出されたこの水は、すでに霊的な性質を帯びている。本来肉体的にはのどが渇くはずのない王子さまは、心の渇きをしずめるために水を飲む。そしてパイロットはまさに肉体的に命を長らえるために水を飲む。この井戸の水を汲みあげて二人で飲む行為は、語り手と王子さまの友情の最終的な確認のための儀礼なのである。

王子さまに出会った時点で、語り手は不思議世界との接触を持った。しかし、他方で、彼はまだ現実世界にとどまっており、王子さまの相手を務めながら同時に、水の不足を恐れつつエンジンの修理に専念する。そして九日目の夜明けに至って、語り手は王子さまに導かれて砂漠の中の、現実には存在するはずのない井戸を発見してその水を飲む。この時点で彼は不思議物語のさらに内部へと入り込むことになる。

☆第二五章（2）花に対する責任

二人で水を飲んだあと、王子さまは語り手に、以前に交わした約束通り、ヒツジのための口輪を描いてくれるように頼む。「ぼくは、あの花に責任があるんだよ！」王子さまは、星へ帰還する時期がいよいよ近づいていることを感じて、その準備を始めるのである。そこで、語り手はポケットからデッサンの下絵を取り出す。砂漠に不時着したあと、彼は王子さまの話を聞きながら、同時進行でバオバブやキツネの絵を描いたことになる。物語そのものは、王子さまとの出会いから六年後に語られているが、絵のいくつかはその場で描かれたものだ。

語り手がポケットから取り出したバオバブやキツネの絵を見ると、王子さまは笑うが、「でも大丈夫だよ……子どもたちには、わかるから」と言う。突然、王子さまはここで、絵本の読者としての子どもたちに言及するのだ。それはまるで、自分の物語を、語り手がのちになって子どもたちに向けて絵入りの本として語るのを予測するかのようである。

語り手は、そこで鉛筆を使って、約束通りヒツジのための口輪を描き、「胸がしめつけられる思いで」王子さまにそれを渡す。続いて「地球に落下してから……あしたでちょうど一年」だと言う王子さまの言葉を聞いた彼は、一週間前に知り合った朝、王子さまは自分が落ちた場所へ帰ろうとしていたことを知る。

語り手は、別れの時が近づいているのを予感する。水を飲むことは、新たな出発への準備だったのだろう。「胸がしめつけられる思い」「深い悲しみ」「心配だよ」「安心できなかった」と、切迫した感情の昂揚が見られ、私たち読者もいよいよ最後の時が迫っているのを感じる。井戸を探しに行くまでは「キツネの話どころじゃないんだよ」と言っていた語り手であるが、ここでは、キツネの言葉を思い出し、自分が王子さまに「手なずけられてしまった」ことを確認するのである。「手なずける」ことは必然的に悲しい別れを伴う。私たちはすでにキツネと王子さまの別れの場面に立ち会っているが、ここでまた語り手と王子さまの別れを知ることになる。『星の王子さま』の物語は、出会いの歓び以上に別離の悲しみに浸されている。

☆第二六章（1）　ヘビとの約束

第二六章はもっとも長い章であり、物語はいよいよ大詰めを迎えることになる。井戸の発見は、八日目の夜から夜通し歩き続けて、ようやく九日目の黎明のことだった。飛行機のある場所と、井戸のある場所とは、二人が夜を徹して歩き続けるほどに離れているはずだ。しかし、翌日の、すなわち十日目の夕暮れには、パイロットは、修理の仕事を終えたあとごく簡単に井戸のところに戻ってくる。そうすると、井戸を探し当てるまでの距離は空間的距離というより、むしろ精神的な、あるいは霊的な距離であったかもしれない。

　語り手には、ヘビ（→p.127）と話をしている王子さまの声だけが聞こえてくる。「そうだよ、砂の上のぼくの足跡がどこから始まっているのか、きみにはわかるだろう。そこでぼくを待っていてくれればいいんだよ。今夜、そこへ行くからね」と王子さまは言う。しかし、語り手にはヘビの声は聞こえない。たとえ井戸は見えても、彼自身は、王子さまのように不思議物語の中の人物ではないから、ヘビの言葉を理解したりはできない。語り手は現実界の人間であり、やがてそこへと戻っていくのであり、彼にとっては王子さまだけが受け入れられる神秘である。

LPP™

　それから、しばらく間をおいて、王子さまがヘビに向かって、「きみの毒はよく効くの？　ぼくを長いあいだ苦しませないって、請け合えるかい？」とたずねるのが聞こえてくる。ここで王子さまは、自分の星への帰還にヘビの助力を求めるのであり、ヘビの毒がそれを可能にするだろう。

☆第二六章（2）別れの時が近づいて

次に語り手が壁の下に目をやると、石のすきまに消えていくヘビの姿が見えて、彼は壁の上から降りてきた王子さまを腕に抱きとめる。王子さまは、パイロットが飛行機の修理に成功したことをすでに知っていて、「ぼくも、きょう、自分のところに還るんだ」と言う。そして「もっと遠いんだよ……もっとむずかしいんだよ」と付け加える。王子さまは、これから星への帰還という困難な仕事に取りかからなければならない。彼の言葉からは、星へ還ることの歓びや、バラの花に再会することの歓びはほとんど感じられない。彼はバラに会いたくて還るのではなく、むしろバラへの責任を果たすために還るのだ。これは愛情からというより、むしろ責任感から生まれた行為のように見える。

第二章の冒頭で、語り手は「僕のエンジンの中で、なにかが壊れてしまった」と述べていた。ここでは、王子さまが「よかったね、きみの機械に欠けていたものが見つかって」と言う。修理が完成したのではなく、どこかに失われていたものが再発見されたのであり、砂漠の上で王子さまと過ごした数日間がこうした発見へと語り手を導いたのである。エンジンの故障がパイロットの精神的危機を暗示していたように、この再発見は王子さまとの邂逅によって語り手がそうした危機を乗り越えたことを示している。

王子さまは、エンジンの故障が直ったことを知っているが、しかしそれはまた、別れの時が来たのを了解していることを意味する。パイロットが王子さまを必要としなくなった時、彼は去っていくのだ。

「今夜で一年になるよ。ぼくの星が、一年前にぼくが落下した場所のちょうど真上に来るんだ……」と、王子さまは言う。妖精物語には通常、時間の指標があちこちに示されているが、しかしそれらは修業課程や試練の期間を示すためのものだ。ところが、王子さまの時間の指標は彼の死の時を示しており、その運命的な刻限は一年前に落下した場所のちょうど真上に星が来る時なのである。

第十七章で、一年前地球に到着した王子さまは、「ぼくの星は真上にある。見てごらん……」と言っていたが、ここでは彼の星は小さすぎて「どこにあるのか指さして教えることができない」。王子さまの星は、他の星くずの中に溶け込んでしまっている。だからこそ、夜空の星のすべてが花となって咲きこぼれるのである。

☆第二六章(3) 王子さまの贈り物

ヘビとの対話のあと、語り手の腕の中で、王子さまは最後の弁舌を振るう。「そうなんだ、これがぼくの贈り物なんだよ……」。ここでは、王子さまが教える立場に立って語り手がそれを拝聴するという形になっており、王子さまが語っている間、語り手が発する言葉はきわめて限られている。彼はまず「そうだとも」と三度繰り返して同意を与え、次に「どういうことなんだい」を二回繰り返して問いただし、さらに「君からは離れないよ」を三回繰り返して自分の強い意志を伝えるのである。

夜空の星は花開き、次には笑うのだ。そして王子さまはそれをたくさんの笑う鈴だと言う。こうして星から花へ、さらには笑う鈴へとメタファーは展開していく。星の一つに王子さまが住んでいると知るだけで、語り手にとっては星のすべてが花となり、笑う鈴に変貌してしまう。こうして、手なずけられた者にとっては、宇宙のすべてが神秘の絆で結び合わされる。王子さまは贈り物をあげるよと語り手に言うが、しかしそれは実は、王子さま自身に与えられる贈り物でもあるだろう。それは夜空を見上げるたびに、語り手が自分のことを思い出してくれるようにとの願いなのだ。

王子さまが自分の星へと帰還する前に語り手に向かって繰り広げる熱弁と強い訴えの背後には、この作品を書き残したあと、死を覚悟して戦場へと復帰していく作者の声が反響している。ここで王子さまと作者の距離は、限りなく近くなるのである。（→p.114）

☆第二六章（4）　最後の涙

そして、物語はいよいよ最終場面を迎え、私たちは王子さまの厳粛な死の現場に立ち会うことになる。夜明けに太陽とともにパイロットの前にあらわれた王子さまは、十日目の夜、自分の星へと還っていく。

第二一章で、王子さまはすでに五千本のバラに向かって、君たちのためには死ぬことができないと述べて死の予告をおこなっていた。そして、この第二六章において死の現実性が闖入《ちんにゅう》し、王子さまの死が繰り返し暗示される。まず彼はヘビによく効く毒を持っているかとたずねる。次に語り手が壁から降りた王子さまを抱きとめる時、彼は王子さまの心臓が、まるで「空気銃で撃たれた瀕死の小鳥の心臓」みたいに鼓動を打っているのを感じる。そして、王子さま自身が二回にわたって「死」という言葉を口にするのだ。彼は自分が星へ帰還する時「少し死んだみたいになるかもしれない」と述べ、さらにもう一度「ぼくは死んだようになってしまう」と言う。しかしこの最後の場合には、「それはほんとうじゃない」と付加することを忘れない。こうして、王子さまの死が強調されながらも、そこからは現実の死にまつわる禍々しさが消されることになる。

すでに王子さまは、夜空で星が花開き、星が鈴となって笑うのだと言っていた。ここでは、さらに、星が井戸のように水を注ぐのだと言う。こうして、星のイメージはどんどん広がり豊かになっていく。

王子さまはここでも語り続けるが、語り手は沈黙したままであり、「僕は黙っていた」と四回繰り返される。そして最後には、王子さまも泣き始めて黙り込むことになる。王子さまが泣くのはこれで三回目である。物語の時間順序では、まず初めに五千本のバラを前にして泣き伏し、次に語り手と出会ってからバラとヒツジの戦争について語る時に泣いた。王子さまの涙はつねに故郷の星とバラに由来するのである。

☆第二六章（5） 消えた王子さま

王子さまの別れ際の言葉、それはやはりバラの花への思いを表明するものだ。「ねえ……ぼくの花……ぼくは花に責任があるんだ！」。そして、彼は最後にこう告げる。「さあ……これですべてだよ……」。

「一瞬、彼の動きが止まった。叫び声はあげなかった。一本の木が倒れるように、静かに彼は倒れた。音も立てずに、だってそれは砂の上だったから」

王子さまの死はヘビの毒によって成就される。第十七章で、このヘビはすでに最初の出会いにおいても王子さまのくるぶしに巻き付いており、そこでは「黄金の腕輪」「月色の環」と形容されていた。ヘビはいつも不死の環のようにとぐろを巻いてあらわれる。

この王子さまの死に、作者サン＝テグジュペリの二歳下の弟フランソワの死（→p.263）を重ね合わせて見ることができるだろう。二人の姉とひとりの妹、ひとりの弟を持つアントワーヌにとって、同性のフランソワは幼い時からもっとも近しい遊び相手であった。その弟は、一九一七年夏、関節リューマチのため十五歳で死亡する。

王子さまは自分の星へと還っていくが、これは通常の不思議物語とはきわめて異なった結末である。主人公が武勲や財宝と共に両親のもとへ帰る、あるいは結婚して子宝に恵まれるといった幸福な大団円ではないのだ。子ども向きの童話でないこの物語では、王子さまが花と再会して和解し、喜び合う場面は描かれない。それに、果たして王子さまが花に再会できるかどうかも確かではない。王子さまは、地理学者からバラがはかないものだと教えられたのであり、地球に降り立ってからすでに一年が経過しているのだ。

☆第二七章　五億の鈴

『星の王子さま』は三つの部分から構成されている。まず第一章は語り手の六歳の時の自伝的物語、次に第二章から第二六章までは砂漠に不時着したパイロットが王子さまに出会う神秘的な物語、そして第二七章はこの出会いから六年後の語り手の回想である。第二七章は、「そうなんだ、あれから、もう六年の歳月が流れた……」と始まり、最初の語りのモードを取り戻す。しかし、そこには対話の要素が見られ、語り手は自分自身に語りかけ、また何度か、読者である無言の対話者に語りかけている。

語り手の悲しみは、いまでも「すっかり慰められたというわけではない」。そして、夜になると、彼は好んで星たちに耳をそば立てる。それは、さながら「五億の鈴」のように鳴り響く。彼は砂漠で遭難する前と同様に孤独であり、六年間、王子さまの物語を伝えることのできる友人を持たなかった。だが、この王子さまの思い出をここで初めて語ることによって、彼の体験は語り手と読者一人ひとりが独占的に共有する体験となるのである。そのため、この章では、語り手は一貫して読者である「君たち」に直接語りかけるスタイルを取っている。彼が慰められて、それを語ることができるようになるまでには六年の歳月を必要とした。彼の失意と悲しみはそれほどに大きかったのだ。

重い身体を運んでいくことができないと言っていたその言葉とは異なって、こうして王子さまは身体を残すことなく蜃気楼のように消えてしまう。これは語り手にとっては不思議世界の消滅を意味するのであり、彼は王子さまに関してはただ思い出だけを携えて現実世界に復帰するのだ。そして、その思い出は六年後に語られたこの絵物語の中にだけ生き続けることになるだろう。

日常世界に復帰した語り手は、しかし、夜空を見上げて、「王子さまのために描いた口輪に、革紐を添えるのを忘れてしまった」ことに気づき、王子さまの星で「ヒツジが花を食べてしまったかもしれない」と心配する。そうすると、鈴のように笑っていたすべての星が「涙に変わってしまう」のである。そして最後に彼はこう宣言する。「おとなはだれひとり、理解できないだろう、これがとても大事だってことを！」

このページには砂の上に倒れようとする王子さまの絵が描かれており、そして空には王子さまの星と思われる星が一つ光っている。

☆あとがき

原文では第二七章の次に、章番号のない断章が、少し小さな活字で印刷されている。これは、冒頭に置かれていた「レオン・ヴェルトへの献辞」と同じ大きさの活字であり、行数もそれとほぼ同じである。こうして、「献辞」と章番号のない断章とが、その間の第一章から第二七章をはさみこむ形となっている。

そして、この断章の左には、前ページと同じ砂漠の絵(→p.173)が掲げられて、そこから王子さまの姿だけが消えている。黄色だった星も色を失って、いっそう寂しげに空にかかっている。物語の冒頭に置かれた体内の見えない大蛇ボアと見えるボアの二つの絵に呼応するように、物語の終わりでは、王子さまのいる砂漠の絵と王子

さまのいない砂漠の絵が掲げられる。そして、語り手は最後にもう一度、読者に語りかけるのだ。

「これが、僕にとって、世界でいちばん美しく、またいちばん悲しい景色なんだ」

王子さまのいない無彩色の砂漠の絵は、語り手の心象風景でもあるだろう。砂漠で王子さまと出会った僥倖でもなく、ようやくひとりの友だちを得た歓びでもなく、ただ別離の悲しみだけがいつまでも残るのだ。語り手にとって、王子さまは夜明けに陽の光とともにあらわれた。しかし、ここで、語り手が読者に求めているのは、いつの日かアフリカの砂漠を旅することがあれば、砂漠で夜を過ごし、星の下にとどまることであり、その時王子さまがあらわれるかもしれない。語り手は最後にもう一度、読者である子どもたちに語りかける。作者が読者に対しておこなった「言い訳」で始まったこの本は、語り手が読者に対して求める「お願い」で終わることになる。

「こんなに悲しんでいる僕を放っておかないで。すぐ僕に手紙を書いてほしいんだ、王子さまが還って来たと……」

コラム１

『星の王子さま』に魅せられた人々

☆ジェームス・ディーン

一九五一年秋、ジェームス・ディーン（当時二一歳）は、ニューヨークで俳優になろうと考え、子ども時代を過ごしたカリフォルニアをあとにした。彼はすでにフランス文学の愛好家であり、モーパッサン、カミュ、サルトル、そしてサン゠テグジュペリを読んでいた。実際、『星の王子さま』を読んだことは、彼の短い生涯においてもっとも忘れ難い出来事だった。傷ついた子どもである彼は、この物語に慰めを見いだしたのだ。彼は生涯の最後の日まで、この遠い星からやってきた孤児に自分を投影していた。ニューヨークに着くと、彼はアレック・ワイルダーと連絡をとり、自分をこのように紹介した。「こんにちは、ワイルダーさん、僕、王子さまです」。作曲家のほうでは、すぐにこの少年の魅力に屈したのである。

虚言癖のあるこの若い俳優は、友人のディジーに、自分はかつてニューヨークでサン゠テグジュペリと会うことができたと信じさせることができた（サン゠テグジュペリがセントラル・パークに住んでいた時には、ジミーはまだ一〇歳だった）。

やがて、映画制作会社を設立すると、彼は最初の三作品の計画の一つに『星の王子さま』の映画化を入れたが、その実現の前に突然の交通事故が彼の命を奪うことになった。

☆**オーソン・ウェルズ**

オーソン・ウェルズは、『星の王子さま』の映画化を考えた最初の人物だった。一九四二年十一月三〇日、『人間の大地』の映画化を提案した彼は、さらに映画のための主題を探し求めて、一九四三年四月にアメリカで出版されたばかりの『星の王子さま』を読んだ。たちまち彼は感動して、午前四時に仕事仲間であるジャクソン・レイターに電話をかけて、物語をすべて読み聞かせた。翌日、レイターは、サン＝テグジュペリの代理人と、映画化に関して二か月のオプション契約を結んだ。彼は、有名な俳優を集めて、王子さまの星間移動の場面にだけアニメーションを利用しようと考えて、そのためにディズニー・スタジオと連絡をとった。しかし、ディズニー側が協力を断ったため、ウェルズは断念することを選んだ。残されたタイプ原稿のシナリオによると、ウェルズ自身が語り手とパイロットを演ずる予定であった。

☆**ハイデッガー**

ドイツの哲学者マルティン・ハイデッガーは『星の王子さま』を同時代においてもっとも重要なフランスの本であると考えていた。彼が所有していた本には、彼の筆跡で多くの注釈が書き加えられている。一九四九年スイスで刊行されたドイツ語訳の初版には、表紙に次のような言葉が印刷されていた。「これは子どものために書かれた本ではありません。これはどんな孤独をもやわらげ、この世界の大きな神秘を理解できるように私たちを導く偉大な詩人が残したメッセージです。これは、マルティン・ハイデッガー教授が愛した本なのです」

第三章　＊『星の王子さま』の登場人物

ENCYCLOPÉDIE
DU PETIT PRINCE

☆三つのグループ

登場人物たちは三つのグループに大別される。まずもっとも重要なのは語り手＝パイロットと王子さまの一対であり、年齢の隔たりを越えた二人の友情と魂の交流が物語の核心を形成する。次に王子さまと関わりを持つバラ、キツネ、ヘビの三者、そして最後に十数名に及ぶ多くの脇役たちである。

語り手とかかわる登場人物は、王子さまを別にすれば、彼が子ども時代から接した「おとなたち」（第一章）と、砂漠から戻って再会した「仲間たち」（第二七章）だけである。あとの登場人物はすべて王子さまとかかわっており、中でもいちばん大事なのはバラであり、次にはキツネ、そしてヘビの順番になるだろう。

副次的な作中人物たちはあまり性格付けが明瞭ではないが、しかし誰もが主人公の進歩にとって必要である。王子さまが旅の途上で出会う多くの脇役たちは二つに分けられる。自分の星を出発してから訪れた六つの小惑星の住民たちと、地球に到着してから出会う者たちだ。彼らはその数も多く、物語に興趣を添えているが、ほとんどの場合同じモデルに従って造形されている。脇役たちは、王子さまの行く手に不意に現れて、王子さまと会話を交わすが、それらは一回限りの短い会見に終わって、王子さまはふたたび旅を続けることになる。彼らの身体的特徴はわずかしか描かれず、対話が章の全部を占めている場合もある。

1　語り手＝パイロット

☆語り手とは誰か

作者と語り手を混同してはならない。語り手とは、物語の登場人物と同じ資格において、物語の中で語る虚構上の存在である。『星の王子さま』では、語り手は「僕」という一人称単数で現れるが、これは内実を持たない空の形式である。そのため読者は容易に語り手に同化することができる。

「レオン・ヴェルトへの献辞」においてすでに一人称の語り手「僕」が登場しているが、そこでは「僕」は明らかに作者サン＝テグジュペリ自身を指していた。しかし、ページを繰って、「六歳の時、僕は……」によって物語が始まると、この「僕」をただちに作者と同一視することはさし控えなければならない。確かに、『星の王子さま』では、語り手のパイロットと作者サン＝テグジュペリの距離はかなり近く、これをまったく同一視している評者も多いが、ひとまずこの両者を区別して考えるべきである。

しかし、ここで一つの問題にぶつかってしまう。表紙には、「作者自身による挿絵」と書かれており、そして物語の中では、語り手がこれらの絵を描いたことになっている。すると、作者と語り手が、挿絵を仲介にして、同一人物ということになってしまう。しかしながら、表紙に記された挿絵の作者名は出版上の約束事の問題であって、ひとたび物語が始まれば、虚構としての語り手である「僕」がこれらの絵を描いたのだと了解することができるだろう。

☆語り手=作者の分身

語り手は作者その人ではないとしても、両者の共通点は数多い。物語を現実の中に根付かせるために、作者は自分に似た語り手を選んでいる。

第二章の冒頭で、語り手は六年前にサハラ砂漠に不時着したと語り始める。ここで、物語の時(六年前)と場所(サハラ砂漠)が提示される。

この六年前を作者サン=テグジュペリとの関わりで見ると、『星の王子さま』の執筆が一九四二年であるから、その六年前は一九三六年にあたる。その前年末、一九三五年十二月三〇日、サン=テグジュペリは、パリ=サイゴン飛行の途中、リビア国境の東、エジプト領内の砂漠に墜落した。彼は、同乗していた機関士プレヴォーとともに、のどの渇きに苦しみながら、砂漠を四日間さまよい歩いたあと、ベドウィン人に出会って救出された。このリビア砂漠における四日間の体験(→p.282)が、『星の王子さま』ではサハラ砂漠での孤独な十日間に拡大されている。

他方で、サン=テグジュペリとサハラ砂漠の関わりは、さらに過去にさかのぼることができる。彼は、一九二七年から一年半の間、三方をサハラ砂漠に囲まれたキャップ・ジュビー(→p.270)の飛行場長を任されたことがある。レオン・ヴェルトのために書かれた『ある人質への手紙』(→p.46)の中でも、サハラ砂漠の体験が回想されている。「多くの人たちに続いて、私もまた砂漠の魔術について考えてきた。サハラ砂漠での生活を経験してきた者は誰でも、外見はすべて孤独と欠乏にほかならなかったのに、それらの歳月を、自分が生きた最良の歳月として哀惜の涙を流す」

☆語り手＝パイロット

物語の語り手は、物語世界内の登場人物と同一人の場合もあれば、登場人物とは直接関わりを持たない場合もある。『星の王子さま』では、語り手はもっとも重要な登場人物であるパイロットその人である。

しかし、彼について、それ以上に詳しい肖像を描くことはできないだろう。彼が画家になる夢をあきらめてパイロットになるまでの閲歴は、ごく簡単に第一章で語られる。そして第二七章では、仲間たちのもとに生還したあとの彼の様子が、これまたごく簡単に触れられるだけだ。

彼の身体的特徴は、物語中ではほとんど語られないし、彼の姿は挿絵にも描かれない。予定されていた挿絵（→p.174）は最終稿では採用されることがなかった。

第七章では、王子さまの側から見た語り手の姿が叙述されるが、これは作品の中で唯一の例である。それは「手にハンマーを握り、指は油で黒く汚れ、彼にはとても醜く思われる物体の上に身をかがめている」と描写される。ここで語り手は、王子さまの視点を一時的に借用することによって、自分を客観的に見る機会を得るのだ。だが、パイロットに関するその他の情報は、きわめて限られている。こうしたつつましさは、意図的なものだろう。語り手は物語の展開に参加してはいるが、しかしいっそう重要な作中人物である王子さまの後ろに姿を隠そうとしているのである。

語り手＝パイロットはこうして、その肉体的なあるいは心理的な欠乏ゆえに機能するのであり、読者の注意はもっぱら王子さまだけにそそがれることになる。

☆語り手――なぜ語るのか

物語の語り手は、どうして自分がこの物語を語ることになったのか、その動機や理由をどこかで明らかにしておくことが多いものだ。これは、語り手としての自己正当化である同時に、読者に向かって物語の説得性を高める有効な手段でもある。

『星の王子さま』の語り手は、第四章で語り手としての自己規定をおこない、なぜ語るのかというその理由を明らかにする。「この思い出を語るのは、僕にはとても悲しいことなんだ。僕の友だちがヒツジと一緒に去ってからもう六年になる。ここに彼のことを書こうとしているのは、彼を忘れないためだ」。

つらい思い出である別離を語るのだというこの物語の主題がここで明かされる。彼が語ろうとしているのは王子さまとの出会いではなくて、別離なのであり、それを物語ることによって、彼は時間による風化作用から守り、固定しようとする。そして、その語りに達するのに彼は六年を要したのである。

☆語り手の相手――聞き手（読者）

物語の受け手、すなわち語り手が語りかけていることが明らかなその相手を「聞き手」と言う。すでに第二章において、語り手はある誰かに語りかけている。「夜が明けるころ、なんともいえないかわいい声で起こされた時、僕がどんなに驚いたか、君たちにも想像してもらえるだろう」。以後いくつかの章にあらわれるこの「君たち」は、物語の読者を指している。

読者に似たところのあるこの語り手は、読者を味方につけていて、彼らとすでに十分に強い絆で結ばれているから、第十七章において、次のように言うことができる。「君たちには、僕の話を信用してほしいんだ」。冒頭から交わされた読書契約がたえず更新されることによって、語り手と読者の間にいっそう強い絆が結ばれていくのだ。

「あとがき」によってもそのことは明らかである。そこでは子どもの読者あるいは子どもの心を持った読者がテクストにおける聞き手であり、語り手はこの聞き手と対話を交わし、彼は相手からの答えを待っている。「そこで、僕のお願いを聞いてほしいんだ！　こんなに悲しんでいる僕を放っておかないで。すぐ僕に手紙を書いてほしいんだ、王子さまが還って来たと……」

2　王子さま

☆王子さまという呼称

王子さまという呼称はまず始めに書物の表題（→p.40）に現れるが、物語の中では、第二章の終わりに至って初めて使われる。「こうして僕は、小さな王子さまと出会ったのだ」。第二章冒頭で語り手が出会った「風変わりで小さな男の子」が、この章の終わりでは「小さな王子さま」へと変わる。しかし、この少年は、その間に自分が「王子さま」だと自己紹介したわけでもなく、少年の正体については未知のままである。ここで「王子さま」と呼んでいるのは六年後の物語の語り手であるが、しかし、物語全体を通じて、なぜ彼が王子さまなのか、その説明はいっさいなされることがない。

王子さまは、自分が出会った小惑星の住民たちや地球で出会うヘビやキツネに対して、また語り手のパイロットに対してさえも、自分を王子であると自己紹介することはない。また、相手も彼を王子さまとして遇することはなく、ひとりの少年としか見なしていない。彼が自分を王子さまと規定するのは、第二〇章で、五千本のバラを目にした時だけである。そこで彼は、「ぼくはりっぱな王子さまにはなれやしない」と考えるのだ。ただ、これは「りっぱな君主（王様）になれやしない」と解釈することもできる（→p.40）。

パイロットは砂漠にいた時には「坊や」としか呼ばないが、六年後の語りの中ではこの少年を王子さまとして提示している。それは妖精物語の主人公にふさわしい呼び名であり、また今日では失われてしまったモラルの継承者に適合した名であり、さらには『城砦』の族長と同じく選ばれた種族への帰属をほのめかす称号であるだろう。

☆王子さまの声

王子さまはまず声によって登場する。第二章でパイロットの眠りを破ったのは、王子さまの「なんともいえないかわいい声」だった。人里から千マイルも離れた砂漠で、一週間分の飲み水しかなく、生死の境に投げ出されたパイロットの耳に、不思議な声が聞こえてくる。それは彼の眠りを突き破って、闖入者《ちんにゅうしゃ》のように不意を襲うのである。「お願いです。ぼくにヒツジの絵をかいて」（→p.154）

初めにあるのは、この呼びかけの声である。まず実体的な少年がいて、その彼が声を発するのではない。逆にこの声こそが、その発信者のありかを指し示す。しかし、この声は、もし誰にも聞き入れられなければ、砂漠にむなしく響いただけで終わったことだろう。この声が、孤独なパイロットにしっかりと受け止められたその時、発信者と受信者が同時に定立されることになる。

ここで初めて、のちに王子さまと呼ばれる少年は語り手と読者の前に一つの物語の主人公としての姿をあらわし、孤独なパイロットはのちに王子さまをめぐる物語の語り手となる資格を与えられる。

☆王子さま——笑い声

第三章で、パイロットが空から落ちてきたと知った時、王子さまはとてもかわいらしい声で笑いころげる。そして、ヒツジをつないでおかないと迷子になってしまうとパイロットが言う時、もう一度笑いころげるのである。

声によって登場した王子さまが最後に残していくもの、それは笑い声である。第二六章で、別れの時が近づいた時、彼はパイロットにこう言うのだ。「きみは夜、空を眺めるだろう。だって、星の一つにぼくが住んでいて、星の一つでぼくが笑っているからね。その時きみにとっては、星という星がみんな笑っているように見えるだろう」

それらの星の笑いは、たくさんの小さな鈴のようになるだろう。第二七章で、王子さまが去ったあと、語り手は夜になると星たちに耳をそばだてる。「それは、さながら五億の鈴のようだ……」

☆王子さまは子どもなのか？

確かに王子さまは、その率直さや好奇心によって、子どもらしいかわいらしさを見せるが、同時にかなり特異な子どもでもある。第二章で初めて登場した時から「風変わりな」そして「まじめな」この男の子は、砂漠の真ん中で、何も恐れていないように見える。寒さも、飢えも、日差しも、渇きも恐れていない。

彼には目に見えない隠されたものを見抜く力がある。第二章のヒツジの絵のエピソード（→p.172）は、この不思議な少年の特異な性格をよく示している。

また、彼は単にはしゃぎまわる子どもではなく、憂鬱な性格をもかいま見せる。第六章で語られるように、彼は夕陽が大好きであり、とても悲しい日には、四四回も椅子の位置を変えて地平線に消えてゆく落日を見続けようとするのだ。

不思議な力を授けられている彼は、すべてを知っていて、すべてに対する答えを用意している。たとえば、第二六章において、不時着したパイロットがエンジンの修理を語る前に、少年は、語り手が作業に成功して、間もなく飛び立っていくのだということを知っている。

子どもの外見をまとってはいるが、王子さまがおこなう経験は必ずしも子どものものというわけではない。彼はむしろおとなたちの世界の中で生きている。この物語においては、彼以外には子どもは登場しない。この物語が子どもに気に入られる理由の一つは、彼らが王子さまを通しておとなの世界に接近することができるからである。

王子さまは子どもの姿をしたおとなだと言える。彼は、時として人生の豊かな経験から汲み出したかのような叡智の言葉を口にする。とりわけ、キツネの教えを受けてからの王子さまはいっそうの成熟を示し、彼の言葉は『城砦』（→p.295）に登場するベルベル人の族長の言葉と通じ合う。

☆王子さま――救世主

生死の境にあるパイロットの前に現れたこの子どもは生命、希望、未来のシンボルである。光が生まれる時刻である夜明けに姿をあらわす彼は、夜（あるいは死）からほとばしり出る生命なのだ。対話を通じて、少年はパイロットの孤独な十日間を慰め、大切なことを教える。

第二四章において、ついに飲料水が底を尽いた時、王子さまは井戸を探しに行くことを提案する。パイロットの予測に反して、砂漠で井戸から水を汲むという体験が彼らを待っていた。こうして、不思議な力を有する王子さまは、パイロットの生命を救うことになる。

空からやってきた、けがれなき子どもはパイロットに生命のメッセージを伝える。これは神の子の事績を連想させるだろう。キリストは「父」により人間たちのもとに遣わされ、聖書に書かれた通りの道をたどるならば永遠の生命にあずかれるだろうと、彼らに告げるのである。

十字架上で息を引き取ったキリストは、ほどなく埋葬されるが、そのあと彼の肉体は消えてしまう。復活したキリストは、やがて弟子たちの前にふたたび姿をあらわす。王子さまの身体は死後に見つからなかった。そして物語の最後に、語り手は、読者がアフリカの砂漠で復活した王子さまに再会することを期待している。

サン=テグジュペリが意図して、王子さまをキリストの姿になぞらえたわけではないだろう。ただ、救世者というものの姿を想像する時、それは一つの共通の物語の形をとってしまうということなのだろう。

☆王子さまと作者

遭難したパイロットが砂漠で出会った少年は異星人なのだが、しかしこの少年は地球の子ども、それも西欧人の白人の子どもといささかも変わりがない。これは「金髪の太陽王」（→p.256）と家族から呼ばれていた少年時代のサン゠テグジュペリのよみがえりである。

絶体絶命の状況に置かれた語り手に、子ども時代の思い出が彼を救うべく蘇生するが、語り手も王子さまもともに作者の分身であるからには、この両者の出会いは他者との出会いではない。王子さまとの対話は、語り手にとって自己との対話にほかならない。

パイロットはこうして王子さまに支えられて、孤独な砂漠での十日間を生き延びる。別れの時がやってくると、第二六章で、王子さまは大演説をぶつことになる。ここで作者は、自分の人生訓を王子さまに代弁させている。王子さまが語り手に言っているのは、自分が地上から姿を消したあとも空の星を見るたびに自分のことを思い出してほしいということだ。僕は死ぬけれどもきみは僕のことを忘れないでほしいという、この王子さまの訴えの背後に、間もなく死を覚悟して戦場へとふたたび向かっていく作者自身の声が反響しているのを感じ取ることは容易であるだろう。

この第二六章において、王子さまは二度にわたって、自分の星がすごく「遠いんだ」と言う。遠いからこそ、そこに還るのはずっとむずかしいことであり、また遠いからこそ、重い身体を運んでいくことができないのだ。しかし、この「遠い」という形容詞が、第六章でも使われていたことを思い出す必要があるだろう。そこで語り手は「ところが残念なことに、フランスはあまりにも遠すぎる」と嘆いていたのだ。夕陽を眺める王子さまの憂愁に、語り手の憂国の感情が混ざり合っていた。こうして、地球と王子さまの星との間の遠い距離と、アメリカとフランスとの間のそれが重なり合う。王子さまが自分の星とそこに残してきたバラの花に思いを馳せる時、そこに語り手さらには作者サン=テグジュペリが、アメリカから故国フランスに向けて投げかける望郷の思いを透かし見ることは容易であるだろう。

初めに作者の子ども時代のよみがえりとして現れた王子さまは、物語の最後に至って、この作品執筆時の作者の心境の代弁者へと変貌を遂げることになる。

☆王子さまとパイロット——父子関係

サン=テグジュペリは妻コンスエロとの間に子どもを持つことがなかった。王子さまは、作者が願っていた息子なのである。

パイロットと王子さまの関係は父子関係であると見なすことができる。十日間のかけがえのない対話によって、二人の間には深い絆が結ばれる。語り手は少しずつ少年に対する自分の責任を感じるようになり、自分の子どもを気遣う父親のような態度をとる。

第三章で語り手は初めて王子さまを「坊や」と呼ぶ。この呼称はしかし、そのあとしばらく使われることはない。これが多用されるのは、二人の別れが近づいてきた第二五章以降であり、第二六章では、語り手はこう訴えるのである。「ああ！　坊や、坊や、僕はその笑い声を聞くのが好きなんだ！」

第二四章において、二人で井戸を探して夜の砂漠を歩く時、このおとなは眠り込んでしまった子どもを両腕に抱えて、まるで「壊れやすい宝物を運んでいるような」気持ちになる。風の一吹きで消えてしまうかもしれない「ランプの明かり」にも似た王子さまを、ぜひとも守ってやらねばならないと考えるのだ。

第二六章の冒頭では、王子さまがヘビと話をしている現場を目撃して、パイロットは彼を叱る。問いただすというよりとがめるような口ぶりで、それは幼い息子を気遣う父親の態度である。病気の子どもを枕元で看病する父親のように、彼は少年のマフラーを取り除き、こめかみを濡らし、水を与え、この少年を「坊や」と呼んで、優しいしぐさではげますのだ。

☆パイロットと王子さま——逆転した父子関係

パイロットと王子さまの間には、逆転した父子関係という絆も結ばれている。語り手は王子さまと出会ったあと、apprendre「学び知る」という動詞を繰り返し使っている。第四章の冒頭、「こうして僕は……知った」。第五章の冒頭、「日ごとに、僕は……知るようになった」。第六章冒頭から四行目、「僕がこの新しい事実を知ったのは……」。第八章の冒頭、「たちまち僕は……よく知るようになった」。こうして、各章においてこの語り手は王子さまとの対話を通じて「学び知る」わけだが、その過程がとりもなおさず、物語が進展していく過程でもある。

パイロットは、この不思議な少年が実は彼の知らないある「大切なこと」を知っているのだと、少しずつ感じ始めるようになるのだ。そして、彼は王子さまとの対話を通じて、その「大切なこと」を「学び知る」ようになる。

少年から生まれた神秘、秘密、教訓、「大事なこと」は、おとなである語り手の精神と魂に到達して、そこに深く浸透するのである。

時として、このおとなは、奇妙な連れ合いの言うことが理解できないことがある。第二四章では、パイロットの質問に対する王子さまの答えは、まったく不可解に思われる。「君ものどが渇いているの?」とたずねると、王子さまは「水は心にとっても、よいものになるんだ」と答える。パイロットはその答えが理解できないが、それ以上は問わずに黙っている。やがて、「砂漠が美しく見えるのは、どこかに井戸を隠しているからなんだ……」という王子さまの言葉によって、彼は突然、覚知へと導かれるのである。こうして理解の面において、おとなが子どもに追いつくことになり、王子さまはこう言うのだ。「うれしいよ、きみがぼくのキツネと同じ考えだから」

同様に、逆転した父子関係において、第二六章においては、二人の別れは劇的で悲痛な様相を帯びる。激しい動揺にとらえられた語り手が繰り返し言う言葉、「僕は君から離れないよ」は、まるで別れを拒む子どものようであるとさえ言えるだろう。

導き手であり、教師であり、出来事の本質を見抜く力を持つ王子さまは、物語の始めから終わりまで、おとなから教えを受ける者としてではなく、おとなに教える者としてあらわれている。おとなは、学び、発見し、知識や認識に近づき、思考を深めて、この道程の最後に至って、変貌を遂げるのである。

王子さまにとってのイニシエーションを描くこの物語は、また同時に、語り手にとってのイニシエーションの物語でもあるのだ。

☆王子さまと「沖の少女」

合理主義の伝統を持つ国フランスでは、ジャンルとしてのファンタジーに属する作品は数少ない。王子さまの仲間をフランス文学の中に探し求めることは、実り多い作業ではないだろう。ただ王子さまの妹ともいうべき少女が、ウルグアイ生まれのフランス人の詩人・作家の手によって描かれているのを忘れることはできない。

砂漠の絶対的孤独の中で飛行士が生み出した幻影としての少年は、大海原でひとりの水夫の強い思念が創り出した少女のことを思い起こさせる。一九三一年に刊行されたシュペルヴィエルの短編集『沖の少女』に収められた同じ表題の一篇である。十二歳の娘を亡くした水夫は、ある日、航海の途中で、ながいあいだ、恐ろしいほどに強く自分の娘のことを思い描いた。だが、それはこの少女にとってはとても不幸なことだったのだ。こうして産み出された少女は、大海原の上で永遠に、自分が何者なのかもよくわからないまま、ただひとりで孤独な日々を過ごすことになる。

一方でピーターパンのように永遠に少年のままにとどまる王子さまと、他方でいつまでも成長することなく死ぬことさえもできない少女。この二人の存在は、透徹した悲しさと不思議なほどのリアリティによって、魅惑的であり続けている。

3　バラ、キツネ、ヘビ

☆バラ（1）――愛のシンボル

古代から神話や文学において、バラは愛のシンボルとして讃えられてきた。

ギリシア神話では、女神アフロディテに愛された美少年アドニスが狩猟中に受けた傷によって死ぬ時、その傷跡から流れた血からアネモネの花が、女神の流した涙からはバラの花が咲き出たと言われている。

フランス中世には、愛の指南書というべき『バラ物語』が生まれた。ギヨーム・ド・ロリスの手になる未完に終わったこの作品では、美しいバラに恋をした青年ギヨームの物語に託して、宮廷風恋愛の諸相が描き出されている。

イタリアの詩人ダンテは天上的な愛をバラの中心に置いた。十四世紀初めに書かれた『神曲』では、地獄篇、煉獄篇を経て、天国篇に至ったあと、その第三〇歌において、ベアトリーチェがダンテを永遠のバラの花心へと引き入れるのである。

また十六世紀フランスの詩人ロンサールは、「カッサンドルへのオード」において、少女の美をはかないバラの花にたとえて、「摘みたまえ、君の青春を」と歌った。

☆バラ（2）——王子さまの愛

サン＝テグジュペリの遺作となった大著『城砦』では、第一八五節において、族長が試練としてのバラを与えて、次のように言う。「王であるわたしは、おまえを高めることができるただ一本のバラの木をおまえに与えるであろう。［……］おまえは、朝には起き出して、水を撒くであろう。また、自分の作品である花に注意を払い、青虫や毛虫から守るであろう。次に、そこから萌え出るつぼみは、おまえを感動させるだろう。そして、バラの花が開けば、それを摘み取ることがおまえの祝祭となるであろう」

王子さまにとっても、バラの世話をすることが成長に不可欠な試練であるが、ただそれだけではない。このバラの価値を認識するために、彼は遠い旅に出ることが必要だったのだ。

『星の王子さま』は、王子さまとバラの花との困難な愛の物語でもある。ただし、愛の対象としてのバラを探求する物語ではなく、バラからの逃亡と再発見の物語という構成を取る。

バラが登場するのは第七章であるが、この花は「気まぐれ」で「誇り高く」、「あまり謙虚ではない」。朝食を要求し、風よけを持ってきてほしいと言う。そんな花を相手に、王子さまは旅立ちの日までかいがいしく仕えるのである。

星巡りの最後に王子さまは地理学者の星（第十四章）を訪れるが、そこで初めて「はかない」花をひとりきりで残してきたことを後悔する。

地球到着後、第二〇章で五千本のバラを見て泣き伏した王子さまは、次の章ではキツネに、自分のバラが「この世でただ一つ」のものだと教えられる。

すでに第九章において、王子さまは過去を振り返って、あの頃は自分が若すぎてバラを愛することができなかったとパイロットに語っていた。物語の時間順序としては、この時すでに、彼はキツネの教えを受けて、成長を遂げたあとなのである。

そして第二六章、王子さまは自分の星に還る時、最後の言葉として、「ぼくは花に責任があるんだ！」と言い残して去っていくのだ。

☆バラ（3）——唯一の女性像

サン＝テグジュペリの作品に登場する人物たちは、その大部分が男性であり、彼らは作者と同じくパイロットとして冒険的な飛行に従事している。作品の主題は、この空を飛ぶ男たちの友情と連帯であり、これは紛れもなくホモソーシャルな世界である。その中で、女性の登場する場面はごく少ない。

処女作『南方郵便機』にはジュヌヴィエーヴという固有名を持った女性が登場するが、そのあと『夜間飛行』ではファビアンの妻と呼ばれるだけで名前が明かされない女性がわずかに姿をあらわしたあと、『人間の大地』『戦う操縦士』には女性の形象はほとんど見られない。『星の王子さま』に至って、『南方郵便機』以来初めてのことであるが、女性が（しかし人間の女性の姿ではなく）重要な役割を担って登場する。それが王子さまのバラであり、この花はひとりのとてもおしゃれな女性のように身づくろいにたっぷり時間をかけて、王子さまの期待をそそって、ようやく陽の光とともに姿をあらわすことになる。

『星の王子さま』の登場人物の性別を考えると、女性は花だけに限られる。まず王子さまのバラであり、第十八章の砂漠に咲く一輪の花、そして第二〇章であらわれる五千本のバラである。その他はすべて男性と見なすことができるだろう。オペラや演劇では女性がキツネが演じている場合もあるが、その時は王子さまとキツネの関係が単なる友情以上のものになるだろう。また、録音においてヘビを女性の声で吹き込んでいるケースもある。ただ、これらのキツネやヘビを女性が演じるのはやはり比較的稀であり、一般にはキツネやヘビは男性と見なされている。

☆バラとは何か（1）——妻コンスエロ

バラの花は、王子さまの恋の相手としては、初々しい少女というよりむしろ艶麗なおとなの女性のイメージである。王子さまは、バラを同等の相手として遇するのではなく、むしろ依存しており、バラに主導権を握られている。サン=テグジュペリの生涯に現れた女性たち、彼の生活を左右し、勢力を振り回した女性たちがそのモデルであると考えられる。

まず第一にあげるべきは、妻コンスエロである。このバラは、種子の状態で他所からやってきて、王子さまの星で芽を出し花を咲かせる。それはコケットで、美しく誇り高い女性として描かれる。彼女は美しく装う準備ができるまで、王子さまの前に姿をあらわさない。コンスエロは身ごしらえに手間取って何時間も友人を待たせたと言われており、まさしくバラの身支度はコンスエロのそれをなぞっている。また、バラの花の咳は、特にニューヨークの空気に対して敏感だったコンスエロの喘息を連想させる。

コンスエロ自身も、みずからの回想録に『バラの回想』(→p.17)と表題を付し、その中で、自分こそがバラのモデルであると主張している。

☆バラとは何か(2)——婚約者ルイーズ

次にバラのモデルと考えられるのは、サン=テグジュペリの婚約者であったルイーズ・ド・ヴィルモラン(→p.266)である。彼女は、『南方郵便機』のヒロインであるジュヌヴィエーヴのモデルでもあった。サン=テグジュペリの著作の中で、恋愛が主題となるのは『南方郵便機』と『星の王子さま』であるが、両作品とも、作家の若き日の恋愛体験が反映していると見ることができる。

『南方郵便機』のジュヌヴィエーヴと、『星の王子さま』のバラには共通点が見られるし、そこにおける恋の誕生とその破局は、サン=テグジュペリとルイーズの顛末をなぞっている。また『星の王子さま』における、うぬぼれ屋でわがままなバラの花はルイーズの性格と通じ合う。

☆バラとは何か（3）――母親

精神分析家のドゥルワーマン（→p.231）は、愛すべき花であると同時にトゲを持つバラは、作者サン＝テグジュペリの母親であると述べた。『母への手紙』（→p.296）が明らかにするように、サン＝テグジュペリは、少年時代から母に強い愛着を示し、母から自立できない子どもであった。王子さまのバラの花への依存ぶりには、そうした解釈を可能にする部分もある。ただ、伝記作者たちによって描き出されたマリー・ド・サン＝テグジュペリの姿は、信心深く愛情深い母親としての姿であり、そこにはバラの花の性格が示すような尊大でわがままなところは見られない。

☆バラとは何か（4）――神

王子さまが地上に遣わされたキリスト（→p.113）だとすると、彼が別れるバラはコンスエロやその他の女性の形象ではなく、父なる神の姿だという解釈も成り立つことになるだろう。バラが神であるというのは容易には想像し難いが、ただ物語構造的に見れば、この神によって息子は地上に遣わされ、そこでさまざまな苦難を体験したあと、父のもとへ帰還することを熱望するという筋書きを読み取ることができる。

☆バラとは何か（5）――祖国フランス

バラの花の中に女性たちの形象を見いだすだけでなく、作者の祖国フランスへの思いを読み取ることもできる。レオン・ヴェルトへの献辞（→p.42）が示しているように、『星の王子さま』は異国への亡命を選択したサン＝テグジュペリが祖国フランスに宛てたメッセージでもある。

地球に降り立ってから王子さまは、故郷の星に残してきた花を懐旧し、後悔の思いにとらわれる。そして、第二六章、彼は最後にバラの花への思いを告げる。「ねえ……ぼくの花……ぼくは花に責任があるんだ！」 王子さまにとって見捨ててきたことが深く悔やまれるバラ、王子さまが死をも覚悟して責任を負うことを表明するバラ、このバラは、もはや妻コンスエロや特定の女性のメタファーだけではないだろう。同時にそれ以上のものでもある。ここには、祖国フランスに対する責任の観念も忍び込んでいる。

『星の王子さま』全編にただよう深い憂愁の影は、これが戦時の亡命の地で書かれたことと無関係ではないだろう。ルイ・アラゴンやポール・エリュアールなどの第二次大戦中の抵抗詩人たちの例にならって、サン=テグジュペリは、バラ=女性への愛を歌い上げると同時に、祖国への愛と責任を表明するのである。

☆キツネ（1）——フェネック

第二一章で王子さまはキツネに出会う。キツネが登場するのはこの章だけだが、これはバラに続いて重要な登場人物である。

キツネ（renard）と書かれているが、挿絵（→p.81, 103）に描かれているのは、長い耳を持った砂漠のキツネのフェネックだ。サン=テグジュペリは、一九二八年、キャップ・ジュビー（→p.270）の飛行場長を務めていた時、このフェネックを飼いならしたことがある。妹ガブリエルに宛てた手紙には、キツネのスケッチが添えられている。

「いま、フェネック、または孤独なキツネを一匹育てている。猫よりも小さくて、とても大きな耳をしている。とてもかわいいよ。ただ残念なことに、野生動物のように馴れてなくて、ライオンのようにわめくんだ」

また、彼は、一九三五年末リビア砂漠での遭難（→p.282）の時にもフェネックに出会っており、その体験を『人間の大地』に書いている。彼は、砂の上に見つけた足跡をたどって巣穴に行き着き、そこに隠れているフェネックに語りかけた。

「フェネックはそこに隠れていて、私の足音の響きにおびえながら、おそらくきき耳を立てているのだろう。〈かわいいキツネよ、私は万事休すだ。でも、奇妙なことに、君の気質に興味を持たずにはいられなかったのだ……〉」

この時、実際にはフェネックはおびえて巣穴に隠れたままであった。しかしながら、『星の王子さま』の中では、サン=テグジュペリはむしろ自分の足音が音楽のようにフェネックを巣穴から誘い出すことを、王子さまに託す形で夢想する。キツネは王子さまにこう言うのだ。

「おれは、ほかの誰とも違う一つの足音を聞き分けるようになる。ほかの足音を聞くと、おれはすぐ穴に身を隠す。でも君の足音は、おれを巣穴から外へと誘い出すんだ、まるで音楽みたいに」

☆キツネ（2）——教えを授ける者

フランス中世の『狐物語』以来、キツネは知恵者と見なされることが多い。ただし、『星の王子さま』のキツネは、『狐物語』のルナールのように悪知恵を働かせるのではなく、人間たちが忘れてしまった叡智の継承者として登場している。

「手なずける」（→p.160）とはどういうことなのかを説明するにあたって、キツネは二度にわたって「いまではすっかり忘れられていることだけどね」と前置きをする。彼は新しいモラルの伝道者ではなく、今日では忘れられてしまった古いモラルの守護者なのである。しかし、彼がこの知恵をどこから、どのようにして継承してきたのかはわからない。また、彼がこれまで誰かと「手なずける」関係を結んだことがあるのかどうかもわからない。ただ、彼は「手なずける」の意味をよく知っていて、具体的な行動の指導によって、それを王子さまに教える。彼は秘儀伝授者として姿をあらわすのである。キツネの役割はイニシエーションにおける先導者であり、彼の言葉は金言、格率の形式をまとって発せられる。

☆キツネ（3）——思い出と教え

キツネが登場するのは第二一章だけである。しかし、その思い出と教えは、王子さまの心の中で生き続ける。

第二四章は砂漠で遭難して八日目となり、王子さまは、なんとかしてキツネの教えをパイロットに伝えようとするが、しかし飲み水が底を尽いたパイロットのほうでは、「ねえ、坊や、もうキツネどころじゃないんだよ！」と相手にしない。しかし、王子さまの提案で、二人が井戸を探すために歩き始めたあと、パイロットは砂漠が美しいそのわけを理解する。すると、王子さまは「うれしいよ、きみがぼくのキツネと同じ考えだから」と言うのだ。ここで、王子さまは、キツネから受け取った秘儀が語り手に伝わったことを確認する。

第二五章の最後では、別離の時が迫っているのを感じ取った語り手がこう述べることになる。「キツネのことばを思い出していたのだ。手なずけられてしまったら、少し泣きたくなるものなんだ……」

　そして第二六章、王子さまの最後の言葉も、キツネの教えに忠実なものであった。「ねえ……ぼくの花……ぼくは花に責任があるんだ！」

☆ヘビ

　王子さまが地球に着いて最初に出会うのはヘビ（p.76図版）であり、またその最期に立ち会って手助けするのもヘビである。砂漠に降り立った彼は、ヘビの身体が示す循環図のように、一年後にもとの場所に戻って、そこから去っていく。

　第十七章において、王子さまが出会ったヘビは、旧約聖書に見られる人類の始祖が出会ったヘビを連想させる。しかしこのヘビは謎めいた話し方をするけれども誘惑者ではない。むしろ彼は運命を予知し、またそれをつかさどる者のように、王子さまが自分の毒をいつの日か必要とするだろうと予言するのだ。

　それから一年後、王子さまはヘビとふたたび会うことになる。第二六章の冒頭は、王子さまとヘビとの会話で始まり、その最後はヘビの毒によって成就される王子さまの消失である。

　ウロボロスと呼ばれるシンボルとしてのヘビは、みずからの尾を噛んで呑み込み、円を形作るヘビまたは竜を指す。円形は、始めと終わりが一致すること、いいかえれば始めもなく終わりもないことから、完全、永遠、不滅の象徴と見なされ、天地創成神話やグノーシス派で象徴図として用いられた。

　自分の尾を噛むヘビは永遠性の象徴であるが、しかし、同時にヘビには毒があり、それは死そのものであり、物質化された死である。それゆえ円環を描くヘビは、永続性と死という二つの対立するものの象徴と見なされる。『星の王子さま』においても、ヘビは王子さまに死をもたらすと同時に永世を保証すると言える。

4　脇役たち

☆小惑星の住民たち

王子さまは自分の星を飛び立って地球に到着するまでに六つの小惑星を訪れるが、そこで突飛な異星人に出会うわけではない。彼らは地球上の住民といっさい変わることがなく、その意味では、そもそもこれは宇宙空間である必要はないだろう。

これらの六個の小惑星には、それぞれひとりずつの住人がいて、彼らは家族も友人もいない独居生活者である。六人全員がおとなの男性であり、女性と子どもはいない。六人のうち三人が職業を持っており（ビジネスマン、点灯夫、地理学者）、あとは王様という身分を、うぬぼれ屋という性格を、呑んべえという性癖を有している。

王子さまは相手が何ものなのかを知ろうとして、次々と質問を重ねるが、相手のほうでは、自分の関心の範囲内でしか王子さまと応対しない。すなわち、王子さまを家来、崇拝者、探検家（王様、うぬぼれ屋、地理学者の場合）と見るか、または自分の飲酒癖、所有欲、不合理な指令（呑んべえ、ビジネスマン、点灯夫の場合）にしばられたままである。だれひとりとして、王子さまを友だちとして迎え入れる者はいないのであり、この訪問から彼が知るのは、点灯夫の場合を別として、相手がただ「奇妙」な人だということだ。王子さまという好奇心いっぱいで質問好きの少年が、風変わりなおとなたちを次々と訪れて、相手の愚かしさを明らかにしていく、その過程が生彩に富んだ筆致で、ユーモアをたたえて描き出されている。

☆王様

第十章において、王子さまが訪れる最初の星では、まず家来を必要としている王様（p.66図版）のほうから声をかける。その壮麗な衣装、鎮座している玉座、権威をふりかざす態度、すべてが妖精物語に登場する伝統的な王様のイメージにかなっている。「近くに寄りなさい、おまえがもっとよく見えるように」という王様の言葉は、『赤ずきん』のおばあさんに変装したオオカミのせりふを思い出させるし、また王様があとで二回にわたって例に引く「海鳥に変身する」という話は、おとぎ話の魔法による変身のパロディであるだろう。

ここでは、「何よりも、自分の権威が尊重されることを望んで」いる王様と王子さまとの間で、ユーモラスなやりとりがしばらく続く。王様は、自分が宇宙にあるすべての星を支配し自分の意のままに服従させるのだと断言し、家来としての王子さまを必要としているので、さまざまな理由を見つけて引き留めようと試みる。王子さまを「法務大臣」に任命して、この星にいるはずのネズミを探し出して裁くように言ったりするが、しかし王子さまのほうでは退屈して、ここでは何もすることがないと感じている。王様とのやりとりは結局のところ堂々巡りで、それにうんざりした王子さまは、この星を立ち去ることを決心する。

☆うぬぼれ屋

第十一章のうぬぼれ屋（p.67図版）もまた、王様の場合と同じく他者を必要としている。だからこそ彼らは、王子さまを見て、自分たちのほうから反応し、声をかける。王様の第一声は「家来がやってきた」であり、うぬぼれ屋の場合は「崇拝者の来訪だ」である。王様と家来、うぬぼれ屋と崇拝者というのは、一方は社会階層的な上下関係であり、他方は心理的な上下関係である。だが、王子さまは王様の前ではあくびをし、うぬぼれ屋との遊びにはすぐ飽きてしまう。こうした単調な人間関係は人を退屈させるだけなのだ。

家来のいない王様や、崇拝者のいないうぬぼれ屋は、自分たちの存在理由を持たない。彼らは自分の存立基盤を全面的に他者に依存しながらも、その他者を見つけることができず、また見つけたとしてもその関係を良好に維持することができない。結局のところ、彼らは虚名の存在であり、孤独な独居者である。

☆呑んべえ

第十二章の三番目の惑星には呑んべえ（p.68図版）が住んでいるが、王様やうぬぼれ屋の場合と違って、今度は王子さまのほうから声をかける。というのも、呑んべえは他者を必要としていないからであり、彼には酒瓶だけがあればいいのだ。

明らかに呑んべえは悪循環に陥っている。もし、彼がこの悪循環から脱する可能性があるとすれば、アルコール依存症患者の場合がそうであるように、他者の助けを借りることによってであろう。しかし、王子さまがこの他者の役割を果たすことはない。呑んべえは沈黙の中に閉じこもって、他者との回路をみずから閉ざしてしまう。「そこでなにをしているの?」と、せっかく王子さまが声をかけてくれたのに、ごく短い間であったが言葉のやりとりをして対話が成立しかけたのに、彼はこの好機をとらえることができない。結局、彼は酒瓶との無言の対話を果てしなく続けるしかない。

☆ビジネスマン（1）

『星の王子さま』の中で、私たちはビジネスマンに三度出会うことになる。

まず、第一章の終わりで、語り手は、子どもたちの話題である大蛇ボア、原生林、星々に対置して、おとなたちの好む話題としてブリッジ、ゴルフ、政治、ネクタイをあげていた。しかし、ボア、原生林、星々がすべての子どもたちに共通の話題であるのに対して、ブリッジ、ゴルフ、政治、ネクタイは、必ずしもすべてのおとなが好む話題ではないだろう。これらは、この物語の書かれた時代を考慮すれば、おとなであっても女性よりは男性の好む話題である。さらに、職業としては、とりわけビジネスマンにふさわしいものである。さらに、この四つの中に、ブリッジ(bridge)、ゴルフ(golf)と二つも英語が含まれているからには、これは当時サン=テグジュペリが身近に観察していたアメリカのビジネスマンの話題であるだろう。

また、第七章においては、王子さまは、語り手の「まじめなこと」(→p.159)を批判する時に、計算に没頭して「おれはまじめだ」と繰り返す赤ら顔の男の例を持ち出して、彼を「キノコ」だと宣告していた。この時、王子さまはすでに地球に来るまでにビジネスマンの星を訪れており、その体験をここで想起していると考えられる。

☆ビジネスマン（2）

第十三章において、王子さまが四つ目に訪れる星にはビジネスマン（p.69図版）が住んでいて、この男は五回も繰り返して「おれはまじめだ」と言う。

ビジネスマンは、自分が星を所有しているのは、「おれより以前に誰も星を所有するなんて考えつかなかったからだ」と理屈を立てる。ここには、ジャン＝ジャック・ルソー『人間不平等起源論』第二部冒頭の有名な句を思い出させるものがある。「ある土地に囲いをして〈これはおれのものだ〉と言うことを思いつき、人々がそれを信じるほど単純なのを見いだした最初の人間が、政治社会の真の創立者であった」。ただ、ルソーの所有者が自分の権利を他人に信じさせることに成功するのに対して、このビジネスマンの所有権は誰にも認証されていない。他者との関わりを持たない彼はただ独り相撲をとっているに過ぎず、彼の所有は単なる自己満足である。その意味では、こっけいではあっても罪のない独占欲であると言えるかもしれない。

ビジネスマンの所有はそれ自身が目的化していて、所有のための所有であり、それに対して、王子さまは有用性という視点を持ち出す。それは、お互いの関係において相手に役立つということだ。所有するとは相手に対する責任を持ち、世話をし、相手のために仕えることである。これまで王子さまは、王様、うぬぼれ屋、呑んべえに対して、奇妙な人たちだという感想を抱くだけだったが、ビジネスマンに対してはその奇妙な論理をはっきりと論駁し、反論できないほどに相手をやりこめている。

サン＝テグジュペリは、一九二六年にラテコエール社（→p.268）に雇われたのを皮切りにして、一九三一年まで航空会社のパイロットとして北アフリカと南アメリカの空を飛んだが、そこで見知った野心的な実業家ラテコエールがこのビジネスマンの複数のモデルのひとりであるかもしれないと言われている。

また、ここでは仏文の中で、ビジネスマン（businessman）という英語が使われているように、アメリカの実業家たちに対する揶揄が見られるだろう。『星の王子さま』は作者のニューヨーク滞在中に執筆され、まずアメリカで出版されたが、この書物に顕著に見られるアメリカ文明批判に対しては、刊行当時から反発があったようだ。

☆点灯夫

第十四章、王子さまが五番目に訪れたのは点灯夫（p.71図版）の星である。彼が街灯を灯す時、それは星を一つ、あるいは花を一輪生み出すようなものだ。王様は星を治め、ビジネスマンは星を所有する。それに対して、点灯夫は何の役に立たないように見えても、空に美しいものを一つ誕生させる。第二六章で、王子さまは語り手に向かって夜空の星という星が花開くさまを語るが、この点灯夫の仕事はそうしたイメージを先取りしたものともなっている。

ガス灯という古めかしい表現が示すように、点灯夫は世界の進歩と自分の進歩を拒否している。古い職業と昔の指令に固く結ばれたこの点灯夫には懐旧的な色合いが濃厚である。ヴォルフガング・シヴェルブシュ著『闇をひらく光』などによれば、実際、パリの場合であれば、十九世紀末から二〇世紀初めにかけて、街灯のガス灯は次第に姿を消して、アーク灯へ、次いで白熱灯へと座を譲っていったのであり、このガス灯の点灯夫は旧時代の職業を大事に守り続けているのである。

この点灯夫は、作者が少年時代を過ごしたサン＝モーリスの思い出に由来するのかもしれない。そうすると、王子さまが点灯夫に好意を寄せるのは、作者の過ぎ去った時代への懐旧が反映しているということになる。

また、彼の火を点す行為は、『戦う操縦士』で言及される教会の聖具保管係を想起させる。「聖具保管係における彼の神への愛は、〈蝋燭に火を付ける〉ことの愛となる……彼は燭台の花を咲かせることに歓びを覚えるのだ」

さらに、点灯夫を縛り付ける指令はどこかカフカ的な「掟」に似て不条理であり、さらに彼の繰り返される単純作業は、一九三九年に公開されたチャップリンの『モダン・タイムス』に通ずるものがあるだろう。

☆地理学者

地理学者（p.72図版）が登場するのは第十五章であるが、地理学への揶揄はすでに第六章において現れている。そこで語り手は、子ども時代に教えられた地理学がパイロットになってからもたいへん役立ったと、皮肉混じりに述べていた。

王子さまが六つ目に訪れる星には地理学者が住んでいるが、このいささか尊大な学者の姿には、作者の祖父（→p.260）に対する揶揄を見ることもできる。

すでに冒頭から「おや！　探検家がやって来たぞ」と言っていた地理学者は、ひとしきり対話を交わしたあと、突然気づいたように、「そうだ、君は遠くから来たんだ！　探検家なんだ！　君の星について語っておくれ！」と叫ぶ。ここで、王様／家来、うぬぼれ屋／崇拝者と同様の地理学者／探検家という二項的人間関係の中に王子さまは巻き込まれてしまうが、もちろんこれは友だちになったわけではまったくなく、こうした貧しい関係が長続きするはずはない。

地理学者は、「不変の事物」にこそ関心を抱き、「はかない」ものにはまったく興味を示さず、そんなものは重要でないと考えている。しかし、彼は、その意図とはかかわりなく、王子さまに大切なこと、すなわち「はかない」ということの意味を教えることになる。地理学者にとっては価値のない「はかない」ものこそ、王子さまにとっては貴重なものなのだ。

☆トルコ人の天文学者

第四章では、王子さまの星の発見者としてトルコ人の天文学者が紹介される。一九二〇年かあるいはその直前に「ヨーロッパ風の服を着るように」と言う「布告」を出したトルコの独裁者は、ムスタファ・ケマル（一八八一～一九三八）のことだろう。一九二〇年に、彼はまだ独裁者にはなっていないが、『星の王子さま』の書かれた段階ではすでにアタテュルク（父なるトルコ人）の名を得ている。彼は一連の西洋化政策の中で、トルコ帽やターバンを禁止した。ただ、法律で決めたので罰則はあったはずだが、「死罪に処する」ほどのものではなかっただろう。

トルコ人の天文学者の発表した場が「国際」天文学会であるとはいえ、ここでは、トルコ人の衣装が珍妙で、西洋の服装こそがエレガントであるということが前提となっている。

この挿話は、モンテスキューの書簡体小説『ペルシア人への手紙』を想起させる。この小説では、パリに出てきたペルシア人のリカが自国の服装で外出する時には、たちまちまわりに円陣ができて、彼は衆目を集めることになる。それほどの歓待を重荷に感じた彼は、次に「ペルシア風の衣服を捨ててヨーロッパ式のそれ」を身につけると、「一瞬の間に公衆の注意と敬意」を失ってしまうのである。リカの場合はペルシア人の衣装ゆえに歓待され、その反対に天文学者はトルコ人の衣装ゆえに冷遇される。そして、彼らがヨーロッパ式の服装に着替えると、リカはその個性的価値を失い、天文学者の場合は一般的信用を勝ち得る。いずれの場合も、人々はまず第一に服装によって他人を判断するのだ。ここには、人を外観で判断することの愚かしさとこっけいさが描かれている。

このページに掲げられた二つの挿絵が、テクストのユーモアを倍加している。天文学者は二度国際学会で発表するが、それらはほぼ同じ書版、同じ証明、同じしぐさによってなされる。しかし、衣装は取り替えられ、また学者の白髪は増えているのである。

LPP™

☆五千本のバラ

五千本のバラ（p.79図版）は王子さまの一本のバラと対比する役割を与えられている。キツネとの出会いの前後、すなわち第二〇章と、第二一章の後半に登場する。

第二〇章で、五千本のバラと出会って、王子さまがまず考えたのは、あの気位の高いバラがひどく傷つくことであり、次に彼は自分の不幸に思いを致す。王子さまはただ一本のバラしか持っていず、それは五千本のバラと何ら変わるところがないように思える。彼は自分が所有し、世話をしている花の価値について疑念を抱き、花や火山が自分にとってどういうものなのかを問うている。星を旅立って以来初めて、王子さまは泣くのである。

第二一章の後半では、キツネに勧められて、王子さまはふたたびバラに会いに行く。「きみたちは空っぽなんだ」というのはいささか乱暴なもの言いであり、五千本のバラが「気づまりな思い」をするのも当然である。しかし、王子さまのバラは彼にとってこの世でただ一輪のバラなのだから、五千本のバラは比較の対象でさえない。比較が生ずるとすれば、それは五千本のバラ同士の間でしかないだろう。「手なずける」（→p.160）とは、特定の対象を自分にとって「なずく」ものにすることなのだから、その他のものとは隔絶される。強く深い愛が独占と排他を伴うのは当然のことである。そして、「通りすがりの人が見れば」、王子さまのバラもまた他と変わらないバラに見えるだろう。王子さまのバラがこの世でただ一つであるのは、彼にとってだけなのだ。

第十三章でビジネスマンの星を訪れた時、王子さまは、自分は「一輪の花」を持っていて毎日水遣りをするから、自分が花を所有することが花にとって役立っていると語った。キツネの教えを受けた王子さまは、花と自分について、単に所有と有用という以上の深い関係があることを理解している。ただ、ここでは彼は自分がいかにバラを世話したかということしか語らず、彼自身がバラから受けた恩恵については語らないのだ。手なずけることが相互行為であるならば、これは不十分というものだろう。

第八章で、王子さまは語り手に向かって、バラの花が「良い香りと明るい光を振りまいてくれた」と語るが、これは物語の時間順序としては、五千本のバラを前にしての演説よりあとにくる。王子さまは、そこでさらに理解を深めたということができる。

☆転轍手

第二二章で登場する転轍手は、進むべき方向を管理する人である。彼のおかげで、列車は衝突や混乱なく運行される。他方で彼は、自分が何を探しているのかもわからずにあわただしく電車に乗って往来するおとなたちを批判する。時間を惜しんで特急列車で旅する者たちは、動き回っていながらも、自分たちが何を探しているのかを知らない。また自分のいるところにけっして満足できないから、たえず動き回ることになる。砂漠の花が語っていた、根がなくて風に吹かれるがままにさすらう人間たちのことが思い出される。

転轍手は旅客たちの愚かしさを語り、「子どもたちだけが、窓ガラスに鼻を押し当てて」いて、彼らが「幸せだ」と言う。彼もまた、おなじみのおとなと子どもの対立図式を持ち出して、「子どもたちだけが、自分がなにを探しているのか知っている」と言う王子さまと意見を同じくするのだ。意味もなく右往左往するおとなたちと違って、子どもたちは十分に時間をかけることを知っている。この物語には、子ども時代の語り手と王子さまを除いて子どもが登場せず、また語り手と王子さま以外の登場人物が子どもを話題にすることもない。ただここで、転轍手だけが子どもに言及するのである。

第四章 ＊『星の王子さま』の世界

1　時間と構造

☆時間の指標

『星の王子さま』では、いくつかの章に時間の指標がある。それらを列挙してみよう。

第一章「六歳の時」
第二章「六年前」「飲み水はかろうじて一週間分」
第四章「一九〇九年」「一九二〇年」
第五章「三日目」
第六章「四日目の朝」
第七章「五日目になって」
第二四章「砂漠に不時着してから八日目」
第二五章「一年目の記念日」
第二六章「翌日の夕暮れ」「その夜」
第二七章「六年の歳月」

これらの時間の指標を、語りの「現在」を基点として過去へと遡及する形で整理することができる。まずパイロットが砂漠で王子さまに出会ったのは「六年前」である。その時飲み水は「一週間分」しかなかった。そして「八日目」が過ぎて、十日目の夜、王子さまは姿を消す。それは

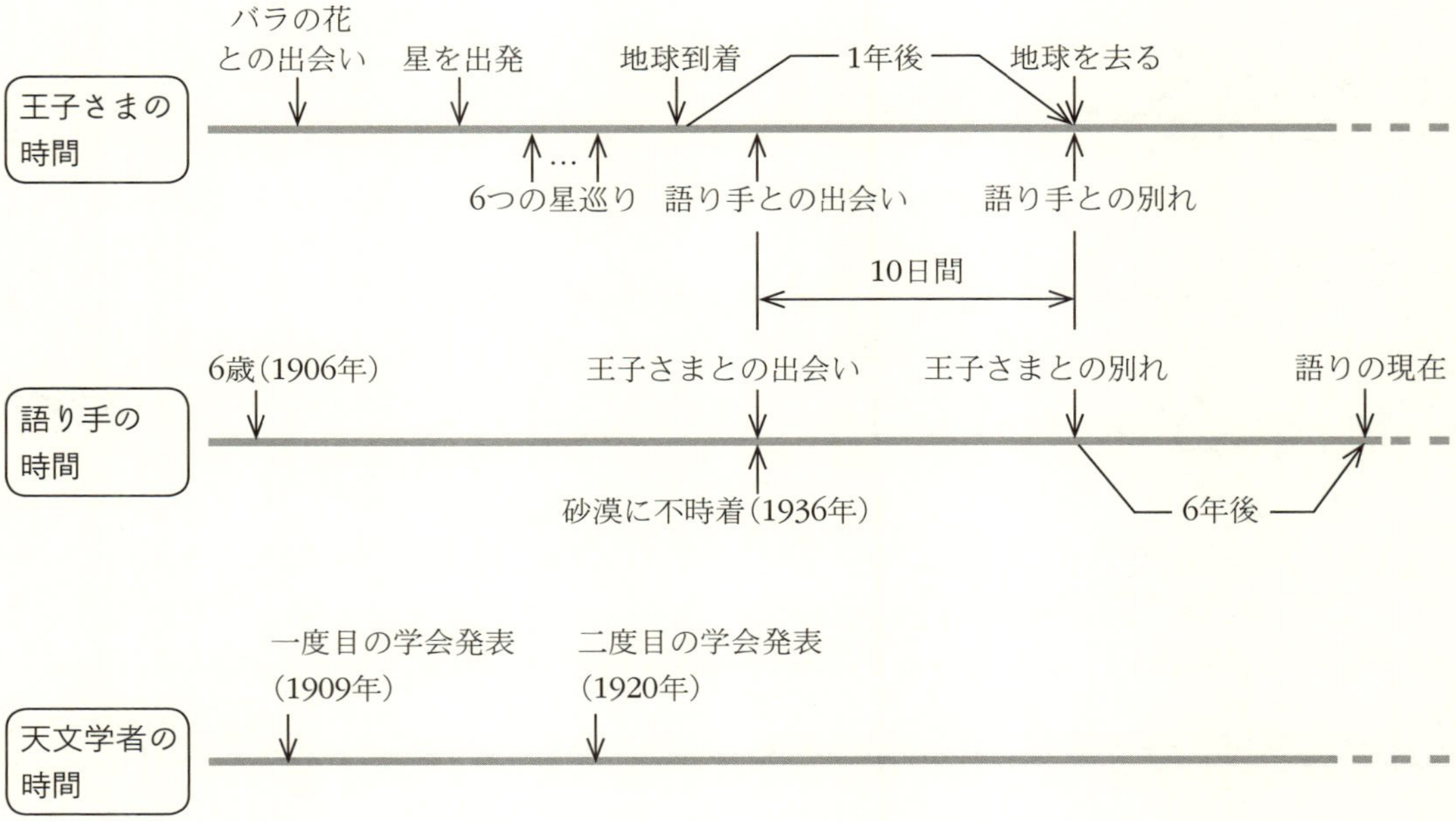

『星の王子さま』にあらわれる時間の指標

また王子さまが地球に到着してから「一年目の記念日」でもある。

語りの現在を、物語の外の時間、すなわち作者の生涯と関連づけるならば、それを『星の王子さま』執筆時の一九四二年と仮定することができる。そこから「六年前」は、サン゠テグジュペリのリビア砂漠での遭難の時とほぼ一致する（→p.282）。また語り手「六歳の時」は、作者が六歳の一九〇六年となる。

物語内に明示された歴史的時間の指標としては、天文学者による二度の学会発表の年である「一九〇九年」と「一九二〇年」があるが、これと王子さまの物語との関係は明確ではない。ただ、語りの現在をこの本が執筆された一九四二年に位置づけると、語り手と王子さまの出会いの年である一九三六年から十数年以上前のことになる。

☆ある日、その時、いつの日か

時間の指標が示されないことも多い。たとえば、第八章でバラの開花が語られるが、「王子さまのその花は［……］ある日、芽を出したのだ」となっている。王子さまの地球到着は語りの現在から「七年前」のことであるから、この「ある日」は「七年前＋α」の出来事となるだろう。

第二一章冒頭は「その時だった、キツネがあらわれたのは」となっている。これは第二〇章の末尾「そして、草の中にうつぶして、彼は泣いたのだ」を受けている。このキツネとの出会いの「その時」は、王子さまが地球に到着してからパイロットと会うまでの一年間のどこかに位置づけられる。

また、「あとがき」では、読者への呼びかけの形で、「もし、いつの日か、君たちがアフリカの砂漠を旅することがあれば」と語られる。この物語の続きは、未来の「いつの日か」へと開かれており、こうして語り手の時間は読者の時間へと受け継がれていくのだ。

☆語り手の時間

第一章冒頭は「六歳の時に」という語り手の生涯のある時期を示す時間の指標によって始まる。同じ「六」という数字が第二章冒頭にも現れて「六年前」と記され、これから語られる出来事と、それが書かれた時期との間に、六年の隔たりがあることが示される。このことは最終章で「あれから六年の歳月が流れた」によって確認される。

語り手の時間と章の関係は、次のように示すことができるだろう。

第一章：六歳の時の語り手
第二章から第二六章まで：砂漠に不時着した語り手が、王子さまに出会う。
第二七章：この出会いから六年後、語り手が王子さまの思い出を書き記す。

王子さまにかかわるすべての時は、いわゆる枠づけられた物語となっている。他方で、語り手の生涯が、始まりと終わりの両側から、枠づける物語を構成している。

こうした時間構成は、テクストの総体に、過去の探求という性格を与えることになる。『星の王子さま』とは、自分の過去を理解しようとするひとりのおとなの物語でもあるのだと言えるだろう。

☆一週間の物語

第二章冒頭で、「飲み水はかろうじて一週間分あるだけだった」と述べられる。これは物語の持続時間をあらかじめ制限するものだ。

この一週間は、その毎日に時間の指標が示されているわけではない。第二章が王子さまとの出会いの初日であることは明白だが、そのあと第五章冒頭では、話は「三日目」に飛ぶ。二日目については指示がないが、それは第三章および第四章に対応するのだろう。

そのあと第六章は「四日目の朝」、第七章は「五日目になって」とあり、このように五日目までは明示されている。第八章から第二三章までは、バラの花、六つの小惑星の訪問、地球到着から商人との出会いまでが連続して語られる。この間、不時着してから「何日目」という指標は見られず、第二四章に至って、その冒頭が「砂漠に不時着してから八日目」となっている。それゆえ、バラの花から商人までの一連の物語は、五、六、七日目の三日間で、王子さまから語り手に伝えられたということになるだろう。

八日目の夜、語り手と王子さまは砂漠を歩き続けて、第二五章において、九日目の夜明けに井戸を発見する。そして、翌日の、すなわち十日目の夕暮れには、語り手は、修理の仕事を終えたあと井戸のところに戻ってくる。そして王子さまが姿を消すのはその日の夜、すなわち語り手と出会ってからは十日目の夜ということになる。

こうして、一週間分の飲み水によってあらかじめ制限されていた二人の時間は、井戸の発見によって三日だけ延長されたことになる。

第二章　一日目
第三章、第四章　二日目
第五章　三日目
第六章　四日目
第七章　五日目
第八章～第二三章　五日目、六日目、七日目
第二四章　八日目
第二五章　九日目
第二六章　十日目

この十日間の物語は、パイロットの不時着を起点として、外部から切断された自立した指標である「最初の日」「三日目」「八日目」と数えられる。『星の王子さま』はそれゆえ「歴史」とは関わりを持たない物語なのである。

☆語り手の物語の構造

語り手によってなされる『星の王子さま』の物語構造は次のように要約できるだろう。

まず、日常の生活空間から遠く離れた場所へと入り込んだ旅人が、そこで「異形の者」と出会い、この相手の語る物語（多くの場合それは私たちの日常を越えた世界の出来事である）の聞き手となる。

次に彼は、受託したこの物語を日常世界に持ち帰り、今度は彼自身が語り手となる（物語の受託者はつねにそれを他者に伝える任務を負うのである）。王子さまは消滅してしまう。だが、パイロットは砂漠で死んではならない。彼は人間界に戻って、王子さまから受け取った彼の物語と秘儀を私たち読者に伝えなければならない。

こうして私たちは不思議な少年の物語、そしてこの少年と語り手のあいだのつかの間であったが深い交流の物語を手に入れることになる。そして、さらに付言するならば、語り手が出会った異形の者は、とりもなおさず彼自身の少年時代である。人は他者との出会いを通じて、結局は自分自身と出会うのだ。

☆王子さまの時間

語り手と少年との出会いは、十日以上は続かなかったが、王子さまの旅はそれよりずっと前に始まっていた。語り手と出会うまでの王子さまの時間を、それが語られる章との関係において示すと次のようになる。

（1）バラ以前　第三章〜第七章
（2）バラ　第八章、第九章
（3）小惑星訪問　第十章〜第十五章
（4）地球到着　第十六章〜第二三章
（5）語り手との出会い　第二章

（6）井戸の探索　　　　　第二四章、第二五章
（7）語り手との別れ　　　第二六章

まずバラ以前としては、夕陽、バオバブの話などがある。そして「ある日」バラが王子さまの星にやってきた。それからほどなく二人は仲違いして、王子さまは自分の星を飛び立つ。六つの小惑星をめぐるが、これがどれだけ時間を要したのかは不明である。地球に到着して、あと一週間で一年が経過しようとする時に語り手と出会う。この出会いが、語り手および読者の側から見た場合は物語の発端となり、その十日後に王子さまは消え去ってしまう。

☆王子さまの物語の構造

王子さまが語り手と出会うまでの「旅物語」は、語り手の物語とは別に、それ自身が独立した物語と考えることができる。これについては、物語の構造分析の定式に従って、登場人物の役割を考察することができる。すなわち「送り手」は花であり、「目的」は必ずしも明確に示されてはいないが強いて言えば友だちを見つけること、「主体」は王子さま、「受け手」は語り手であるパイロットおよび読者、「補助者」は王子さまが出会う人々や動物ということになる。

ところで、ここには王子さまの探索の旅を邪魔する「敵対者」がいないのだ。これは敵対者を欠く物語である。それぞれの作中人物が、それぞれのやり方で、主人公の成功に協力している。王子さまは自分の星から逃げ出すことによって探索の目的を達するのだから、王子さまを旅立たせる花もまた「送り手」であると同時に「補助者」の役割を果たしている。

2 場所と空間

☆砂漠——出会いの場所

物語の第一章と第二七章が語られる場所は、語り手の子ども時代の家と、おとなになってから住んでいる家であるだろう。この二つの家が同じであるかどうかはわからないが、ともに日常生活を営んでいる場所である。それに対して、第二章から第二六章までは砂漠で話が展開する。さらに王子さまの語りの中では、彼が住む星、地球にやってくるまでに訪れた六つの小惑星、さらに地球に到着して語り手と出会うまでに通過したさまざまな場所がある。

中でも、もっとも重要なのが砂漠であることは瞭然である。『星の王子さま』の中では、砂漠は出会いと理解と別離の場所である。物語において重要なこの砂漠が持つ価値の多様性は、対立する二つの要素によってあらわされる。砂漠という語は共示的意味として、不毛性や人間の不在を示す。遭難したパイロットは砂漠で死の危険にさらされるが、しかしサン=テグジュペリは、それを二人の人間の豊かな交感の場とするのである。パイロットはそこで、少年に出会い、友情と理解を見いだす。不思議な少年との出会いがなければ、そこは不毛の土地であり、肉体と魂が死ぬ場所である。王子さまと一緒にいれば、生命を与えられた豊饒の土地となる。

第二四章では、砂漠は表層の不毛な広がりであり、その下に「真実」を探し求めなければならない。砂漠をあてどもなく歩き回るだけの者は、外観の下に隠れた聖なる「存在」を知覚することができない。聖なる場所である砂漠は、サン=テグジュペリのすべての作品における象徴的な力である。地理学的には孤立したその場所は、最良のイニシエーションの中心地となる。

☆砂漠の井戸

第二四章と第二五章では、井戸が筋立ての中心となる。砂漠での一週間が過ぎて、水の蓄えが底を尽き、王子さまが語り手を誘って、井戸の探索に出かける。一昼夜歩き通して、語り手は、眠り込んだ重い少年を抱えたまま、夜が明ける時刻に井戸を発見する。生命の場所の発見と黎明との一致には、象徴的意味があるように思われる。単なる掘られた穴ではなく、滑車や綱や桶に至るまですべてがそろっているこの井戸の神秘的な性格は、二人の旅人によって強調されている。

長いあいだ眠っていた井戸が、おとぎ話における王女の目覚めのように活動を始める。渇きを覚えていたのは語り手のほうだったのに、井戸にたどり着くと、王子さまが先に水を飲む。肉体をうるおす水より先に、「心をうるおす水」を飲むのである。そして王子さまが水を飲むことで、語り手も「お祭りのような心地よさ」を感じる。この水は語り手から王子さまへの贈り物であり、ここでも子ども時代の思い出という回路を通じて、語り手はそれを理解するのだ。

井戸はこうして過去と現在が通い合う場所であることが明らかとなる。紺碧の鏡であるこの井戸は、太陽を映し出して、大地の生命要素である水を空の生命要素である太陽に結びつける。最後に井戸は星々と一体となって、空にいる王子さまをいつまでもうるおし続けるだろう。

☆井戸――生命の水

これはヤコブの井戸でイエスがサマリアの女に言った言葉、「私が与える水はその人の内で泉となり、永遠の命に至る水がわき出る」（ヨハネ書、四）を想起させる。この水はすでに霊的な性質を帯びている。そして、井戸の水を汲みあげる行為は、宗教的な奉献であり、語り手と王子さまの友情の最終的な確認のための儀礼でもある。心の渇きを覚えて井戸の水を飲む王子さまと、肉体の渇きを覚えて水を飲む語り手は、ここでともに蘇生するのだ。

ここで二人は、いわばひとりの人間の霊的・精神的な面と、身体的・肉体的な面をあらわしており、本来一心同体である。この二人の「渇き」の不思議な暗合がそのことをよく示していると言えるだろう。砂漠に不時着した語り手の、霊的・精神的な渇望が王子さまという蜃気楼のような存在を生み出したのだ。そしてその間、語り手のほうは、この霊的存在との対話（内面的対話）に支えられて、身体的・肉体的な渇望に苦しみながら、エンジンの修理に専念した。

こうした心情と肉体の双方の糧となる水に関しては、『城砦』の語り手が、第一八七章において次のように述べている。「私がおまえの渇きを讃えるのは、肉体にとって重要な水が渇きによっていっそう豊かになるからではない。そうではなく、渇きによって、おまえが星や風、砂の上の敵の足跡を解読することを余儀なくされるからこそ、私は渇きを讃えるのだ。[……]おまえが水を飲もうと思う時、おまえを、星空のもとでの前進や、錆びた滑車の礼式に従わせることのみが重要なのである。このような礼式こそ讃歌であり、おまえの行為に祈りの意味を与えるのである。おまえの腹のための糧がおまえの心情のための糧と化するために」

一九三五年末リビア砂漠に不時着し、四日後にベドウィン人によって救助されたサン＝テグジュペリは、『人間の大地』第七章の末尾でこう書いている。「水よ！　水、おまえは、味も、色も、香りもない。おまえを定義することはできない。おまえが何たるかを知らずに、ただ飲むだけだ。おまえが生命に必要なのではない。おまえは生命そのものだ」。こうして砂漠における水は生命そのものとなる。

いる。

☆王子さまの星と火山

第四章において、王子さまの星は一軒の家ほどの大きさしかないことが明かされる。だが、あとで彼が訪れる小惑星の住民たちの住む星の大きさも、あまり変わりがない。また、王子さまの星には、『南方郵便機』におけるベルニスの操縦する機体と同じB六一二という数字が付けられている。

第九章では、王子さまの小さな星には三つの火山があることがわかる。旅立つに当たって、彼は三つの火山の煤払いをおこなうのだ。バオバブの場合と同様であり、日頃の注意と規律が大切であることを教える。この火山は、南米パタゴニアでサン=テグジュペリが見た死火山の噴火口から思いつかれたものである。実際、『人間の大地』第四章では、ガエゴス河南側の火山地帯の上を飛ぶ飛行士は、「かつて千にも及ぶ火山が、焔を吹き上げながら、地下の巨大なパイプオルガンを通じて互いに共鳴し合っていたその廃墟の情景」を語っている。この記憶に基づいて、サン=テグジュペリは王子さまの星の火山を「死火山」（拙訳では「休火山」とした）と表記している。そして、本来ならけっして噴火するはずのない死火山も、王子さまは「いつ噴火するかわからない」と言うのである。

この三つの火山の象徴的解釈もいろいろ提出されている。二つの活火山は愛と創造を、そして死火山は失った信仰を表すのであるとか、あるいは、これらは三位一体を象徴しており、活火山が父と息子、死火山が聖霊であるとかの解釈が提示されている。ただ、火山が何らかの生命的エネルギーの象徴であることは間違いないだろうし、またこのエネルギーは適切に排出させてやり、コントロールすることが必要だ。さもないと、「やっかいな事態」を招いてしまうのである。

☆宇宙空間と小惑星

第十章冒頭で、「王子さまがやってきたのは、小惑星三二五、三二六、三二七、三二八、三二九、三三〇のあるあたりだった」とある。王子さまの星はB六一二であった。彼が訪れる小惑星には、三二五から三三〇までの連番が付されており、これらは宇宙のある地域にかたまって存在していると考えられる。

挿絵で見る限り、星はどれもこれも小さい。王様の星は、毛皮の裾で覆われてしまうほどだ。うぬぼれ屋は、サーカスの玉乗りのように、球形の星の上に立っている。点灯夫の星は、王子さまが言うように「あの星はほんとうに小さすぎる。二人分の場所は」ない。ビジネスマンと地理学者はともに机にかじりついているが、彼らの星はやや大きく描かれている。地理学者の星については、こう書かれている。「これほど大きくてりっぱな星は、それまで見たことがなかった」

これらの小惑星は、物語展開の舞台としてではなく、そこに住む個性豊かなおとなたちによって重要な役割を果たしている。

☆地球の風景

王子さまは地球の砂漠に降り立ち、一年後にパイロットと出会うが、それまでの間、彼は各地を訪れているように見える。

砂漠を横断した王子さまは、第十九章で、高い山の頂に登る。これは、サン=テグジュペリが南米で見たアンデスの山がモデルになっている。次の第二〇章では、王子さまはバラの咲きこぼれる庭にたどり着く。そのあと、すぐに第二一章で、リンゴの木の下にキツネが現れる。このキツネは猟師の住む村の近くに生息している。それゆえ、五千本のバラ、キツネのいるリンゴの木の下、猟師たちが住む村、これらは近接していることになる。キツネと別れたあと、王子さまは第二二章で、転轍手と出会う。線路脇には彼の小屋があり、特急列車が横を通り過ぎていく。

草稿（→p.185）には、ほかにもいくつかの場面が予定されていたが、そこでは王子さまは商店を訪れ、民家の食堂に上がり込み、発明家の機械を眺めることになっていた。

☆ニューヨーク

『星の王子さま』の中に現れる風景の大部分は、砂漠をはじめとして、作者サン=テグジュペリの体験から直接取り込まれている。他方で、この作品誕生の場所であるニューヨークは、間接的な形でしか反映していない。

第六章で、王子さまが夕陽を懐かしむ場面では、語り手は「ところが残念なことに、フランスはあまりに遠すぎる」と嘆いている。ここでは、作者が執筆当時に住んでいたニューヨークが、フランスまでの距離の遠さという形で暗示されている。

また、第十三章に登場するビジネスマン（→p.131）は、ニューヨークで作者が実際に目にしたアメリカのビジネスマンたちがモデルになっているのだろう。さらに、第二二章の転轍手とのやりとりは、慌ただしく行き交うおとなたちの様子から、近くにニューヨークのような大都会があることを推測させる。

3　キーワード

☆「ぼくにヒツジの絵をかいて」

第二章で王子さまはまず声（→p.110）によって登場するが、その第一声は、「お願いです……ぼくにヒツジの絵をかいて」である。前半の「お願いです（S'il vous plaît）」は丁寧な依頼表現だが、少し中断したあとの「ぼくにヒツジの絵をかいて（dessine-moi un mouton）」は親しい間柄で使う言い方に変わっている。

この少年は語り手に一つの奉仕を命ずるが、この命令は絶対的なものとして提示されているように見える。語り手に絵を描く能力があるかどうかとか、これから飛行機の修理に取りかからなければならないとか、彼の個別の状況を無視した絶対的な命令である。超越的な世界からやってきたようなこうした命令には、人は従うほかないだろう。

この命令は、「描く」という行為を要請すると同時に、その間接目的語である「ぼく」によって描く行為の受益者である少年を明示化し、さらに直接目的語である「ヒツジ」によって描く対象を一つの主題として提示する。このあと実際にヒツジは語り手によって描かれ、王子さまと語り手の共有する想像世界の中において実在することになる。

この「ヒツジ」と言う言葉が、次にはヒツジにまつわる物語、すなわちバオバブの物語、さらにはバラの物語を産み出すことになる。こうして次々と増殖した物語は、一篇の「星の王子さま」という物語になるだろう。「ぼくにヒツジの絵をかいて」は、物語誕生のきっかけとなる言葉なのである。

☆数字

『星の王子さま』にはいろいろな数字が散りばめられている。

まず初めに「僕が六歳の時」と始まり、この六という数字が第二章冒頭の「六年前」となにやら意味ありげな暗合をなしていることは誰でも気づくだろう。次にはB六一二という王子さまの星につけられた数字。そして星の数を数えているビジネスマン。また、地球到着の前には、「二〇億のおとな」という数字もあらわれる。さらに一つの庭に咲いている「五千本のバラ」、キツネが言う「十万匹ものキツネ」。

第四章では、数値化できるものにしか関心を示さないおとなたちが批判され、揶揄される。それは友だちの場合であれば、年齢、兄弟の数、体重、父親の収入であり、また家に関してはその価格である。十万フランという価格が美の価値基準と直結するようなおとなたちの数字崇拝がここでは誇張されて、戯画的に描かれる。

数値化とはデジタル化でもあり、これは加工が容易な情報である。他と比較したり、全体の中でランク付けしたり、経年による変化を記録したりすることができる。ひとりの友だちの身長は、他の友だちの身長と比較したり、クラスの中での順位を定めたりすることができる。ひとりの友だちのお父さんの年収は、他の友だちのお父さんの年収と比較して、その多少を判断することができる。数値には厚みも深さも、色合いもない。ないからこそ取り扱いが容易なのである。

他方で、その友だちがどんな声であるとか、どんな遊びが好きであるとか、蝶々を集めているとかということは、友だちに関するアナログ的な情報であり、挿話である。こうした挿話が集まって、友だちについての「物語」を創り出すことになる。物語には厚みと、深さと、色合いがある。それは数値よりも扱いにくいかもしれないが、はるかに複雑な情報を内部におさめることが可能である。利便性が跋扈《ばっこ》する時代にあって、この数値に対抗しうるものがあるとすれば、それは「物語」であるだろう。

しかし、他方で乱数表というものがある。それはあくまで数字の集合でありながら、数字の持つ序列性をことさらに無視したものだ。整序されたシステムをもたらすかと見えて、実は無秩序と偶然性の価値を保持するためのものである。『星の王子さま』に見られる数字は、ちょっと乱数表に似ている。サン=テグジュペリは、あちこちに意味ありげな数字をまき散らしているが、しかし、これらの数字は、必ずしも世界をデジタル化するためのものではない。「五千本のバラ」は「三千本のバラ」や「一万本のバラ」であってもかまわないし、「五億の鈴」は「十億の鈴」でもいいわけだ。第二章では、千マイル（mille milles ミルミル）という音の遊びも見られる。作者は、数字の好きなおとなたちをからかいながら、同時にわざとのように作品のここかしこに数字をばらまいて、その数字と戯れているかのようだ。その時、数字はその序列化作用を失って、一つの「詩」になるのだと言えるだろう。

☆「おとな」と「子ども」

『星の王子さま』で使われている「おとな」と「子ども」は、現実のおとなや子どもとは別物である。あるものの考え方がここではおとなの考え方であるとされ、また別の考え方が子どもの考え方であるとされる。おとなたちが偏愛する数値は利便性のゆえに手放すことはできないし、また他方で、子どもたちが求める物語は充実した生に不可欠である。ひとりの人間が、ある時にはおとな的に思考し、またある時には子ども的に思考する。そのバランスが失われ、数値化崇拝が蔓延することこそが危険である。

おとな／子どもの二項対立は、冒頭に置かれたレオン・ヴェルトへの献辞（→p.42）においてすでに現れている。第一章では、おとなの無理解が強調されたあと、子ども向けの話題である大蛇ボア、原生林、星に対置して、ブリッジ、ゴルフ、政治、ネクタイとおとな向けの話題が並べられる。これらはとりわけビジネスマン（→p.131）が好む話題である。

第四章で、語り手は王子さまの星はB六一二だと説明したあと、読者に「君たち」と呼びかける。この「君たち」は明らかにおとなと対立する子どもである。読者の中にはおとなも含まれているだろうが、その場合には彼らは少なくとも物語を読んでいる間は、あるいは語り手に君たちと呼びかけられている間は、かつての子どもに戻ってしまう。ここで、語り手は読者を味方につけながら、童心の側に立って、おとなたちの数値化された世界観を揶揄し、批判するのである。

おとなと子どもの二項対立は物語の最後まで貫かれることになる。第二七章の最後で、語り手はこう宣言する。「おとなはだれひとりとして理解できないだろう、こうしたことがとても大事だってことを！」冒頭から何度も提示された子ども対おとなの図式が、最後にもう一度示されて、語り手と読者の共同戦線からおとなを排除してしまうのである。

☆バオバブ

第五章で語られるバオバブ（p.56図版）の木の話は、初めは「惨事」と呼ばれ、次に「大惨事」「危険」と次々に名付けられる。大蛇ボア boa と大樹バオバブ baobab の音は類似しているが、これらはともに破壊的な暴力を連想させる動物と植物である。特にバオバブに関しては、これを当時ヨーロッパを蹂躙していたファシズムの象徴であると見なすことは可能であるだろう。バオバブの絵を描いたのは切迫した感情につき動かされたのだと語り手は言うが、そのことはこの作品が書かれた当時の緊迫した時代状況へと私たちの目を差し向けるだろう。しかしながら、一九四二年の時点では、ファシズムの脅威はすでに自明のものとなっていた。バオバブがファシズムを象徴するものであったにせよ、つねにその芽を育成する土壌があり、そこから養分を吸い上げてこそ巨木は成長するのである。ここでは、悪の芽を小さいうちに摘み取ることが問題なのであって、ファシズムという巨大な力に発展したあとでは、もう手遅れと言えるだろう。

語り手の警告は、私たちが長いあいだそうと知らずに隣り合わせに生きてきた危険に対するものであると同時に、その危険はもはや手のほどこしようがないほどに巨大化しているのだから、子どもたちに向かっては、彼らがいつか人生の旅に出て遭遇するであろう将来の危険に対しても発せられている。バオバブの挿話は、目前のファシズムへの警鐘であると同時に、つねにそうしたものを不注意に育んでしまう人間の精神の怠惰なあり方への警告でもある。

『星の王子さま』では危険の代名詞となったバオバブであるが、しかしその奇怪な外見に反して、この巨木は人間にとって有用な植物である。幹の太い独特な樹形の落葉高木で、その姿は逆さまに植えられたニンジンと形容される。樹高十八メートル、幹の直径九メートルに達し、樹齢二千年と推定される巨木も知られている。アフリカの先住民はバオバブを保護し、さまざまな用途に利用する。堅い果実を容器として用い、酸味のある果肉を清涼飲料水とし、若葉は食用、種子は食用・薬用、樹皮は繊維材料として利用されている。

☆「まじめな」

『星の王子さま』において重要な意味を担ってたびたび使われる単語の一つに、形容詞のsérieux「まじめな、真剣な」がある。

まず第一章の終わりで、語り手は「こうして、僕の人生において、たくさんのまじめな人々と出会うたくさんの機会を得た」と述べる。このあとに「僕の考えはたいして変わることはなかった」と続くので、この「まじめな人々」とは、物わかりの悪いおとなのことであり、「まじめな」という語が揶揄のニュアンスを伴って使われていることが明瞭である。

第七章においては、飛行機の修理に専念するパイロットが王子さまの質問をうるさく感じて、「僕はいま、まじめなことに取り組んでいるんだ!」と叫ぶ場面がある。すると王子さまはびっくりして、「まじめなことだって! きみは、おとなみたいなものの言い方をするね!」と叫ぶのだ。王子さまが「おとな」と言うのはこれが初めてだが、語り手がこれまで用いてきた子ども対おとなの図式を彼も採用して、おとなが言う「まじめ」を批判するのである。続いて、王子さまは、一度も計算以外のことをしたことがなく一日中「おれはまじめな男だ! おれはまじめな男だ!」と繰り返している男の例をあげて、「ヒツジと花の戦争は大事なことじゃないの? 太った赤ら顔のおじさんの計算よりも、まじめで大事なことじゃないの?」と、たたみかけるように質問する。おとなたちの「まじめ」と、王子さまの「まじめ」は明らかに異なっている。

第十三章に登場するビジネスマンは、五回も繰り返して「おれはまじめだ」と力説する。小さな紙切れに星の数を記入して引き出しにしまっておくという彼のやり方に対して、王子さまは「ずいぶん詩的だな。でも、あまりまじめとは言えないや」と、ここでもおとなのまじめを批判するのだ。さらに、第十五章では、尊大な地理学者が、地理学の本が「いちばんまじめな本」だと信じて疑わないのである。

☆キツネ（1）――「手なずける」

第二一章、キツネのせりふには格言めいた言い回しが頻出するが、もっとも繰り返されるのは apprivoiser「手なずける・飼いならす」であり、本書では一貫して「手なずける」と訳している。この語は、英語版では tame となっている。サン＝テグジュペリについての書物を英語で著したジョイ・マリ・ロビンソンは次のように述べている。「ここでは翻訳の困難がある。英語の tame は、フランス語の異なった二つの語、すなわち動物を忠実に従うよう訓練するという意味の domestiquer、そして人と動物との間に愛情の絆を創り上げるという意味の apprivoiser の翻訳だからである。フランス語では、ここは apprivoiser なのである」（『アントワーヌ・ド・サン＝テグジュペリ』、トウェイン・パブリッシャーズ、一九八四年）。だがプチ・ロベール辞典（*Petit Robert*）によれば、domestiquer は「1　野生種の動物を家畜にする。2　完全に服従させ、支配下に置く」とあり、また apprivoiser は「1　野生の（獰猛な）動物をより穏やかで、危険のないものにする。2　いっそう従順で愛想のよいものにする」とある。ロビンソンが言うような「愛情の絆を創り上げる」という、そこまでの強い意味は apprivoiser にはない。ただし、domestiquer のほうが、より完全な支配の関係を創り出すという意味合いがあるようだ。そもそも、apprivoiser の原義は privi にする、すなわち個人の、占有の、プライベートなものにするという意味である。つまり、ここでは誰のものでもないキツネを、自分のプライベートなものにするということだ。

それゆえ、domestiquer と apprivoiser の意味の相違、および apprivoiser の語源的意味を考慮して、apprivoiser は、「なずく（懐ずく）」ようにするという意味の「手なずける（手懐ずける）」と訳すほうがいいように思われる。

この第二一章だけで、「手なずける」は十五回も使われている。王子さまは、例のごとく、キツネに向かって「どういう意味なの、〈手なずける〉って?」と三度繰り返して問うが、キツネはすぐには答えない。逆に王子さまに何を探しているのかをたずねたあと、三度目の王子さまの問いかけで、ようやくそれは「絆をつくる」ことだと答えるのである。

キツネの話を聞いて、王子さまは、「わかり始めてきたよ」「一輪の花があってね……彼女がぼくを手なずけたと思うんだ……」と話す。キツネの場合は王子さまに手なずけてほしいと頼むが、バラの花との関係では、花が王子さまを手なずけたのである。これは、王子さまがバラの魅力にとらわれたことを示している。

☆キツネ（2）――「この世でただ一つ」

第二〇章で五千本のバラを前にして泣き伏した王子さまは、次の第二一章において、キツネによって救われる。ビジネスマンをはじめとするおとなたちと同様、数量化の罠に陥った王子さまに、キツネは王子さまのバラが unique au monde「この世でただ一つ」だと教えるのである。「この世でただ一つ」とは数量化できないものだ。単数が複数になれば、すなわち二つ以上あれば、そこから算数と計算が始まる。選択（どちらをとるか）と順位付け（どちらを優先するか）が問題となる。仮に五千本のバラから一本を選ぶとすれば、そこには比較と順位付けが入り込むだろう。だが、王子さまにとってのバラは、そのような形で選択されたものではない。

ただ一つのものは他との比較を絶しており、他と同じ地平に並べられることを拒絶する。そして、このただ一つのものは、万人にとってただ一つのもの、たとえば絶対的な神のようなものではない。それがただ一つのものであるのは、それを手なずけた人にとってだけなのだ。そして彼は、なぜ他のものではなく「これ」を手なずけることになったのかを説明することができないだろう。彼は他のものとの比較考量のあとで「これ」を選び取り、手なずけたわけではないのだ。手なずけることは、選択や順位付けに先だって存在する。それはある時に、おそらくは運命的な出会いのようにやってくる。こうしてひとたび手なずけたものは、ただ一つのものとして、他のものとの比較を一挙に超越してしまうのである。それは数量化可能な世界とは別次元にあって、私たちの内心と直接に結びついてしまう。

キツネは、王子さまが彼を手なずければ、王子さまは彼にとって「この世でただひとりの少年」となり、同時に彼は王子さまにとって「この世でただ一匹のキツネ」になると述べる。さらに彼は、王子さまのバラが「この世でただ一つのものだ」とわかるだろうと言う。こうしてキツネに教えられた「ただ一つのもの」によって、王子さまは数量化の罠から抜け出すことになる。

☆キツネ（3）――「忍耐」

「手なずけておくれよ」と言うキツネに、王子さまは「あまり時間がないんだ。友だちを見つけなければならないし」と答える。ここでは王子さまは、手なずけることこそが友だちを見つけることであるのをまだ理解していない。このキツネは「人間たちには、もう物事を知るための時間がない」と断言して時間に追われる現代人を批判し、さらには「人間たちにはもう友だちがいない」と宣告して、これまで人間の中に友だちを探し求めてきた王子さまの判断が誤っていたことを指摘する。そして時間がないと言う王子さまに対してキツネは、友だちを作るには忍耐力が必要だと教えて、まずはじめに「少し離れて」座り、それから日が経つごとに「少しずつ近くに」腰をおろすように指導するのである。

『城砦』第十章には砂漠のキツネを飼う男が登場するが、彼は、飼っているキツネが逃げ去った時、新たに一匹をとらえることを勧める友人たちにこう言うのだ。「キツネをとらえるためにではなく、キツネを愛するためには、あまりにも多くの忍耐が必要だ」。この男の知恵を、『星の王子さま』のキツネはすでに所有しているのである。

☆キツネ（4）――「しきたり」

続いてキツネは、王子さまに「同じ時刻に」来るほうがよいのだと教える。王子さまがいつも午後四時に来るなら、「三時には早くも、おれは幸せな気分になるだろう。時間が経つにつれて、ますますおれは幸せを感じる。四時になれば、もうそわそわして、気もそぞろになってくる。幸せの値打ちを知ることになるんだ！」とキツネは言う。だからこそ、「しきたりってものが必要なんだ」。そして、「しきたりがあるから、一日がほかの日々とは違ったものになる」のである。

「しきたり」と訳した rite は、儀式・祭式の意味もあり、本来宗教的意味合いの強い言葉である。しきたりによって、ある一時間、ある一日が聖別化されて、他とは異なった特別の時間、特別の日となる。しきたりこそが、ハレとケ、聖と俗の区別を導入する。キツネをつけねらう猟師たちは、木曜日には村の娘たちと踊る。「それで、おれにとって木曜日はすばらしい日になるってわけだ！」と、キツネは言う。彼はブドウ畑までぶらぶら出かけていけるのだ。だからこそ、彼にとって木曜日は祝祭日となり、ハレの日としてその他のケの日と区別される。人間たちと鶏の間で展開される単調でたいくつな生活にハレの日を加えることがキツネの願いなのだ。

しきたりとは反復によって形成されるものであり、毎日のうちのある時間、毎週のうちのある曜日に同じ行為が繰り返されることによって、それが儀式化される。それゆえここには時間と繰り返しに対する忍耐が必要だ。

『城砦』第三章においては、「しきたり・儀式」が時間を一つの建造物にすると説明される。「儀式が時間の中で持つ意味は、住まいが空間の中で持つ意味に等しい。流れ去る時間が、一握りの砂のようにわれわれを磨り減らし失わせるのではなく、われわれを完成させていくように感じられるのはよいことである。時間が一つの建造物となるのはよいことである」

☆キツネ（5）――「いちばん大切なものは目に見えない」

第一章の大蛇ボアの絵からすでにこの主題は現れている。体内の見えないボアと見えるボアの二つのデッサンは、容器と中身、人目を惑わす外形と、それが密かに閉じこめている内的現実との弁証法を表している。

第二章で、王子さまはボアの中のゾウも、箱の中のヒツジも簡単に見通してしまう。ここにすでに、大切なものは目に見えないという主題と、中身を見抜くことのできるのはおとなではなく子どもであるという主題が提示されている。

そして第二一章、キツネは別れにあたって三つの教訓を垂れるが、その最初のものが「いちばん大切なものは目に見えない（L'essentiel est invisible）」である。この主題はその後の章において、王子さまによって変奏される。第二四章では、砂漠で腰をおろした王子さまが「星たちは美しい。それはここからは見えない花のためなんだ……」と言う。次いで第二五章では、人間たちは自分の探しているものを見つけることはないと述べたあと、こう付け加える。「目には見えないんだよ、心で探さなくっちゃね」。そして第二六章の別れに際しても、「大事なもの、それは目では見えないんだ」と、王子さまはあらためて確認するのである。

☆キツネ（6）――「自分が手なずけたものに対して責任がある」

キツネはたくさんのことを王子さまに教えるが、別れる時にはそれを三つに要約して語る。

第一は「いちばん大切なものは目に見えない」ということであり、この物語の中で繰り返し示唆されてきた。

第二は「時間を費やすこと」であり、これはあとになって、のどの渇きを止める薬を売る商人のエピソードなどにおいて繰り返される。

第三は「自分が手なずけたものに対して責任がある」ということである。王子さまはすでにバラのために死ぬことを語っていた。手なずけたもののためには時として死ぬ覚悟が必要であることに、彼はすでに気づいていた。そしてここでは、キツネがバラに対する責任を王子さまに教える。手なずけたもの、自分にとって世界でただ一つのもの、それに対して人は責任を負い、時には死をも受け入れなければならない。王子さまがキツネから得た教えは、いかにも峻厳なものである。「いちばん大切なものは目に見えない」というテーゼのみが有名になって、この責任と死のテーゼは、どちらかと言えば等閑視されてきたきらいがある。この担うにはいささか重すぎる課題を、しかしながら王子さまはこれからまっとうすることになるだろう。

4　挿絵

☆著者による挿絵付

姉シモーヌの証言によれば、アントワーヌは幼いころから絵を描くのが巧みだった。

「弟はいつも、小学生用ノートや学生用のメモ帳になぐり書きしていました。私たちにはデッサンで埋められた手紙を送ってきましたが、受け取ったほうでは必ずしも歓んではいませんでした。みんな、おぞましいカリカチュアにされて描かれていたからです」

と、一九五八年に語っている。サン＝テグジュペリが生涯にわたって、自筆原稿の余白や手紙、手帳やメモ用紙に書き残したデッサンは、デルフィーヌ・ラクロワにより編集されて、二〇〇六年、ガリマール社から『サン＝テグジュペリ　デッサン集成』（邦訳、みすず書房）として刊行された。ここには五百点近い絵が収められている。

若き日のサン＝テグジュペリは、海軍兵学校の口頭試験に失敗したあと、美術学校に入学（→p.264）し、一九二〇年十月から一九二一年四月まで聴講生として授業に出席した。彼は、ヴィクトール・ユゴーのように書簡の中で絵を描く習慣があった。

『星の王子さま』は絵から先に生まれた作品（→p.5）である。初めは、『戦う操縦士』の挿絵をすでに依頼したことがあるベルナール・ラモットに登場人物の素描を描くように頼んだが、素朴さが欠けていると見て、サン=テグジュペリは自分で描くことを決意した。

表紙の表題の下には「著者の水彩画付」とあり、この本の挿絵がサン=テグジュペリ自身によって描かれたものであることが明記されている。しかしこの表記は版により異なっている。たとえば、「新プレイヤッド全集版」では「著者による挿絵付 Avec dessins par l'auteur」となっているが、旧版の「プレイヤッド著作集版」では、「著者の挿絵付 avec les dessins de l'auteur」となっていた。また一般に普及している文庫版である「ガリマール社、フォリオ版」では、「著者の水彩画付 Avec des aquarelles de l'auteur」となっている。このことは、この表記が作者ではなく編集者たちによるものであり、また編集者がこのような表記が必要だと考えたことを示している。

☆表紙の絵

表紙には、作者による絵が描かれており、これは第四章にある「小惑星B六一二の王子さま」とキャプションが付された挿絵（p.39図版）と同じものである。灰色の小さな星、目立たない花や灌木らしきものが数本、煙を吹き出している火山らしきもの、その横に、ブロンドで、薄緑色の服をまとった悲しげな面差しの少年が立っている。『星の王子さま』は、世界中の二百以上の言語によって翻訳されているが（→p.197）、しかし表題が読めなくても、表紙の絵を見ただけでこれが何の本であるかがわかるだろう。ただし、翻訳における表紙の絵については、原書とは異なった絵を掲載している場合も多い（→p.201）。

デッサンは表題ページを取り囲んでいて、口絵から飛び出した星がそれを飾っている。子どもの字の書き方を想起させる丸みを帯びたタイトルの文字にも、絵の要素が取り入れられている。

☆扉の絵

扉ページには、渡り鳥に引かれて、宇宙空間を移動する少年の絵（p.63図版）があらわれる。そこには、「僕が思うに、王子さまは星から逃げ出すのに、渡り鳥を利用したのだ」と書かれていて、あとで、これが第九章の冒頭の文であることがわかる。そしてここから、この物語が、どうやら少年が自分の「星から逃げ出す」話であるらしいと推測できる。

渡り鳥の飛行をみごとに利用して、少年は彼の住む星から運ばれていくところだ。星は、いっそうつつましい大きさで描かれて、表紙の絵がほのめかしていた狭小な印象をさらに強調している。その代わりに、少年の衣服は前とは異なっている。旅行に出るのに赤い蝶ネクタイはふさわしくない。長くて黄色いスカーフが、宇宙を飛んでいく旅の厳しさに立ち向かうかのようになびいている。

☆挿絵と本文

この本に収録された二二枚（そのうち大半の十五枚が色刷りである）の挿絵のうち、単に物語の添え物にすぎない絵もあるが、中にはテクスト（本文）と同等の重要性を持つ絵も数多い。テクストとデッサンを自由に組み合わせるレイアウトの変化に富んだ豊かさがそこに見られる。

テクストは現実を指向するより前に挿絵を指向している。ヒツジの絵（→p.172）がその好例である。王子さまはまるで本物のヒツジであるかのようにその絵を持ち帰る。ここでは絵が現実にとって代わるのだ。

デッサンはここでは単なる挿絵ではない特別の機能を有し、作者による陳述の、語りの、教訓の戦略に基づいている。絵がテクストに光をあてて浮かび上がらせるのである。

これは単なる文学テクストではなく、イコノテクストである。すなわち文章と挿絵が分離できない一体を形成している作品であり、画家と作家の協力の成果として現れるが、時には『星の王子さま』の場合のように画家と作家が同一人のこともある。ここでは、何よりも作家みずからがこの二つの役割を引き受ける才能があったということが大きい。

☆子どもが描くような絵

『星の王子さま』が児童書の一冊として刊行されていること、また作者自身が素朴な水彩画の挿絵を描いているということは、この本が明らかに特定の年代の読者向けに作られたものであることを示している。「八歳以上向け」と、表紙に明記した叢書もある。

これらの絵は子どもらしいタッチで描かれていて、いかにもこれが児童向けの絵本であるという印象を与える。実際、第一章では、語り手の絵を描く能力が六歳の水準にとどまってしまったことが語られ、また第三章において、彼は飛行機を描くことは自分にはむずかしすぎると言って拒むのである。

第二五章において、王子さまは、語り手の不器用なデッサンを見て、下手な絵でもかまわないよと言う。子どもたちは、物事を理解する才能が優れており、目に見えない大切なものを見ることができるからである。

しかしながら、サン=テグジュペリのデッサンは外見以上に複雑なものだ。時には描写的、時には風刺的、時には象徴的であり、視点を変化させ、遠近法がきわめて多様である。見かけの素朴なデッサンの背後に、子どもの絵を模倣して喜んでいる芸術家としての作家の姿が浮かび上がる。

☆大蛇ボア（または帽子）の絵

第一章の冒頭には、本文に先立って、野獣をのみ込む大蛇の絵（p.47図版）が描かれている。この物語は、まず初めに挿絵が提示され、次にそれについての説明をおこなうという形でテクストが続く。ここでは、挿絵が主であり、テクストが従である。

第一章における二つのデッサンは、おとなと子どもの対立図式（→p.156）を導入すると同時に、読者を味方につける戦略でもある。ここで、読者は、物わかりの悪いおとなたちとは違って、自分は帽子＝ボアの中まで見通すことのできる人たちの側にいるものだと、思い込んでしまう。このデッサン第一号および第二号を通して、読者は選ばれた人々の仲間に入り、そこで語り手と読者の共犯関係が成り立つのである。

第二章において、大蛇ボアの絵の有効性が確認される。語り手は、ここであらためて、突然あらわれた少年に対して体内の見えないボアの試験をおこなう。しかし、少年は、おとなたちとは反対に、外見に惑わされず中を見通すことができるのだ。語り手と少年、この二人の人物は互いに似ている。彼らは相手を理解し、目に見えないものを見ることができる。彼らは同じ冒険の途上にあり、二人の物語がこうして始まるのである。

冒頭に置かれたボアの絵は、こうして読者である子どもたちをキツネの教訓について考察するように導くのだ。「いちばん大切なものは目に見えない」

☆王子さまの絵

さまざまなものが挿絵に描かれた。第一、二章および「あとがき」において、デッサンそのものが対象となり、語り手が読者のまなざしを要請する（ボア、帽子、ゾウ、ヒツジ、最後の風景）。そして王子さまが想起させる世界や動物の表象（ゾウ、バオバブ、花、キツネ）。さらには王子さまが出会った人物たちのカリカチュア。だが、もっとも重要なのは、もちろん王子さまその人である。

多くの場合、このブロンドの子どもは緑色の服を着て、首にスカーフを巻いた姿で描かれる。作品の表題がすでに彼を示しているし、ほとんどすべての挿絵に彼の姿が見られる。間違いなく彼がこの本の主人公（英雄）である。物語の展開に応じてサン＝テグジュペリは視点を変化させ、描かれた王子さまの表象は静止していたり、動いていたりする。

王子さまの絵の中でも有名なのは、第二章においてページ全体に描かれた肖像画（本書カバー図版）である。ここでは、王子さまは、イアサント・リゴーが描いたルイ十四世の有名な肖像画のようなポーズをとって描かれている。華麗なマントを羽織って、長靴を履き、戦士と貴族の象徴である剣を帯び、星を散りばめた肩章をつけている。色彩は金、赤、緑であり、王侯の色であるが、他方で白い服は純粋さを暗示している。しかし、絵の下に書かれた注記によると、この絵は「のちになって描いた」ものなのである。

第二六章では、「僕は、彼のいつもの黄金色のマフラーをほどいた」と述べられる。しかしこのマフラーがすべての挿絵に現れるわけではないし、それはいつも黄金色というわけではない。

本文においては王子さまの笑い声（→p.111）が印象的だが、彼は絵の中ではけっしてほほえむことがない。その表情はほとんどいつも寂しげに見える。

☆ヒツジの絵

第二章で登場した王子さまの第一声は「ぼくにヒツジの絵をかいて」（→p.154）であり、語り手が苦し紛れに描いたヒツジの入った箱（p.51図版）とともにフィクションが始まる。

ヒツジの絵のエピソードは、この不思議な少年の特異な性格をよく示している。彼は初め病気のヒツジを退けて、次に牡ヒツジを、さらに年老いたヒツジを拒否し、最後に絵に描かれた箱の中に眠り込んだヒツジがいるのを透視して、歓びに浸るのだ。

イメージの現実性を信じることが、この作品の読書契約に含まれている。そうした信頼を共有することによって、おとなと子どもは理解し合えるのである。「君にあげたのはとても小さなヒツジだから」「そんなに小さくないよ……おや、眠ってしまったよ」

他方でパイロットのほうでは、第四章の終わりで、悲しそうにこう述べている。「でも残念ながら、僕は箱の中にいるヒツジを見ることはできない」

ここでは、描くことを創造行為になぞらえている。この少年は、絵に描かれたヒツジと、現実に存在するヒツジとの間に相違を認めない。そして、語り手もまた、こうした認識をそのまま受け入れている。ヒツジを描くことは、神が動物を作り出したように、ヒツジを存在させること、産み出すことなのである。

結局のところ、ヒツジの絵は描かれることがなかった。それは箱の中に隠されている。そしてもう一つ描かれなかった絵がある。それは、ヒツジに取り付ける口輪の革ひもの絵である。それなしではヒツジは自由に草を食み、バラの花をも口にしてしまうかもしれない。こうして王子さまのバラの花は、いつまでも危うい存在として、注意を怠らず見守ってやらなければならない者としてあり続けるのだ。

☆星の絵

本の全体にわたって、挿絵の中で星々が燦然ときらめいている。星は表紙の絵の上に広くまき散らされて、扉ページにも、また本文を飾る絵の三分の一以上において現れる。そのきらめきは、王子さまのコートの肩の上にまで姿を見せている。また小惑星B六一二の周囲（第三章）に星が散りばめられ、それはまたとりわけ恐ろしいバオバブ（第五章）のまわりを優しく飾っている。

王子さまが旅立つと、星たちは王様（第十章）、ビジネスマン（第十三章）、点灯夫（第十四章）、地理学者（第十五章）の絵を取り囲む。星辰は宇宙のシンボルとなっており、その無限の空間を不思議な少年は旅するのだ。地球に降り立ったあと、砂漠の最初の絵においてもまた、きらめく星が一つ空にかかっている（第十七章）。これは物語の最後にあらわれる三つの絵（第二六章、第二七章、あとがき）を準備するものである。

☆砂漠の絵

出会いの場所は砂漠（→p.148）であり、そこからは絵画的なものがいっさい排除され、何もない背景となり、聖なるものがあらわれる場所となる。

砂漠の絵（p.98, 99図版）は、物語の最後に二枚掲げられている。倒れようとする王子さまが描かれた絵と、王子さまが消えてしまった絵である。前のほうの絵には王子さまの姿と空にかかる星に彩色がほどこされているが、あとのほうの絵は単色である。少年は姿を消して、色彩がなくなって、宇宙がくすんで灰色になった。二つのゆるやかな曲線が砂丘の稜線を描いている。一つの星が、何もない空に浮かんでいる。王子さまの死と出発のあと、世界は砂漠になってしまった。この黒と白の悲しい挿絵は、消え去った少年の寓意的表象であり、幼い読者に本を閉じるように誘う。

この場所は二重の意味を持つことがわかる。間違いなく、そこは不思議な少年が飛び立った地点であり、喪の場所である。だが同時に、そこは彼が現れた場所であり、だからこそふたたび姿を見せるかもしれない場所なのだ。不毛の土地は、こうして開かれた空間となる。空に輝く王子さまの星が表している希望へと誘うのである。だから物語はこう結ばれている。「すぐ僕に手紙を書いてほしいんだ、王子さまが還ってきたと……」

☆掲載されなかった絵

一九九四年に刊行されたプレイヤッド叢書の『アルバム、サン=テグジュペリ』（ガリマール社）には、作家によって決定稿から除かれたデッサンが八枚収録され、その後『サン=テグジュペリデッサン集成』（ガリマール社、二〇〇六年）には下絵も含めて三〇枚以上が追加され掲載されている。

それによると、初めはパイロットの絵が予定されていたことがわかる。故障した飛行機が遠くに見えて、手前には岩陰に横たわるパイロットの姿（次頁）。またはハンマーを握ったパイロットの大きな手。それらは語り手に肉体を与えようとしたものだ。しかしながら、デッサンは削除され、語り手は肉体を持たない形式となり、語り手すなわちおとなであることを意識している作者は挿絵から取り除かれる。あとに残るのは、作家の肉体の無意識のイメージ、すなわち王子さまなのである。

その他に掲載されなかった絵としては、網を持って蝶を追いかける男、玉座に腰かけるのではなく星の上に両足で立っている王様、三本ではなく一本の巨大なバオバブに覆われた星とその横に立ちつくす王子さま、桶を手にした赤い大きな鼻の女性、などの絵がある。

5　ジャンルの問題

☆子どもの本か、おとなの本か

『星の王子さま』を論じる者が決まって問いかける疑問がある。果たしてこれは子ども向けの本

岩陰に横たわる飛行士（遠景に飛行機）（ニューヨーク，ピアポント・モーガン図書館蔵）

©Éditions Gallimard

なのだろうか、ということだ。確かに、一九四二年のクリスマス商戦に向けて、子どものために企画されたものだが、できあがった本はどうだろうか。

まず、子どもの本としての性格をあげてみよう。

（1）原題の『小さな王子さま』（→p.40）は子どもの本の伝統に属している。

（2）子どもらしいタッチで描かれた挿絵（→p.169）がついている。

（3）子どもが主人公であり、人間の言葉を話す花やヘビやキツネが登場して、ファンタジーの物語になっている。

他方で、子ども向けとは思われない性格としては、次のものがあげられるだろう。

（1）王子さまは外見は子どもだが、その言動には子どもらしからぬところ（→p.111）が多々見受けられる。

（2）物語の結末（主人公の死）が、子ども向けの本の定石からはずれている。

こうした両面的な性格については、児童文学者たちも頭を悩ましたようである。この本を、「児童文学史」だとか「児童文学ノート」だとかの表題のついた書物の中で取り上げながらも、結局は、これは児童文学の中できわめて特異な本であるとか、児童文学ではなく子ども向けに仮装したおとなのための本であると断言している場合もある。また、幼い子どもに話しかけるようなお話の口調と、作品を読むのに要求される教育程度との間にずれがあるという指摘もある。

『星の王子さま』は子ども向けなのか、おとな向けなのか？　この問題は議論されてすでに久しいがまだ解決をみていない。

☆自伝的風刺物語

『星の王子さま』の物語は額縁に入れられた絵画の構造になっている。まず額縁としての「語り手の物語」があり、次にその中に収められた絵画としての「王子さまの物語」がある。

語り手の物語は、多くの自伝がそうであるように、子ども時代の回想から始まる。とはいえ、自伝物語のスタイルを採用しながらも、そこにはおとなたちへの痛烈な風刺と批判がこめられている。少年と読者との仲介者である語り手の役割は、この物語を現実の中に根付かせることである。

第二章でこの風変わりな男の子が登場するまでは、この物語にはファンタジーの要素は見られず、おとなへの揶揄のみであり、これは風刺物語のジャンルに属するだろう。

☆驚異の物語

第二章に入って、少年が現れて以後は、語り手にとっては驚きの連続であり、読者もまたこの驚きを共有することになる。まず初めに、語り手は、「雷に打たれたみたいに」突然やってきた声にびっくりする。次に、少年がデッサン第一号の中身をただちに見抜いてしまうので仰天する。最後に、ぞんざいに投げ出した箱の絵の中まで相手が見通すことに驚嘆するのである。こうして「まぼろしの出現」に始まり、次々と驚異の現象に立ち会うことを通して、次第に語り手も読者も、この神秘を受け入れていくことになる。ここから「驚異」の世界、妖精物語やおとぎ話の世界へと入っていくのだ。ここからあとは、バラやキツネが人間の言葉を話そうが、主人公が鳥の渡りを利用して星間飛行をおこなおうが、読者はそれらをすべて自然なこととして受け入れるのである。

王子さまの登場は、語り手の現実界にその姿をあらわす。しかし、この現実界は人が住んでいるところから千マイルも離れた砂漠であり、すでに非日常の空間である。少年の出現に対して語り手は驚きを繰り返すものの、そこには戦慄と恐怖は見られない。あらわれ出たものは、幻想物語におけるような幽霊でもなければ、異様な生物でもない。ほとんど無垢とも言えるかわいい少年なのだ。王子さまは二〇世紀の砂漠に出現した妖精であると言えよう。

語り手は、初めはためらっているように思われるが、次にはこの超自然と思われる出来事を、そのまま現実の一部として受容する。だが最後には、彼はふたたび日常世界に戻るのであり、王子さまとの出会いは彼が砂漠で見た幻覚と見なすことも可能である。

☆おとぎ話

とりわけ王子さまの旅立ちからあと、『星の王子さま』はおとぎ話的構造に従って展開される。説話的テクストに固有の直線的に進行する物語のまわりに、さまざまな場面が連結されて構成されている。これはおとぎ話の論理であり、主人公の出発、探求、出会い、模倣、結末といった展開と、このジャンルの法則にかなった絡み合って反復される挿話から成り立っている。

主人公は、親指小僧や赤ずきんと同様に、子どもである。小さな身の丈は、敵対者があらわれたりする時には彼を危険にさらすことになる。彼は野鳥の渡りを利用して自分の星から脱したり、惑星から惑星へと飛び移るのだ。おとぎ話におけるように、彼は果たすべき使命を帯び、彼が通過する場所は魔法の領域である。

☆哲学的コント

キツネの登場によって、不思議議物語は哲学的コントに姿を変え、重大な存在論的問題へと開かれ、宇宙的次元を与えられ、聖性へと向かう無限の広がりに浸ることになる。イソップやラ・フォンテーヌに代表される寓話は、動物などが登場人物として現れて、道徳的な教訓を伝えるための短い物語であり、子ども向けの物語には「言葉を話す動物」がたびたび登場する。

『星の王子さま』では、まず初めにバラの花が言葉を話し、そのあとヘビ、さらにキツネと続く。とりわけ、キツネは雄弁であるが、ここでは策略や嘘の象徴的形象ではなく、人生に意味を与える価値を少年に託宣する者となっている。

これは、人間、植物、動物が一つの人生観の中にまとめられている物語である。そこには、教訓的なモラルは拒否されているとはいえ、模範となるような価値基準の全体が提示されている。さらに、動物、植物は人格化されて、少年に語りかける。ある者たちは、キツネのように知恵ある者であり、また他の者たちは、ヘビのように呪術的能力を有している。

☆神秘的神話

王子さまの旅物語からふたたび砂漠のパイロットへと話が戻って、二人が砂漠にあるはずのない井戸を求めて歩き始めるところから、物語は次第に神秘性を増していく。キツネの教訓が井戸の発見という形で確認されて、井戸が霊的生命の源として提示される。

さらに、みずからの死を覚悟した王子さまが熱弁を振るって、パイロットに別れの言葉として深い叡智を授ける場面は、哲学的対話の性格を帯びるとさえ言えるだろう。もはや驚異物語でも、妖精物語でもなく、作者が子ども向けの本として書き始めたことを忘れてしまったかのように、ここでは物語は神話としての原型的普遍性へと至る。『星の王子さま』の妖精物語としての部分は子どもに向かって語りかけ、また神話の部分はおとなを感動させるのである。

☆複合的な性格を持った書物

結局のところ、『星の王子さま』を、文学史が好むような単純なカテゴリーの一つに分類するのは不可能である。

タイプとしては、説話的なテクストであり、ここでは対話が多くの場面を構成し、そこに物語と描写が付加されて一体となっている。ジャンルとしては、この短い物語はフィクションであり、小説であり、風刺的コントであり、教訓的寓話であり、時には散文詩でもある。テクストのそれぞれの時点に応じて、こうした下位ジャンルのどれか一つにいっそう近づくことになる。限定的なクラス分けの中には収まりきらないことが、この作品のもう一つの豊かさなのだ。そして、性格としては、ユーモアとまじめさ、メランコリーと晴朗さ、皮肉と抒情性が交錯している。

外見の素朴さと単調さにもかかわらず、サン=テグジュペリのテクストはこうして動きのある、洗練された、多様で、ほとんどしたたかなテクストであると言える。国際的な成功はこうした二重の特性によるものであり、単純さと豊かさがここでは協力するのだ。

果たして子ども向けの本なのか、おとな向けの本なのか、それを決め難いところにこの作品の新しさがある。この書物は、二つの企てを混ぜ合わせて、文学史にこれまで見られなかったタイプのエクリチュールを打ち立てたのである。

コラム2

ヴィルジル・タナズ演出の劇『星の王子さま』

二〇〇六年からパリで始まった新演出による『星の王子さま』(→p.183図版、p.206)を手がけたのは、ヴィルジル・タナズである。彼は一九四五年生まれのルーマニア人で、母国にいたころにカミュの戯曲『戒厳令』をルーマニア語に訳したことがあるが、当時の政治状況で出版することはできなかった。最初の小説をフランスで出版したが祖国では発売禁止となって、パリに移住する決意をしたのは三〇年前のことである。高等研究院でロラン・バルトの指導を受けたあと、みずから小説や戯曲を書くほかに、名作の翻案・演出を手がけ、プルーストの『失われた時を求めて』は十八か月も続いて上演された。

このタナズ翻案・演出の特色は二つある。一つは原作の語り手を廃して、物語を時間的展開の順に並べ替えたことである。『星の王子さま』の時間構造は必ずしも単純なものではない。一人称の語り手がまず六歳の時の体験を語り始めて、次に六年前の砂漠における王子さまとの出会いへと話は移る。そのあとで、王子さまが自分の星を逃げ出して、地球にやって来て、パイロットに出会うまでの過去の物語が挿入されている。ところが、タナズ演出の舞台では、まず王子さまとバラの対話が出発点となる。次にこのバラと仲違いしたあと、ふたたびバラのもとへと帰還するまでの王子さまの旅物語が展開されて、パイロットはあくまでも砂漠で王子さまが出会うひとりの人間であり、語り手ではない。演劇は小説とは違った構造を持つのだという主張がそこに見られるようである。

タナズ演出のもう一つの特色は、バラの花を少女が演じることである。原作では、バラの花は、少年の恋の対象としてはやや不釣り合いなおとなの高慢な女性のイメージがあるが、しかしタナズ演出では、これを少女に転換させた。十歳から十三歳の少女三人が、日替わりで演ずることになっている。そして舞台では、どこか懐かしい響きを帯びた音楽が流れる中、いきなりこの少女が登場して、大きな風船で遊び始める。そこへ少年があらわれて「君はきれいだね」と繰り返し言うが、やがて少年は恋に傷つき旅発つことになる。

登場人物はまず少女であり、次にこの少女が出会う少年（王子さま）である。十一歳から十三歳までの四人の少年が交代してこれを演じる。そしておとなのひとりの俳優（ともに一九六八年生まれの二人の俳優、ピエール・アゼマとダヴィッド・ルグラのダブル・キャスト）が、残りのすべてを演じるのだ。パイロットはもちろんのこと、王様、うぬぼれ屋、呑んべえ、ビジネスマン、点灯夫、地理学者といった星の住民たち、そして天文学者、転轍手、薬商人、さらにヘビにキツネ、こだまにいたるまで、ひとりで演じ分けることになる。では、五千本のバラはどうするのか。これは私たち観客であり、王子さまは観客席を五千本のバラに見立てて語りかける。

そして、特筆すべきは、絶妙な小道具の使い方だろう。チェロの弓の一端を目に近づけると望遠鏡になり、ガラス版に絵を描けば画布となり、紐をゆらせばヘビの動きを示し、鉢を頭にかぶれば帽子に、脚立を空中に泳がせれば飛行機に、シャボン玉を吹き散らせばきらめく星々に見えてくる。そして同じ人物がライターを手に持てば点灯夫、帽子をかぶればうぬぼれ屋、マントを羽織れば王様、そろばんを握ればビジネスマンに早変わりするのだ。

こうして私たちは、子どもの遊戯すなわち「ごっこ」の世界と、芸術ジャンルとしての演劇がみごとに溶けあった魅惑的な魔法の世界へと導かれることになる。

第五章＊『星の王子さま』の草稿、出版、翻訳、翻案

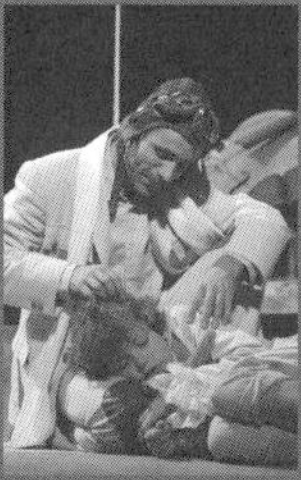

ヴィルジル・タナズ演出の劇『星の王子さま』より
（図版提供：Virgil Tanase）

1　草稿

☆手稿とタイプライター原稿

『星の王子さま』には、手書き原稿とタイプライター原稿がいくつか残されている。アルバン・スリジエ編『昔々、王子さまが……』（ガリマール社、二〇〇六年）によると、その所在は次の通りである。

手書きの草稿はニューヨークのピアポント・モーガン図書館に保管されている。一九四三年四月北アフリカへ出発する前に、サン＝テグジュペリはシルヴィア・ハミルトン（→p.14）にこれを贈ったのだ。本文は百三二ページからなり、ところどころ判読困難であり、最終的な挿絵となるまでの下書の水彩画が多く添えられている。本文のうち八ページに挿絵があり、挿絵だけのページは三五ページである。これは、一九四二年十月のうちに書き終えられたようであり、サン＝テグジュペリが手を入れて出版社に最終原稿を渡す以前のものである。草稿の最終版は、翻訳者に渡されるか、あるいは出版社の速記タイピストに渡されたあと、現在ではまだ発見されていない。

作家自身による加筆と修正がほどこされた四種のタイプライター原稿の存在も確認されている。パリにあるフランス国立図書館は、サン＝テグジュペリ自身の手による訂正の入った『星の王子さま』の完全なタイプ原稿を所有している。これは、サン＝テグジュペリが当時ニューヨークにいたピアニストのナディア・ブーランジェに与えたタイプ原稿である。

二つ目は、オースチン（テキサス）にあり、サン＝テグジュペリが翻訳家であるルイス・ガランティエールに委ねたものである。ただし、ガランティエールは事故のために翻訳の仕事を遂行することができなくなり、最終的にはキャサリン・ウッドが英訳した。三つ目は、出所が不明であるが、一九八九年五月にロンドンで競売にかけられたものである。そして、最後は、コンスエロの受遺者が所有していたものだ。これは彼女の没後、草稿のいくつかの断章およびオリジナルのデッサンとともに、一九八六年十一月にジュネーブで売却された。

☆決定稿に収められなかった場面

草稿の中には、決定稿に収められなかったいくつかの場面がある。それらは王子さまが地球に到着する第十七章、五千本のバラに出会う第二〇章、そして第二五章のあとに挿入される予定であったと思われる四つの場面などである。以下にそれを紹介しよう。

☆第十七章——マンハッタン

第十七章で、語り手は二〇マイル四方の広場に人類全体を集めることができると述べたあと、「太平洋のいちばん小さな島にだって、人類全体を積み重ねることができるだろう」と結論づけているが、手書き原稿およびタイプライター原稿では、次のように場所が特定されていた。

もしマンハッタンが五〇階建てのビルに覆われて、人間たちがすきまなく立ち並び、これらのビルの全階を埋めつくしたら、人類全体がマンハッタンに住むことができるだろう。

☆第二〇章――なだらかな丘

五千本のバラの群生に出会う第二〇章で、サン=テグジュペリは、本題に入る前に次のような導入部を考えていた。

なだらかな丘というのは優しいものだ。それは僕たちが知っているいちばん優しいものだ。山はいつも高慢だし、星はしばしば悲しそうだ。けれどもなだらかな丘はいつだっておもちゃに似たかわいらしいもので一杯だ。花ざかりのリンゴの木、ヒツジたち、それにクリスマスのための樅の木。王子さまはとても驚いて、なだらかな丘をたどって小股で歩いていくと、一つの庭に行き着いた。そして、そこには五千本もの花が……。

☆第二五章のあと（1）――無意味な出会い

サン=テグジュペリは、王子さまと語り手が井戸で水を飲む第二五章のあと、ピアポント・モーガン図書館の草稿によれば、次のような短い場面を入れることを考えていた。


「こんにちは」と、王子さまはあいさつをした。

「あんたは誰なんだね？」と男は応じた。「なにが欲しいんだね？」

「友だちが欲しいんです」と王子さまは言った。

「わたしたちは顔なじみじゃないからね。自分のところへお帰り」

「それもそうだけど」と王子さまは言った。

「こんなふうに人のじゃまをするものじゃないよ」

「そんな！」と王子さまは言って、それから立ち去った。

☆第二五章のあと（2）——商店を訪れる

同じく、第二五章のあとに続くものとして、「商店を訪れる」という挿話も考えられていた。


商店で。

「おや、お客がやってきた！」

「こんにちは、それはなんですか？」

「これはね、とても高い道具なんだよ」

「なんの役に立つんですか？」

「地震が好きな人たちを喜ばせるのに役立つのさ」

「ぼくはそんなの好きじゃないな」

「ふん、ふん、地震が好きじゃないなら、この道具は売れないね。工場も商店も困ってしまうだろうな。この本を見なさい。あんたがこの本をしっかりと読んだら、地震が好きになって、すぐにもわしの道具を買うだろうさ。この本にはかんたんに覚えられるスローガンがいっぱい詰まっているんだ」

「でもそれなら、その本を読ませる道具が欲しいな」

「そんなものはないよ。話を混乱させるだけだ。あんたはとんでもないことを考えつく。道具は必要なんだ。差し出されたものが好きになれば、幸せになれるんだ。それに自由な市民になれる」

「どういうことなんですか？」

「差し出されたものが欲しくなった時には自由に買うことができるんだ。それがないとすると……

「……」この心得読本を読んでごらん」

「どうして、そんなものを売っているの?」と王子さまは言った
「大幅な時間の節約になるんだ」と商人は答えた。「専門家が計算したんだ。一週間に二六分の節約になるんだ」

「じゃあ、その二六分でなにをするの?」

「……」

「ぼくなら」と王子さまは言った。「自由に使える二六分があれば、なにをするかわかりますか?」

「いや、わからないね」と商人は言った
「静かに歩いていくんですよ、泉に向かって……」

☆第二五章のあと(3)——人間たちの訪問

ピアポント・モーガン図書館の草稿の中に未分類の書類があり、そこには前出の場面からさらに変化を遂げた続きの挿話が語られている。


「こんにちは」と、王子さまはあいさつした。

彼は似たような家の中から一つを選んで訪れ、食堂の入口に立ったままほほえんだ。男と女が、彼のほうを向いて、明るくほほえんで言った。

「誰なんだい?」と男が言った。「なにを探しているんだい?」

「腰かけてもいいですか」と、王子さまは言った。

「あなたのことは知らないからね。自分のところへお帰り」

「遠いところなんです」と、王子さまは言った。

「不作法なことなのよ」と、女は言った。「いま、夕食をとろうとしているの。こんな時にじゃまするものじゃないわ」

「ぼくも食べさせてもらえませんか」と、王子さまは言った。

「招待されないのに、こんなふうに押しかけるものじゃないわ」

「そうなの」と王子さまは言った。

それから、彼は立ち去った。

「あの人たちは」と彼は思った。「なにかを探してるってことさえ知らないんだ」

☆第二五章のあと（4）——発明家を訪問する

同じ書類から発見された、これも最終稿に収められなかった挿話である。


「こんにちは」と、王子さまはあいさつした。

「こんにちは」と、電動召使を作る発明家は答えた。

彼の前には巨大なボードがあり、さまざまな色の電動ボタンが並んでいた。

「このボタンはなんの役に立つんですか？」と、王子さまはたずねた。

「時間の節約になるんだよ」と、勲章を飾り立てた発明家は答えた。「君が寒ければ、このボタンを押せばいい。すぐに暖かくなるよ。暑ければ、そっちのボタンだ。今度は涼しくなる。ボーリングをやりたくて、ピンを倒したければ、この別のボタンを押すと、ピンが全部同時に倒れるのさ。タバコが吸いたければ、このオレンジ色のボタンだ。火のついたタバコが口元に差し出される。だがね、タバコを吸うと時間の無駄になる。一週間に一分以上だ。そこで、この紫色のボタンが役に立つ。すると、高性能のロボットが君の代わりにタバコを吸ってくれるというわけだ……それに、もし北極へ行きたければ、緑のボタンだ。するとすぐにも北極だ」

「でも、どうして北極へ行かなくちゃいけないの?」と、王子さまはたずねた。

「遠いところだからさ」

「このボタンを押すだけでいいんなら」と、王子さまは言った。「遠いとは言えないし。それに北極が大事になるためには、まず手なずけなければいけないよ」

「手なずけるって、どういうことだい?」

「とてもがまんづよくなるってこと。北極で長い時間を過ごすんだ。ずっと黙ったままで」

☆告白の形をとった結論

次も草稿にある断章であり、告白の形をとった結論となっている。

僕はゲームに参加していないから、おとなたちに向かって、自分が彼らの仲間じゃないとは一度も言ったことがない。彼らには自分がいつも心の底では五歳か六歳だということを隠してきた。彼らに対しては自分の絵も隠してきた。でも、友だちには見せたいと思う。それらの絵は僕の思い出なのだ。

2　出版

☆ニューヨークで出版されたフランス語版

『星の王子さま』は、一九四三年四月六日、英語版（*The Little Prince*）が、ニューヨークのレイナル&ヒッチコック社から出版された（→p.10）。その数日後、同じ出版社からフランス語版が刊行された。ともに、九一ページ、絵が印刷されたクロス装であり、さらに絵入りの紙のカバーが掛けられて日焼けと埃から守るようになっていた。

第一刷については、英語版では番号と著者のサイン入り本が五二五部（うち二五部は非売品）、フランス語版では同様に番号とサイン入りが二六〇部（うち十部が非売品）だった。

英語、フランス語版ともに、バラ色あるいは褐色のクロス装丁で、『星の王子さま』のイラスト（第三章の「小惑星B六一二の王子さま」のページいっぱいの絵からとられたもの）がカラー（赤または栗色）で描かれている。クロスは同じ水彩画がそのままカラー印刷されたカバーで保護されて、カバーには折り返しがついている。前の折り返しには出版社の住所と物語の紹介文が記載されている。後の折り返しには何も印刷されていない。

英語版とフランス語版では異なっている点が二箇所ある。一つは奥付であり、英語版にある奥付がフランス語版にはない。もう一つは「カラスのマーク」である。それぞれの版の六三ページには、山の頂上に立って眼前に広がる山塊を眺めている王子さまの絵が掲げられている。ただフランス語版だけにおいて、右側にそびえるとがった山の麓の地平線に、黒い小さな染みが見られる。これは山の上を飛ぶ黒い鳥の姿のように見える。愛書家たちはこれを「カラスのマーク」と呼んできた。

最初の印刷に続いて、サインのない普及版である第一版が作られた。一九四三年において売価は二ドルだった。この普及版は、英語版、フランス語版ともに、印刷部数の表記と著者のサインがないことを除けば、最初の印刷本と相違がない。

☆フランスで出版された初版

アメリカ版のちょうど三年後、一九四六年四月フランスにおいて、遺作として『星の王子さま』が刊行された。青いクロス装で、表紙には絵が描かれ、表紙と裏表紙にはガリマール社のマークである「nrf」の略号が入り、「レイナル」版を真似てカバーが付いていた。この本は九三ページまでページ番号が打たれ、タイトル・ページには「ガリマール」と表記され、その裏にはサン＝テグジュペリの著作一覧が掲げられている。『南方郵便機』『人間の大地』『戦う操縦士』『ある人質への手紙』であるが、ただどうしてなのか『夜間飛行』が欠けている。コピーライトは一九四五年となっている。また九七ページには奥付がある。この版に印刷された挿絵は、一九九九年に改められるまで、アメリカ版とは異なっていた(→p.195)。

ニューヨークでの刊行が当初の予定より遅れたように、王子さまはフランスでも待たされることになった。フランスにおいて『星の王子さま』がいつ刊行されたのか、正確なところはわかっていない。『フランス図書目録』には、一九四六年三月八日から十五日の間に発行予定であると掲載されている。このことは、一九四五年末のクリスマスに向けて刊行されたという推定をくつがえすものだ。ガストン・ガリマールが『星の王子さま』を年末プレゼント用の本として計画していたことは大いに考えられることだが、しかし、実際はそうはならなかったのである。

仮綴じと製本がおこなわれたのは一九四六年一月二三日になってからである。このことは、しかし、本文のほうはすでに、おそらくは一九四五年十一月には、印刷されていたことを意味する。だからこそ、雑誌『エル』（→p.217）は出版より五か月も前に抜き刷りを公表することができたのだ。

商業的な資料によれば刊行は一九四六年四月になされたとされているが、四月のいつから書店に並ぶようになったのかは確定することがむずかしい。ただ、四月二五日までには印刷が終わっていたことがわかっている。というのは、当時ガリマール社のアート・ディレクターであった詩人ロジェ・アラールが、製本職人であるバブオに宛てた手紙の中で、すでに第一刷について言及しているからである。

第一刷は一二、七五〇部で、そのうち一二、二五〇部には1から12250までの数字が打たれ、非売品である三〇〇部にはⅠからCCCまでの記号が打たれ、最後に一七〇部は余分刷りとされた。

☆フランス語版二刷以降

一九四七年十一月十二日、クリスマスまでに書店に並ぶようにと、仮綴じの重版が印刷所に注文された。これは一一、〇〇〇部であった。続いて、一九四八年二月には二二、〇〇〇部が印刷された。販売は好調で、この本はフランスの年少の読者の心をとらえるようになった。一九四七年の販売数が少ないのは第二刷の印刷が遅れたからであると考えられる。遅れの理由には二つの仮説が想定される。一つは第二次大戦後の物資不足のため、出版社は重版に踏み切ることができなかったのだ。もう一つは、ガリマール社が当時、『星の王子さま』の出版権をめぐってアメリカの出版社と係争中であり、またサン＝テグジュペリの権利継承者である母、妹、妻、愛人たちと協議を続けていたからである。そのために重版の印刷に取りかかるのが遅れたのだと推測される。

一九四八年、レイナル＆ヒッチコック社との契約問題が解決したあと、ガリマール社はこの本の世界中の販売について、その翻訳や、演劇やミュージカルや映画化について（二次製品は別として）唯一「責任ある」会社となった。

一九四八年以降、この本はガリマール社のいちばんよく売れる子ども向けの本となり、その後の重版は順調に続けられて、一九五八年には十九刷が出た。十年間で売れたのは四五万部であり、平均して一年に約五万部である。その後の二〇年間では売り上げは二倍になり、一九八〇年代の初めには二〇〇万部を越えた。

一九八〇年以降、販売数はさらに加速する。書物とは独立して王子さまの絵が広く人気を集めて（顕著な例は一九九三年に発行された五〇フラン紙幣（p. 211図版）に『星の王子さま』の絵が使われたことである）、ガリマール社も販売戦略を多様化したからである。

一九七九年、ガリマール社の一部門であるガリマール・ジュネスが刊行する子ども向けの文庫本シリーズである「フォリオ・ジュニア」に、『星の王子さま』が収録されることになった。これは大成功をおさめて、以後、さまざまな版が出されることになる。

一九八二年には「ビブリオテック・フォリオ・ジュニア」版が、また一九八八年にはカセット・ブック版が、さらに一九九九年二月には「フォリオ」版が刊行された。初版から六〇年間でおよそ一、一〇〇万部が発行されたことになるが、その半分以上は文庫本である。

☆一九九九年「フォリオ」版

一九九九年、フランスにおいて、『星の王子さま』は、初めておとなのための文庫本シリーズである「フォリオ」叢書に収められたが、その機会に、アメリカ版を忠実に再現することにした。それは作家の死後一年半以上を経て戦後にフランスで刊行された版ではなく、サン=テグジュペリが生きていた時代に現れた版を優先するということである。厳密に言えばこの二つの版の間に相違はなかったが、それでも二次的な細部をなおざりしないほうがいいと考えられた。

この機会に、アメリカ版とフランス語版では、挿絵が異なっていることが明らかになった。オリジナルの水彩画は、ヒッチコックとレイナルによってジャージー・シティ印刷会社に渡されたあと、失われて発見できなかった。ガリマール社は当時オリジナルの挿絵を手に入れることができなかったので、写真製版工によって複製を作らせるしか方法がなかったのだ。プロの挿絵画家が、一九四五年にアメリカ版に基づいて挿絵の再現を試みた。しかし、結果は必ずしも元の絵に忠実ではなく、色や細部が異なっている。

オリジナルの挿絵は、一九八四年以降少しずつ、コレクターが手放すにつれて、競売にかけられ市場にあらわれるようになった。一九九九年の「フォリオ」版は本文のいくつかの細部を修復し(たとえば夕陽の数)、色彩や輪郭において挿絵の原画を採用した。読者の大半は王子さまのコートの色が青だと信じていたが、サン=テグジュペリは青緑で描いていたのだ。また、天文学者はようやく自分の眼鏡の中に元はあった一つの星を見ることができた。これは一九四六年のフランス語版では省略されていたものである。

☆誤植と異本

一九四六年四月に刊行されたガリマール社の初版には、いくつかの誤植がある。詩人のロジェ・アラールは、当時ガリマール社のアート・ディレクターであったが（特に挿絵入り本を担当していた）、印刷業者のポール・デュポンに宛てた一九四六年四月二五日の手紙で、その誤りを指摘している。彼は第二刷の機会に、誤植をただそうと考えていたのだ。

アメリカ版と比べると、フランス版ではいくつかの相違や誤植が見られるが、また逆に三年早く刊行されたアメリカ版の誤植がガリマール社のフランス版では修正されている場合もある。ガリマール版における誤植は、その後に刊行された版では訂正されたが、ただ一つ長いあいだ放置されていたものがある。それはまさに誤りであると認識されなかったからだが、天文学者が自分の発見した小惑星に与える数字が、パリ版では「３２５１」、ニューヨーク版では「３２５」となっていたのである。

また王子さまが自分の星で夕陽を眺める場面では、奇妙なことに一九四七年以降のフランス版では、夕陽を見る回数が四三回になっており、これは一九九九年に本文と挿絵を見直すまでそのままに放置されていた。一九四七年の変更がどうして生じたのか、理由はわかっていない。やっかいなことに、サン=テグジュペリ自身がこの数字に関して躊躇していたように思われるのである。パリのフランス国立図書館に収められているタイプライター原稿の一つでは、まさに四三回となっているからだ。

3　世界中の翻訳

☆最初の翻訳調査

一九八一年『カイエ・サン=テグジュペリ』（ガリマール社）の第二巻において、『星の王子さま』の翻訳について最初の調査結果が発表された。ルイ=イヴ・リヴィエールは、世界中のこの作品の普及状態について言語地理学的な分析を試みるのだと言っている。一九八〇年初めの時点で、四二の言語と方言に翻訳されているが、そこではスペインとトルコがこの調査から漏れていることが目を引く。しかし、スペインでは、一九五一年以来アルゼンチン共和国で出版されたスペイン語版が出回っていた。サン=テグジュペリは、アエロポスタル社のパイロットとして、一九三〇年代にアルゼンチンで活躍していたのであり、今日でも彼は高い名声を得ている。その後、スペインでは一九六四年、トルコでは一九七六年に、『星の王子さま』の翻訳が出版された。注目すべきは、カタロニア語訳が一九五九年、ガリシア語訳（スペイン語の方言）とバスク語訳が一九七二年に刊行されていることである。

実際、ルイ=イヴ・リヴィエールの計算は不十分であったと言えるだろう。今日において明らかになっているのは、一九八一年の時点において、すでに六五の言語に翻訳されていたということである。

☆翻訳数の増大

一九四六年から一九九〇年までは、十年ごとにおよそ二〇の言語の新訳が刊行されたが、一九九〇年以降はそれが加速した。特にサン＝テグジュペリの生誕一〇〇年の節目である二〇〇〇年には、ひと月に一冊のペースで新しい言語による翻訳が出された。

少数民族の言語にも訳されているのが『星の王子さま』の特色である。たとえば、フェロー諸島（北大西洋）のフェロー語や、イタリア北東部のフリウリ語、さらには二〇〇五年にはアルゼンチン北部の先住民の言語であるトバ語でも出版された。トバ語に訳された書籍は新約聖書を別にすると『星の王子さま』だけである。

二〇〇五年七月には、ジュネーブでちょっと変わった小さな本が出版された。『心で見なくっちゃよく見えない』と題された本で、これは『星の王子さま』の二つの有名なキツネの言葉、「友だちが欲しいんなら、おれを手なずけておくれよ」と、「これがおれの秘密なんだ。とてもかんたんなんだよ。心で見なくっちゃ、よく見えない。いちばん大切なものは目に見えないんだ」を、一二〇か国語に翻訳したものである。編者のジャン＝クロード・ポンが、世界中の大学のネットワークを利用してまとめあげたものであり、古代語、中世語、地方語、さまざまな言語が並んでいる。

二〇〇六年三月に刊行されたアルバン・スリジエ編『昔々、王子さまが……』では、二〇〇五年の時点で翻訳の数は一五九となっている。サン＝テグジュペリ権利継承者事務所の記録によると、その後、二〇〇九年九月までに、五九が加わって、二〇八となり、さらに二〇一五年刊行の『「星の王子さま」図版事典』では二七〇以上と記されている。

☆東欧圏とアジアの翻訳

東欧圏では、少し遅れて冷戦さなかの一九六〇年代に翻訳が活発になされた。しかしながら、鉄のカーテンの向こう側での正確な発行部数を知ることは困難である。ただ興味深いのは、複数の公用語を用いる国々における現象である。ユーゴスラビア（当時）では、一九六〇年代の半ばにおいて、マケドニア語、スロベニア語、セルボクロアチア語訳が出版された。同様にチェコ・スロバキア（当時）では、一九五九年にチェコ語訳、一九六七年にスロバキア語訳が出ている。

ポーランドでは早くも一九四七年に翻訳が出ており、これにハンガリー、ルーマニア、ブルガリアが続いた。しかし、これらの翻訳は思想的な抵抗に出会わなかったわけではない。一九五八年パリの新聞の報道によれば、ハンガリーでは共産党の政府が若者向けの本を調査して、一年前にブダペストで翻訳が出された『星の王子さま』の販売を禁止した。当局の禁止命令は次のものである。

「この本はわが国の子どもたちの趣味を害する危険がある。私たちは社会主義体制に生きている。この体制は子どもたちが明日を担う人間となり、両足でしっかり大地に立つことを求める。子どもたちが人生と世界について抱くべき考えをゆがめてはならないのだ。それを実現するために、宗教教育が子どもたちを愚鈍にしないように配慮するだけでは十分ではない。彼らのまなざしを空へと向け、神や天使ではなく、スプートニクを探し求めるようにし向けなくてはならない。わが国の子どもたちをおとぎ話の害毒から、そして愚かにも死ぬことを切望する王子さまの道理に合わない病的な郷愁から守らなければならないのだ！」

一九五五年までは、翻訳は主としてヨーロッパ系の言語によってなされていたが、例外は日本である。日本では一九五三年にいち早く岩波書店から内藤濯訳が刊行されて、ロングセラーとなった。その後、著作権が失効した二〇〇五年以降は新訳の刊行が相次いで、その数は三〇点に及ぶ。フランス語による表題 Le Petit Prince を、『星の王子さま』としたのは内藤訳の卓抜な着想であるが、新訳の中には原題通り『小さな王子』としているものもある。

一九六〇年代末の活発な翻訳活動は、次の十年間にはアジアの国々に及んだ。インドの諸語への翻訳は大きく飛躍した。中国語版は一九七四年に出版されたことが確認されている。東南アジアでも少しずつではあるが翻訳が進んだ。アフリカ諸国の言語については、現在の時点でまだ翻訳数は少ない。

☆なぜこんなに翻訳数が多いのか

『星の王子さま』が短い物語であること、またその抽象的な性格（物語の舞台が砂漠や宇宙といった広漠たる場所であり、バラ、ヘビ、キツネ、火山、壁、井戸などの単純な要素）が、翻訳を容易なものにしている。たとえば、二〇世紀の世界的ベストセラーである『風と共に去りぬ』と比べると、『星の王子さま』の翻訳はずっと労が少なく費用がかからない。

こうした現象を何に比較できるだろうか。ガリマール社から出版された二〇世紀文学の古典の中では、カミュの『異邦人』がおよそ五〇の言語に翻訳されている。シムノンやアガサ・クリスティの小説もまた五〇以上の言語で読むことができる。ハリー・ポッターの冒険シリーズは、二〇〇五年現在で六〇を越える言語に翻訳されている。『星の王子さま』は販売数ではなく（この点ではベストセラー小説のほうが上回る）翻訳された言語の数において、二千を越える言語に翻訳された聖書、そして毛沢東とレーニンの著作に次いで、四位を占めるのである。『星の王子さま』はそれゆえに、文学作品としてはこの分野で第一位にある。

他方で、いわゆる海賊版も数多い。これは世界的に広い支持を得た作品にとって代償のようなものである。

☆翻訳における表紙の絵

表紙の絵については、もっとも多く使われている（およそ三分の二の版において）のは、第三章の小惑星B六一二の上に立つ王子さまの絵（p. 39図版）と、第二章のコートをまとい剣を帯びた王子さまの全身像（本書カバー図版）である。その他では、鳥の渡りを利用して飛び立っていく王子さまの絵（p. 63図版）（アメリカ版の本のカバーとなっていた絵であり、現行版の扉を飾っている絵）が多く使われ、さらにはバオバブ、壁、ヘビなどもある。

しかしながら、これらの絵をもとにして、それぞれの翻訳本では多くの改変がなされている。惑星や王子さまのスラックスの色が変えられ、あちこちに星々や惑星が描き加えられ、背景にモザイクがほどこされ（モンゴル語版）、王子さまの姿が子どもっぽく描かれたり、余計なものが付け加えられたり（一九九九年のブルガリア語版では巨大な地球の下に王子さまが立っている）、か弱いバラの花が王子さまと同じ大きさだったりする（ロシア語版）。一九八九年にマリの首都であるバマコで出版されたバンバラ語版では、王子さまは金髪で黒い肌の少年になっている。さらに原画から遠く隔たった絵もある。マラヤーラム語（インドの一地域で使用されている）版では、王子さまはとても幼くて赤毛で、天使のようにひらひらとなびく白衣をまとっている。

分厚い唇の坊やといった風情の王子さま（グルジア語版）、空飛ぶ絨毯のようなところを歩き、ほっそりとして手足が長く胸当てをつけている王子さま（マケドニア語版）、自分の星の上に腰かけて、遠くの星を指さしながら物思いにふけっているピエロのような王子さま（ブルガリア語版）、そしてガザフ語版では、装飾的に描かれた大きな太陽が人間の姿をして前景を占領している。ヨーロッパ語版においては、できる限り作者の意図を尊重して、細部に至るまでアメリカ版の厳密な再現を心がけているのに対して、その他の地域では、そうしたことに無頓着で、好みのままに改変している例が目立つ。

これには二つの理由が考えられる。一つは、著者の権威というものが、ヨーロッパにおけるように、どこの地域でも同じように認められているわけではないということ。もう一つは、ヨーロッパ以外の地域では、テクストと挿絵を一体で不可分であると見なす考え方がそれほど浸透していないということである。このことはまた、『星の王子さま』の世界的な成功が、その挿絵の魅力によるものではなく、むしろ作品の内容や主題によるものであることを説明していると思われる。

アジア、アフリカ、旧東側諸国において印刷された本の中には、白黒の挿絵や、品質の劣る挿絵が多く見られる。これらは制作費用の問題である。絵がなく活字だけの表紙というのは数は少ないが、アルバニア語版、アルメニア語版、韓国語版、セルビア語版などが確認されている。

4　翻案（映画、演劇、オペラ）

☆多彩な翻案

翻訳のほかに翻案と呼ばれているものがある。それは、物語をもとにして作られた演劇、ミュージカル、オペラ、バレエであり、またラジオ、テレビのための作品や映画であり、人形劇、ビデオソフト、野外でのショーなどである。

一九六〇年代末から、こうした試みは増大した。一九六八年からサン＝テグジュペリの生誕一〇〇周年である二〇〇〇年まで、数千に及ぶ翻案が、あらゆる種類の組織から（アマチュアや大学の劇団から大会社まで）ガリマール社に申請された。二〇〇五年には、およそ二〇〇件の申請が出され、そのうち約九〇件が認可された。この数字は、二〇〇五年以降二〇〇九年まで、毎年ほぼ変わらず一定である。その中では、外国の団体からの申請がかなりの分量を占めており、アメリカ、イギリス、ドイツ、オーストリア、日本、カナダにおいて動きが活発である。

☆映画

『星の王子さま』の最初の映画化は、一九六七年、驚くことにリトアニアの監督であるアルーナス・ジェブリューナスによってなされた。ラトビア語訳がすでに前年にリガにおいて刊行されていた。この映画はフランスでも公開され、その時の資料によれば白黒映画だがつつましく抑制されたスタイルで、詩的で美しい作品である。音楽で飾られて、俳優もみごとに演じており、現実の砂漠の風景と惑星の背景が簡素で無駄のない様式で物語に適合している。

二番目の映画化作品は、まったく異なった規模を持つアメリカの作品であり、一九七四年パラマウント社によって制作された。監督はスタンリー・ドーネンであり、彼は友人のジーン・ケリーと有名なミュージカル『雨に唄えば』を一九五二年に、また『シャレード』を一九六三年に作っている。ドーネンは、『星の王子さま』を長編のカラー作品のミュージカルに仕立て上げたのだ。パイロットを演じたのはリチャード・カイリー、バラの花はドナ・マッケニー、キツネはジーン・ワイルダー、ヘビは有名な振付師であるボブ・フォッシーであった。王子さまを演じたスティーヴン・ワーナーは、一九六六年生まれで当時八歳だったが、ゴールデン・グローブ賞にノミネートされた。

この映画はアメリカの台本作家であるアラン・ジェイ・ラーナー（一九五一年『パリのアメリカ人』でアカデミー脚本賞を受賞している）と、オーストリア出身の作曲家フレデリック・ロウが協力した最後の作品である。この二人は、一九五六年ニューヨーク、一九五八年ロンドンで上演された『マイ・フェア・レディ』で協力したのだ。彼らはサン＝テグジュペリの物語の魔法のような雰囲気に忠実な台本と音楽作りのため、生涯の最後にもう一度共同制作をおこなったのである。ラーナーとロウはともに一九七四年のアカデミー音楽賞にノミネートされ、ゴールデン・グローブ音楽賞を受賞した。

☆アニメ映画

一九七九年に、ウィル・ヴィントンが『星の王子さま』を翻案した二八分の短いアニメーションを発表し、シカゴの国際映画祭でグランプリを受賞した。

そして一九七〇年代の終わりに、日本では、ナック・アニメーション・スタジオが、テレビアニメ化を企てて、三九のエピソードからなる『星の王子さま、プチ・プランス』を制作した。これは絵も物語も、もとの作品から大きく隔たっており、新たな登場人物が付け加えられている。日本語版は一九七八年に放送され、短縮した英語版は一九八二年にアメリカで、一九八五年からは世界中にテレビ放送された。

またフランスでは、二〇一〇年一二月から、テレビで3Dアニメ『星の王子さま』の新シリーズが放映された。

☆演劇

『星の王子さま』の最初の演劇化の試みは、一九六三年、パリのマチュラン劇場で四か月、レイモン・ジェローム が企画して朗読したものだろう。この舞台は、エドガルド・カントンの音楽と、原作の水彩画に基づいて描かれたジュール・エンゲルによるカラーのアニメーション映画を伴っていた。これは、アムステルダム、ベルリン、そしてベルギーのブリュッセル、リエージュ、ヴェルヴィエでも上演された。

続いて、一九六七年に、ジャン＝ルイ・バローは、オデオン小劇場で、いっそう広汎にサン＝テグジュペリの生涯と作品を主題としたスペクタクルを上演して、これは時代を画するものとなった。

フランスでよく知られているのは、ジャック・アルドゥアンの翻案・演出・主演したものである。パリ、モンパルナスのリュセルネール劇場において、一九七七年十月十日に初演されて、演劇雑誌『アヴァン・セーヌ』が特集号を組んで紹介した。以来、二〇〇一年七月まで（カルティエラタンのユシェット劇場のイヨネスコと競い合うようにして）長期公演をおこなってきた。この間に、上演回数は一万回を越え、百万人の観客を動員した。王子さまを演じた少年は延べ二四人にのぼる。世界各地に巡演して、一九八七年秋には、日本でも公演をおこなっている。ジャック・アルドゥアンの舞台には大仕掛けな装置はなく、使用される小道具の数も少ない。配役は、対話を続けるパイロットと王子さまのほかには、他のすべての役をひとりで演じる三人目の役者がいるだけだ。こうした簡素な舞台作りは、物語の性格ともみごとに調和しており、高く評価された。

このリュセルネール劇場のあとを受けて、二〇〇六年からは新しい舞台が話題となった。『星の王子さま』がパリで刊行された一九四六年から数えて六〇周年にあたるこの年には、さまざまな企画が実行されたが、その一つがヴィルジル・タナズによる新しい翻案・演出（→p.181）であった。この新演出は、二〇〇六年三月二一日にミシェル劇場で初演され、秋にはシャン＝ゼリゼ劇場でも再演された。その後も、フランス各地、さらにはモロッコなどでも公演をおこなっている。

日本においては、演劇集団「風」が息の長い活動をおこなっている。浅野佳成による構成・演出の舞台は、一九八九年の初演以来、全国の小・中・高校生への巡演公演、および拠点劇場での公演を続けて、二〇〇九年において公演回数は千五百回を数えている。

☆オペラ

アメリカでは、二一世紀に入って『星の王子さま』の画期的な舞台が現れた。それはラシェル・ポートマンの作曲、ニコラス・ライトの台本、フランチェスカ・ザンベロの演出による二幕二八場のオペラである。二〇〇三年五月ヒューストン・オペラ劇場で上演されたあと、二〇〇五年十一月十三日にはニューヨーク・シティ・オペラ劇場の舞台にも登場した。その間には、舞台の録画が、二〇〇四年十一月二七日、イギリスのBBC2によって放送された。王子さま役はジョゼフ・マクマナーズ、パイロットはテディ・タフ・ローズである。

『星の王子さま』は、それ自体では演劇的なところは何もないため、ドラマ的な緊張を創り出すために克服すべき困難は多い。ザンベロが考えたのは、語り手の代わりを務める子どもたちのコーラスを登場させることだった。彼らは星々や小鳥たちや多くの人物を演じ、この物語における案内役となった。さらに、このオペラでは、サン＝テグジュペリのデッサンを舞台の三次元に組み立てるために、衣装と舞台装置を担当するデザイナーとしてマリア・ビョルソンが協力した。『オペラ座の怪人』の美術担当として名をあげた彼女は、しかしこの『星の王子さま』のオペラの仕事においては、その完成を待たずして亡くなった。ヒューストンではバラはおとなのソプラノ歌手によって演じられたが、ニューヨークでは大きな変更があり、少女がバラの花を演じた。

最新のオペラは、二〇〇六年三月二五日、ドイツのカールスルーエにおいて、オーストリアの若く才能ある作曲家、ニコラウス・シャプフルによって作曲されたものである（台本はセバスチアン・ヴァイグレが担当した）。このオペラの楽譜は二幕十六場から成り、すでに一九九七年以来、各地で演奏されていた。二〇〇一年になって決定版が作られ、さらに二〇〇六年、演出家ピア・ボイセンによってオペラとして上演された。

☆バレエ

バレエの分野では、まず一九五八年、パリ・オペラ座が、『「星の王子さま」の夜』と題した特別上演をプログラムに取り入れた。二〇〇一年にはリヨンで、モーリス・ベジャール・バレエ団の新作「リュミエール」が発表され、『星の王子さま』の一部が演じられた。

さらに、近年では、プラハのファンタスティカ劇場におけるチェコの伝統演劇を取り入れた上演や、ドイツにおける二つの現代バレエによる上演がある（デッサウにおけるグレゴール・セイフェルト・カンパニー、ミュンヘンにおけるハンス・ヘニング・パール）。

☆ミュージカル

フランスでは、二〇〇二年から二〇〇三年にかけて、カジノ・ド・パリにおいて、リシャール・コシアントの作曲によるミュージカルが上演された（台本はエリザベス・アナイス）。カナダ人の歌手ダニエル・ラヴォワがパイロットを演じた。デザイナーのジャン＝シャルル・カステルバジャックはすばらしい衣装を考案したが、彼はすでに一九九五年春・夏のコレクションに、『星の王子さま』の主題による作品を発表している。

日本ではＴＢＳがミュージカルを何度か上演してきた。一九九三年音楽座との共同制作で『The Little Prince』を上演したのが最初だが、最新のものは二〇〇五年八月に新国立劇場でおこなわれた公演であり、白井晃の演出、宮川彬の作曲により、宮﨑あおいが王子さまを演じて話題となった（→p.251）。

☆朗読

ひとりであるいは複数で役柄を分担してなされる朗読会のような催しは、世界中で数かぎりなくおこなわれている。クラシック音楽からの抜粋や、簡単な身振りを伴う場合もある。ガリマール社がそのすべてを把握しているわけではないが、申請があったものとして特記すべきは、イタリアでベルギーの女優カトリーヌ・スパークによって朗読されたものである。

☆放送・録音

『星の王子さま』の舞台化とは別に、音声による放送や録音については、一九八〇年までに四つの代表的な制作があった。まずサン=テグジュペリが姿を消してから十年後の一九五四年に、ジェラール・フィリップとジョルジュ・プージュリによる録音が現れた。主役を演じた二人のすばらしい出会いにより成功をおさめたが、同時にアカデミー・ディスク大賞を受賞した録音技術も高く評価された。物語全体の三分の一にあたる部分が巧みに編集されて三四分に収められている。プージュリは当時十四歳で、一九五一年のルネ・クレマンの映画『禁じられた遊び』に主演したことで栄光の絶頂にあり、これ以上の王子さま役は考えられなかった。

一九七〇年には、ジャン=ルイ・トランティニャンと、十四歳のエリック・ダマンが録音したレコードが現れた。これは物語のほとんどすべてを収録して、モーツァルトの音楽を添えている(フィリップス社)。三年後には、マルセル・ムールージが語り手の役を、エリック・レミが王子さまを演じたレコードが作られた(デエース社)。そして一九七八年には、ジャック・アルドゥアンが、マリーナ・ヴラディやジャン・マレーなど豪華な配役陣を用いて三五分のレコードを作った。

その後も、新しい録音が次々と登場している。ピエール・アルディティが語り手の役を演じてジャック・アルドゥアンをはじめとする十一人の声優が協力したもの(七〇分、ガリマール・ジュネス社、一九八八年)や、その他にサミ・フレイ(一九九七年)、ベルナール・ジロドゥー(二〇〇六年)によるものがある。

☆**シャンソン**

『星の王子さま』を題材にしたシャンソンは、ルイ・アマデの作詞により、ジルベール・ベコーがみずから作曲して歌った二曲が代表的なものである。ジルベール・ベコーは、一九六七年、オランピア劇場での最初のリサイタルにコンスエロを招待した。彼は作曲したばかりの歌、『大切なもの、それはバラの花……』を歌い、次に『王子さまが還ってきた』を歌った。聴衆にあいさつしたあと、彼は最前列に腰かけたコンスエロに向かって、ピアノの上に置いてあったバラを手に取り、舞台を降りて彼女にそれを手渡したのである。

☆**マンガ**

フランスのマンガ（バンド・デシネ）では、二〇〇八年にガリマール社からジョアン・スファールの絵による『星の王子さま』が出版された。それまでの王子さまのイメージをくつがえす大胆で華麗な色彩、インパクトの強い描線、複雑で多彩な構図を特色としている。

さらに二〇一一年から二〇一五年にかけて、グレナ社から『星の王子さま』の「新しい冒険」シリーズが二五冊刊行され、キツネをお供にした王子さまの大活躍が描かれた。

第六章 ＊『星の王子さま』はどのように読まれてきたか

サン=テグジュペリの図柄の旧50フラン紙幣

ENCYCLOPÉDIE DU PETIT PRINCE

1　一九四〇年代

☆悲しい物語──リンドバーグ（一九四三年）

アン・モロウ・リンドバーグは、大西洋単独無着陸飛行を成し遂げた飛行家チャールズ・リンドバーグの妻である。サン＝テグジュペリは、一九三九年、短期間ニューヨークに滞在した時に、二日間リンドバーグ夫妻のロング・アイランドの家に招かれた。若い妻は、このパイロットである作家の魅力のとりことなり、サン＝テグジュペリのほうでも彼女の著書『風立ちぬ』に序文を寄せた。彼女は、一九四三年三月二九日、おそらくは一般の発売に先立って届けられた『星の王子さま』を読み、『日記』に次のように書き記している。この日記の抜粋は、一九八二年、ガリマール社から刊行されたサン＝テグジュペリ『戦時の記録』（邦訳、みすず書房）に掲載された。

サン＝テグジュペリの妖精物語が届き、むさぼるように、一気にそれを読む。だが、これは、ほんとに悲しい、つまるところ、彼の戦争の物語よりも悲しいものだ。控えめな軽いタッチで素描された、子どもたち向けの、なかば寓話的、なかばおとぎ話的な、かわいらしい作品にすぎないにもかかわらず。いや違う、これはまったく子ども向けの本ではない。彼は子どもが何であるかを知らない。彼の小さな王子さまは聖人であって、子どもではない。子どもの心を持ったおとなだ。ドストエフスキーの『白痴』のような、真に〈心の清らかな存在〉だ。だが、子どもではない。彼は〈子どものかたくなな心〉を持っていない。むしろ、けっして成長することのなかった女性のようだ。とはいえ、彼の悲しみは、戦争や悲劇についての悲しみではない。それは内面の悲しみ、永遠の憂愁、永遠の渇き、永遠の探求だ。耐え難いほどの郷愁、ただし、「地上にも海上にもいまだかつて存在しなかった光」への郷愁なのである。

(« Journal d'Anne Morrow Lindbergh », in Antoine de Saint-Exupéry, *Ecrits de guerre*, Gallimard, 1982, p.352)

☆作家の秘密――トラヴァース（一九四三年）

オーストラリア生まれのアイルランド系作家、パメラ・リンドン・トラヴァースは、一九六四年にウォルト・ディズニーによって映画化された『メリー・ポピンズ』シリーズ（一九三四年に初刊）の作者である。彼女は、『星の王子さま』刊行直後の一九四三年四月十一日、キャサリン・ウッドによる英訳本を読んで、『ニューヨーク・ヘラルド・トリビューン』に、「砂丘を越えて王子さまの星へ」と題した書評を寄せた。

あらゆるおとぎ話の中では、作者は最後には自分の秘密を明かすものだ。時には意図して、また時には意図せずに。しかし、これはおとぎ話を支配する不変の規則であり、最後には秘密を解くカギを渡さなければならない。サン=テグジュペリも、彼の新作である『星の王子さま』において、この法則から逸脱することはなかった。そして彼の秘密、それは早くも第二章において私たちに明らかにされる。

「こんなふうに、ほんとうに心を許して話し合える友人もなく、僕は孤独に生きてきた」と、彼は言う。ほら、この通り。明瞭で、あいまいなところは一つもない。苦い味がすると同時に見慣れた告白である。私たちのうちの多くの人が、心から話し合える友人もなく孤独に生きてきたのだ。

私たちは黙って堪え忍びながら、私たちの心の中で愚かな問答を反芻している。というのは、私たちは各人の中に隠れている話し相手を見つけることを学ばなかったからである。しかし、詩人やおとぎ話の作者たちはもっと運の良い人たちである。それはたぶん、彼らの知性が普通の人たちより優れているからなのだろう。あるいは、彼らは本質に到達するために、自分たちの殻を脱ぎ捨てることをいとわないからだろう。私にはわからない。ただ、確信できるのは、王子さまの言葉を聞き取る前に、生まれた時のように心を純粋にしておかなくてはならないということだ。それだけではない。王子さまのほうから先に話しかけてくれることがぜひ必要なのだ。おとぎ話の礼儀作法や、心の宮廷の慣習では、絶対にそうなのだ。王子さまに命令して語らせることは不可能なのだ。彼の声は、ただつつましく合い和する耳にだけ聞き取れるのである。［……］

これは子ども向けの本なのだろうか？　そのように問うことは意味がない。というのは、子どもたちはスポンジのようなものだから。彼らは自分たちが読む本を理解できるかどうかにかかわらず、その素材を吸収するからである。『星の王子さま』は、子ども向けの本に求められる三つの基本的な性質をはっきりと兼ね備えている。それはもっとも深い意味における真実であり、あれこれ説明をせず、一つのモラルを持っているということだ。ただ、この特別なモラルは、この本を子どもよりはむしろおとなに差し向けるものであるけれど。それをとらえるためには、苦しみと愛によって自己超克へと向かう魂が、すなわち幸いなことに普通は子どもにはあまり見られない類の魂が必要なのだ。「手なずけておくれ」と、キツネは王子さまに頼み込む。「君は、おれにとって、この世でただひとりの少年になるだろう。おれも、君にとって、この世でただ一匹のキツネになるだろう……」。そしてキツネはさらに言う。「これがおれの秘密なんだ。とてもかんたんなんだよ。心で見なくっちゃ、よく見えない。いちばん大切なものは目に見えないんだ」。もちろんそうだ。でも、子どもたちはごく自然に心で見ているものだ。いちばん大切なもの、彼らはそれをはっきりと見て取る。小さなキツネは、ただキツネであるという事実によって子どもたちを感動させる。子どもたちはキツネの秘密を探ろうなどとは考えない。彼らがそれを忘れてしまった時、ふたたび見つけ出すことが必要となるだろう。それゆえ、私は『星の王子さま』が間接的な光で子どもたちを照らし出すだろうと思う。この本は彼らの心をとらえ、もっとも奥深い秘密にまで達し、そして彼らの心の中に小さな光のように住み着くことになるだろう。その光は、子どもたちが理解できる年齢に達したら現れ出ることになるのだ。［……］

この本は分厚いものではない。だが、それが私たちすべてにかかわる本だということを伝えるには十分な長さである。私たちもまた、キツネのように、愛によって手なずけられねばならない。私たちもまた、孤独な私たちの王子さまたちと出会うために、砂漠に戻らなければならない。私たちはグリム兄弟の死を嘆くに及ばない。すべてのおとぎ話は偉大であり、たえず生命によって更新されるのだ。『星の王子さま』のようなおとぎ話が、飛行家の口から語られ、星の間を航行する人たちの間からこぼれ落ちてくるのだ。

(Pamela Lyndon Travers, « Across the sand dunes to the Prince's Star », in *New York Herald Tribune*, Weekly Book Review, 11 april 1943, p.5. D.R.)

☆サン=テグジュペリの死——モニエ（一九四五年）

一九一五年、アドリエンヌ・モニエは、パリのオデオン通り七番地で、新しいタイプの貸本店を開いた。この「本の愛好家の店」は、数多くのパリの作家や、パリに滞在する作家たちが好んで集まる場所となった。彼女はまたサン=テグジュペリの作品を最初に発表した人物であり、一九二六年、ジャン・プレヴォーと一緒に雑誌『銀の船』に「飛行士」（→p.268）を掲載した。『星の王子さま』読後の印象を、彼女は一九四五年『フォンテーヌ』誌に発表している。

この本は昨年の十一月から私のところにあった（キーラー・ファウスが持ってきたものだ）。私は三か月の間読まずにそのままにしておいた。それは、かわいらしいけれども、実を言うとあまり精気のない表紙の絵を見せたまま、私の机の上にあった。しかし、キーラーの言葉によって、私は『星の王子さま』が重要な、重々しい内容を持った本であることを知っていた。彼はもったいぶった様子で、その本を私にくれた。いやくれたのではなく、貸してくれたのだ。貸してもらった本を長いあいだ手元に置くような人をあれほど嫌っていた私だが、すぐにはその本を読もうとはしなかった。私は時間の余裕と暖かさを見いだすまで待った。仕事が減って、火と太陽を少し取り戻すまで待った。

そして、ある日のこと、エウニス・テイラーがその本を私にプレゼントしてくれた。三月になっていた。相変わらず仕事に忙殺されていたが、しかし厳しい寒気は遠ざかっていた。ガリマール社から最近刊行された『ある人質への手紙』も早く読みたかった。

私は続けてこの二冊の本を読んだ。どちらから読み始めたのかはわからない。ただ、『ある人質への手紙』が始めから終わりまですばらしい作品であると思ったことだけは覚えている。『星の王子さま』のほうは、最初は子どもっぽくて失望した。いやむしろ困惑した。というのは、この子どもっぽさはかなり常軌を逸しているからだ。それでも、私は四つのトゲを持ち、嘘をつく花の話を読んで、ほろりとした気持ちになり始めた。ひとりずつの住民がいる小惑星の訪問は、とても気に入った。まったく魅力的な皮肉が生きている。キツネが現れて「手なずけておくれ」という時にはとても感動した。私の感動は、王子さまが自分の星に還るんだと友だちのパイロットに告げて少し「死んだようになる」ところまで、ページを追うごとに高まった。そうなのだ、最後には、私は熱い涙に泣き崩れている自分に気がついたのだった。泣きながら、私は思った。この涙の原因は何なのだろう？　これは子どものための寓話にすぎない。私はすぐに気づいた、この王子さまの背後にはサン=テグジュペリ自身が隠れているのだと。私は彼の死のことを考えると同時に彼の人生のさまざまな姿を思い出して涙を流したのだった。

多くの人々にとって、サン=テグジュペリの近いあるいは遠い友人たちにとっても、同じことだろうと思う。ところで、彼の読者は誰もが、彼の友人ではなかっただろうか?

昨年の夏、私たちが彼の消息が絶たれたのを知った時は、誰もが、あるいはほとんど誰もが、アリアス少佐のように、自分たちの問題に忙殺されていて、一つの死を実感しそのために苦しむ余裕がなかった。それに彼の死はまだ疑わしかったのだ。――サン=テグジュペリは、いつでも危険な使命から無事に帰還したのではなかったか?

いまとなっては、この苦しみがまるごと現実のものとしてある。彼が『ある人質への手紙』の中で私たちに言っているように、私たちの食卓の上に彼の食器を並べておいてはいけないのだ。彼を「永遠の不在者、いつまでもやって来ない会食者」にしてはいけない……「彼はもうけっして現れることがないだろう、しかし、かと言って不在ではないのだ」。彼がギヨメに対してそうしたように、彼を死んでしまったまことの友にしなければならない。

(Adrienne Monnier, « Saint-Exupéry et Le Petit Prince », *Fontaine*, mai 1945, n° 42, p. 282-285, Repris dans : *Les Gazettes 1923-1945*, Gallimard, « L'Imaginaire », 1996, p.336-341)

☆最初の抜粋――ブランギエ(一九四五年)

一九四五年十一月、パリで刊行された『エル』第二号に、『星の王子さま』第二一章の抜粋が三枚の挿絵とともに掲載された。本の刊行が一九四六年四月であるのに、どうして一九四五年十一月に早くも発表できたのか？　それは、『星の王子さま』は初めクリスマス休暇に合わせて刊行することが予定されていたからである。エレーヌ・ゴルドン゠ラザレフ（『マリ・クレール』のかつての女性編集者であり、ジャーナリスト、ピエール・ラザレフの妻）がガストン・ガリマールに懇請したおかげで、『星の王子さま』の最初の抜粋が『エル』に発表されたのだ。ラザレフ夫妻（→p.25）は、一九四〇年にニューヨークに亡命し、一九四一年末には彼らの友人であるサン゠テグジュペリが大西洋を横断してやってくるのを迎えたのだった。エレーヌはもちろん、一九四三年にアメリカで『星の王子さま』を読んでいたのであり、一九四五年、彼らはニューヨークから帰ってきたところだった。

『エル』第二号には、冒頭にまずポール・ブランギエの解説が掲げられている。それを引用しよう。


『星の王子さま』は魅力的な子どもの物語である。バラの花だけと一緒に住んでいる彼は自分の小さな星にうんざりして、地球へ向けて出発する。地球に着くまでに、彼は小さな六つの星を訪問して、順々に、専制主義、虚栄、酩酊、吝嗇、夢想、哲学を具現した風変わりな人物たちに出会う。地球上では、彼が出会うのはキツネと不時着した飛行士だけだが、その飛行士に自分の経てきた冒険を打ち明けるのである。

しかし、サン゠テグジュペリはこの王子が彼自身であるということをあえて私たちには告げなかった。

雲や星、たえず姿を変える砂丘、月世界のような谷間に取り憑かれた旅人である彼は、実際、人生におけるあらゆる操り人形のような人々や、あらゆる象徴的人物に出会ったのだ。

それから、サン゠テグジュペリ——パイロットにして詩人である——は、自分の美しい妖精の国を去った。彼はキツネに出会い、都会の仰々しく不安をかきたてる生活の中に降り立った。彼は有名になり、歓迎された。しかし実際には、彼はこの惑星からバラのもとへと帰ったわけではなかった。彼の目には、いつも星辰の光が映っていた。

戦時のある日、彼は砂漠へ向けて、水の砂漠へ向けてふたたび出発した。今度こそは、二度と戻って来なかった。彼は姿を消したのだ、小さな王子さまのように。

(Paul Bringuier, « Le Petit Prince » in *Elle*, n°2, 28 novembre 1945, p.6–7)

2　一九五〇～六〇年代

☆三つの火山――ゼレール（一九五〇年）

一九五〇年に刊行されたルネ・ゼレールの『アントワーヌ・ド・サン=テグジュペリの知られざる生涯あるいは「星の王子さま」の寓意』は、一冊全体が『星の王子さま』を対象として書かれた本としては、おそらく最初のものだと思われる。本書の中心をなすのは第五章から第七章であり、それぞれ「王子さまの火山、第一の活火山、人間の愛」、「王子さまの火山（続き）、第二の活火山、〈生成〉」、「王子さまの火山（終わり）、第三の火山、消えてしまった火山」と章題がついており、すべてが王子さまの星にある火山についての説明となっている。

王子さまは、自分の星にある三つの火山（消えてしまった火山も含めて）を、毎朝入念に掃除するが、実際に活動しているのは二つだけである。第一の火山が表しているのは、おそらくは彼の内的生命の燃える原動力である愛、すなわち慈愛（シャリテ）であった。第二の火山もまた同様に火炎を吹き上げているが、それは希望を表しているのではないだろうか。とはいえ、それはキリスト教的な意味での希望（望徳）ではないだろう。というのはサン゠テグジュペリは、超自然的なものへの十分な信仰を持ってはいなかったからである。［……］

慈愛においては神性なるものの間近に達したサン゠テグジュペリではあるが、この神学における第二の徳（望徳）においては、そこまで達することはない。

しかしながら、別の道をたどって、彼はおそらくそれに行き着くのだ。この別の道、それを彼は〈生成〉と名付けている。

第二の活火山のように現れる生命の絶えざる活動は、彼の偉大な魂の第二の原動力であり、それはけっして中断することなくいっそう偉大なものへと進んでいくのである。［……］

『星の王子さま』の三つの火山は、ただイメージの魔法のためにだけそこに描かれているのかもしれない。またそれはただ王子さまにとってのみ、おそらくは過去のかすかな記憶として、何かを表しているのかもしれない。とはいえ、いつ噴火するのかわからないから王子さまがたえず掃除をしているこの休火山は、サン゠テグジュペリにとって、彼の子ども時代の信仰を表しているのではないだろうか。

(Renée Zeller, *La Vie secrète d'Antoine de Saint-Exupéry ou la parabole du Petit Prince*, Alsatia, 1950, p.83-84, 95)

☆空想と神秘——ル・イール（一九五四年）

一九五四年には、イヴ・ル・イールの『「星の王子さま」における空想と神秘』がニゼ書店から刊行された。著者は、『星の王子さま』が一般的なおとぎ話と比べて、どこが異なっているのかを詳細に論じ、とりわけその神秘的性格を分析して、作品の特質を明らかにしようと試みた。

おとぎ話におけると同様に、王子さまは、彼が出会う動物や植物とたちまち打ち解けることができる。彼は自由自在にファンタジーの世界を動き回るのである。［……］彼が訪れる星には、ひとりずつ住民がいるが、彼らは善人であれ悪人であれ、おとぎ話に登場する不思議な人たち、近寄り難い領域の底から自分たちの力を発揮するあの人たちと同様に孤立して生活している。そして王子さまにとっては、これは驚きの連続だ。それほどにこれらの惑星の住民たちは、その偏執とうぬぼれが奇妙に思われるのだ。しかしながら、彼らは人間そのものにほかならない。まさしく、王子さまのようなうぶで素朴な心の持ち主を驚かすに足るものを探すために、他所へ出かける必要はないのである。

ここに見られる驚異は、そのつつましさによって、おとぎ話とは異なっているが、しかしそれでもサン=テグジュペリは、一種の文学的な戯れによって、おとぎ話の有名なせりふを真似て楽しんでいる。特に、『赤ずきん』からは二つの控えめなパロディを作り出している。

一つは、「近くに寄りなさい、おまえがもっとよく見えるように」と、王様が王子さまに言う場面である。これはおばあさんの寝床でオオカミが赤ずきんを誘うせりふを想起させる。

そして、王子さまが「変わった帽子ですね」と感想を述べる時、うぬぼれ屋のせりふ「あいさつするためなのだ」は、オオカミの答え、「おまえをよく見るためだ」「おまえの声をよく聞くためだ」「おまえを食べるためだ」を思い出させないだろうか。しかし、サン=テグジュペリは、私たちの子ども時代の記憶に、軽く指で触れるだけにとどめている。［……］

物語の最後に至って、すべてのシンボルは一つにまとまり、混ざり合うことになる。あれこれのシンボルを通して、サン＝テグジュペリは、私たちを霊的生命へのイニシエーションに導くのである。

私たちは、故障したエンジンの中に作者の魂そのものを見た。そして尽きてしまう蓄えの水は、糧を与えられない魂の中で涸れてしまう恩寵のイメージである。内的生活を送るすべての作家たちは、霊的成長のある時期において魂が苦しむ渇きを記述している。しかし、彼らはまた、こうした枯渇の状態が必要であり有効であることを断言してもいるのだ。枯渇は準備期間であり、それによって魂は復活した恩寵によって浸されることが容易になるからである。エンジンの故障——霊的混乱のイメージ——によって、サン＝テグジュペリは砂漠の不毛を堪え忍ぶことを余儀なくされる。しかしながら、そこにおいて彼は井戸を発見し、その水が渇きを癒すことになるだろう。［……］

物語が進展するにつれて、物質的世界から霊的世界への移行が次第に顕著になっていく。井戸への歩みは、砂漠における砂のように、黙想する魂の中ですでに静かに光を放っている恩寵への歩みであり、この魂は少しずつ神秘にみずからを開いていくのである。その時、心は恩寵を受け入れる用意を整える。井戸は夜明けに現れる。王子さまは自分の星に還ることができる。彼は、自分の友だちも「機械に欠けていたものが見つか」り、「自分のところに還ることができる」のを知っている。

（Yves Le Hir, *Fantaisie et mystique dans le Petit Prince de Saint-Exupéry*, Nizet, 1954, p.21-24, 48-51）

☆蜃気楼の魅惑——エスタン（一九五六年）

リュック・エスタンは、スイユ社「永遠の作家叢書」の一冊として刊行されたその著書『彼自身によるサン＝テグジュペリ』（邦訳、『サン＝テグジュペリの世界』岩波書店）の冒頭で、作家の生涯をたどる前に、彼の最後の作品となった『星の王子さま』と『城砦』を比較している。

ある日、子どもの王子さまはおとなの族長にすり替わった。これがすべてだろうか？　そうではない。パイロットの個人的な事情がある。彼が王子さまに出会ったのは、砂漠に不時着した時のことである。だから、彼が蜃気楼の魅惑に屈したのだと信じる理由は十分にある。まやかしの幻影の魅惑ではなく、本物の蜃気楼の魅惑に。砂の上に投影されていたのは、彼の内的地平の像であり、彼はみずからのうちに自分自身の姿を映していたのだ。「すると、きみも空からやって来たんだね！」　もちろん、彼らは一緒に空から落ちたのだ。「どの星から来たの？」言うまでもなく、同じ星からだ。だが一方は、あとで相手といっそう親しくなるために、最初、他方が別人のように見えることを必要としている。パイロットが〈手なずける〉のは、彼自身の子ども時代である。最終的な同一化、ナルキッソスの同一化にいたるまで……。おとなと子どもの対話は、実際には独白である。おとなは前もって、子どもがどこの星から来て、どこに還っていくかを知っている。もちろん、純粋な心のための星である一つの惑星である。だが、それはまた〈花崗岩の大地〉である一つの惑星だ。それらは同じ惑星なのだ。一方の惑星から他方の惑星への落下は、傷ついた翼——一方から他方への変容を可能にした同じ翼——の重力にほかならない。

子どもが語らなかったすべて、それをおとなは理解しなかっただろうか？　子どもの王子さまが姿を消したその場所に、ひとりのおとなの族長が立ち現れるであろう時の、その真の蜃気楼の執拗さを？　これもまた内的地平の屈折であるが、今度はその像が逆転するだろうということを？　子どもの王子さまのくるぶしのまわりで、ヘビの金色の輪は、出発点と到着点とを結合する。王子さまが、自分を解放してくれる噛み傷を求めて、初めて地球に落ちたまさにその地点にヘビを呼び出すのを聞いた時、おとなはすでに自分が知っていること以外の何も学びはしない。「砂の上のぼくの足跡がどこから始まっているのか、きみにはわかるだろう」。私たちもまた、おそらくそれを見るだろう。［……］

決定を下さなければならない。サン=テグジュペリは子どもの王子さまであると同時に、おとなの族長なのだ。どちらに好意を持っているのか？　族長の頭脳か、王子さまの心情か？　それはわからない。いずれにしても、この二元性が彼を完全な形で表現しているのである。

(Luc Estang, *Saint-Exupéry par lui-même*, Seuil, « Ecrivains de toujours », 1956, p.29, 40)

☆詩人の感性――アルベレス（一九六一年）

一九六一年、アルバン・ミシェル社から刊行されたR・M・アルベレスの『サン=テグジュペリ』（邦訳、白馬書房）は十二章からなる書物であるが、その第十一章は「生を越えて、『星の王子さま』」と題されている。その最後の部分から引用しよう。

おとぎ話の背景が不毛の小惑星群であるというのは、正常でないし、また無視できないことである。この夢の中に、サン=テグジュペリの感性の全要素が集合している。王子さまはここで、生命のあらゆる優美さの中にあって生命の象徴となり、そしてサン=テグジュペリは、この金髪の子どもを、純真な、心をそそるような姿に、思う存分描き上げている。粗書きされた、ほとんど女の子のような顔立ち、そのほほえみ、そのあどけなさが、うつろな天空を背景として、生命のはかなさを造形している。彼が、子どもらしいやり方で発見するもの、それは、生命が担い、創り出す本質的な価値なのだ。しかし、詩の意味がむき出しにされ分析されても、そのことで詩的イメージの魅力がなくなってしまうことはない。ほとんど生命のない世界の真ただなかに迷いこんだこの上なく脆い優美さがなくなることはない。これらの子どもらしいデッサンの背後に、その彩色の背後に、心痛のほどが見て取れる。王子さまは、サン=テグジュペりが持つことがなかった子どもなのであり、彼の願望と苦痛の表現でもある。生命を宿さない星たちの群れの番人であり、荒廃した空間における想像を絶する生命の萌芽である金髪の子ども、このようなイメージは、見る者の心を打ち、時には、ぞっとさせるくらいだが、そこには、ある種の残酷さと憂慮と強迫観念とが感じられ、また生きとし生けるものに対して、その脆さを突きつけて見せることの歓び、といったようなものが感じられるのである。

(R.M. Albérès, *Saint-Exupéry*, Albin Michel, 1961, p.163-164)

☆憂愁と郷愁――ガスカール（一九六三年）

一九六三年、アシェット社の大型本である偉人の伝記シリーズ「天才と現実」叢書の一冊として、『サン=テグジュペリ』の巻が刊行され、そこに小説家であるピエール・ガスカールが寄稿した。

『星の王子さま』は、寓意的手法に基づいて、作者がつねに固執し続けてきた主題をふたたび取り上げる。あらためてもう一度、たとえこの物語の場合のように、一輪の花に対する責任であろうと、彼は人生に意味を与える責任の感情を強調し、人間関係において知性の代わりに心情を置くことをすすめ、事物の実質を発見させてくれる単純さと忍耐の価値を思い出させ、人間たちのばかげた虚栄と下劣さを告発する。

しかしながらこのモラルは、『人間の大地』の中で有していた抒情的性格と、『戦う操縦士』の末尾のページで見られたほとんど威嚇的な口調とを失っている。あらためて私たちにそれを伝える物語は、一つの微笑に照らし出されていて、そこには、それを書いた人間が自分の教訓は無駄であり、けっして聞かれることはないだろうということを知っているかのように、ある種の憂愁が読み取られるのだ。優しい歓びに満たされて、サン=テグジュペリは、誰も二度と見いだすことができない子ども時代の純粋さを自分に語り聞かせる。王子さまが自分の星に還る時には、サン=テグジュペリは、胸がしめつけられるような思いで、彼自身の子ども時代に別れを告げているのである。

子ども時代に対するこの郷愁は、この書物の各ページがその刻印を帯びている魅力あふれるユーモアの中にも、きわめて強く姿を現しているために、すでにそのうちに、死へのかすかな傾斜とでも言うべきものを認めることができる。だからと言ってサン=テグジュペリが自殺を選び取ったと推測するわけではないが、一九四四年七月三一日に地中海上空で消息を絶った時、彼は《王子さま》、つまり、彼が完全無欠なものと思っていた彼自身の唯一の姿に合一したのだと考えることができる。

(Pierre Gascard, « Quand l'homme d'action se fait écrivain », in *Saint-Exupéry*, Hachette, « Génie et Réalité », 1963, p.129–130)

3 一九七〇～八〇年代

☆神秘——モナン（一九七五年）

イヴ・モナンの著書『サン=テグジュペリ「星の王子さま」の神秘』（ニゼ書店、一九七五年）は、この作品に散りばめられた神秘主義的な謎を解読するという立場から書かれているが、その中から「呑んべえ」の章を紹介しよう。

次々と登場する人物は、次第に内向的になっていく……王様は世界を自分の所有物にする。うぬぼれ屋は自分の宇宙を自分自身の見栄に限定してしまう。そして、呑んべえはと言えば……もはや自分の消化器官としか接触を持たないのだ！　王様は星に向かって語りかけた。うぬぼれ屋は通行人に声をかけた。呑んべえは、自分自身と少し対話したあとで……自分の殻に閉じこもって「すっかり黙り込んで」しまうのだ。

ここでも、自己暗示が見られる。現実世界と彼の無意識の間に大きな壁が立ちはだかる。呑んべえは、自分が陥った悪循環を「見つめ」ようとはしない。「酒を飲むのが恥ずかしいのを忘れるために飲む」……彼は自分の悪習慣を「認める」ことを拒むのだ。［……］

単純な神経症的正当化――自分自身に対する嘘――に守られて、彼は人生を受け入れず、「精神の健康」を拒否するのだ。だが、これは間違った正当化である……実際のところ、彼は飲酒の恥ずかしさを忘れようと望んでいるのだろうか？　確かにそうなのだが、しかし何よりも、彼が忘れようと望んでいるのは――それは理性的な考え方の萌芽であるが――自分の孤独であり、友だちがいないことなのだ。自分の理屈が誤っていることを彼が認めてくれればいいのだが！　しかし、他人の助言にも意見にも耳を貸さない彼に、思考がいつも閉じられた環の中をまわっているだけの彼に、そして他の二人の「奇妙な」人物と同じく分裂気味の彼に、そんなことができるだろうか。

(Yves Monin, *L'ésotérisme du Petit prince de Saint-Exupéry*, Nizet, 1975, p.88)

☆おとぎ話のパロディ――バルベリス（一九七六年）（1）

一九七六年、ラルース社の「今日のためのテクスト」叢書の一冊として刊行されたマリ＝アンヌ・バルベリス著『サン＝テグジュペリの「星の王子さま」』は、ポケット・ブック版ではあるが、いくつかの興味深い解釈を展開している。それらを以下に紹介しよう。まず、著者は『星の王子さま』を、プロップによる昔話の分析方法を援用しつつ、おとぎ話のパロディとして読み解こうとする。

図式的には、すでにそれを示そうと試みたように、『星の王子さま』はおとぎ話のように〈機能している〉。小さな英雄の出発、旅の試練、秘密の発見。しかし、類似はそこまでだ。そこから先はいくつかの疑問が現れることになる。

たとえば、通常の不思議議物語においてはいつも姿を見せる〈攻撃者〉は、ここではどこにいるのか？被害者はいるように見えるが、他方でどんな〈悪人〉もここにはいない。この孤独でほとんどほほえむことのない少年は、いったいどんな事情があって星々の宇宙へと逃げていくのか？　というのも、世界を経巡るようにと彼に厳命した者は誰もいないからだ。彼は、自分ひとりで英雄と敵対者の役を演じることになる。そもそもの始めから、彼はこんなふうに孤独な存在として定義づけられている。バラの花とうまくいかなかったからと言っても、出発する十分な理由にはならない。彼の地球上での体験については、一つの答えが与えられるが、しかしその結末は悲劇となる。『星の王子さま』の最後は、幸せな大団円という規則にかなってはいない。通常の物語では、主人公は自分の国に戻り、結婚し、多くの子どもを作る……。そうでない場合には、彼は慈愛に満ちた両親とともに幸せに暮らす。しかし、王子さまは自分の星へ還ったとしても、誰にも再会しないのだ。おそらくはバラにさえも会わないかもしれない、なぜなら花というものがはかない存在であることを彼は知ったのだから。［……］

『星の王子さま』にプロップの方法を適用することは、うまくいくところとそうでないところがある。

それは部分的には、テクストの構造を異論の余地なく解明してくれる。主人公の出発（若い主人公であることが重要である。多くのおとぎ話は、子ども時代から青年時代への移行を〈試練〉という手段によって可視化するものだから）、旅の試練、不思議な目的の探求など。しかし、ただちに困難に出会う。ここにはいくつか欠けているものがある。それを問うてみなくてはならない。たとえば、王子さまによって征服された目的は具体的な物ではなく（魔法の指輪、姿を消してくれるマントなどと違って）、道徳的かつ哲学的な内容を持つ秘密である。この違いが読書の方向を導く。いちばん大切なものは心の領域に属していて、心は人生と幸福の真の秘密である。あるいはまた、主人公の死もそうだ。伝統的なおとぎ話において は例のないことである。もし王子さまが、人が宿命的にそこから追放されてしまう世界——つまり子ども時代という世界——の保護された部分を表していると認めれば、死はおとぎ話にとっては異常と見える結末である。［……］

（Marie-Anne Barbéris, *Le Petit Prince de Saint-Exupéry*, Larousse, 1976, p.15-17, 98）

☆女性差別の物語？——バルベリス（2）

パイロットとしての体験に基づいて書かれたサン＝テグジュペリのすべての作品は、つねに生死を賭けた男たちの友情物語であり、そこに展開されるのはホモ・ソーシャルな世界である。こうした事態は『星の王子さま』でも変わらない。バルベリスは、『星の王子さま』は男性優位、女性差別の物語なのかと問いかけている。

『星の王子さま』の世界はまったく男性的である。子どもが男の子であるばかりでなく、彼が出会うおとなも飛行士なのだから〈超男性〉である。ここには〈王子の教育〉のあらゆる性格が認められる。外見によっても（ブロンドの髪）、［……］物腰態度によっても（丁寧で洗練されている）、孤独によっても（孤独はつねに希少、貴重、時には高貴さとも関係づけられる）貴族的な性格を付与された少年。フランスの小説やおとぎ話の伝統においては、主人公はこんなふうにしばしば国王の息子であり、王女はいたとしても重要な役割を持っていない。女性はここでは探求、欲望の対象あるいは障害の原因であり、欄外にとどまっている。［……］

物語の始めから『星の王子さま』はこの道をたどる。唯一の女性的形象は（次に見るように）バラの花によって提示される。嘘つきで、おしゃべり、コケットである（まさしく女性そのものだ）。彼女は王子さまにほとんど何も教えることはない。ただ苦しみを与えるだけである。彼が出発する原因となること、それが彼女のただ一つの役割である。地球では、王子さまは庭に咲く花々（またバラである）を除いて、女性的なものに出会うことはない。［……］

もし『星の王子さま』の中に女性差別（この語の論争的な性格をも含めて）があるとしても、それは女性を蔑視するという形ではなく、女性について語らないという形で現れる。王子さまを主人公としたほかの物語においても、この世界では、女性は子どもを産むこと以外の役割を持たないのだ。ところで、ここではその母でさえも不在である。子どもが必要としているのは母でなく、むしろ父であり（パイロット？）、彼が子どもを成熟した人間になるよう導くのだ。ただの一度も――明らかに――感情的な価値は女性によって定義づけられることがない。しかし王子さま――女性的なこの少年――がその担い手となる。まるで、彼の真実は、読者を困惑させるその両性具有性にあるかのようである。

(Marie-Anne Barbéris, *Ibid.*, p.99-100)

☆母の幻影――ドゥルワーマン（一九八四年）（1）

一九八四年、ドイツのオイゲン・ドゥルワーマンが発表した『いちばん大切なものは目に見えない――「星の王子さま」の精神分析的読解』は、その解釈の独創性によって話題となった。以下、この著作のフランス語訳（一九九二年、セルフ社）から引用して紹介しよう。まず、著者は、サン＝テグジュペリの母との関係から、『星の王子さま』を解読している。

『星の王子さま』の物語は基本的にただ一つの中心的な神秘だけを含んでいて、他のすべてはこの神秘にとっての外装、結果あるいは反応にすぎない。そしてこの神秘とは、神秘的なバラのイメージのもとに花開くものである。このイメージは、「夕陽」を前にして希望と同時に悲しみを引き起こすものであり、またそれはどうして愛は純粋な欲望を満たすことができないのかを発見させる。サン＝テグジュペリの思想と作品に見られるあの絶頂と奈落、あの断絶と矛盾の背景につねに存在するこのイメージは、最後には不安をかきたてるような魔術的な姿を帯びる。精神分析家の目だけがそれを認めることができるのであり、その時事態は明白となる。すなわち彼の秘密は、母の秘密なのである。［……］

書物の初めのページに見られるこの悪夢のようなイメージにおいて、ヘビが表しているのは母以外にはありえないと私たちは考えざるを得ない。ヘビによって生きたまま呑み込まれる獲物は、当然その子どもであるだろう［……］サン＝テグジュペリが大蛇ボアとそれが呑み込んだゾウを描くたびごとに、おとなたちはそれを「帽子」としか見ないのだ。かくして、彼自身が人生の初めから自分の子ども時代をそのようなものとして見ることを余儀なくされた。すなわち「帽子を被せられた」世界であり、四方八方から守られて、すっかり保護されている世界。しかし同時に、それは子どもが内側から密かに見通しているように、生の牢獄であり、終わることのない胎児の状態であり、つねに危機に瀕した誕生なのである。

(Eugen Drewermann, *L'essentiel est invisible : une lecture psychanalytique du Petit Prince*, traduit de l'allemand par Jean-Pierre Bagot, Editions du Cerf, 1992, p.79, 81)

☆母とバラの花――ドゥルワーマン(2)

バラの花のモデル(→p.121)については、コンスエロであるというもっとも正統的な解釈をはじめとして、さまざまな説が提出されているが、ドゥルワーマンは、精神分析的観点からバラの花を作者サン=テグジュペリの母親のメタファーであると見なしている。

ここでは、本質的に人間的な関係の抗争と両義性を描き出すことが問題なのである。この少年が語っている人物が、たとえ暗号化されていても、何よりも彼が愛している人物であり、母親にほかならないということに気づきさえすれば、この描写は見かけほど無害ではないことが明らかとなるだろう。他の仮説はすべて、作者の子ども時代である王子さまの状況と照応しないのである。もし、逆に、彼の疑問が母親と関わりがあることを認めれば、ただちにそこには驚くべき警告が潜んでいることがわかり、なぜこの問題が彼の目にとって重要なのか、そのわけがすぐにも理解できるだろう。その問題とは、どうしてバラはトゲを持つのか。あるいは、換言すれば、どうしてふだんはとても愛情豊かで愛すべき母が、同時に人を「刺し」、「傷つけ」、「トゲ」を持つのだろうか、という問いである。たっぷり時間をかけていつくしみ愛撫したくなるほどに「美しい」彼女は、他方で思いもかけないもってまわったやり方で「いじわるをする」ことがある。それはいったいなぜなのか?

もちろん、子ども自身がそうした疑問を抱いて、それに答えることになる。母の振る舞いは見かけはとても矛盾しており、人を困らせ、両義的なので、それを理解するのは容易ではない。王子さまを考察する際に重要であるにもかかわらずあまり触れられることのない前提事項、それは母親そのものがまさに美と魅惑と優美を兼ね備えたバラであるということだ。彼女の「真の」本性については、いかなる疑義をも差し挟むことができないだろう。［……］

この本を読んでいつも驚くことは、バラが王子さまの星に姿を見せるのは、あとになってからであるということだ。それまでは、王子さまは、明らかに自分の母とぴったり一体となって生きていた。そして、この文脈においては、作家が描き出すような星の球形イメージは、守られ愛されているという感情を象徴する赤ん坊の幻想であるように見える。［……］しかし第二段階になってようやく、母が無力であると同時にトゲを持ったバラの姿で登場する。その後の年月において王子さまの生活を決定づけることになるこの出来事の背景には、サン゠テグジュペリが三歳の時の父親の死があると考えることはできるだろう――すなわち、それは心理的年齢としては、子どもと母親の間の両義的な葛藤の関係が、生まれたばかりの人格に固有の刻印を記して、エディプス・コンプレックスが解決されたあとの態度を決定づける年齢である。この時から、バラの星を支配する一般的な風土をたやすく理解することができる。それは、メランコリーと孤独であり、独占であり、王子さまがバラに捧げる優しさに満ちた賛嘆であり、また同時にバラに対する責任と、「守って」やらねばならないという感情なのである。

(Eugen Drewermann, *Ibid.*, p.85-86, 87-88)

4　一九九〇年代

☆謎の寓話――クネル（一九九四年）

ガリマール社のプレイヤッド叢書版『サン゠テグジュペリ全集』の第一巻が一九九四年に刊行され、冒頭には、ミシェル・クネルとミシェル・オトランによる「総序文」が掲げられた。その中の『星の王子さま』に関する部分を抜き出してみよう。

三つの主題が、三つの現存に結びついて、物語の進行を支配している。ヒツジの絵が最初の動きを統括し、物事を理解する能力と関連づける。バラのイメージが、作品の中間部分で光を放って、絆の哲学の比喩として提示される。最後に泉が、子ども時代、原初の水、「こころ」の哲学にかかわることになる。

これらの基本的な主題は明澄な光でテクストを包み込むと同時に、ねばり強い探求を強調している。何よりも、王子さまは自分の花を気遣い、彼の目にとってヒツジの価値は花との関わりに応じて変化する。パイロットはと言うと、自分の水の蓄えが心配だ。水筒に入れられた水から砂漠に掘られた井戸へ、身体の糧から心の糧へと、彼はごく自然に一貫した必然の糸によって導かれる。最後に、サン゠テグジュペリは、無機質なもの、死、ヘビや星に心を奪われる。もちろん、このような区分は図式的ではあるが、物語は、不思議な少年、語り手、作家が織りなす三角形に従って、そうした区分を配置している。〔……〕

本文と挿絵の間には対話が成り立っている。読むことの知恵と表現することの知恵が、そこでは生きることの知恵と一体となっている。生きたいという欲望、理解したいという欲望、創造したいという欲望が溶けあっている。しかし、生きるにしてもよく見えず、理解するにも言葉はあいまいであり、創造されるのは謎ばかりで、謎は存在の問いを前にしてさらに問いを投げかける。帽子の、また穴のあいた箱の先へと進まなければならない。それは確かなことだ。しかし、外見を越えた時に箱の底にヒツジを発見しても、それはなお謎めいている。というのは王子さまがバオバブの若い芽を退治するために助けを求めるこの友だちは、バラを脅かす危険な動物でもあるからだ。意味のしるしであるこのヒツジそのものが、実は謎である。

サン=テグジュペリの思想は、『星の王子さま』の中に凝縮されている。彼の強迫観念はそこでは軽妙なものとなり、暗喩はその完璧の域に達している。おとなはそこでは子どもとなり、叡智はこの子どもの声を古びさせない。そこでは、あらゆる水が砂漠の真ん中でかつての優しさを湧出させる泉に要約される。

[……]

しかしながら、この外見上の晴れやかさにもかかわらず、苦悩は深い。なぜなら、ヒツジがバラを食べないようにと、パイロットは口輪を描いたものの、それを取り付けるための革紐を描くのを忘れたからである。王子さまは姿を消してしまった。バラは危険な状態のままだ。愛する者を守らないなんてことがどうしてありうるだろうか？　この出来事をどのように説明できるだろうか？『ある人質への手紙』の価値は、おそらくは事態の反映だけをとらえたところにあるだろう。『星の王子さま』の価値は、たぶん、その明澄さ、価値や意味の探求を越えて、謎の寓話であることにとどまった点にあるのだろう。

(Michel Quesnel, Michel Autrand, « Préface générale », in Antoine de Saint-Exupéry, *Œuvres complètes, Tome I*, Gallimard, «Bibliothèque de la Pléiade», 1994, p.XLIII, XLIV–XLV)

☆白鳥の歌——グエン=ヴァン=フイ（一九九五年）

一九九五年、ピエール・グエン=ヴァン=フイは、『サン=テグジュペリにおける生成と宇宙的意識』（エドウィン・メーレン・プレス社）を著し、その第六章で『星の王子さま』を論じた。その冒頭部分を紹介しよう。

死の直前に刊行された『星の王子さま』は、サン=テグジュペリの白鳥の歌であり遺言書である。まず第一に、それは子どもたち（そしてまた私たちがかつてそうであったような子どもたち）に差し向けられているがゆえに教化的な遺言であり、次に寓意の形を借りてとりわけ普遍的な言語で書かれているがゆえに秘教的な遺言でもある。

しかし、サン=テグジュペリにとって死ぬことは、生成することであり再生することである。肉体的な死は、霊的な変容あるいは再生に等しいのだ。「ぼくは死んだようになってしまうけれど、でもそれはほんとうじゃないんだ」と、王子さまは地球上における生の終わりにあたって私たちに断言する。この言葉に、『城砦』のベルベル人の王が呼応する。「おまえは死なない、おまえは神のもとに戻るのだ」。『星の王子さま』の遺書としての物語は、それゆえ同時に復活のメッセージであり、このメッセージは郷愁と悲嘆に彩られているが、しかしまたとりわけ喜悦と歓喜に浸されてもいる。それは結局のところ、約束の大地を目指して砂漠で辛酸をなめる人間の隊商が聴きとどけたメッセージ、あの大いなるメッセージの小さな反響なのである。

（Pierre Nguyen-Van-Huy, *Le Devenir et la conscience cosmique chez Saint-Exupéry*, The Edwin Mellen Press, 1995, p.91）

☆無垢性の神秘——ヒギンズ（一九九五年）

ジェームズ・ヒギンズは、一九九五年『「星の王子さま」、物質の夢想』（トウェイン・パブリッシャーズ社）を発表し、『星の王子さま』を神秘に満ちた物語としてとらえた。

この小さな本においてサン＝テグジュペリは、ほとんどこれまでどんな作家もできなかったことに成功した。それは子ども時代の無垢性をとらえたことである。『星の王子さま』の意味を子どもたちが理解できるかどうかとおとなたちが考える時、彼らは物語の本質をとらえそこなっている。彼らは、子どもの読者が物語に没頭できるようにとサン＝テグジュペリがアレゴリーや神話を書いたのだと推測するのだが、他方でおとなの読者は、語りの表面の下に隠された意味を探すのに忙しい。確かに、星の王子さまは、初めの数章においておとなたちの生き方を検証する時には風刺のきいた寓話であるが、それはこの本の核心ではない。分類しなければならないとすれば、神話や寓意としてでなく、神秘に満ちた物語の中に含めるのがいちばん良いだろう。神秘とは、子どもだけでなくおとなもまた、実り多い当惑の中に投げ込むのである。

これは、現代の読者が理解しているような意味——探偵や科学者の合理的な好奇心を刺激するような神秘という意味——において神秘なのではない。むしろ、無垢性の外套に包まれた神秘であり、心の秘密が明らかになる時に畏敬と驚異を刺激するような神秘なのだ。その意味が提供される答えの中にあるのではなく、もたらされる驚異の中にあるような神秘のことである。

(James E. Higgins, *The Little Prince, A Reverie of Substance*, Twayne Publishers, 1995, p.42)

☆人生の意味の探求——オトラン（一九九九年）

ガリマール社のプレイヤッド叢書版『サン＝テグジュペリ全集』第二巻は、第一巻に遅れること五年、一九九九年に刊行され、『星の王子さま』が収録された。その巻末には、編集者ミシェル・オトランによる『星の王子さま』の「解題」が収められている。簡潔ながら目配りの行き届いたこの解説文から、その一部を引用しよう。

「奇妙な」「神秘的な」「謎めいた」と言った語を、サン＝テグジュペリはみだりに使用しない。彼はそれらを、とりわけテクストの最初と最後に、自然に滑り込ませるのだ。他の幻想的コントの作者がやるようなやり方で、それらの語を強調したり、大々的に組織立てて扱ったりはしない。反対に、少年が出会う驚異の世界は、大筋において、なじみの明白な光のもとで自明のものとして、またありふれたものとして与えられる。伝統的なおとぎ話においては、特異な文体が、文字通り怪物的な登場人物によって導入される。『赤ずきん』のオオカミや、『長靴をはいた猫』『親指小僧』の人食い鬼のように。そこで語りの調子が変化するのだ。しかし、『星の王子さま』には、このような恐ろしい登場人物は見られない。こっけいな幾人かの人物は出てくるが、けっして害を与えることはない。［……］

この子どもの役割は語り手を教え導くことである。彼は実際多くのことを教える。しかしそこには柔軟性と深さをもたらす二つの要素がある。まず、王子さまは、機械的に教訓をまき散らす子ども時代の学者ではない。反対に、彼はみずからを開こうとはせず、控えめで言葉少ない。彼が教えを授けるのは、少しずつ、機会に応じてである。語り手と読者は、この空白を埋めて、少年が口にしないことを想像するために大きな努力を求められる。これはほとんど推理小説的な物語の原動力であるが、しかしそれは何よりも若い主人公の風変わりな人格によるものである。さらに、口に出して言わない多くのことを知っているように見える彼自身、無知ではないにしても、少なくとも何かを学び、教訓を受けることを必要としているのだ。地球上の花々、そしてとりわけキツネが、その教訓を与えることになるだろう。［……］
外見においては子どもだが、彼がおこなう経験においては年齢がない。彼はどんな親指小僧よりも『城砦』のベルベル人の族長に近い。彼を取り巻く世界、事物、環境、すべてが特に子どものものというわけではない。彼は子どもの姿をしたおとななのだ。この物語が子どもに気に入られるのは、彼らが王子さまを通しておとなの世界を手に入れるからである。献辞が述べているように、レオン・ヴェルトはもはや子どもではなかった。この物語を書こうと考えるよりずっと前に、サン=テグジュペリがリネットに次のように書いた時、彼は作品の鍵をすでに与えていたのだ。「たぶん、僕は、子ども時代の自分のせいで、憂鬱になるでしょう」。この作品は実際のところ、その表題から受ける晴れやかで爽やかという印象からは遠い。主人公が選ぶ死は、夜の果てに触れたひとりのおとなの死である。サン=テグジュペリは、死後に王子さまの身体が見つからないことで、それを強調している。まったく世俗的な背景のもとで、この消失はイエスの地上での最期を想起させる。もし、王子さまがキリストの姿を帯びるなら、それは彼の子どもの外見が本物ではないからである。彼はずっとおとなの人間なのだ。四〇歳を過ぎて、戦争のさなかにあって、きわめて重大な疑念に取り憑かれ、人生の意味を探し求めようとする、おとなのサン=テグジュペリなのである。
(Michel Autrand, « Notice du *Petit Prince* », in Antoine de Saint-Exupéry, *Œuvres complètes, Tome II*, Gallimard, «Bibliothèque de la Pléiade», 1999, p.1350-1351, 1354)

5　二〇〇〇年代

☆生命との出会い――ブリュモン（二〇〇〇年）

二〇〇〇年、ベルトラン=ラコスト社の古典名作解説叢書である「パルクール・ド・レクチュール」のシリーズにおいて、初めて『星の王子さま』が取り上げられた。マリーズ・ブリュモン著『サン=テグジュペリの「星の王子さま」』（邦訳、『「星の王子さま」を学ぶ人のために』世界思想社）であるが、そこでは哲学や思想史、また宗教や物語論から分析の手がかりを借りて、神秘のいくつかを明らかにしようとの試みがなされている。「語り手と王子さま――象徴的な関係」の章から引用しよう。

通常なら意気消沈してしまう状況にある者にとって、この子どもは生命、希望、未来のシンボルである。少年は夜明けに姿をあらわす。それは光が生まれる時刻なのだ。彼は夜（あるいは死）からほとばしり出る生命なのである。

語り手と交わす対話を通じて、少年は基本的に重要ないくつかの価値をはっきりと指し示す。死に脅かされている人間は、そうした価値にすがりつくのだ。彼のやり方は、記憶の中に保持しようと努めた信仰や愛や美によってのみ抑圧に抵抗できたのだと言うあの囚人たちと同様である。

この王子さまの「出現」が持つ意味には、いくつかの仮説が考えられる。絶対的なものをもたらすこの清らかな子どもは、おそらくは語り手の子ども時代の再現であるか、彼が持ち得たかもしれない子どもである。あるいはまた、生命がもっとも危険にさらされている時に現れた生命そのものの具現化であるだろう。

冒険の終わりで、故障の修理が終わり死の恐怖が解消するのと同様に、王子さまは姿を消さなくてはならない。生命がふたたびその権利を回復し、死が打ち負かされてしまうと、パイロットの苦しむ心が支えを見いだしていたこのシンボルは、もはや存在理由を持たないのである。

少年もまた自分の国に「還っていく」。飛行機の修理が終わると、パイロットがもう自分を必要としていないことを彼は知っているのだ。

最後の章（第二七章）が告げているのは、自分の遠征から「生きて」還ってきた語り手が、いまや生命にとって何が大切であり、何がそうでないかを十分に知っているということである。彼の心とまなざしは、世界や宇宙全体に開かれて、星々にまで広がっていく。「すると、僕はうれしくなる。そして、星という星たちがみんな、静かに笑うんだ」

(Maryse Brumond, *Le Petit Prince, Saint-Exupéry*, Bertrand-Lacoste, 2000, p.31-33)

☆自伝とおとぎ話――ビアジョリ（二〇〇一年）

ニコル・ビアジョリの論文「『星の王子さま』における対話」は、二〇〇一年、ジュヌヴィエーヴ・ル・イール編『アントワーヌ・ド・サン=テグジュペリ』（ユニヴェルシテ・ラバル）に発表された。自伝とおとぎ話の観点から『星の王子さま』を論じている。

自伝からおとぎ話へ移行するには、思ったほどの距離があるわけではない。おとぎ話は神話とは異なって、イメージに富んだ描写で、日々の生活の事実を扱う。そして多くのおとぎ話では、その出発点に一つの挿話があり、語られる物語が一般的な射程をもつに応じて人物の名前の記憶は薄らいでいく。『星の王子さま』の語り手は、自伝とおとぎ話というこの二つのジャンルが同じ物語の両面にほかならないということを理解させる時、広く受け入れられる芸術的霊感を発見したのだ。すなわち、おとなにとっては自伝的物語であり、子どもにとってはおとぎ話なのである。

『星の王子さま』はどれほど現代的であろうとも、おとぎ話の生成的一致ととりわけ実践的有効性を見積もるために、トールキンによって定式化され、ベッテルハイムによって確認された要件を満たしている。すなわち、逃亡、治癒、解放、慰撫である。花と動物がそこでは言葉を話す。別離と孤独の不安、拒絶と無理解がそこでは癒されて、異性や他者との謎めいた出会いが解決されて、子どもである主人公が彼よりもおとなである者を導くのだ。オイディプスを導くアンチゴネのように、あるいは兄弟を導く親指小僧のように。それは無垢な者あるいはとんまな者の原型であり、彼は他の全員が失敗するところで成功をおさめる。なぜなら、彼は普通のやり方で世界を見ないからであり、外観のひ弱さの下に精神的な力が隠れているからだ。おとぎ話の教訓はすべての人に向けられているが、子どもたちこそがまず初めにそれを理解するし、その後の人生においてそれを実証していくのである。

(Nicole Biagioli, « Le Dialogue avec l'enfance dans *Le Petit Prince* », in Geneviève Le Hir (dir.), *Antoine de Saint-Exupéry*, Université Laval, 2001, p.31)

☆哲学的コント——ムリエ(二〇〇一年)

ル・イール編『アントワーヌ・ド・サン=テグジュペリ』(ユニヴェルシテ・ラバル、二〇〇一年)には、アンヌ=イザベル・ムリエの論文「サン=テグジュペリの『星の王子さま』、コントから神話へ」も収載されており、ヴォルテールの哲学的コントとの類似性を指摘している。

『星の王子さま』は、世界の現実を把握することを可能にする哲学的コントのあらゆる兆候をも見せている。ここでは、読者の想像力に訴えるやり方や、読者に虚構を受け入れさせるために現実の効果を利用するやり方、語り手が至るところに介入すること、それらがヴォルテールの哲学的コントの手法を想起させる。ヴォルテールのように、サン＝テグジュペリは論証するよりも物語によって見せるのであり、物語ることを好んでいる。世間知らずの主人公の主題が、ふたたび広く利用されて、外部からやって来たまなざしとなり、それは自分の理解できないものを前にするとすぐに驚き、拡大鏡の役割を果たす。世間知らずの主人公は、その理由がわからないままに、自分の出会った生活風景を描写するので、彼が出会う人々は身振りと行為だけに還元されて、無意味となるかこっけいなものとなる。彼はこうして、彼らの条件である無益さの姿、すなわち操り人形となった人物たちを戯画化するのである。次に、たえず同じリズムで読者を遊戯に引き込み懸念を忘れさせ、語り手はそれぞれの章の終わりで出会いの失敗を繰り返して強調し、次の章における期待をそそっておいて、そこではまた同じことが繰り返される。読者は世界のむなしさを休む間もなく発見し続けることになる。

このテクストはまた、哲学的コントからその特権的な武器、すなわちアイロニーをも借用している。アイロニーの役割は、先に検討した指標、すなわち別の読み方があると警告することである。アイロニーは献辞、第一章、帽子や箱の絵によって示される警告を繰り返す。それは王子さまという人物を通して、アイロニーという語のギリシア語の語源へと遡行するのである。「王子さまは、僕にたくさんの質問をするけれども、こちらからの問いかけはまるで耳に入らないふうだった」。「王子さまは、ひとたび質問を始めるや、あとは絶対にあきらめなかった」。王子さまはおよそ九〇の質問をするが、それらは多くの場合、飽きることなく繰り返される。「トゲはなんの役に立つの?」「〈手なずける〉ってどういうことなの?」。彼が訪問する惑星のおとなたちに向けたすべての質問は、答えを知らないふりをして質問するソクラテス流のアイロニーのような働きをして、相手を、唖然とするようなあるいは矛盾だらけの結論へと導くのである。

(Anne-Isabelle Mourier, « *Le Petit Prince de Saint-Exupéry : Du Conte au mythe* », in Geneviève Le Hir (dir.), *Antoine de Saint-Exupéry*, Université Laval, 2001, p.45-46, 51-52)

☆沈黙の価値――ル・イール(二〇〇二年)

ジュヌヴィエーヴ・ル・イールは、二〇〇二年、『サン=テグジュペリあるいはイメージの力』(エディション・イマーゴ)を発表し、サン=テグジュペリの作品における記号、シンボル、イメージの機能を論じた。三百ページを越えるこの書物から、『星の王子さま』に言及している箇所を抜き書きしよう。

外見としての記号は、真実とは反対の、時には人をあざむく外見だけの意味――この語の軽蔑的な意味合いで――しかもたらさない。しかしながら、その外見だけの意味は乗り越えることが可能であり、真の意味作用へと導かれることが可能である。この一方から他方への移行がなされるためには、記号がその明らかな重荷を十分に捨て去ることが必要である。「目に見えない」ものとなった記号は、その時、その透明性によって、心のまなざしを本質的なもののほうへと導く。王子さまの歩みはかくして記号の消失を経て実行される。一つの庭に咲く五千本のバラを見て、自分のバラの無意味さが突然明らかになり、所有の地平から存在の地平への移行を引き起こす。初めの間、王子さまは所有欲においてどれほど失望したかを語る。「この世にあるただ一つの花だと思って、ぼくはとても豊かな気持ちになっていた。ところが、ぼくの持っているのは、ただのありふれたバラにすぎないんだ」。しかし、キツネの教えによって、彼は自分のバラがまさしく「かけがえのないもの」だと悟る。それは彼のバラが他のバラと異なっているからではなく、彼のほうが「ただの通行人」とは違うからである。彼が発見するのは、彼自身の主導性の卓越した価値であり、その主導性こそがバラの優越性を生み出し、外見上の類似にもかかわらず根源的相違を創り出すのだ。

その時バラ、すなわち王子さまのバラは、彼にとって所有の記号であることをやめて、彼が寛大な気持ちで愛する能力があることを証明する。しかし、バラは客観的現実性を失ってイメージとなる時、いっそう意味深いものとなる。このイメージによって、王子さまは内面から照らし出されるのだ。バラはその時第二の意味を持つことになる。すなわち、語り手の明敏な精神にとって、バラは王子さまの存在そのものを表すのだ。「一輪のバラのイメージが彼の中にあって、ランプの炎のように光を放っている、彼が眠っている時でさえも……」〔……〕

王子さまが語る物語や考察においては、言葉の効力が疑われている。彼が自分の星を立ち去ったのは、まだ経験不足で、言葉に信用を置きすぎたからだった。王子さまは「なんでもないことばをまじめに受け取って、それでたいそう苦しんだ」。「ことばではなくて、振る舞いで彼女を理解すべきだったんだ」。言葉に頼らないことが、ここでもいっそう内密な心の交流が実現するための条件なのである。『ある人質への手紙』においては、ほほえみの役割に特権が与えられている。『星の王子さま』では、まなざしが同様の力を持ち、まなざしは沈黙によって直感的なものとなる。バラから遠く離れて、王子さまはそれを理解し、そしてすでに大事な法則を述べている。「〈彼女の言うことを真に受けてはいけなかったんだ〉と彼はある日、僕に告白した。〈花の言うことなんて、けっして耳を傾けてはいけない。花というのは、眺めたり香りをかいだりするものなんだ〉」。キツネによって授けられた秘儀伝授は、持続と沈黙によって定義づけられたまなざしを最優先している。「キツネはそこで口を閉ざし、長いあいだ王子さまを見つめた」。真の友情を打ち立てるために〈絆をつくる〉忍耐強い練習は、どんな言葉をも節約することを要求する。「おれは、横目で君を見るだろう。でも、君は何も言ってはいけない。ことばは誤解のもとだからね」

彼のバラがかけがえのないものだと確信するために、王子さまは自分がバラにしてやった気遣いを列挙して、最後にこう述べる。「時には沈黙にさえ耳を傾けてやったのは、そのバラなんだから」。最後の〈沈黙に耳を傾ける〉にこそ重点が置かれている。秘儀伝授の最後には、目では見えない大切なものを心で見るのと同様に、沈黙の中に沈潜する魂の声を聞き取ることができるのである。

(Geneviève Le Hir, *Saint-Exupéry ou la force des images*, Edition Imago, 2002, p.161-162, 239)

☆おとぎ話から神話へ――ガランベール(二〇〇三年)(1)

若い研究者ローラン・ド・ガランベールが著した『「星の王子さま」の偉大さ』(ル・マニュスクリ、二〇〇三年)では、この作品が広く全世界に受け入れられたその理由を明らかにしようとの試みがなされる。著者は、まずこの作品がおとぎ話なのかどうかを検討したあと、続いておとぎ話よりむしろ神話に近い性格を持っていることを明らかにする。

ここには筋立ても、物語の骨格も存在しない。『星の王子さま』は、おとぎ話が探求として定義づけられる限りにおいて、おとぎ話ではないのだ。

重要な点は、私たちがなぜ王子さまが出発するのか、何を求めているのかを知らないということだ。しかし、彼自身、それを知っているのだろうか？　「彼はまず初めに、これらの星を訪問して、そこで自分のやる仕事を探したり、必要な知識を得ようとした」。これは物語のない物語なのだ。挿話が次々と現れるが、それらは交換可能である。七つの星巡りがおこなわれる。ただ濃淡の相違だけが進展しているという印象を与えるが、一週間の毎日がそうであるように、実際にはいつも同じことの繰り返しである（そのことは半過去によって強調されている）。［……］

主人公の行為——すなわち主体と対立者との対決——は物語の不可欠な核心であるはずだ。主体の行為は実際に状況を転覆させることができる。それによって、何かが起こる。物語の初めと終わりとでは状況は同じではないのだ。

ところが、まさしく『星の王子さま』には対立者がいない。王子さまは誰とも対決しない。ヘビでさえも——聖書の伝統に従って——彼が敵対者であると一瞬思わせるが、そうした予見を裏切るのである。たとえば序列の見られる『三匹の子豚』とは違って、ここには直線的な進展がなく、循環的で単純な繰り返しがあるだけだ。これはおとぎ話というより神話に近い。［……］

この意味で、『星の王子さま』は神話の展望に近づく。まず主題の点においては、存在の大問題を扱っているからであり、次には宇宙的な規模を持っているからである。そして最後に、聖なるものを求めて到達しえないという、定義できず、不定で、不安と苦悩の雰囲気に包まれているからである。

個人の運命を扱うおとぎ話とは反対に、神話は人類の運命を相手にする。おとぎ話の主人公には——小さな王子さまの場合のように——名前がない。それは彼がどこにでもいるような人物だからであり、また誰もが彼に同一化できるようにするためである。神話の英雄は反対に、はっきりと定義され、類のない特異な人物である。たとえばシーシュポス、オイディプス、プロメテウスのように、彼らはその双肩に人類の未来と課題を担っているのだ。「で、そこに見えたのは、とても風変わりで小さな男の子が深刻な顔をして、こちらをじっと見ている姿だった」。確かに王子さまには名前がないが、その存在は超自然的であり、奇蹟的なものである。「それで僕は、驚いて目を丸くして、このあらわれ出たまぼろしを見つめた」。
おとぎ話の主人公が収める勝利は小さな世界の身近なものだが、他方で神話の英雄が勝ち取る勝利は宇宙的規模に達する。彼が自分の冒険から持ち帰るメッセージは、広い射程を持ち、世界全体に差し向けられるのだ。それが、おとぎ話と神話の本質的な相違である。『星の王子さま』はその小宇宙的な側面においておとぎ話に、また彼が提示する大きな教訓によって神話と結びつく。

(Laurent de Galembert, *La grandeur du Petit Prince*, Le Manuscrit, 2003, p.26–29, 32–34, 44–45)

☆二つの性格——ガランベール(2)

ガランベールは結論として、『星の王子さま』はおとぎ話と神話の性格を兼ね備えており、それがこの作品の成功の理由であると述べる。

『星の王子さま』はけっしてバラ色で蜜のように甘い本ではない。それは暗い色に彩られ悲しいのだ。それがまさにこの書物の意味をなしている。
この物語は、悲嘆と涙で終わる。結びの言葉は次のようなものである。「こんなに悲しんでいる僕をことも暗示的である。同様にまた、物語の色調をあらわすような黒と白の悲しい挿絵が添えられて終わることもまた暗示的である。それに、王子さまはけっして絵の中でほほえむことがないのだ。

もし、歓びの基調色と、もっと暗く深刻な基調色の、それぞれの主題を集めてみれば、友情を表す語（二五回）とほとんど同じくらいの頻度で孤独に関する語（二〇回）が使用されていることがわかる。そして、泣く場面もまた多い（第七、九、二〇、二一、二三、二五、二六章）。

『星の王子さま』は不幸で終わる。悲観的な哲学は神話の特徴である（他方でおとぎ話は幸福で終わる）。実際、最後に私たちは王子さまの――あまりにもしばしば言われているような死ではなく――消失に立ち会うことになる。「ぼくは具合が悪くなったように見えるかもしれない……少し死んだみたいになるかもしれない。［……］ぼくは死んだようになってしまうけれど、でもそれはほんとうじゃない……」。これは、実際は変容なのである。「わかってくれるよね。すごく遠いんだ。ぼくはこのからだを運んでいくことができない。重すぎるんだ。［……］でも、それは脱ぎ捨てた古い皮のようになるだろう」。このことによって、彼の悲劇的な性格が減ずるわけではない。というのは、ドゥヴォーが述べているように、このことは王子さまが地上にとどまることができないと告げているからである。彼はそこにおとなへの成長を見ている。王子さまは姿を消す。なぜなら彼は成長したからだ――そして、彼にはわずかの郷愁しか残らない。『人間の大地』の作者は「悲しそうに」こう言うだろう。おとなになった時には、子ども時代の家の外壁で囲まれた庭園のまわりを歩いて、かつては無限にまで拡大された領域がなんと狭いことかと驚き、「この無限の中にもはや戻ることは二度とできないのだと理解する。なぜなら戻らなければならないのは庭ではなく遊技の中だから」。

王子さまは姿を消し、おとなになることによってその無垢性を失うのだ。［……］

要約して言えば、神話の主人公は、模範的で、比類なく、読者よりも優れた人物である。他方でおとぎ話の主人公は多くの場合はっきりとした名前もなく、誰でもありうる。子どもは主人公に一体化することができるのだ。

神話は悲観的である。その悲劇的な結末——主人公の死や変貌——は、(通常は神々の姿を帯びる)超自我の要請を承認する。反対に不思議物語は楽観的であり、その終結は——現代の文学的なコントを除けば——いつも幸福であり、地上の幸せな生活が可能であると保証している。

結局のところ、神話の主人公は超自我の要請に基づいて立てられた理想的な人格の投影であり、おとぎ話の主人公はエスの欲望を満たす自我の投影であり、人格形成に貢献するものである。

それゆえ、『星の王子さま』の中に、どのように神話とおとぎ話が共存しているかがわかる。これはおとぎ話でもなければ、神話でもない。両方のいくつかの性格を備えている、ハイブリッドな形式なのである。[……]

この両方の性格の共存によって、『星の王子さま』の成功を——部分的に——説明することができると私たちは考える。実際、おとぎ話の部分は子どもたちに、神話の部分はおとなに差し向けられている、あるいはむしろ——年齢とはかかわりなく——私たちそれぞれの中にある子どもの部分とおとなの部分に向けられているのである。

(Laurent de Galembert, *Ibid.*, p.53-57)

コラム3

TBSミュージカル『星の王子さま』

TBSミュージカル『星の王子さま』は、二〇〇三年八月（東京国際フォーラム）、二〇〇五年八月（東京・新国立劇場）の二度にわたって上演された（→p.208）。その最終場面、舞台では、ヘビに噛まれた王子さまが、原作のように砂漠の上に倒れるのではなくて、ゆっくりと舞台後方へと、私たちに緑色のコンビネーションの背中を見せて遠ざかっていった。ひとり残された飛行士には、しかし王子さまの笑い声が聞こえてくる。その声は静かに、しかし客席にまでしみ通るように、そして私たちを包み込むようにきらめいて……やがて消えた。

この笑い声、無邪気で明るくて透明な子どもらしい笑い声、しかし同時になにかしら叡智の伝達者とでも言うべき深い響きを帯びた笑い声、これこそが飛行士と私たちに届けられた贈り物なのだ。

舞台はすべてこの最後の笑い声に奉仕するために作られているように見える。ピアノ・ソロを多用して、そこに管楽器、弦楽器、パーカッションが絡み合い、時にリズミックに、時にゆったりと物語に陰影を与えていく音楽。原作の一人称の語りを時にはギリシア劇のコロス風に集団の語りに変えて造形化をはかり、また王子さまが回想するバラをたびたび舞台に登場させてその実在を強く印象づける白井晃の演出。王子さまが星巡りをする第一幕後半では、大胆に原作を大きく改編して生き生きとしてユーモラスなやりとりをつくあげた脚本。随所に見られる躍動感あふれる集団のダンスと、超人的な動きを見せて神秘の世界へといざなうヘビの踊り。そして卓越した演技力で存在感を示した脇役たちに支えられて、最後の笑い声に至るまで舞台の緊張を支え続けた王子さま……宮崎あおい。

王子さまはよく動く。舞台の上を、じつにしなやかにまた軽やかに、よく響く声を放ちながら動き回る。王様を始めとするおとなたちの間を縦横にすりぬけて、彼らを翻弄しながら同時にみずからも成長しつつ、キツネの出会いに至るまで疾走する。他方でパイロットは故障した飛行機の側をあまり離れることなく、この少年の動きを見守り、物語の進行役を務める。この動と静の対比を軸にして、大きな円形スクリーンが宇宙空間を映し出し、これまた大きな滑り台のような骨組みが舞台の起伏を作り出す。照明は灼熱の砂漠を赤く輝かせ、夜の場面ともなればこの砂漠も深海のような緑色に変ずる。

こうして、二時間余の舞台は「星の王子さま」の世界をくっきりと浮かび上がらせて、最後に残るのだ……あの明るく響く笑い声が。

『TBSミュージカル 星の王子さま』(DVD 発売中，発売元：TBS／BS-i，2006)

第七章＊サン＝テグジュペリの生涯

結婚式でのアントワーヌとコンスエロ
（南仏アゲー, 1931年Ⓢ）

ENCYCLOPÉDIE DU PETIT PRINCE

1　金髪の王子さま

☆アントワーヌ誕生

パリから高速列車のTGVで二時間、フランス第三の大都会リヨンにあるアルフォンス=フォシエ（旧ペラ）通り八番地には、「一九〇〇年六月二九日、アントワーヌ・ド・サン=テグジュペリここに生まれる」と記念プレートを掲げた家が残っている。ちょうど世紀の変わり目に生まれた飛行家・作家は、二つの大戦を経験した激動の時代である二〇世紀前半を生き抜くことになるが、彼と同年に生まれたのは詩人のプレヴェールであり、その前後に生まれた作家としては、ブルトン（一八九六年）、マルロー（一九〇一年）、サルトル（一九〇五年）らがいる。

父方のサン=テグジュペリ家は、フランス中部リムーザン地方出身の貴族で、十三世紀の十字軍時代にまでさかのぼる有数の旧家である。父のジャン・ド・サン=テグジュペリ子爵（一説に伯爵）は、父親の保険会社で働くためにリヨンに派遣され、遠縁のトリコー伯爵夫人のサロンで、十二歳年下のマリーに出会った。

母の祖先、フォンコロンブ家は一七四一年に貴族の称号を与えられており、芸術や学問に秀でた家系であった。母マリーは南仏プロヴァンス地方の出身で、大叔母トリコー伯爵夫人の庇護のもと、聖心女学校に通うためリヨンにやってきた。

二人は一八九六年六月、サン=モーリス=ド=レマンスの城館で結婚式をあげた。まず二人の娘を授かったあと、第三子の長男として生まれたのがアントワーヌだった。

☆父の死

一九〇四年、アントワーヌが三歳の時、父が四一歳の若さで急死するという不幸が一家を見舞った。三月十四日の夕方、妻の実家近くにある駅の待合室で、脳卒中を起こし、数分後に医者が駆けつけたが手遅れだった。

以後、アントワーヌは手本とする父なしで育った。また彼は妻コンスエロとの間に子どもを持つことがなかった。父と子の物語でもある『星の王子さま』は、この欠落した父子関係を埋め合わせるためのものだったと見ることもできる。

サン=テグジュペリは、父の不在について直接的に書いたことはなく、父について語ることもなかった。ただ、遺作となった『城砦』の中で、砂漠の族長の口を借りて次のように記しているだけである。「父は、私に死の何たるかを教え、私が幼い時、死を真っ向から見据えるようにし向けてくれた」。父が息子に残したのは貴族の称号だけであり、この時以後、彼に圧倒的な影響を与えるようになったのは女性たちである。

夫の死後、妻マリーは五人の子どもを抱えたまま、生涯の伴侶と収入の源を失うことになり、一家はペラ通りのアパルトマンを出て、年の半分を母方の大叔母であるトリコー伯爵夫人が所有するサン=モーリス=ド=レマンスの城館で生活するようになる。そして、残りの半分は、リヨンのベルクール広場にある伯爵夫人のアパルトマンか、マリーの実家である南仏ラ・モールの城館で過ごした。

☆太陽王

アントワーヌは、騒々しく活発だったが、またしばしば夢想にふける子どもでもあった。彼自身がのちに「自分はすべての子どもたちの中でいちばん幸せな子ども」だったと言うことになるだろう。二歳年長の姉シモーヌは、その回想録『庭園の五人の子どもたち』（ガリマール社、二〇〇〇年）の中で、兄弟姉妹で過ごしたサン＝モーリス＝ド＝レマンスの日々を懐旧している。「トニオと呼ばれていたアントワーヌはとても美しい子どもだった。その巻き毛の金髪のせいで、輝く後光を帯びているようだった。みんなは彼を〈太陽王〉と呼んでいた」

この少年太陽王のまわりには、家族として、慈愛にあふれる優しい母、絶好の遊び相手であった弟のフランソワ、さらに三人の姉妹がいた。まずビッシュという愛称で呼ばれていた長姉のマリー・マドレーヌ、モノという愛称の次姉シモーヌ、最後に末っ子で皆からディディと呼ばれていたガブリエルである。子ども時代は、愛情あふれる家族に取り巻かれて、晴朗な雰囲気の中で、静穏に過ぎていった。

サン＝モーリスにおける中心人物は、子どもたちから「おばさま」と呼ばれていた城の女主人、トリコー伯爵夫人だった。シモーヌによれば「ほぼ完全に消えてしまった世代の生き残り」であり、しきたりには厳格で、家長としてとりしきっていた。

このほかに、住み込みの家庭教師であるオーストリア人のポーラがいた。彼女は、ドイツの古い物語を子どもたちに語り聞かせながら、暖炉の火を絶やさないように気を配っていた。そして、「モワジ」（マドモワゼルの愛称）と子どもたちから呼ばれていた衣装戸棚係のマルグリット・シャペイがいた。また、アンヌ＝マリ・ポンセ嬢は、子どもたちにピアノとヴァイオリンを教えるために、毎週リヨンからサン＝モーリスへやって来るのだった。

☆サン＝モーリス＝ド＝レマンス

サン＝モーリス＝ド＝レマンスへ行くには、リヨンから汽車と馬車を乗り継いだ。ここは、『星の王子さま』の原風景を育んだ土地である。この城館で過ごしたアントワーヌの子ども時代は、まさに王子さまの姿と重なって見える。

一八五〇年代初めにトリコー伯爵夫妻によって購入された館は、当時の第二帝政様式の豪華な装飾がほどこされた。サン＝モーリスの館は正面からみると灰色がかった壁面が少し無愛想な印象を与える。むしろ裏の庭園のほうから見るほうが優美な姿である。この屋敷の中で、アントワーヌは優しい思い出をたくさん蓄えることになる。

子どもたちは宝物探しに熱中した。姉シモーヌは「私たちは何も発見しませんでした。でも、宝物がそこにあると知っているのです」と述べている。のちに『南方郵便機』の語り手は、十歳の時に屋根裏に入り込んだ体験を思い出して、「おとぎ話の中に必ず語られている、古い住まいにつきものの宝」のことを語るだろう。そして、『星の王子さま』の第二四章、井戸を探して砂漠を何時間も歩いたあと、砂漠が美しいのは「どこかに井戸を隠しているからなんだ」と王子さまが言う。その時、語り手に子ども時代の思い出がよみがえってくるのだ。「子どものころ、僕は古い屋敷に住んでいた。言い伝えによれば、そこには宝物が埋められているということだった。もちろん、誰もそれを発見できなかったし、おそらく探そうともしなかったのだろう。けれども、宝物はこの屋敷全体に魔法をかけていた」

『サン=テグジュペリ　デッサン集成』（ガリマール社、二〇〇六年）には、サン=テグジュペリ家の子どもたちによって作成された小冊子が紹介されている。表紙には「お楽しみ帳」と記されて、絵が添えられた寸劇集となっていて、おそらく子どもたちがおとなたちの前で演じたものだろう。絵と会話の組み合わせ、短い寸劇の連続という形式には、『星の王子さま』との共通性が感じられる。

☆サン=モーリスの思い出（1）——母への手紙

おとなになったサン=テグジュペリは、どこにいても「太陽王」だった子ども時代を懐旧した。彼が母に書き送った手紙には、そこかしこにサン=モーリス=ド=レマンスの思い出が語られているが、とりわけ、一九三〇年、赴任先の南米、ブエノスアイレスで書かれた手紙に郷愁の色合いが濃い。彼が好きになれなかったこの都会にいて思い出されるのは、小さなストーブだった。

「もっとも〈よい〉もの、もっとも安心なもの、僕が知った最上の友だち、それはサン=モーリスの二階の寝室にある小さなストーブです。これほどその存在において僕を安心させてくれるものはありません。夜中に、目を覚ますと、ストーブは独楽のようなうなり声を立てていました。［……］この小さなストーブはあらゆるものから僕たちを守ってくれていたのです」

同じ時期に書かれた別の手紙では、都会の群衆の中にあって、サン=テグジュペリはサン=モーリスの菩提樹を懐旧している。

「地球の片隅にある僕の場所のことを考えるたびごとに、そこへ戻りたいと思わずにはいられません。サン＝モーリスの菩提樹の匂いや、家具の匂い、あなたの声のことを考えるたびごとに、この群衆の中にあって拳を握りしめるのです。［……］サン＝モーリスにある自分の宝箱や、菩提樹のことを考えます。そして子どものころの遊びや雨の日の騎士アクランのことや、魔女や、いまはもう失われてしまったあのおとぎ話を、友人みんなに話してやります。ほんとうに、自分の幼年時代から追放されてしまうなんて、奇妙な追放です」

☆サン＝モーリスの思い出（2）――著作

サン＝モーリスの思い出は、サン＝テグジュペリの著作のそこかしこにも見出される。『人間の大地』第四章「飛行機と地球」の第四節において、キャップ・ジュビー時代に、仲間の捜索に従事して砂漠に不時着した体験が語られるが、その時回想されるのは少年時代を過ごしたサン＝モーリスの屋敷なのである。

「どこかに、黒い樅と菩提樹に囲まれた庭園と、私が愛する古い家があった。［……］私は、その家の子どもだったし、その匂いの思い出、その玄関ホールの爽やかさ、かつてそれを賑わせていた声に満たされていた。［……］そうだ、家のすばらしさは、それが人を宿らせたり、温めてくれるからではないし、人がその壁を所有しているからでもない。そうではなくて、ゆっくりと、私たちの内部に心地よさの蓄えを蓄積してくれたからなのだ。心の奥底に、泉の水のように、夢想が生まれ出る幽暗な塊を形作ってくれるからなのだ……」

サン＝モーリス＝ド＝レマンスの城館は、夢想の泉として心の中に存在し続けるだろうし、それこそが行動する人間にとってのよりどころとなる。

だからこそ、『戦う操縦士』において、戦場の上空を飛行中によみがえるのは、五歳の時のサン＝モーリスの城館の広大な玄関ホールの記憶である。

「小さな子どもだったころのこと……。私ははるか子ども時代にさかのぼる。［……］その大きな田舎の館の一階には、私には途方もなく広く思われた玄関ホールがあった」

☆ル・マンの祖父

一九〇九年の晩夏、サン＝テグジュペリ夫人は、息子たちの教育のため、フランス北西部の町ル・マンの祖父フェルナンのもとへと引っ越した。十月になると、祖父はイエズス会の学校であるノートル＝ダム聖十字架学院に孫たちを入学させた。

少年時代のアントワーヌは厳格なこの祖父や、叔父たちと衝突を繰り返していた。叔父のひとりは、アントワーヌにとって、「謹厳さの見本」「神の裁きの代表者」「一度だって子どもに優しいそぶりを見せたことのない」人物として、『戦う操縦士』の中で描かれている。

のちになって『星の王子さま』の語り手は第一章において、「おとなは自分たちだけでは何も理解することができない」と嘆いて、おとなたちの「まじめさ」を揶揄している。「ずいぶんとおとなたちの間に混じって生活もしてきた。間近から、彼らを観察することもできた。それでも僕の考えはたいして変わることはなかった」。少年時代のアントワーヌが間近で観察したおとなたち、とりわけ男のおとなたちは、この祖父や叔父たちであっただろう。また、王子さまが訪問する星の一つに住んでいる尊大な地理学者（第十五章）は、この祖父をモデルにしたものであると言われている。

☆ル・マン聖十字架学院

ル・マンの学院での生活は厳しいものだった。「少年時代、学院にいた時、朝はとても早かった。六時には起きる。寒い……」と、『戦う操縦士』の中で回想されている。アントワーヌは好きなことには熱中したものの、成績はあまり振るわず、怠慢でむら気な生徒だった。

彼は一九一四年までル・マンで過ごすことになる。のちになって兵役に就いていた時、彼は母親に宛てた手紙の中で、つらかったル・マン時代を振り返って、こう書いている。「ル・マンにいたころのこと……お母さんに抱きしめてもらうだけで、僕は何もかも忘れることができた」（一九二二年）。

しかしながら、このル・マン時代に、アントワーヌは仲間たちとクラス新聞を創刊し、また作文では優れた成績を収めた。ロネ神父のクラスにおいて書いた『ある帽子のオデュッセイア』という物語は、その年のフランス語作文最優秀賞を受けた。神父はこの作品が気に入って、第二次大戦勃発後にル・マンを去るまで教材として使ったのだった。物語の内容は、あるフランス人紳士のものであった帽子が、その後さまざまな身分、職業の人々の手にわたって旅を重ねるという遍歴譚であり、これは、『星の王子さま』における少年の旅物語を先取りしているようでもある。

☆初めての飛行――アンベリュー

『星の王子さま』において、王子さまが自分の星を旅立つ時には、渡り鳥の飛行を利用したのだろうと語り手は想像している。少年アントワーヌの初飛行もまた、そのようなものと感じられたかもしれない。それは彼が十二歳の時だった。

ル・マン時代、彼はヴァカンスになるとサン=モーリスに帰り、兄弟姉妹一緒に庭で遊んで過ごすことができた。一九一二年の夏休み、彼と妹のガブリエルは、自転車でサン=モーリスの城館から六キロ離れたアンベリューの新しい飛行場に行った。そこでは飛行機の試作がおこなわれていたのだ。

七月末のよく晴れた風もない夏の日の午後、アントワーヌは、飛行士ガブリエル・ウロブレウスキーに、母が飛行機に乗ることを許してくれたと語り、単葉機に乗って飛行場上空を二周し、大空の洗礼を受けた。母マリーはのちになって、それはまったくの作り話だと打ち明けているが、ともかく最初の飛行体験が彼の生涯を決することになった。

☆スイスのフリブール、聖ヨハネ学院

一九〇〇年に生まれたサン=テグジュペリは、二〇世紀の二つの世界大戦を経験することになる。一九一四年に第一次大戦が勃発した時、彼は戦場へ行くにはまだ年少だった。宣戦布告から一か月後、夏の終わりに、母マリーは、アンベリューの駅舎を利用した病院を設立し、みずから看護婦長として指揮をとった。

アントワーヌとフランソワは、ル・マンから呼び戻されて、サン=モーリスから七〇キロのヴィ

ルフランシュ＝シュル＝ソーヌにあるイエズス会の学校に転入する。だが、すぐにこの学校が彼らにはふさわしくないとわかり、一九一五年十一月に、兄弟は、スイスのフリブールにある聖ヨハネ学院に、寮生として入学した。

アントワーヌの成績はここでも芳しくはなく、在学中は劣等生だった。特に地理の成績は二年間クラス最低だったと言われている。『星の王子さま』の第一章において、語り手は地理などのつまらない勉強のために、六歳で絵描きというすばらしい将来をあきらめてしまったことを後悔するが、そこにはこの学院での思い出が反映しているのかもしれない。

他方で、自由な楽園であったサン＝モーリスでの生活とル・マンのイエズス会の厳格な教育の両方から離れて、このフリブールで過ごした思春期の二年間は彼の精神生活を大いに充実させた。聖ヨハネ学院は、彼がおとなになってから再訪した唯一の学校であり、さらに作品の中で触れられる唯一の学校でもある。『南方郵便機』において、主人公のベルニスは「松林の中の白い校舎。窓の一つに灯りがともる。ついで別の窓に」と回想している。

☆フランソワの死

聖ヨハネ学院に滞在したのは、一九一五年から一九一七年までの間であり、大戦中にもかかわらず、平穏な生活だった。ただ、一九一七年初め、リューマチ熱を患っていた弟フランソワは病状が悪化し、退学することになった。五月十七日、アントワーヌは母への手紙に「フランソワの病名を聞きました……」と書いて、心配な気持ちを述べている。

弟はサン＝モーリスの病院で心臓発作を起こし、七月十日、十五歳でこの世を去ることになった。サン=テグジュペリがこの出来事について書いたのは、ただ一度だけである。『戦う操縦士』の中で、アラス上空偵察飛行中に、みずからの死を身近に感じながら、死の間際の弟の言葉を思い出すのだ。「死ぬ前に兄さんと話がしたかったんだ。僕はもう死ぬんだから。［……］怖がることはないんだ……僕は苦しくなんかない。痛くもない」

そして、『星の王子さま』において金髪の少年が自分の星へと還っていく場面（第二六章末尾）、それは弟フランソワの死と重ね合わせられる。

☆パリでの学校生活

十七歳でバカロレアの試験に合格したアントワーヌは、一九一七年九月、パリのサン=ミシェル大通りにあるサン=ルイ高校の進学準備クラスに入り、海軍兵学校を目指した。宿舎はボシュエ高等学校であり、そこでは副校長のシュドゥール神父が面倒をみてくれた。

二年を受験勉強に費やしてきた彼は、一九一九年、海軍兵学校の入学試験に二度続けて落ちた。年齢制限のため、もう一度試みることは不可能だった。志破れた彼は、母の経済的援助を受けて、パリにある美術学校の建築科に入学し、聴講生になった。偉大な建築家にはならなかったが、デッサンの腕前は上達し、優れた成績を残した。二年後、彼はカサブランカから、母に宛てて次のように書いている。「僕は自分が何に向いているのかがわかりました。鉛筆でコンテ画を描くことです。スケッチ帖を買いました。できるだけ毎日の出来事や行動をそこに書き記します」

パリで孤独な彼は、仲間たちの家に迎え入れられた。そのひとりはベルトラン・ド・ソシーヌだった。ソシーヌ家では家族的なもてなしを受け、そこで知り合った末娘のルネ（愛称リネット）

は、その後も長く文通相手となった。相手からはあまり返事をもらえなかったものの、アントワーヌは旅先や赴任地から多くの手紙を彼女に書き送り、文学談義を展開した。母に宛てた手紙に次いで、リネットへの手紙は、サン゠テグジュペリの生活と考えを知る貴重な資料となっている。

☆二年の兵役期間

やがて兵役に就く年齢となり、サン゠テグジュペリは、一九二一年四月、彼自身の希望で、ストラスブール第二航空連隊に配属されたが、しかし二等兵の地上勤務員としてだった。「軍人としての仕事についての僕の意見は、することがまったくない——少なくとも空を飛ぶことはない——というものです」と、彼は母への手紙に書いている。

空を飛ぶためには民間パイロット免許資格試験を受けなくてはならず、大金が必要だったが、またしても母を手紙で口説き落とし、借金して授業を受け目的を遂げた。母はトリコー大叔母から遺産として受け取った金を息子のために使ったのだ。大叔母は一九二〇年に亡くなり、サン゠モーリス゠ド゠レマンスの城館をはじめとして遺産をマリーに残していた。

一九二一年八月、民間パイロットとして十一回の訓練を受けた彼は、その経験を認められて、フランス保護領であったモロッコのカサブランカにある戦闘機部隊、第三七飛行隊に転属された。北アフリカでの軍隊生活は平穏であったが、飛行への情熱を十分満足させてくれるものだった。彼は、カサブランカから母に送った手紙に、「最近はすばらしい飛行をしています」と書いている。

年が明けて一九二二年二月になり、彼は船でフランスに帰国し、十月にはパリ近郊のル・ブールジェ飛行場に配属された。

生涯を通じてサン=テグジュペリは何度も命を危うくするような事故に遭遇したが、その最初のものは、二三年一月初め、ル・ブールジェの飛行場の上を飛んでいる時に起きた。搭乗機が空港の滑走路のはずれに墜落し、彼は全身打撲で病院へ運ばれ、その後も長く後遺症に苦しむことになった。

☆ルイーズ・ド・ヴィルモラン

サン=テグジュペリはつねに女性たちに取り巻かれていたが、最初の真剣な恋は二三歳の時だった。兵役に就く前に知り合った美しくてエレガントな女性、ルイーズ・ド・ヴィルモランと、一九二三年の春に婚約したのだ。彼女は二〇歳の知的な背の高い娘で、いつも良家の若者たちに取り巻かれていた。陽気で天衣無縫の性格だったので、多くの男性が彼女の魅力のとりこになった。そんな彼女が、いささか不器用なこのパイロットの不思議な魅力に惹かれて、家族の反対を押し切って婚約者となったのには周囲の人たちも驚いた。

一九二三年六月五日、兵役を終えたアントワーヌは予備役に置かれて、パリに戻り、二年前と同じ気ままな生活が始まった。空軍に戻りたいと考えたが、婚約者の家族に反対された。ルイーズに気に入られるために、パイロットの仕事を放棄することを受け入れて、気乗りがしないながらもボワロン瓦会社に入社し、製造管理の仕事に就いて、一年ほど退屈な生活を送った。

ところが、婚約者の意向を受け入れて空を飛ぶことを断念したにもかかわらず、婚約は数か月しか続かず、同じ年の秋には破棄となった。のちに妻となったコンスエロの性格には、自己中心的で気まぐれなルイーズとの共通点が多い。サン=テグジュペリが創造した文学的な世界はきわめて男性的で、女性はルイーズとコンスエロしか登場しない。『南方郵便機』のヒロイン、ジュヌヴィエーヴのモデルはルイーズであると言われている。また『星の王子さま』のバラの花のモデルとしても、ルイーズ、そしてコンスエロがあげられる（→p.121）。

ルイーズ・ド・ヴィルモランというこの卓越した女性は、その後、数奇な運命をたどることになった。若き日にサン=テグジュペリの婚約者となった彼女は、その生涯をもうひとりの作家のそばで終えることになる。行動派の作家であり、また一時期はパイロットでもあったアンドレ・マルローの愛人となったのである。

☆妹ガブリエルの結婚

サン=テグジュペリの婚約解消後間もなく、妹ガブリエルは、プロヴァンスに住む幼なじみのピエール・ダゲと婚約し、結婚式は一九二三年十月、サン=モーリス=ド=レマンスでおこなわれ、アントワーヌも参列した。のちにアントワーヌはコンスエロと結婚するが、二人の間には子どもがいなかったので、ダゲ家に嫁いだ妹ガブリエルの子孫が、サン=テグジュペリの権利継承者として、現在も遺産管理にあたっている。

他方で婚約に破れたアントワーヌは、一九二四年三月、トラック会社の販売代理人となり、中部フランスをまわったが、しかしトラックは一台しか売れなかったとの伝説がある。この間も、可能となるとすぐにパリに戻り、ル・ブールジェやオルリーで飛行機に乗り、友だちに会って過ごした。

☆イヴォンヌ・ド・レトランジュ

サン=テグジュペリは、パリでは、従姉のイヴォンヌ・ド・レトランジュのサロンに出入りした。彼女は母のまたいとこにあたっていた。すでに、一九一九年、初めてパリ生活を始めたころに、彼は姉のシモーヌへこう書き送っていた。「彼女は僕が知っている中でいちばん魅力的です。独創的で、繊細で、知的で、すべての点で人に優り、おまけにみんなと同じように親切です」

イヴォンヌは多くの作家たちをもてなしており、こうした文学的雰囲気が彼を大いに喜ばせた。アンドレ・ジッドと出会ったのも、彼女のサロンにおいてだった。

イヴォンヌはさらに、サン=テグジュペリをジャン・プレヴォーに引き合わせた。彼はアドリエンヌ・モニエ（→p.215）が経営する書店「ラ・メゾン・デ・ザミ・デ・リーブル」が刊行していた雑誌『銀の船』の編集長だった。一九二六年四月一日、この雑誌にサン=テグジュペリの「飛行士」が発表された。今日では失われてしまった『ジャック・ベルニスの脱出』の一部であり、ここから『南方郵便機』が生まれることになる。

2 『南方郵便機』

☆ラテコエール社

一九二六年春、サン=テグジュペリがトラック会社を辞めた時は、職もなく、失意のどん底にあった。ようやく夏になって、彼はシュドゥール神父の仲介により、ラテコエール社と出会うことになり、ここから人生の充実した第二ステージが開けることになる。ピエール・ラテコエールにより一九一八年に設立されたこの会社は、トゥールーズを拠点に、郵便物をできる限り早く目的地に届けることを使命とした世界でもっとも古い航空会社であり、二七年春には社名をアエロポスタル社と変更した。

一九二六年十月、サン＝テグジュペリは、トゥールーズへ行き、ラテコエール社の路線開発主任、ディディエ・ドーラの面接を受けた。こうして、グラン・バルコン・ホテルに寝起きし、毎朝、路面電車で空港に出勤する生活が始まり、数か月整備工として勤務したあと、パイロットの職を得た。

『人間の大地』第一章「路線」の冒頭で、サン＝テグジュペリは輝かしい未来の入口に立った当時を振り返っている。「一九二六年のことだった。私は、アエロポスタル社、そのあとのエール・フランス社に先立って、トゥールーズ＝ダカール間の連絡を確保したラテコエール社に、若い路線飛行士として入社したばかりだった」

また彼は、パリの友人リネットに歓びの気持ちを伝えた。「空を飛ぶのがどんなにすばらしいことか、わかるかい？　これは遊びではないんだ。だからこそ僕がそれを愛しているってことが」

その後五年間、一九二六年から一九三一年にかけて、サン＝テグジュペリは北アフリカと南アメリカでパイロットとして満ち足りた幸せな日々を過ごすことになる。これは、彼の短い一生を通じてただ一回だけの、豊かな経験がうち続く長い時期であり、その後の作品を産み出す肥沃な土壌となった。

☆トゥールーズでの生活

二か月後の一九二六年十二月半ば、サン＝テグジュペリはスペイン南東部のアリカンテまで郵便物を運ぶことになったが、その時の様子は『人間の大地』に詳しく描かれている。ある夕方、ドーラがサン=テグジュペリを呼んで、「明日、出発してくれたまえ」と言ったのだ。そして、彼はいくつかの注意を与えたあと、こう付け加えた。「スペイン上空の雲海をコンパスを頼りに飛ぶのは愉快だし、これは優雅な飛行というものだ。だが……だが、覚えておきたまえ。雲海の下にあるのは……あの世だ」

ブレゲ一四型機による処女飛行の前夜、彼は友人のアンリ・ギヨメに助言を求め、二人は飛行地図をのぞきこんだ。「だが、なんという奇妙な地理の授業を受けたことだろう！　ギヨメはスペインについて教えてはくれなかった。彼はスペインを私の友だちにしてくれたのだ。［……］私たちは、世界のあらゆる地理学者たちが忘れてしまったこまごまとした事実を、その忘却から、想像も及ばない遠い場所から引き出していった。［……］地図のスペインは灯りの下で少しずつおとぎの国に変わっていった」

☆キャップ・ジュビー

『星の王子さま』の舞台となるサハラ砂漠は、サン=テグジュペリがラテコエール社に採用されてから一年後に身近なものとなった。一九二七年の十月、彼はキャップ・ジュビー（今日ではモロッコのタルファヤ）に飛行場長として配属された。ここは、フランス航空産業の中心地トゥールーズと、その約五千キロ南方のアフリカ最大のフランス領都市であるダカールとを結ぶ路線において、燃料補給のために重要な中継地であった。

キャップ・ジュビーは当時スペイン領であり、彼の任務は、現地のムーア人とスペイン人の仲介役であった。「スペイン政府と接触を保ち、いついかなる時でも、いかなる天候であろうと、砂漠のどこであっても、危難に陥ったパイロットを救い出すこと」が彼に求められた。

十月十九日、この世界一の荒涼とした飛行場に到着した彼は、母への手紙にこう書いている。「まったく修道僧のような生活を送っています。アフリカの中でもいちばんの辺境、スペイン領サハラ砂漠のただなかです。浜辺の上の砦。僕たちの小屋はそれに背を向けて立っています。あたり数百キロメートル以内には何もありません……」

飛行場主任の宿舎は粗末な作りのバラックであり、前方には海が広がり、後方に砂漠が迫っていた。彼は十八か月をそこで過ごすことになる。その間に、六つの同僚グループがモール人に捕らえられ連れ去られたため、彼は交渉にあたらねばならなかった。さらに、不時着した飛行機の救出作業に従事した回数は十四回に及んだ。

☆「手なずける」

『星の王子さま』において、apprivoiser「手なずける・飼いならす」(→p.160)という言葉は、きわめて重い意味を持つことになったが、すでにこの時代の手紙に現れている。キャップ・ジュビー赴任に先立つ、一九二七年一月一日の午前二時、スペイン南岸の町アリカンテのカフェでたったひとり新年を祝いつつ、サン=テグジュペリはルネ・ド・ソシーヌ(リネット)宛の手紙を認《したた》め、あなたは僕を手なずけたと書いている。

「あなたが僕を手なずけてしまったために、僕はすごく卑屈になってしまったんだ。結局のところ、手なずけられるというのは心地よいことだ。でも、あなたは僕に別の悲しい日々を味わわせることになるだろう」

ここにすでに、手なずけられることの心地よさとそれに伴う悲しさが述べられているが、『星の王子さま』では第二一章、キツネとの出会いの場面で、王子さまが「一輪の花があってね……彼女がぼくを手なずけたと思うんだ」と言う。

砂漠のキャップ・ジュビーに赴任したあと、サン=テグジュペリはさまざまな動物を手なずけることになった。生涯を通じて彼は動物たちが大好きだったが、ここではその動物に取り囲まれていたのだ。ジュビー到着の数か月後、彼は母に次のように報告している。「カメレオンを手なずけました。手なずけるのは、ここでの僕の役目です。僕に合っているようですし、すてきな言葉です」

そして、『星の王子さま』にも登場することになるフェネックという砂漠のキツネを手なずけた時のことは、妹ガブリエルへの手紙（→p.124）で詳しく報告し、そこにフェネックのスケッチを添えている。

☆砂漠での一夜

キャップ・ジュビーでのサン=テグジュペリの仕事の一つは、不時着機の救出作業であった。ラテコエール社の無線課長エドゥアール・セールと操縦士マルセル・レーヌの救出活動は三か月に及んだ。その捜索活動中、彼は、標高三百メートルの未踏の台地に降り立った時のことを、『人間の大地』の中で語っている。「すでに星が一つまたたいていた。私はそれを眺めた。そして、この純白の表面は、数十万年前からただ星たちだけに捧げられていたのだと思った」。テーブルクロスのような台地と星々の間に立つ人間の意識というものが存在し、そこに夢想が一つの奇蹟のように湧きおこってくる。彼は、「そのような夢想の一つを思い出す」と書いて、次のように続けている。

「別のある時、厚い砂の地域に不時着した私は、夜が明けるのを待っていた。［……］私は眠り込んでしまった。目を覚ました時、夜空の水面以外には何も見えなかった」。こうした砂と星々の間に踏み迷った彼に、子ども時代の夢想が泉の水のようにひたひたと寄せてきたのだ。「声も画像もなく、一つの現前の感覚、ごく身近な、もう半分は察しのついた、一つの親しみの感覚があるだけだった。それから、私は理解し、目を閉じて、思い出の魔法に身を委ねた。どこかに、黒い樅と菩提樹に囲まれた庭園と、私が愛する古い家があった」

砂漠で孤独な夜を明かしたサン＝テグジュペリに、少年時代を過ごしたサン＝モーリス＝ド＝レマンスの城館の光景がよみがえってくる。これは『星の王子さま』第二章冒頭、砂漠に不時着した孤独なパイロットが夜明けに少年に出会う場面と通い合うものがある。

☆『南方郵便機』

サハラの孤独の中で、彼の作品もまた礎が築かれた。板囲いの小屋の中に腰かけて、部屋着を身にまとい、二つのガソリン缶の上に戸板を渡して机代わりとして、彼は最初の長編小説の執筆に長い夜の時間を充てた。それは彼の中編「飛行士」をもとにして書かれたものである。

一九二七年末、彼は母への手紙にこう書いている。「本を書く決心ができました。すでに百ページばかりは書いてあり、構成に少しもたついているところです」。そして年が明けると、今度は妹ガブリエル宛に、「二七〇ページの小説を書き上げた」と報告している。

ある晩、彼は小説の表題を探していたが、ふと目が留まったのはダカールへ向けて出発する郵便物の袋だった。そこには『南方郵便機』と書かれていた。こうして小説のタイトルが決まった。ジュビーでの任務を終えて、一九二九年春、サン=テグジュペリはパリに戻ると、三か月の休暇の間、彼の最初の小説『南方郵便機』に最後の手を入れ、イヴォンヌ・ド・レトランジュや友人たちの前で音読しながら推敲した。おそらくはジャン・プレヴォーとアンドレ・ジッドの友情による後押しで、原稿はガリマール社に受け入れられ、七月に出版された。同じ出版社からすでに三冊の本を出していたアンドレ・ブクレールが序文の執筆を依頼された。

『南方郵便機』は、ルイーズとの恋の破局の痛手から生まれた作品で、恋愛小説と冒険談が入り交じり、わずかな人物しか登場せず、筋立ては単純である。トゥールーズ、アガディール、ダカールなど、飛行路線の中継基地がお互いに投げ交わすメッセージによって綴られる。

この処女作は、サン=テグジュペリ作品に共通する特徴をすでに備えていた。第一に彼の作品はすべてパイロットとしての体験から生まれている。第二に、その作品のすべてにキャップ・ジュビーの痕跡が見られる。第三に、すべてが基本的に異郷で書かれている。『南方郵便機』はモロッコのキャップ・ジュビーで、『夜間飛行』はブエノスアイレスで執筆され、『人間の大地』はニューヨークでの療養中にまとめられ、また『戦う操縦士』と『星の王子さま』はニューヨーク亡命中に書かれ、その地で出版された。

3 『夜間飛行』

☆アルゼンチン、ブエノスアイレス

一九二九年春、サン＝テグジュペリはフランスに帰国し、四月から六月までブレストで夜間飛行のための研修を受けたあと、九月初めには、南アメリカ、ブエノスアイレスにあるアエロポスタルの南米での子会社、アエロポスタ・アルヘンティーナ社の支配人に任ぜられた。そのため彼は、『南方郵便機』の出版によって足を踏み入れたばかりのパリの文壇から離れることを余儀なくされて、一九二九年九月九日、ボルドーから乗船し、リスボン経由でアルゼンチンへ向った。

大西洋を横断する十八日間の平穏な船旅のあと、十月十二日、彼はブエノスアイレスの港に着いた。ここでの仕事は、ディディエ・ドーラの指揮のもと、ジャン・メルモーズやギヨメとともに、南米大陸の航空路線開発に従事することだった。ブエノスアイレスの滞在期間はキャップ・ジュビーよりもやや長かったが、この都会はまったく彼の気に入らなかった。到着早々の十月二五日には、宿泊していたホテルから、「ブエノスアイレスはなんとも耐え難い都市で、魅力もなく、資源もなく、何もありません」と母に書き送っている。

そんな彼にとっての慰めは空を飛ぶことであり、彼はひんぱんに飛行機に乗った。「僕はこれほど空を飛んだことはないよ」とリネットに書いた。一九三〇年には、生涯でもっとも集中的に夜間飛行をおこなっており、その経験は新しい小説を生み出すもととなった。

彼は生まれて初めて高給取りになり、母に送金し、友人たちに大盤振る舞いした。それはパリのカルティエラタンで過ごした貧しい学生時代に対する埋め合わせだった。リネットに宛てては、

「ひと月に二万五千フランを稼ぐが、どう使っていいかわからない。使い道を考えるのに疲れてしまうよ」と書き送っている。

☆ギヨメの遭難

一九三〇年六月十三日、友人のギヨメがアンデス山脈のコルディレール上空を飛行中に消息を絶つという事件が起こる。彼の飛行機がラグア・ディアマンテの山上に墜落したのだった。ギヨメは四千五百メートルの峠をいくつも越えて、五日四晩歩き続けて救出された。サン=テグジュペリは愛機に乗って、ギヨメの捜索をおこなった。

この冒険は、一九三九年二月に刊行されることになる『人間の大地』において、感動的な物語として描き出されている。救出されたギヨメが口を開いた時、発せられたのは次の言葉だった。「僕がやったこと、誓って言うけど、それはけっしてどんな動物にもできないだろう」。転覆した機体から脱出したあと、装備も食糧もなく、さまざまな誘惑に抵抗しつつ、零下四〇度の寒気の中をギヨメは歩き続けた。彼はこう語った。「妻は、もし僕が生きていると信じているなら、僕が歩いていると信じているはずだ。仲間たちは僕が歩いていると信じているはずだ。皆が僕を信頼している。歩かなければ、僕は卑怯者になってしまう」

☆コンスエロとの出会い

『星の王子さま』のバラのモデルとなるコンスエロ（→p.121）に出会ったのは、アルゼンチン滞在中の一九三〇年九月のことだった。当時フランス・ペンクラブ会長だった友人のバンジャマン・クレミューから紹介されたコンスエロ・スンシンは、有名なジャーナリスト、ゴメス・カリーリョの若くて美しい未亡人であり、エル・サルバドルの出身で、アルゼンチン国籍だった。わがままで気まぐれな性格だが、ユーモアに富み、文章を書き、絵や彫刻も巧みな彼女に、サン=テグジュペリはたちまち魅了された。

コンスエロとアントワーヌのなれそめについては混乱した情報が流布しているが、その中に次のような逸話が残っている。サン=テグジュペリは、飛行機に乗ったことのない彼女にぜひとも空を飛ぶ体験をさせようと、ラテ二八機での初飛行に誘った時のこと――アルゼンチンの空の上で彼は「キスしておくれ」と求めたが、彼女が拒んだために、「僕が醜いからキスしたくないんだ!」と言ったというものである。

この交際期間について、コンスエロはさまざまに語ったが、サン=テグジュペリ自身はいっさい記録を残していない。一九三〇年秋の時点では、家族への手紙にも結婚の意志については何も書かれていない。

☆アゲーでの結婚式

一九三一年、フランスに戻ったサン=テグジュペリは、先に帰国していたコンスエロに再会し、二人は三月の大半を南仏、おもにニースのコンスエロの家で過ごした。ここで彼は、アルゼンチン滞在期間中に書きためた『夜間飛行』の四百ページに及ぶ原稿を精力的に推敲し始め、最終的にガリマール社から出版された本はわずか百五〇ページの長さに縮められた。

この三月、彼は数回にわたって、小説『夜間飛行』の長時間の朗読をジッドの前でおこなった。

ジッドは『日記』に次のように書いている。「サン=テグジュペリとアゲーで再会してとてもうれしい。[……]彼はアルゼンチンから新しい本と許婚者を持ち帰った。一方を読んで、他方と会った。彼を大いに祝福した、でも特に本に関して。婚約者のほうも同様であってほしいと願う」

四月初旬にはレジオン・ドヌール勲章が授与され、コンスエロとの結婚式は、四月十二日、シュドゥール神父により、南仏アゲーの礼拝堂でおこなわれた。

しかし、アエロポスタル社は経営上の問題を抱えて危機にあり、この年三月に破産した。ドーラとマッシミは辞職し、サン=テグジュペリはアルゼンチンに戻らない決心をした。二か月の休暇を終えた彼は、一九三一年五月、アフリカ路線に従事することになり、カサブランカ=ポール・テティエンヌ路線に配属されて、ラテ二六機に乗った。

☆『夜間飛行』

一九三一年夏、彼は、コンスエロと一緒にカサブランカに住んで、『夜間飛行』の原稿の最終的な推敲に専念して、小説は十月に出版された。ディディエ・ドーラに捧げられ、アンドレ・ジッドが序文を寄せた。ゴンクール賞は逃がしたが、十二月四日、フェミナ賞が与えられた。

『夜間飛行』の物語は二つの面で展開する。一つはパタゴニア線の飛行機に乗るパイロットであるファビアンが夜の中で戦う物語であり、他方では地上で、長であるリヴィエールが夜間飛行とファビアンの死の責任を負う。リヴィエールの頭を離れない一つの問い——全体の目的は個人の犠牲を正当化するのか、が主題をなしている。ここには筋の一貫性があり、それが多くの豊かなイメージによって彩られている。

『夜間飛行』は英語訳され、またアメリカで映画化された。これはアメリカだけでなくフランスでも評判となった。しかし、世間での評判とは反対に、同僚の大半は冷淡だった。彼らは、自分たちを犠牲にしてサン=テグジュペリが文壇で名声を得たと考えたのだ。また、この小説のリヴィエールのモデルは、アエロポスタル社のディディエ・ドーラだと見なされている。彼は、完全には否定しなかったものの、この類似に異議を唱えた。

4 『人間の大地』

☆サン=モーリスよ、さようなら

一九三一年末のクリスマスは、いつものように、サン=モーリス=ド=レマンスの母のもとで過ごされたが、それがここでの最後のクリスマスとなった。

翌三二年二月、サン=テグジュペリはアエロポスタル社の仕事に戻り、マルセイユ=アルジェ間の水上飛行機のパイロットになったあと、七月末には、彼がよく知っているカサブランカ=ダカール路線に配属された。アントワーヌとコンスエロはニースのシミエ地区にある別荘を売却して、カサブランカに住み始めたが、この頃から二人の生活において金銭不足が恒常化するようになった。

この間の六月には二か月の休暇をとり、母の転居の手伝いをおこなった。マリー・ド・サン=テグジュペリ夫人にとって、サン=モーリス=ド=レマンスの広大な屋敷を管理、維持するのはなかなか苦労であったため、彼女は所有地をリヨン市に売却することを決心したのだ。この後、アントワーヌの内面において、サン=モーリスでの子ども時代の思い出は、ますます美化されることになる。

この年の秋から一年間は飛行家ではなく、著述家の活動が中心となり、彼はパリの文学者たちと交際した。ガストン・ガリマールが創刊した『マリアンヌ』誌にいくつかの文章を発表し、これらはのちに『人間の大地』に収載されることになる。

☆サン=ラファエルでの事故

一九三三年八月三〇日、アエロポスタル社は他の三つの航空会社とともに一つの会社に統合され、エール・フランス社となった。サン=テグジュペリは奔走し、メルモーズにも助力してもらうが、エール・フランスに入ることができず、パリに戻った。

秋になって、彼はふたたび飛行家としての仕事に戻った。水上飛行機のテスト・パイロットとして、ラテコエール社に入り、コート・ダジュールのサン=ラファエルに赴任することになったのだ。ところが、十二月二一日、クリスマスを前にして、水上飛行機のテスト飛行の際、パイロットのミスによる着水事故を起こした。水上飛行機の中に閉じこめられたまま水死寸前となり、次第に肺を満たすサン=ラファエル湾の冷たい水が彼には温かいものと感じられて、安楽な自己放棄へと誘惑した。しかし、またしても彼は死を免れて、以後十一年間の猶予を生きることになる。

サン=ラファエルで事故を起こした一九三三年秋と、リビア砂漠で遭難する一九三六年まで、二つの瀕死の体験の間にサン=テグジュペリにとって新しいエピソードはほとんど生まれなかった。一九三〇年代、彼は、パリのサン=ジェルマン=デ=プレ界隈のカフェや夕食の席で、繰り返し同じ経験談を披露した。昼はカフェ・ドゥ・マゴ、夕方からはブラスリー・リップが本拠地となり、パリのサロンではその巧みな話術によってひっぱりだこになり、飛行家としての体験を語った。やがてそれらは『人間の大地』の草案となる。

☆モスクワ

一九三五年四月末、『パリ・ソワール』を編集するピエール・ラザレフがサン＝テグジュペリに、モスクワを訪れてルポルタージュ記事を書くように要請した。今度はジャーナリストとしての仕事であり、モスクワに到着し、そこに一か月滞在した。

彼は荘重な出迎えを受けたが、メーデー当日にスターリン体制のいかがわしさをかぎとった。五月三日、モスクワから電話で送られた最初の報告が『パリ・ソワール』紙に掲載され、そのあと二二日まで合計六つのソ連報告が発表された。

このモスクワ旅行は、彼に有名な「虐殺されたモーツァルト」の一節をもたらし、それは四年後、『人間の大地』の結びの文章にそのまま用いられた。ソビエト連邦へと向かう夜汽車の中で、母国へ帰るポーランドの鉱夫たちの中に、一組の夫婦の間に眠る子どもの姿を認めた彼は、これこそ少年モーツァルトだと思う。「私は、そのつややかな額、かわいらしく突き出した唇をのぞきこんだ。そして思った。これこそ音楽家の顔だ、これこそ少年モーツァルトだ、これこそ生命の美しい約束だ、と。伝説の中の小さな王子さまたちもこの子どもと何ら変わりはなかったのだ」。だが、バラの貴重な新種を大切に育てるように、この少年モーツァルトをいつくしんで育てる庭師はいないのだ。彼は腐れ果ててしまうだろう。彼の運命は決まっているのだ。そして、サン＝テグジュペリはこのように言う。「私を苦しめるものは［……］あの人々一人ひとりの中の虐殺されたモーツァルトなのだ」

のちになって、この虐殺された少年モーツァルトを物語の中において蘇生させようとする試みは、『星の王子さま』として成就することになる。

☆**リビア砂漠での遭難**

サン＝テグジュペリが一九三三年にシナリオを書いた映画『アンヌ・マリー』は、一九三五年秋になって撮影がおこなわれた。そこで主演を演じた女優アナベラ（→p.16）とは、のちにロサンゼルスで再会することになり、彼女は『星の王子さま』の誕生に立ち会うことになる。

三五年末になって、サン＝テグジュペリは、十五万フランの賞金獲得を狙って、パリ＝サイゴン間の長距離飛行レースに参加し新記録樹立に挑んだ。ところが、この飛行は、参加期限に間に合わせようと準備不足のまま実行に移され、しかも出発の朝までの四八時間、彼はほとんど眠っていなかった。

十二月二九日、午前七時一分、彼は、忠実な機関士プレヴォーと一緒にル・ブールジェ飛行場を飛び立った。出だしは好調で、記録更新も可能かと思われた。ところが、ベンガジとカイロの間で最初の故障を起こしたあと、方向を見失って、三〇日午前二時四五分、低い高度で飛んでいたシムーン機は、時速二七〇キロでリビア砂漠の砂丘に突っ込んでしまった。『人間の大地』によると、「水のタンクが破裂して、砂がすべてを飲んでしまっていた」

しかし、二人は幸いひどい打撲傷も負わずに、機体から抜け出した。わずかな食糧を携えて「人間を探しに」歩き始めた。蜃気楼に惑わされながら、三日の間、砂漠をさまよい歩いたあと、彼らは年が明けた一九三六年一月一日、ベドウィンのキャラバンにより救出された。

他方で、パリでは、ホテル・ポン＝ロワイヤルで、コンスエロと友人たちが、三日二晩の間、希望をつないでいたが、生還の報告を受けるとブラスリー・リップで救出を祝った。

このリビア砂漠での不時着の体験は、六年後に書かれた『星の王子さま』の中でサハラ砂漠へと場所を変えて、物語の舞台設定を提供することになる（→p.148）。

また、『人間の大地』には、この時に出会ったフェネック（→p.124）についての記述がある。おびえて巣穴に隠れたままのフェネックだったが、『星の王子さま』第二一章では、サン＝テグジュペリはむしろ自分の足音が音楽のようにフェネックを巣穴から誘い出すことを、王子さまに託す形で夢想するのである。

☆ネリ・ド・ヴォギュエ夫人

サン＝テグジュペリがネリ・ド・ヴォギュエ夫人と初めて出会ったのは、一九二九年、『南方郵便機』の原稿を抱えて、ルイーズ・ド・ヴィルモランの家にいる時だったが、二人が急速に親しくなったのは、一九三〇年代半ばごろのことである。イヴォンヌ・ド・レトランジュに窮状を聞いたヴォギュエ夫人から小切手が送られてきたのがきっかけだった。

以後、夫人はサン＝テグジュペリを物資面、精神面の両方で支援し続けることになる。特に第二次大戦勃発後、彼が空軍に入ってからは、彼女の経済的・政治的影響力が重要な役割を果たした。

彼女は一九四九年にピエール・シュヴリエ（→p.33）という男性としての筆名でサン＝テグジュペリの伝記を発表した。だが、この伝記では、『星の王子さま』に関する記述はごくわずかである。

彼女はむしろ『城砦』を書き続けるサン=テグジュペリの熱心な聞き役となり、彼を支え続けた。作家の死後は、『城砦』の原稿を相続し、その出版を実現するために尽力し、また世界各地から彼が彼女に書き送った手紙の一部を公表した。

☆スペイン市民戦争

一九三六年二月、スペインでは人民戦線政府が成立し、七月にはフランコの軍部がクーデターを起こして、以後三年間のスペイン内戦が続くことになる。サン=テグジュペリは、二度にわたってスペインに派遣され、ジャーナリストとしての活動をおこなった。

一度目は、『ラントランシジャン』紙からの派遣で、八月十日、バルセロナに着き、そこから電話で五つの記事を送った。八月十九日に発表された記事の中で、彼は「ここでは山林を伐採するように銃殺がおこなわれている」と書いている。

スペインから帰ったあと、十二月七日にはジャン・メルモーズが南大西洋で消息を絶つという悲しい知らせを受け取った。メルモーズは、郵便飛行、砂漠の飛行、アンデス越え、夜間飛行、大西洋横断飛行など、あらゆる空の冒険の先駆者であった。サン=テグジュペリは、『マリアンヌ』誌にメルモーズの思い出を手記として発表し、これはのち『人間の大地』に収められた。

二度目のスペイン派遣は、翌一九三七年春のことであり、今度は『パリ・ソワール』紙からの取材依頼だった。サン=テグジュペリは、四月十一日、新聞社の飛行機でスペイン国境に到着し、そのあとマドリッドのフロリダ・ホテルに滞在した。しかし、パリに帰ったのち起草された連載記事は、十回の予定のうち三回分しか書かれず、連載は中断した。

☆グアテマラでの事故

のちに『星の王子さま』誕生の地となったニューヨークに初めて足を踏み入れたのは、一九三八年一月のことである。サン=テグジュペリは、パリでの困難な私生活をあとにして乗船し、合衆国との最初の接触を持った。このアメリカ旅行の目的は、プレヴォーとともに、シムーン機で南北アメリカ大陸縦断飛行を成し遂げることだった。二人は、二月十四日、ニューヨークを飛び立ち、中央アメリカのグアテマラまで順調な飛行を続けた。

ところが、グアテマラで離陸の際に、彼としては五回目の大事故を起こしてしまった。おそらくはガソリンを積む時に現地の雇用人との間に誤解があったらしく、タンクが満杯になり、高度千五百メートルのこの土地では積載過剰となってしまったのだ。離陸の時に、飛行機は重すぎて十分な速度を得ることができず、滑走路の端にぶつかって壊れた。サン=テグジュペリは、頭蓋骨と身体のあちこちを骨折して、五日間意識不明のままだった。

彼はグアテマラの病院に六週間入院し、その間中高熱に苦しんだ。コンスエロも駆けつけた。いくつもの手術を受け、壊疽にかかった左腕切断を拒否して、あやうく片腕になることは免れたが、後遺症がその後一年間彼を苦しめることになった。

三月二八日には、新たな治療のためにニューヨークへ向かい、二か月の療養生活を送った。そこで、アメリカの出版人であるユージン・レイナルとカーティス・ヒッチコックは、これまでサン=テグジュペリがあちこちに発表したばらばらな断片の束を集めて、一つの作品を構想するように提案した。それを受けて、この大都会で恢復を待ちながら、彼は『人間の大地』の執筆に取りかかり、英訳はルイス・ガランティエールが担当することになった。こうして知己を得たアメリカ人たちは、三年後、サン=テグジュペリがニューヨークに亡命したあとも彼を支援し、『星の王子さま』の誕生にかかわることになる。

☆『人間の大地』

ジッドもまたサン=テグジュペリに、コンラッドの『海の鏡』にならって、飛行機にまつわる話を「花束のように」まとめたらどうかと提案していた。一九三八年、ニューヨークでの療養期間中に着手された『人間の大地』はパリで完成した。八章からなる雄弁なこの書物は、「ただ精神の息吹のみが、粘土の上を吹き渡る時、人間を創造するのだ」という印象的な言葉で結ばれた。

初めは『風と砂と星と』として刊行される予定だったが、サン=テグジュペリは、『人間の大地』という新しい表題を選び、一九三九年二月、フランス語版が出版された。発売と同時に好評で迎え入れられ、アカデミー・フランセーズ小説大賞を受賞した。フランス語版より二章長い英語版もアメリカで大成功をおさめ、サン=テグジュペリは「大空のジョゼフ・コンラッド」と呼ばれて、一九三九年の全米図書賞を受賞した。

『人間の大地』は舞台がフランスから北アフリカ、さらに南米へと移り、ふたたびアフリカに戻ってくる構成になっていて、話が年代順に展開しない。彼は自分のパイロット歴をたどったり、体験を具体的に語るよりも、印象を描写することに重点を置いており、事実報道ではなく大空の抒情詩となっている。

5 『戦う操縦士』

☆第二次大戦の勃発

二〇世紀二度目の世界大戦が勃発した時、サン＝テグジュペリは三九歳になっていた。最初の大戦の時はスイスで平穏な生活を送ることができたが、二度目の大戦は、彼に異国の地で『星の王子さま』を書く機会を与え、さらにはその短い生涯を終わらせることになった。

一九三九年九月一日、ヒトラーのポーランド侵攻が始まり、九月三日、フランスとイギリスはドイツに宣戦布告した。その翌日、九月四日、予備役大尉のサン＝テグジュペリは、トゥールーズのフランカザル飛行場に配属されたが、三九歳という年齢は当時の軍用機を操縦するには高齢であったし、また軍医たちの診断結果もあまり良好ではなかった。しかし、銃後への配置に不満な彼は、空軍大臣に戦闘部隊への配属を頼み込み、結局、十一月末、航空写真撮影班の一員として、偵察部隊への配属が決まった。パリの東方、シャンパーニュ地方のオルコントという村に駐留していた三三―二飛行部隊である。

ドイツ軍が同じシャンパーニュ地方のアルデンヌに進軍して、パリに近づくにつれて、フランスの敗色が濃くなり反撃の望みも消えたころ、五月になって、部隊はル・ブールジェ、オルリー、そしてフォンテーヌブローの北東、ナンジスへ移動した。電撃戦が始まり、偵察飛行が崩壊する前線の上空で何度かおこなわれたが、撃墜とともに部隊の人員は次第に減っていった。サン＝テグジュペリの最後の任務は、五月二三日、アラスへの飛行であり、それまで三三―二部隊がおこなった百八回の偵察飛行のうち、もっとも危険なものの一つだった。のちに『戦う操縦士』の中で、彼はこの体験を生彩豊かに描き出すことになる。

☆休戦協定、リスボンから乗船

しかし、事態は急速に進展し、一九四〇年六月九日の偵察飛行を最後に、三三—二部隊はボルドー、アルジェに退却した。六月二二日には、休戦協定が結ばれて、アルジェ到着から五週間後の七月三一日、サン=テグジュペリは予備役将校としての動員を解除された。彼は海路マルセイユへ向かい、そのあと妹のガブリエルが住むアゲーに滞在して『城砦』執筆に取りかかった。

ナチス・ドイツの最初の大勝利以来、彼は、フランスにはドイツに抵抗するだけの武力がないので休戦して米国の援助を待つべきだと考えており、アメリカに参戦を求めるためにニューヨーク行きを検討し始めた。十月になると、アメリカ行きのビザ取得のためヴィシーへ旅行し、続いてドリュ・ラ・ロシェルとパリへ行った。そのあと、十月半ばの数日をサン=タムールのレオン・ヴェルト（→p.44）宅で過ごし、『城砦』の冒頭を彼に語った。

アメリカ行きが決まったが、市民戦争時に書いたルポルタージュのためスペインが通過を認めなかったため、サン=テグジュペリはアルジェを経由して、リスボンへ向かった。十一月二七日、リスボンで乗船を待っている時、彼はアンリ・ギヨメが地中海でイタリア軍の戦闘機に撃墜されたという知らせを受け取った。

一九四〇年十二月二一日、彼はシボニー号でアメリカに向けて出航した。リスボンで知り合った映画監督ジャン・ルノワールと同じ船室となり、この旅は二人の友情を大いに育んだ。十二月三一日、ニューヨーク到着をピエール・ラザレフ（→p.25）が出迎えた。

☆アメリカ、ニューヨーク

一九四一年一月一日『ニューヨーク・タイムズ』に掲載された会見記事において、サン＝テグジュペリは、三、四週間の滞在予定であると語ったが、実際には滞在は二年以上に及んだ。著作によってアメリカの世論に影響力を持っていた彼は、滞在期間中にアメリカに参戦を呼びかけるつもりだったが、この国に溶け込もうとせず、英語を習うのを嫌い、人に通訳させるのを常とした。

エリザベス・レイナルとユージン・レイナル夫妻、およびペギー・ヒッチコック（→p.12）とカーティス・ヒッチコック夫妻は、滞米中のサン＝テグジュペリを支援したが、まず手始めに彼らはセントラル・パークサウス二四〇番地に眺めのすばらしい部屋を見つけ、一月末、サン＝テグジュペリはそこに落ち着いた。

米国に着いた一か月後、フランスの親独政権ヴィシー政府は、サン＝テグジュペリを国民会議のメンバーに任命した。彼は『ニューヨーク・タイムズ』紙上で、その任命を拒否する声明を出し、自分はその決定について事前に打診されていないと述べた。

当時、ニューヨークのフランス人社会はドゴール派に加わるか否かで分裂していたが、サン＝テグジュペリはどちらの党派に組みすることも拒否した。ただ、彼はフランスを混乱に陥れないためには対独協力が必要だと考え、休戦協定を支持した。そのため激しい誹謗中傷にさらされ、滞米中のアンドレ・ブルトンからはヴィシー政府に協力的だと非難された。一九四一年二月初め、サン＝テグジュペリは、結局は投函されなかった手紙の中で、激しい調子でブルトンに反論した。「考えてもみてほしい、私の友人の半分は死んでしまったが、あなたの友人はみな生きているではないか……」

☆『戦う操縦士』

一九四一年八月、サン=テグジュペリは、『人間の大地』の映画化を進めるため、列車でカリフォルニアのジャン・ルノワールに会いに行くことを決心した。映画は結局完成されなかったが、ニューヨークのフランス人社会から逃れたことを喜んだ。九月には、昔の事故による後遺症の発熱に苦しみ、ロサンゼルスのフランス人医師の診察を受けて、入院し手術を受けた。この長い療養期間に『星の王子さま』の構想が生まれつつあった（→p.5）。

十一月、ニューヨークに戻る列車に乗った時には、『戦う操縦士』の一部ができあがっていた。そのあと、コンスエロがニューヨークに到着した。夫と同じ建物に別の部屋を借り、ニューヨーク中のシュルレアリストたちを客に招いたが、その中にはサン=テグジュペリを非難したブルトンも含まれていた。

サン=テグジュペリは、出版元や翻訳者に急かされながら執筆し続け、フランス語版『戦う操縦士』と英語版『アラスへの飛行』は、一九四二年二月六日にニューヨークで出版された。続いて、パリではガリマール社が十一月二七日、『戦う操縦士』を刊行し、二千百部だけ印刷されて、すぐに売り切れた。

しかし、『戦う操縦士』は、間もなくヴィシー政府によって発売禁止となった。本の中でイスラエルという名のユダヤ人飛行士を賛美したことが、対独協力派の雑誌や新聞によって問題となったのだ。他方で、ドゴール派は、結びが敗北主義でヴィシー寄りだとして非難した。その後、この作品は一九四三年十月にリヨン、四四年初めリールで地下出版された。

☆フランス人への手紙

一九四二年夏からサン＝テグジュペリは『星の王子さま』の執筆に取りかかり、秋にはおおよそが完成したが、出版は翌年の春まで持ちこされた。この間、英米軍がモロッコとアルジェリアに上陸すると、それに呼応して十一月二九日、「あるゆる場所のフランス人への公開状」を『ニューヨークタイムズ・マガジン』に発表した。フランス語版はモントリオールの『ル・カナダ』に十一月二〇日に発表済みであった。

この公開状の中で彼は、合衆国において分裂し対立するフランス人たちの党派に組みすることを断固として拒否し、フランス人の団結を訴えた。「フランス人よ、奉仕するために和解しようではないか」と呼びかけたが、アメリカ在住の同国人の多くから嘲笑され、ドゴールへの非難を読み取った人も多かった。十二月十九日には、ジャック・マリタンが反ヴィシーの週刊誌『勝利のために』に「時には裁かねばならない」と題した長文の反論を発表し、サン＝テグジュペリの回答とともに掲載された。

☆北アフリカへ

一九四三年四月六日に『星の王子さま』が刊行されたそのすぐあと、戦線への復帰を願うサン＝テグジュペリは、四月二〇日、北アフリカへの乗船状を受け取り、アメリカを去った。二週間の船旅ののち、五月四日、アルジェに到着し、友人の医師ジョルジュ・ペリシエ（→p.32）宅に身を落ち着けた。

五月から六月初め、サン＝テグジュペリはラグアットで訓練を受けたあと、モロッコのウジダでもとの偵察部隊三三―二部隊に復帰し、最新高性能のライトニングP三八を操縦した。

この五月、ラグアットでサン＝テグジュペリと会ったジュール・ロワ（→p.28）は次のように証言している。「彼の復帰は自己への忠実さにもとづく行為だった。〔……〕彼は単なる証人としてとどまることを拒否した。〈参加しないとしたら、私は何ものたりえよう？〉」

他方で、六月にサン＝テグジュペリが臨時政府のルネ・シャンブ将軍あてに書いた手紙が、投函されることなく残されている。これは彼の精神的な遺書と言うべきものであり、彼がパイロットの任務に幻滅を感じていたらしいことをうかがわせる内容である。

「（空を飛ぶことに）もうそれほど歓びを見い出せなくなったことを、いまは憂鬱な思いで確認しています。飛行機というものは、もはや移動の道具――ここでは戦争の道具――にすぎません」

☆復帰後、最初の空撮

ニューヨークでは、『星の王子さま』に遅れること二か月、六月三日に、サン＝テグジュペリがレオン・ヴェルトおよび祖国のフランス人へのメッセージを託した『ある人質への手紙』（→p.46）が出版された。

北アフリカのサン＝テグジュペリは、七月二一日、最初の空撮任務に飛び立ち、フランス上空から、ローヌ渓谷とプロヴァンスの写真を撮った。ところが、二度目の任務では着陸に失敗して、彼は「予備役」に置かれることになった。飛ぶことができなくて落胆し、健康も悪化して、アルジェのペリシエ医師のところに戻った彼は、この機会をとらえて『城砦』の草稿を執筆した。

十月三〇日、ドゴールがアルジェで演説をおこなった時、対独協力より亡命を選んだとして称賛されるべき作家の名前をあげたが、サン=テグジュペリの名は、モーロワ、サン=ジョン・ペルス同様、リストからはずれていた。彼よりも知名度の低い作家が何人も入っていたこともあり、この一件は注目を集めることになった。

☆最後の飛行

一九四四年五月になると、念願かなって、サン=テグジュペリはサルデーニャ島の三三—二部隊に復帰した。ライトニング機の操縦年齢である三五歳を越えていたが、例外的に五回の偵察飛行が許された。そのあと七月十七日に、部隊はコルシカのボルゴへ移動した。

そして許可された飛行回数を大きく超える十度目にして最後の飛行となる七月三一日がやってきた。八時四五分、サン=テグジュペリは、ライトニングP三八に乗ってコルシカを飛び立ち、グルノーブル、アヌシー方面への偵察任務に飛び立った。帰着は十三時少し前に予定されていたが、十四時を過ぎても帰らなかった。地上で待つ人々の顔は次第に曇っていった。しかし、人々は希望を持ち続けた。彼はアエロポスタル社時代にあらゆる危難から生きて抜け出したではないか、砂漠で超人的に歩き続けたではないか、グアテマラの事故から奇跡的に生還したではないか、アラスの砲火の巣から脱出するのにみごとに成功したではないか、だからこそ、彼が消息を絶つなどということは信じられなかったのだ。

サン=テグジュペリが戻り次第、ガヴォワル将軍は連合軍によるプロヴァンス上陸作戦の日時を教えることになっていた。そのような重要機密を知っている者を前線に送ることはできないから、サン=テグジュペリの飛行を禁止する効果を持つだろうと考えたのだ。しかし、そうした配慮の前に『星の王子さま』の作者は不帰の人となった。

さまざまな仮説が提示された。酸素吸入器の故障、機械の不備、自殺説さえも唱えられた。ドイツ機によって撃ち落とされたという説が有力ではあったが、決定的な情報が不足していた。最新の情報は、二〇〇八年三月十五日、フランスの新聞「ラ・プロヴァンス」の報道によるものである。ドイツ人の空軍パイロット、ホルスト・リッペルト（八八歳）が、自分がサン=テグジュペリを撃ち落としたと告白した。サン=テグジュペリの著作の愛読者でもあった彼は、数日後に自分が誰を撃ち落としたのかを知るが、その後、事実については口を閉ざし続けた。この件については、同年三月に刊行されたジャック・プラデルとリュック・ヴァンレルによる『サン=テグジュペリ、最後の秘密』（ロシェ社）において、さらに詳細が紹介された。

☆残されたもの

最後の飛行に飛び立ったサン=テグジュペリの部屋には、二通の手紙が残されていた。一通は友人のピエール・ダロス、もう一通はヴォギュエ夫人宛で、そこにはまたも、彼の孤独やドゴール派への嫌悪感、生への「すさまじいほどの無関心」が綴られている。特にダロス宛の手紙は、次の一文で結ばれていた。「もし帰還できなかったとしても、全然後悔はしないだろう。未来のシロアリの巣を僕は恐れる。彼らのロボットの徳を僕は憎む。僕は庭師になるために生まれたのだ」

翌年の一九四五年には、裁判所による死亡認知がなされ、フランス東部のコルマールでついにミサがおこなわれた。

　作家の突然の死は、アメリカとフランスの出版社間に訴訟を残した。フランスにおけるサン=テグジュペリ作品の出版元ガリマール社では、同社の承認を受けていない以上、アメリカ版はすべて違法だと非難していたのである。しかし、一九四八年になって、ガリマールの使者としてやってきたアルベール・カミュが仲裁役を務め、この騒動は裁判所命令によって解決した。

　寡婦として残されたコンスエロは、ニューヨークを去ってフランスに戻り、コート・ダジュールに好んで旅行した。晩年にはグラースの高台に家を買って住み、そこで喘息の発作を起こして一九七九年に没した。現在はペール=ラシェーズ墓地の、二度目の夫ゴメス・カリーリョの隣に葬られている。

　一九六五年にはサン=テグジュペリの記念板がパンテオンに収められ、一九八四年、国立古文書館で「サン=テグジュペリ展」が開催された。一九九三年には、五〇フラン紙幣（p.211図版）の絵柄としてサン=テグジュペリが登場し、作家の肖像と飛行機のほかに、王子さま、ゾウを呑み込んだ大蛇ボアが描かれて愛好されたが、一九九九年にユーロが導入されると、流通の場からは姿を消した。

☆『城砦』
　一九四八年には未完のまま残された『城砦』が、ヴォギュエ夫人らの尽力によって刊行された。サン=テグジュペリの既刊の六冊の書物『南方郵便機』『夜間飛行』『人間の大地』『戦う操縦士』『ある人質への手紙』『星の王子さま』を合わせた分量とほぼ等しい大作である。その大部分はニューヨーク亡命中に執筆された。

『星の王子さま』とも執筆時期が重なるこの作品の中で、砂漠に住むベルベル人の族長が発する高邁な言葉は、時に金髪の少年が語った叡智の言葉と響き合うものがある。

両作品に共通するテーマは多い。たとえば、沈黙の価値（→p.62）、試練として与えられるバラの花（→p.118）、心情と肉体の双方の糧となる水（→p.150）、キツネを愛するために必要な忍耐（→p.162）、しきたり（儀式）が時間の中で持つ意味（→p.163）などである。

☆『母への手紙』

一九五四年には、アントワーヌが母へ宛てて書いた手紙がまとめて刊行された（その後何度か増補・改訂されている）。当時母マリーはまだ存命中であり、一九七二年に九七歳で生涯を閉じた。

最初の手紙は、一九一〇年六月十一日、アントワーヌが母のもとを離れてル・マンでの生活を始めた時に書かれた。最後のものは、一九四四年七月、コルシカ島のボルゴで書かれたが、母のもとに届けられたのはサン=テグジュペリが行方不明になってから一年後のことであった。

一二〇通に及ぶこの手紙が明らかにするのは、アントワーヌが生涯を通じて母への愛着と依存の中で生き続け、また子ども時代から抜け出せなかったことである。母に対していつも金品を送ってくれるようにねだり、手紙を書いてよこしてほしいと嘆願し、わずかなひと時でも会いたいと訴え、またたえず母と一緒に過ごした子ども時代を懐旧している。母への手紙を書くということは、サン=テグジュペリにとって、サン=モーリス=ド=レマンスで暮らした王子さま時代の自分に戻るためのいちばん手っ取り早い手段だったのである。

コラム4

『星の王子さま』の人気度

一九五五年フランスで、十歳から十六歳を対象としておこなわれた「読書のよろこび」コンクールにおいて、若者たちに選ばれた本は次のものであった。ヘミングウェイ『老人と海』、サン=テグジュペリ『星の王子さま』、アラン=フルニエ『ル・グラン・モーヌ』、ディケンズ『オリバー・ツイスト』。しかし、同じ年、レイモン・クノーが二百人の作家に対して、架空の理想図書館を作るように求めたところ、『星の王子さま』を取り上げたのはアンリ・ボスコひとりであり、しかもリストの二七二冊目にあげられているだけであった。

一九九〇年、ポンピドゥー・センター図書館が、「後世にまで伝えるべき二〇世紀の十冊の本」のアンケートをおこなったところ、トップにはプルーストの『失われた時を求めて』が選ばれ、そのあとセリーヌ『夜の果てへの旅』、カミュ『異邦人』、マルロー『人間の条件』、カミュ『ペスト』、ユルスナール『ハドリアヌス帝の回想』、サルトル『嘔吐』と文学史上重要な作品が続いて、『星の王子さま』は第八位であった。

一九九九年に、大型書店グループのフナックと有力新聞ル・モンドが六千人のフランス人を対象に実施したアンケート「二〇世紀の五〇冊」においては、『異邦人』『失われた時を求めて』が一、二位に位置し、そのあとカフカの『審判』が続き、『星の王子さま』は第四位を占めた。

二〇〇〇年、第二〇回「本の見本市」において選ばれた「二〇世紀の本」では、『星の王子さま』が、『老人と海』『ル・グラン・モーヌ』に次ぐ順位を占めた。

二〇〇四年に、ＳＮＣＦ（フランス国有鉄道）と雑誌『リール』のためにフランス世論調査会社は「人生を決定づけた本」のアンケートをおこなった。二千人が対象となり、各人が数冊の本をあげることができた。『星の王子さま』は、『聖書』、ユゴー『レ・ミゼラブル』に次いで三位を占めた。

二〇一四年一二月一一日、フランスのテレビの人気書評番組「ラ・グランド・リブレリ」は、二〇周年を記念して、視聴者アンケートを行った。「あなたの生涯を変えた本はなんですか？」の問いに対して、結果は、第一位『星の王子さま』、第二位『異邦人』であった。

『星の王子さま』の各国語版
（上）イタリア語版，（中）カンボジア語（クメール語）版，（下）デンマーク語版

付録＊『星の王子さま』全訳

ENCYCLOPÉDIE
DU PETIT PRINCE

レオン・ヴェルトに

この本をひとりのおとなに捧げたことを、子どもたちには許してほしい。だが、僕には確かな言いわけがあるのだ。そのおとなは、僕がこの世で得た最良の友人なんだ。もう一つ別の言いわけもある。そのおとなはすべてを、たとえそれが子ども向けの本であっても理解できる人なんだ。それに、三つ目の言いわけもある。そのおとなは、いまフランスに住んでいて、飢えと寒さに苦しんでいる。彼にはどうしても慰めが必要なんだ。もし、これで言いわけがまだ充分でないなら、このおとなもむかしは子どもだったのだから、その子どもにこの本を捧げたいと思う。どんなおとなたちも、初めは子どもだったのだ（ただ、それを覚えている人はほとんどいない）。だから、僕は献辞を次のように訂正しよう。

小さな少年だったころのレオン・ヴェルトに

I

六歳の時、僕はすばらしい挿絵を一度見たことがある。それは『ほんとうにあった話』という題名の、原生林について書かれた本の中にあった。いまにも野獣を呑みこもうとする大蛇ボアが描かれていた。これが、その絵の模写なんだ。(→p.47)

本にはこう書かれていた。「大蛇ボアは、獲物を噛みくだかずに丸ごと呑みこんでしまいます。それからはもう動けなくなって、消化のために六か月の間、眠るのです」

そこで僕は、ジャングルで出会う、わくわくするような出来事について思いめぐらせ、自分でも色鉛筆を使って、最初のデッサンをうまく描《か》きあげた。僕のデッサン第一号。それはこんな絵だった。(→p.48)

僕はこの傑作をおとなたちに見せて、僕の絵、怖《こわ》くない？　とたずねた。

すると彼らは答えたものだ。「どうして帽子が怖いんだね？」

それは帽子の絵じゃなかった。ゾウを消化している大蛇ボアの絵だった。そこで僕は、おとなにもわかるように、大蛇のからだの中の絵を描いたんだ。彼らにはいつも説明が必要だからね。僕のデッサン第二号はこんなふうだった。(→p.48)

でも、おとなたちはこう言ったんだ——中が見えても見えなくても、大蛇ボアの絵なんか放っておいて、それより地理や、歴史や、算数や、文法に励みなさいって。こうして僕は六歳の時に、画家になるというすばらしい人生をあきらめた。デッサン第一号と第二号の失敗で、落胆してしまったんだ。おとなは自分たちだけではなにも理解することができない。それに子どもにとっては疲れることなんだ、いつもいつも彼らに説明するっていうのは……。

そこで僕は、仕方なく別の仕事を選んで、飛行機の操縦を覚えた。世界中のあちこちを飛びまわった。そして地理を学んだことは、まさしく、おおいに助けとなった。ひと目見ただけで、中国とアリゾナを見分けることができたんだ。夜間に航路を見失った時には、これはとても役に立つよ。

　こうして、僕の人生において、たくさんのまじめな人々と出会うたくさんの機会を得ることができた。ずいぶんとおとなたちの間にまじって生活もしてきた。間近から、彼らを観察することもできた。それでも僕の考えはたいして変わることはなかった。

　少しでも聡明そうなおとなに出会った時は、大事にとっておいた僕のデッサン第一号を試してみた。その人がほんとうに物事のわかる人なのか知りたかったんだ。でも、いつも同じ答えが返ってきた。「これは帽子さ」。そこでもう僕は、大蛇ボアのことも、原生林のことも、星々のことも話すことはやめにした。相手に合わせて、ブリッジや、ゴルフや、政治や、ネクタイの話をしたんだ。するとそのおとなは、こんなにも話のわかる人物と知り合えたことを、たいそう喜んだ……。

2

　こんなふうに、六年前、サハラ砂漠に不時着するまでは、ほんとうに心を許して話し合える友人もなく、僕は孤独に生きてきた。僕のエンジンの中で、なにかが壊れてしまったのだ。機関士も、乗客も同乗していなかったから、むずかしい修理をひとりでやりとげるつもりだった。僕にとっては生死にかかわる問題だったのだ。飲み水はかろうじて一週間分あるだけだった。

　最初の夜、人が住んでいる土地から千マイルも離れた砂の上で、僕は眠りに落ちた。筏に乗って大海のまっただなかに投げだされた遭難者よりも孤独だった。だから、夜が明けるころ、なんともいえないかわいい声で起こされた時、僕がどんなに驚いたか、君たちにも想像してもらえるだろう。その声はこう言ったんだ……。

「お願いです……ぼくにヒツジの絵をかいて！」

「なんだって！」

「ヒツジの絵をかいて……」

まるで雷に打たれたみたいに、僕は飛び起きた。目をよくよくこすってみた。しっかりと見つめた。で、そこに見えたのは、とても風変わりで小さな男の子が深刻な顔をして、こちらをじっと見ている姿だった。のちになって描《か》いた彼の肖像画の中で、いちばんよくできたものをここに掲げよう（→本書カバー）。もちろん、僕のデッサンは、実物よりもずっと魅力に乏しいものだ。でもそれは、僕のせいじゃない。六歳の時に、おとなのせいで、画家になる夢をくだかれてしまったのだから。これまで僕が練習してきたのは、中の見えない大蛇ボアと、見えるボア、それだけなんだ。

それで僕は、驚いて目を丸くして、このあらわれ出たまぼろしを見つめた。忘れないでほしいのだが、僕は、人の住んでいるところから千マイルも離れた場所にいたのだ。ところで、この小さな男の子は、途方に暮れているふうでもなく、疲労や、飢えや、渇きや、恐怖で死にかけているようにも見えなかった。人の住んでいるところから千マイルも離れた砂漠の真ん中で、迷子になっているふうでもなかった。ようやく口がきけるようになると、僕は彼に言った。

「でも……ここでなにをしているんだい？」

すると、彼はとても重大なことを告げるかのように、静かに、くりかえした。

「お願いです……ヒツジの絵をかいて……」

神秘があまりにも感動的な時には、それに逆らおうという気にはなれないものだ。人里から千マイルも離れて、死の危険が差し迫っている中で、とてもばかげたことだと思われたけれども、僕はポケットから一枚の紙と万年筆を取り出した。でも、ふと思い出したのだ、僕が学んできたのは、もっぱら地理や、歴史や、算数や、文法だったことを。僕は（少し機嫌をそこねて）絵は描けないんだ、と小さな男の子に言った。彼は答えた。

「いいから、ヒツジの絵をかいてよ」

それまで一度もヒツジを描いたことなどなかったので、自分に描けるたった二枚の絵、その一つを彼のために描いた。中の見えない大蛇ボアの絵だ。すると、小さな男の子がこんなふうに言うのを聞いて、僕は仰天してしまった。

「ちがう！　ちがうよ！　ボアに呑みこまれたゾウなんかほしくないよ。ボアはとても危険だし、ゾウはとてもじゃまになる。ぼくのところは、とっても小さいんだ。ヒツジが一匹、ほしいんだよ。ヒツジの絵をかいてよ」

そこで、僕は描いた。（→p.50）

彼はじっと見ていたが、おもむろにこう言った。

「だめだよ！　これはもう重い病気にかかっている。別のをかいてよ」

そこでまた、僕は描いた。（→p.50）

すると、僕の友だちは、仕方がないなと言うように優しくほほえんだ。

「よく見てごらんよ……これはヒツジじゃない、乱暴な牡ヒツジだよ。角がはえているだろ……」

僕はデッサンをやり直した。（→p.50）

でも、それもまた同じようにはねかえされてしまった。

「それは歳をとりすぎているよ。まだこれから長く生きるヒツジがほしいんだ」

その時、僕はエンジンの修理をはじめようと気が急《せ》いていたので、忍耐も限界にきて、こんな絵をぞんざいに描きあげた。（→p.51）

そして、ぶっきらぼうに言ったのだ。

「箱だ。君のほしいヒツジは、この中だ」

ところが、なんとも驚いたことに、僕の小さな審判者の顔が輝いた。

「ちょうどこんなのがほしかったんだ！　このヒツジにはたくさんの草がいるのかな？」

「どうしてそんなことを訊《き》くんだい？」

「ぼくのところはとっても小さいから……」

「きっと大丈夫だよ。君にあげたのはとても小さなヒツジだから」

彼はデッサンをのぞきこんで言った。

「そんなに小さくはないよ……おや！　眠ってしまったよ……」

こうして、僕は小さな王子さまと出会ったのだ。

3

彼がどこからやって来たのか、それを理解するには、ずいぶんと時間がかかった。王子さまは、僕にたくさんの質問をするけれども、こちらからの問いかけはまるで耳に入らないふうだった。たまたま彼の口をついて出た言葉をつなぎあわせて、少しずついろいろなことが明らかになった。たとえば彼は、初めて僕の飛行機に気づいた時（飛行機の絵は描かないつもりだ。僕にはむずかしすぎるんだ）、こうたずねたんだ。

「このモノはなんなの？」

「モノじゃないよ。飛ぶんだよ。飛行機だ。僕の飛行機だよ」

僕は、自分が空を飛べるんだと、彼に教えることができて誇らしかった。ところが、彼はこう叫んだのだ。

「なんだって！　空から落ちてきたの！」

「そういうことだね」僕は神妙に答えた。

「ええっ！　おかしいよ、そんなの！……」

王子さまがとてもかわいらしい声で笑いころげたので、僕はたいそう気分を害してしまった。僕の災難をもっと真剣に受けとめてほしいものだよ。

それから彼はこうも言ったのだ。

「すると、きみも空からやって来たんだね！　どの星から来たの？」

即座に僕は、目の前にいる王子さまの神秘に一条の光がさすのを感じて、すぐさまこう切りだした。

「じゃあ、君はほかの星から来たんだね？」

でも、彼は答えてくれなかった。僕の飛行機をまじまじと見つめて、静かに頭を振って言った。

「そうだよね、これじゃあ、そんなに遠くからはやって来れないね……」

王子さまは夢想に耽っていたが、それはしばらくの間続いた。ついで彼は、ポケットから僕の描いたヒツジを取り出して、自分の宝物にじっと見入ったのだ。

こんなふうに、「ほかの星」についてのほのめかしを聞いて、僕がどれほど好奇心をそそられたか、君たちにも想像がつくだろう。そこで僕は、もっと詳しいことを訊《き》きだそうとつとめたんだ。

「どこから来たんだい、坊や？〈君のところ〉ってどこなの？　僕のヒツジをどこへ連れて帰ろうと言うの？」

黙って考えこんだあとで、彼は答えた。

「便利だよね、きみがくれた箱は。夜にはヒツジの家になるんだね」

「もちろんだよ。君が優しくするなら、昼間ヒツジをつなぎとめておく紐もあげるよ。それに杭もね」

僕の申し出は、王子さまをひどく驚かせたようだった。

「つなぎとめておくって？　なんて変なことを考えるんだ！」

「でも、つないでおかないと、どこへでも勝手に行ってしまって、迷子になるよ」

僕の友だちは、また笑いころげた。

「でもさ、ヒツジがどこへ行くって言うの！」

「どこでもだよ、まっすぐにどんどん行って……」

すると王子さまは、深刻な顔をして言った。

「かまわないんだ。とても小さいんだから、ぼくのところは！」

それから、少し憂鬱になったらしく、言いそえた。

「まっすぐに進んでも、そんなに遠くへは行けないんだ……」

4

こうして僕は、二つ目のとても大事なことを知った。王子さまのふるさとの星は、一軒の家ほどの大きさしかなかったのだ！

でも、僕にとってはそんなに驚くことでもなかった。地球、木星、火星、金星など名前のついた大きな惑星のほかに、望遠鏡でも時にはよく見えない小さな星が何百とあることを知っていた。天文学者は、それらの星の一つを発見すると、名前の代わりに番号をつけるんだ。たとえば「小惑星三二五」というように。

確かな理由があって言うのだが、王子さまの星は小惑星B六一二だと思う。この小惑星は、ただ一度だけ、一九〇九年に、望遠鏡をのぞいていたトルコの天文学者によって観察された。

そこで、彼は国際天文学会で、自分の発見を大々的に発表した。けれども、その服装のせいで、だれも彼の言うことを信じなかった。おとなたちというのは、そういうものなんだ。

ところが、小惑星B六一二の評判にとっては幸いなことが起こった。トルコの独裁者が、違反すれば死罪に処するとのふれこみで、国民にヨーロッパ風の服を着るよう布告を出したんだ。そこで天文学者は、一九二〇年にもう一度、とてもエレガントな服を身にまとって学会発表をした。すると、今度は満場一致で認められたのだ。

小惑星B六一二について、君たちに、これほど詳しく語り、またその数字まで示すのは、おとなのせいなんだ。おとなたちは数字が好きだからね。君たちが、新しい友だちのことを話す時、彼らはいちばん大切なことについては、けっして質問してこない。「その友だちはどんな声をしているんだい？　どんな遊びが好きなんだい？　蝶々を収集しているかい？」とは、けっして訊《き》かないものだ。彼らはこんなふうにたずねるだろう。「その友だちの年齢は？　兄弟は何人いるの？　体重は？　お父さんの収入は？」そこでようやく、どんな友だちなのか、わかった気になるんだ。もし君たちが、おとなに向かって、「バラ色の煉瓦造りのきれいな家を見たよ。窓にはゼラニウムの花が飾ってあって、屋根には鳩がとまっている……」と言っても、彼らはどんな家なのか想像することさえできないだろう。彼らにはこう言わなければならないんだ。「十万フランの家を見たよ」。すると彼らは叫ぶだろう。「なんて美しい家なんだ！」

そんなわけだから、君たちがおとなに向かって、「王子さまがほんとうにいた証拠は、王子さまがかわいくて、よく笑い、ヒツジをほしがっていたことだよ。ヒツジをほしがるのは、その人がほんとうにいた証《あかし》なんだ」などと言っても、彼らは肩をすくめて、君たちを子ども扱いするだけだろう！　ところが、もし彼らに、「王子さまは小惑星B六一二からやってきたんだ」と言えば、それだけで彼らは納得して、もうそれ以上はうるさく質問してこないだろう。おとなというのはそういうものだ。でも彼らをうらんではいけない。子どもは、おとなに対して寛容であるべきなんだから。

でも、もちろん、人生をよくわかっている僕たちは、数字なんかどうでもいいんだ！　僕はこの物語を、おとぎ話のように語り始めたかったんだ。できればこんなふうに。

「むかし、むかし、ひとりの王子さまが、自分の背丈ほどの大きさしかない星に住んでいました。彼は友だちがほしかったのです……」。人生をよくわかっている者にとっては、このほうがずっとほんとうらしく聞こえるだろう。

なぜって、僕の本を軽い気持ちで読んでほしくないからだ。この思い出を語るのは、僕にはとても悲しいことなんだ。僕の友だちがヒツジと一緒に去ってからもう六年になる。ここに彼のことを書こうとしているのは、彼を忘れないためだ。友だちのことを忘れるなんて、悲しいことだよ。だれにも友だちがいたとは限らないからね。それに、僕もいつかは、数字にしか興味を示さないおとなのようになってしまうのかもしれない。僕が絵の具と鉛筆を買い求めたのは、そのためでもあるんだ。この歳になってデッサンをもう一度はじめるなんてつらいことだよ。なにしろ六歳の時に、中の見えない大蛇ボアと見えるボアを描いて以来、ほかにはなにも描いたことがないんだから！　もちろん、僕はできるだけ似た肖像を描こうとつとめるだろう。でも、うまくいくかどうか、自信があるわけじゃない。一枚はうまくいっても、別の一枚はもう似ていない。背丈も少し違っている。こっちの王子さまは大きすぎるし、あちらのは小さすぎる。彼の服の色についても、僕は迷っている。そこで、どうにかこうにか、あれこれと試してみる。もっと大事な細かい部分についても、きっと間違うだろう。でもその点については、大目に見てもらわなくてはならない。僕の友だちは、いっさいの説明をしてくれなかった。たぶん、僕が彼に似ていると思っていたんだろうね。でも残念ながら、僕は箱の中にいるヒツジを見ることはできない。少しおとなのようになってしまったのかもしれない。きっと歳をとってしまったんだ。

5

日ごとに、僕は、王子さまの星について、旅立ちのいきさつやその道中について、少しずつ知るようになった。それらは、思いをめぐらすにつれて、徐々にわかってきたのだ。こうして三日目に、僕はバオバブの惨事を知った。

今度もまた、ヒツジがきっかけだった。というのは、まるで重大な疑問に取り憑《つ》かれたかのように、突然王子さまが僕にたずねたからだ。

「ほんとうだよね、ヒツジが小さな木を食べるっていうのは？」

「ああ、ほんとうだよ」

「ああ！　よかった！」

僕にはわからなかった。ヒツジが小さな木を食べることが、どうしてそんなに大事《おおごと》なのだろうか。でも、王子さまは続けて言った。

「それじゃあ、ヒツジはバオバブも食べるんだね？」

僕は王子さまに教えた。バオバブは小さな木ではなく、教会のように大きな木だということ、それから、たとえ彼がゾウの群れを星へ連れ帰っても、たった一本のバオバブさえ食べつくせないことを。

ゾウの群れというたとえに、王子さまは笑った。

「それなら、ゾウを積み重ねなくちゃいけないね……」

しかし、彼は聡明にもこう指摘した。

「バオバブだって、大きくなる前は小さかったはずだよ」

「そのとおりだね！　でも、どうして、君のヒツジに小さなバオバブを食べさせたいんだい？」

彼は答えた。「えっ！　わからないの、そんなことが！」まるでそんなことはわかりきったことだと言うようだった。そして、僕が自分の力でこの問題を理解するには、たいそう頭を働かさなければならなかったのだ。

実際、王子さまの星には、ほかのすべての星と同様に、良い草と悪い草が生えていた。したがって、良い草の良い種と、悪い草の悪い種とがあった。でも種は外からは見えない。それは大地の中にひそかに眠っているんだ、ある日、一つの種が目を覚まそうという気まぐれを起こすまでは。そこで種はからだをのばして、まず太陽のほうへおずおずと、かわいくて無害な小さい芽をのばす。それがラディッシュやバラの芽だったら、そのまま好きなように生長させておけばいい。でも、有害な植物の場合には、そうとわかればただちに引き抜かなくてはいけない。ところで、王子さまの星には恐ろしい種があった……。それがバオバブの種だった。星の土壌に種がはびこってしまった。たった一本のバオバブでも、手当てが遅れると、もう根絶することはできない。星全体をふさいでしまう。その根で、星に穴をあけてしまう。そして、もし星がとても小さくて、バオバブの数があまりにも多い時には、星を破裂させてしまうんだ。

「きちんとやることが大事なんだよ」と、あとになって王子さまは僕に言った。「朝の身づくろいが終わったら、星の身づくろいをていねいにやらなくちゃいけない。バオバブはごく小さいうちはバラにとてもよく似ているけれど、その区別がつくようになったらすぐに、欠かさずバオバブを引き抜かなくてはいけないんだ。これはうんざりするけれど、とてもかんたんな仕事なんだ」

そしてある日のこと、彼は、この話が地球の子どもたちの頭にしっかり入るようにと、力をふるって、りっぱなデッサンを一枚描きあげるよう僕に勧めた。「もし子どもたちがいつか旅に出たら」と彼は言った。「きっとこれが役立つよ。仕事を後回しにしても困らないことだって、時にはあるさ。でも、バオバブの場合にはたいへんなことになってしまう。ぼくが知っている星には、ひとりの怠け者が住んでいた。彼は三本の小さな木を放っておいたために……」

そこで、王子さまの助言に従って、僕はこのような星の絵を描いた（→p.56）。僕は道徳家ぶった語り方はあまり好きじゃない。でも、バオバブの及ぼす害はあまりにも知られていないから、それに小さな星で迷ったときはずいぶん危険なものだから、遠慮ぬきで一度だけ例外をもうけようと思う。僕はこう言いたい。「子どもたちよ！　バオバブに気をつけなさい！」僕の友人たちも僕と同様、そうと気づかず長いあいだ危険と隣り合わせに生きてきた。そうした危険を彼らに警告するため、僕はたいそう努力してこの絵を描きあげた。この絵の教訓は、それだけの苦労に値《あたい》するんだ。君たちはたぶん、「この本の中には、どうしてバオバブのデッサンみたいにみごとな絵がほかにはないのだろう？」と思うかもしれない。答えはいたって簡単。描いてみたが、うまくいかなった。バオバブの時には、僕はぐずぐずしていられないという思いで精一杯だったんだ。

6

ああ！　王子さま。僕はこうして、君の憂いに満ちたささやかな生活を、少しずつ理解していったんだ。長いあいだ、君の心を慰めるものといっては、夕陽の優しさだけだった。僕がこの新しい事実を知ったのは、四日目の朝、君がこう言った時だった。

「ぼくは夕陽が好きなんだ。ねえ、夕陽を見に行こうよ……」

「でも、待たなくっちゃ……」

「待つって、なにを？」

「太陽が沈むのを待たなくっちゃ」

君は初めとても驚いたように見えたけれど、それから自分の言ったことがおかしくなって、笑いだした。そして、こう言ったんだ。

「ぼくは、いまでも自分の星にいるような気がしていたよ！」

実際そのとおりだった。だれもが知っているように、アメリカ合衆国が正午の時、フランスでは太陽が沈んでいく。一分間でフランスへ行くことができたなら、日没に立ち会うことができるだろう。ところが残念なことに、フランスはあまりにも遠すぎる。でも、君のとても小さな星では、椅子を数歩分だけ動かせば、それで充分だった。そこで君は、思いたった時にはいつでも、たそがれどきの空を見ていたのだ……。

「一日に、四四回も陽《ひ》が沈むのを見たことがあるよ！」

それから君は、少したって言いそえた。

「ねえ……ひどく悲しい時には、夕陽が見たくなるんだ……」

「すると、四四回も夕陽を見たその日、君はひどく悲しかったんだね？」

しかし、王子さまはなにも答えなかった。

7

五日目になって、今度もまたヒツジがきっかけで、王子さまの生活の秘密が明かされた。彼は突然、前置きなしで僕にたずねたのだ。まるで長いあいだ静かに考えてきた問題の答であるかのように。

「ヒツジのことだけど、小さな木を食べるんだったら、花も食べるの？」

「ヒツジは手当たりしだい、なんでも食べるよ」

「トゲのある花でも？」

「そうだよ、トゲのある花でも」

「じゃあ、トゲは、なんの役に立つの？」

僕にはわからなかった。その時、エンジンのとても固いボルトをはずそうと懸命だったのだ。ひどく気がかりだった。故障は重大なものらしいとわかり始めていたし、飲み水が底をついて、最悪の事態も心配されたから。

「トゲは、なんの役に立つの？」

王子さまは、ひとたび質問をはじめると、あとは絶対にあきらめなかった。僕はボルトに苛立っていたので、あてずっぽうに答えた。

「トゲなんて、なんの役にも立たないさ。トゲがあるのは、ただ花がいじわるだからさ！」

「ええっ！」

けれども、しばらく黙り込んだあとで、彼はうらみがましく、こう言い放った。

「そんなこと信じられないよ！　花はか弱いものなんだ。純情なんだ。できるだけ安心したいんだ。トゲがあったら、相手に怖《こわ》く見えると思っているんだ……」

僕はなんとも答えなかった。その時、こんなふうに考えていたのだ。（このボルトがまだはずれないようなら、ハンマーで、ふっとばしてしまおう）。王子さまは、また僕の考えの邪魔をした。

「ねえ、きみはそう考えているの、花が……」

「そうじゃない！　そうじゃないよ！　僕はなにも考えていないよ！　でまかせに答えたんだ。僕はいま、まじめなことに取り組んでいるんだ！」

彼はびっくりして、僕を見つめた。

「まじめなことだって！」

彼が見ていたのは、手にハンマーを握り、指は油で黒く汚れ、彼にはとても醜く思われる物体の上に身をかがめている、そんな僕の姿だった。

「きみは、おとなみたいなものの言い方をするね！」

それを聞いて、僕は少し恥ずかしくなった。しかし、彼は容赦なく続けて言った。

「きみはすべてを混同している……なんでもごちゃまぜにしてしまう！」

ほんとうに、彼はとても怒っていた。ブロンドの髪を風になびかせていた。

「ぼくは真っ赤な顔をしたおじさんが住んでいる星を知っている。その人は一度も花の香りをかいだことがない。一度も星を眺めたことがない。一度も人を愛したことがない。一度も計算以外のことをしたことがない。それで一日中、きみのようにくりかえしているんだ。〈おれはまじめな男だ！　おれはまじめな男だ！〉ってね。それで得意満面、大きな顔をしている。でもね、それは人間じゃない、キノコだよ！」

「なんだって？」

「キノコだよ！」

王子さまは、いまは怒りですっかり青ざめていた。

「何百万年も前から、花はトゲを作ってきた。何百万年も前から、それでもヒツジは花を食べてきた。それなのに花はなぜ、なんの役にも立たないトゲを苦労して作るのか、それをわかろうとするのが、まじめなことじゃないって言うの？　ヒツジと花の戦争は大事なことじゃないの？　太った赤ら顔のおじさんの計算よりも、まじめで大事なことじゃないの？」

ことじゃないの？　もし、ぼくがこの世でただ一つの花、ぼくの星以外のどこにも咲いていない花を知っていて、ある朝、小さなヒツジが、自分がなにをしているかわからないまま、ひと口でその花を食べてしまっても、それが大事じゃないって言うの！」

彼は顔を紅潮させて、さらに続けた。

「もしだれかが、たくさんの星のうちの、一つの星だけに咲いている花を愛するとしたら、それだけで星を眺める時幸せになるんだよ。その人は心の中で言うだろう。〈ぼくの花は、あのどこかにある……〉ってね。でも、もしヒツジが花を食べてしまったら、その人にとっては、突然すべての星の光が消えてしまうようなものだよ！　それでも、これが大事じゃないって言うの！」

それ以上はもう言葉を続けることができず、王子さまはいきなり泣きじゃくりだした。すでに夜のとばりが降りていた。僕は握っていた道具を放りだしていた。ハンマーもボルトも、渇きや死さえも、もうどうでもよかった。一つの星、一つの惑星、僕の星であるこの地球上に王子さまがいて、慰めを必要としているのだ！　僕は彼を抱きしめた。そのからだを揺すって、こう言った。「君の好きな花のことは、心配いらないよ……僕が口輪を描いてあげるよ、君のヒツジのために……僕は囲いを描いてあげるよ、君の花のために……僕は……」。あとはなんて言ってよいのか、わからなかった。自分がとても不器用だと感じていた。どうしたら彼と同じ気持ちになれるのか、どこで心を通いあわせることができるのか、それがわからなかったんだ……とても不思議なものだよ、涙の国というのは！

8

たちまち僕は、王子さまの花のことをいっそうよく知るようになった。以前から、彼の星にはとても質素な花が咲いていた。花弁《はなびら》は一重《ひとえ》で、場所もとらず、だれの邪魔にもならなかった。朝には草の間から姿をあらわし、夕暮れ時には消えてしまった。ところが、王子さまのその花は、どこからか運ばれてきた種から、ある日、芽を出したのだ。王子さまは、ほかの木とは似ても似つかないその小さな木を、間近で観察した。それは新しい種類のバオバブかもしれなかった。しかし、小さな木はすぐに生長をやめて、花を咲かせる準備をはじめた。王子さまは、並みはずれて大きなつぼみができるのを見て、そこから奇蹟のように花が咲きだすのを予感した。ところが、花は美しくなるための準備をいつまでも続けて、緑の部屋に閉じこもったままだった。彼女は入念に好みの色を選んでいた。ゆっくりと衣装を身にまとい、一枚ずつ花弁をととのえた。ヒナゲシのようにしわくちゃの顔で外に出たくはなかった。輝くばかりに美しく装うまで姿を見せたくはなかった。そうなのだ！　彼女はとてもおしゃれだったのだ！　その秘密の身づくろいは、そのために何日も何日も続いた。そして、ある朝のこと、まさに陽《ひ》が昇ろうとする時刻に、彼女は姿をあらわした。

それほどぬかりなく身づくろいを終えた彼女は、あくびをしながら言った。

「ああ！　やっと目が覚めたわ……ごめんなさいね……まだ髪がひどく乱れていて……」

王子さまは、賛嘆の気持ちを思わず口にした。

「あなたの美しいことと言ったら！」

「そうでしょう」と花はおもむろに答えた。「わたしは太陽と同時に生まれたのよ……」

王子さまは、彼女があまり謙虚ではないことがわかった。それでも心が揺すぶられるほどに魅力的だった！

「朝食の時間じゃないかしら」と、ややあって彼女は言いそえた。「わたしのことを考えてくださらないの？」

それを聞くと王子さまはすっかり恥じ入って、じょうろ一杯の新鮮な水を汲んで来て、花に注ぎかけた。

こうしてすぐに、いささか気むずかしくて見栄っぱりな彼女は、王子さまを悩ますようになった。たとえば、ある日のこと、自分の四つのトゲを話題に持ち出して、王子さまにこう言ったのだ。

「トラが爪を立てて向かって来るかもしれないわ！」

「ぼくの星にトラはいませんよ」と王子さまは反論した。「それに、トラは草を食べないし」

「わたしは草じゃないことよ」と花はおもむろに答えた。

「ごめんなさい……」

「トラなんか少しも怖《こわ》くないわ。でも風はいやなの。衝立《ついたて》は持ってらっしゃらないの？」

（風がいやだなんて……植物なのに、困ったもんだ）と、王子さまは思った。（この花はなんて気むずかし屋だろう……）

「夕方にはガラスの覆いをかぶせてくださいな。あなたのところは、とても寒いんですもの。備えが悪いんだわ。わたしが以前いたところでは……」

でも、彼女は言いかけてやめた。彼女は種の姿でやって来たのだった。ほかの世界についてはなにも知るはずがなかった。思わずこんな素朴な嘘をつきそうになったのを恥じて、王子さまのせいにするかのように、彼女は、二、三度咳払いをした。

「衝立はどうなったのかしら？」

「取りに行こうと思っていたのに、あなたが話し続けたものだから！」

すると、彼女はことさらに大きな咳をして、なおも王子さまに責めを負わせようとするのだった。

こういうわけだから、たとえ心から愛していても、王子さまはたちまち彼女のことを疑うようになった。なんでもない言葉をまじめに受け取って、それでたいそう苦しんだ。

「彼女の言うことを真《ま》に受けてはいけなかったんだ」と彼はある日、僕に告白した。「花の言うことなんて、けっして耳を傾けてはいけない。花というのは、眺めたり香りをかいだりするものなんだ。ぼくの花は、星をいい香りで満たしてくれた。でも、ぼくはそれを楽しむことを知らなかった。あの獣の爪のことだって、ぼくはずいぶんと苛立ったけれど、かわいそうに思ってやるべきだったのかもしれない……」

さらに、彼は僕に打ち明けてくれた。

「あのころ、ぼくはなにもわかっていなかった！　ことばではなくて、ふるまいで彼女を理解すべきだったんだ。彼女はぼくに、いい香りと明るい光を振りまいてくれた。ぼくは逃げ出してはいけなかったんだ！　その見え透いた企みの裏に、優しさが潜んでいることに気づくべきだった。花というのはどれもこれも、言うこととすることが裏腹《うらはら》なんだ！　でも、ぼくはまだ小さすぎて、彼女を愛するにはどうすればいいのかわからなかった」

9

僕が思うに、王子さまは星から逃げ出すのに、渡り鳥を利用したのだ。出発の朝、彼は自分の星をきちんとかたづけた。活動中の火山の煤払《すすはら》いも念入りにやった。彼の星には、二つの活火山があった。これは朝食を温めるのにはとても便利だった。休火山も一つあった。でも、彼が言っていたように、「いつ噴火するかわからない！」。そこで彼は、休火山も同様に煤払いをした。きちんと煤払いをしておけば、火山は静かに規則正しく燃えて、噴火することはない。火山の噴火は、煙突火事のようなものだ。もちろん、地球上では、僕たち人間は小さすぎて火山の煤払いはできない。そのため、火山は多くのやっかいな事態を引き起こすことになるんだ。

王子さまはまた、少し憂鬱な思いで、バオバブの新しい芽を引き抜いた。彼は二度と戻って来ることはないだろうと思っていた。でも、こうしたいつもながらの仕事が、その朝には、しみじみといとおしく感じられた。そして花に最後の水をやり、ガラスの覆いをかぶせようとした時、自分が泣きたい気持ちになっているのに気づいた。

「お別れだよ」と彼は花に言った。

でも、彼女は答えなかった。

「お別れだよ」と彼はもう一度言った。

花は咳をした。でも、それは風邪のせいではなかった。

「ばかだったわ」と、とうとう彼女は言った。「許してちょうだい。幸せになってね」

とがめるような口調ではないことに、彼はびっくりした。ガラスの覆いを手に持ったまま、すっかりめんくらって立ち尽くしていた。こんな穏やかな優しさなんて、理解できなかったのだ。

「ええ、そうよ、あなたが好きよ」と花は言った。「あなたがそのことに少しも気づかなかったのは、あたしが悪かったの。それはどうでもいいことだけれど、でも、あなたもあたしと同じくらいばかだったのよ。幸せになってね……覆いはそこに置いてちょうだい。もう必要ないわ」

「でも、風が……」

「あたしの風邪は、たいしたことはないの……夜の冷たい空気は気持ちがいいことでしょう。あたしは花ですもの」

「でも、獣《けもの》たちが……」

「毛虫の二、三匹は我慢しなくちゃいけないわ。蝶々と親しくなりたければね。蝶はとても美しいって聞いたことがあるわ。そうじゃなければ、だれがあたしのところを訪ねて来てくれるの？あなたは遠くへ行ってしまうのだもの。大きな獣たちだって、ちっとも怖《こわ》くはないわ。あたしには爪があるわ」

彼女は無邪気に四つのトゲを見せた。それから言いそえた。

「そんなふうにぐずぐずしていてはだめよ。苛々してくるじゃないの。あなたは旅立つと決めたんでしょう。さあ行ってちょうだい」

なぜなら、彼女は泣くところを見られたくなかったのだ。それはほんとうに気位《きぐらい》の高い花だったから……。

10

王子さまがやって来たのは、小惑星三二五、三二六、三二七、三二八、三二九、三三〇があるあたりだった。彼はまず初めに、これらの星を訪問して、そこで自分のやる仕事を探したり、必要な知識を得ようとした。

最初の星には、ひとりの王様が住んでいた。彼は、緋色の衣と白テンの毛皮を身にまとい、簡素ながらも、壮麗な玉座にすわっていた。

「おお！　家来《けらい》がやって来た！」と王様は、王子さまを見るなり叫んだ。王子さまは不思議に思った。

「まだ会ったこともないのに、どうしてぼくのことがわかるんだろう！」

王様たちにとって世界はとても単純にできているということを、王子さまは知らなかった。彼らにとってはあらゆる人間が家来なのだ。

「近くに寄りなさい、おまえがもっとよく見えるように」と王様は言った。やっと王様らしくふるまえる相手を見つけて、彼はたいそう誇らしげだった。

王子さまはどこに腰かけようかと見まわしたが、その星は白テンの壮大なマントですっかりふさがれていた。そこで、立ったままだったけれど、疲れていたのであくびが出た。

「国王の前であくびをするのは、礼儀に反することじゃ」とこの君主は言った。「あくびを禁ずる」

「とめられないんです」と王子さまは、すっかり恐縮して答えた。「長い旅をしてきたし、眠っていないんです……」

「それでは」と王様は言った。「あくびをすることを命ずる。もう何年もの間、あくびをする者をひとりとして見たことがない。わしにとって、あくびは珍しいものじゃ。さあ！　もう一度、あくびをしなさい。これは命令だ」

「そう言われても……もうできません……」と王子さまは、顔を真っ赤にして言った。

「ふむ！　ふむ！」と王様は答えた。「それでは、と……こう命令しよう、時にはあくびをして、また時には……」

彼は少し言葉につまって、気分を害したようだった。

というのは、王様はなによりも、自分の権威が尊重されることを望んでいたからだ。命令にそむく者を容赦しなかった。絶対君主だったのだ。でも、とても善良な王様だったから、筋のとおった命令を与えるのだった。

「わしが命令を与える時」と彼はいつも言っていた。「ひとりの将軍に海鳥《うみどり》に変身しろと命じて、彼が従わなかったとすれば、それは将軍の過失ではないであろう。わしの誤りなのだ」

「腰をおろしていいでしょうか？」と王子さまは、おずおずと問いかけた。「腰をおろすことを命ずる」と王様は答えて、白テンのマントの裾をおごそかに引き寄せた。

でも、王子さまは驚いていた。この星はとても小さかった。王様はいったいどこを治めることができるのだろう？

「陛下」と彼は言った……。「おたずねしてもよろしいでしょうか……」

「たずねることを命ずる」と王様はあわてて言った。

「陛下……どこを治めていらっしゃるのですか？」

「すべてを」と王様は、あっさりと答えた。

「すべてを、ですか？」

王様は慎ましいしぐさで、自分の星とほかのすべての惑星や恒星を指さした。

「これらのすべてですか？」と王子さまが言った。

「これらのすべてじゃ……」と王様が答えた。

なぜなら、彼は絶対君主というだけでなく、宇宙を治める君主だったから。

「星たちは陛下に服従するのですか？」

「言うまでもないことじゃ」と王様は言った。「星たちは即座に服従する。わしは規律違反を容赦しないのだ」

これほどの権力を目の前にして、王子さまは驚嘆した。もし彼自身がそのような権力を持っていたら、一日のうちに、四四回と言わず七二回でも、いや百回や二百回でも、椅子を少しも動かさずに夕陽を見ることができただろうに！ そこで、自分が見捨ててきた小さな星を思い出した王子さまは、少し悲しくなり、思いきって王様の厚意にすがった。

「ぼくは夕陽が見たいんです……お願いです……太陽に、いま沈むように命じてください……」

「もし、わしが将軍に、蝶のように花から花へと飛び移ったり、悲劇を一篇書いたり、海鳥に変身したりするように命じたとして、将軍がその命令を実行しない時、彼とわしのうち、どちらが誤っていることになるかな？」

「それは、王様、あなたです」と王子さまは、きっぱりと言った。

「そのとおりじゃ。人にはそれぞれ、できることだけを求めなくてはならぬ」と王様は、言葉をついだ。「権威というものは、まずもって道理に基づいておる。もし、おまえが家来に対して海に飛び込むように命じたら、彼らは革命を起こすであろう。わしが服従を要求する権利を持っているのは、命令が道理にかなっているからなのだ」

「それで、ぼくの夕陽はどうなりましたか？」と、ひとたび質問したらけっして忘れない王子さまは、話をもとに戻した。

「夕陽のことは大丈夫、見せてやろう。わしはそれを命じよう。だが、わしの統治の知恵では、潮時になるまで待つのじゃよ」

「それはいつのことですか？」と王子さまはたずねた。

「えへん！　えへん！」と王様は答えて、まず大きな暦を調べた。「えへん！　えへん！　それは、おそらく……おそらく……今晩七時四〇分ごろじゃ！　その時、おまえにはわかるだろう、わしの命令が守られたことが」

王子さまはあくびをした。夕陽が見られなくて残念だった。それからはもう、少しうんざりしてしまった。

「もう、ここではなにもすることがありません」と彼は王様に言った。「また旅に出ます！」

「去ってはいかん」と、ひとりの家来を得て、たいそう得意になっている王様は答えた。「去ってはいかん。わしはおまえを大臣にしてやろう！」

「なんの大臣ですか？」

「それは……法務大臣じゃ！」

「でも、裁かなければならない人などいませんよ！」

「そうとも限るまい」と王様は言った。「わしはまだ、自分の王国をひとめぐりしたことがない。歳をとっているし、大きな馬車を置いておく場所がないし、かといって歩くのは疲れる」

「なるほど！　でも、ぼくにはもうわかっています」と王子さまは言って、身をかがめて、もう一度、星の反対側を一瞥した。「向こうのほうにも、だれもいませんよ……」

「となれば、おまえは自分を裁くのじゃ」と王様は答えた。「それはいちばんむずかしいことだ。他人を裁くより、自分自身を裁くほうがむずかしいからな。もし、おまえが自分を公平に裁くことができれば、それはおまえがまことの賢者だということじゃ」

「ぼくは」と王子さまは言った。「ぼくは、どこにいても、自分を裁くことはできます。ここに住む必要はありません」

「えへん！　えへん！」と王様は言った。「わしの星のどこかに年老いたネズミが一匹いると思う。夜にはその物音が聞こえるのじゃ。おまえはこの年老いたネズミを裁くことができるだろう。時々、死刑を宣告するがよい。そうすれば、ネズミの命は、おまえの裁きしだいということになる。だが、このネズミを有効に使うためには、毎回恩赦を与えてやる必要がある。ネズミは一匹しかいないのじゃ」

「ぼくは」と王子さまは答えた。「死刑を宣告するのはいやです。もう出発しようと思います」

「いや、それはならぬ」と王様は言った。

しかし、すでに旅立ちのしたくを終えた王子さまは、年老いた君主を悲しませたくなかった。

「もし、陛下の命令がきちんと守られることを望まれるなら、ぼくに道理のある命令を与えてください。たとえば、ぼくに一分以内に出発するように命じてください。もう潮時だと思います……」

王様がなにも答えなかったので、王子さまは、初めはためらっていたが、それからため息をついて、出発した……。

「おまえを大使に任命するぞ」と、そこで王様はあわてて叫んだ。

彼はたいそう威厳に満ちた様子だった。

「おとなたちって、ずいぶん不思議な人たちだ」と王子さまは、旅を続けながら心の中で思った。

11

二番目の星には、うぬぼれ屋が住んでいた。

「おお！　おお！　崇拝者の来訪だ！」と、うぬぼれ屋は、王子さまの姿を認めるや遠くから叫んだ。

なぜなら、うぬぼれ屋にとっては、ほかの人間たちはみな自分の崇拝者だったから。

「こんにちは」と王子さまは言った。「変わった帽子ですね」

「あいさつするためなのだ」と、うぬぼれ屋は答えた。「拍手喝采を受ける時にあいさつするためなのだ。ところが残念なことに、ここは人っ子ひとり通らないときている」

「ああ、そうなの？」と、事情がよく呑みこめない王子さまは言った。

「手をたたいてみたまえ」と、うぬぼれ屋がうながした。

王子さまは手をたたいた。うぬぼれ屋は帽子を持ち上げて、控え目にあいさつした。

「これは王様を訪問した時よりおもしろいや」と、王子さまは心の中で思った。そこでもう一度、手をたたき始めた。うぬぼれ屋は、ふたたび帽子を持ち上げてあいさつをはじめた。

五分もやっていると、王子さまは、この単調な遊びに飽きてしまった。

「どうしたら」と王子さまはたずねた。「その帽子がおりるの？」

けれども、うぬぼれ屋は聞いていなかった。うぬぼれ屋というのは、賞賛の言葉しか耳に入らないものなのだ。

「君は、ほんとうに心からわたしを崇拝しているかね？」と彼は王子さまにたずねた。

「どういう意味なの、〈崇拝する〉って？」

「〈崇拝する〉とは、わたしがこの星でいちばん美男子で、いちばん身だしなみが良くて、いちばん金持ちで、いちばん頭が良いと認めることを意味するのだ」

「でも、この星にはあなたしかいないよ！」

「お願いだから、とにかくわたしを崇拝しておくれ！」

「崇拝するよ」と王子さまは、少し肩をそびやかして言った。「でも、どうしてそれが大事なことなの？」

そして王子さまは立ち去った。

「おとなって、ほんとうにおかしな人たちだ」と彼は、旅を続けながらそれだけを心の中で思った。

12

次の星には呑んべえが住んでいた。訪問はごく短いものだったけれど、王子さまはすっかり憂鬱になってしまった。

「そこでなにをしているの？」と彼は、立ち並んだ空びんとまだ満杯のびんを前にして、黙ってすわりこんでいる呑んべえを見て言った。

「飲んでいるのさ」と呑んべえは、ふさぎこんだ様子で答えた。

「なぜ飲んでいるの？」と王子さまは彼にたずねた。

「忘れるためさ」と呑んべえは答えた。

「なにを忘れるためなの？」と、早くも不憫に思い始めた王子さまは問いかけた。

「恥ずかしい気持ちを忘れるためさ」と、呑んべえはうなだれて告白した。

「なにが恥ずかしいの？」と王子さまは、彼を救いだそうと問い続けた。

「酒を飲むのが恥ずかしいんだよ！」と呑んべえはそう言ったきり、沈黙の中に閉じこもってしまった。

そこで、途方に暮れて、王子さまは立ち去った。

「おとなって、ほんとうに、まったくもっておかしな人たちだ」と、彼は旅を続けながら心の中で思った。

13

四番目の星は、ビジネスマンの星だった。この男はとても忙しくて、王子さまがやって来ても頭をあげることさえしなかった。

「こんにちは」と王子さまは言った。「たばこの火が消えてますよ」

「三たす二は五。五たす七は十二。十二たす三は十五。こんにちは。十五たす七は二二。二二たす六は二八。火をつけなおすひまもない。二六たす五は三一。ふう！　それで、五億一六二万二七三一」

「なにが五億なの？」

「ふん？　まだいたのか？　五億百万……わからなくなった……山ほど仕事があるんだ！　おれはまじめなんだ。無駄話をしているひまはないんだ！　二たす五は七……」

「なにが五億百万なの？」と、ひとたび質問すると、けっしてあきらめたことのない王子さまは、もう一度たずねた。

ビジネスマンは頭をあげた。

「五四年前から、この星に住んでいるがね、邪魔されたのは三回だけだよ。最初は、二二年前のことだ。どこからかコガネムシが飛んできたんだ。ものすごい騒音を振りまいたから、足し算を四か所も間違えてしまった。二回目は、十一年前のこと、リューマチの発作におそわれた。運動不足なんだ。散歩するひまなんてないからね。まじめなんだよ、おれは。三回目はと……今回さ！　ところで、計算していたのは、五億百万……」

「なにがそんなにたくさんあるの？」

ビジネスマンは、これでは平穏が得られる見込みがないと観念した。

「時々空に見える、たくさんの小さなものだ」

「ハエなの？」

「そうじゃない、光り輝く小さなものだ」

「ミツバチなの？」

「そうじゃないんだ、黄金色《こがねいろ》の小さなもので、怠け者を夢見ごこちにさせるものだ。だが、まじめなんだ、おれは！　夢見ごこちになっているひまはないんだ」

「ああ！　星でしょう？」

「そのとおり、星だよ」

「それで、その五億もの星をどうするの？」

「五億一六二万二七三一だ。まじめだからね、おれは。几帳面《きちょうめん》なんだよ」

「それで、その星をどうするの？」

「おれがどうするかって？」

「そうだよ」

「なにもしないさ。所有しているだけだ」

「星を所有しているの？」

「そうさ」

「でも、ぼくが会ったことのある王様はね……」

「王様は所有しない。彼らは〈治める〉のだ。まったく違うんだ」

「それで、星を所有して、なんの役に立つの？」

「金持ちになるのに役立つのさ」

「それで、金持ちになると、なんの役に立つの？」

「もしだれかが、ほかの星を見つけた時に、それを買うのに役立つのさ」

「この人は」と、王子さまは心の中で思った。「あの呑んべえと同じような理屈をこねているよ」

けれども、彼はさらに質問を重ねた。

「どうすれば星を所有できるの？」

「星はだれのものかね？」とビジネスマンは、気むずかしい顔をして逆に訊《き》きかえした。

「知らない。だれのものでもないよ」

「それならおれのものなんだ。なぜって、おれがいちばん最初にそれを考えついたんだからね」

「それだけでいいの？」

「もちろんだとも。君がだれのものでもないダイヤモンドを見つけたら、それは君のものだ。だれのものでもない島を見つけたら、それは君のものだ。あるアイデアを最初に思いついたら、その特許を取ることができる。それは君のものなんだ。そして、おれは星を所有している。なぜなら、おれ以前にだれも星を所有するなんて考えつかなかったからだ」

「ほんとうにそうだね」と王子さまは言った。「で、その星をどうするの？」

「管理するのさ。何度も何度も、数をかぞえるのさ」とビジネスマンは言った。「これはむずかしい仕事だよ。しかし、おれはまじめな人間だからね！」

王子さまは、まだ満足しなかった。

「ぼくなら、もしマフラーを一枚持っていたら、それを首に巻いていくことができるよ。ぼくなら、もし花を一輪持っていたら、それを摘み取って持っていくことができるよ。でも、きみは星を摘み取ることはできないよ！」

「そうだ、しかし、銀行に預けることができる」

「どういう意味なの？」

「小さな紙切れに、おれの星の数を記入するのさ。それから、その紙切れを引き出しに鍵をかけてしまっておく」

「で、それだけなの？」

「それで充分だ！」

「愉快なことだね」と王子さまは考えた。「ずいぶん詩的だな。でも、あまりまじめとは言えないや」

王子さまは、まじめということについて、おとなたちとはまったく違った考えを持っていたのだ。

「ぼくは」と彼はさらに言った。「ぼくは一輪の花を持っていて、毎日、水遣《みずや》りをするんだ。ぼくは三つの火山を持っていて、毎週、煤払《すすはら》いをするんだ。というのは、休火山も同じように煤払いをする必要があるからなんだ。いつ噴火するかわからないからね。ぼくがそれらを持っていることは、火山にとって役立っているし、花にとって役立っている。でもあなたは、星の役に立っていない……」

ビジネスマンは口を開いたが、答える言葉が見つからなかった。そこで王子さまは立ち去った。

「おとなたちって、ほんとうに並みはずれて変わっている」と、彼は旅を続けながらそれだけを心の中で思った。

14

五番目の星はとても奇妙だった。どの星よりも小さかった。街灯と点灯夫のための場所が、かろうじてあるだけだった。王子さまはどう考えてもわからなかった。天空のこんな場所で、家もなく人も住んでいない星で、街灯と点灯夫がなんの役に立つのだろうか。それでも、彼は心の中で、こんなふうに思ったのだ。

「この人は、ばかげているかもしれない。でも、王様や、うぬぼれ屋や、ビジネスマンや、呑んべえほど、ばかげてはいない。少なくとも、この人の仕事には一つの意味がある。彼が街灯を灯《とも》す時、それは星をもう一つ、あるいは花をもう一輪、生みだすようなものだ。彼が街灯を消す時、それは花や星を眠りにつかせることになる。これはとても美しい仕事だよ。美しいからこそ、ほんとうに役に立っているんだ」

王子さまは、星に近づいて、点灯夫にうやうやしくあいさつした。

「おはよう。どうして、いま街灯を消したの？」

「指令なんだよ」と点灯夫は答えた。「おはよう」

「指令ってなんなの？」

「街灯を消す指令さ。こんばんは」

それから、彼は街灯をまた灯した。

「どうして、いま街灯をまた灯したの？」

「指令なんだよ」と点灯夫は答えた。

「わからないな」と王子さまは言った。

「わかるもわからないもないよ」と点灯夫は言った。「指令は指令なのさ。おはよう」

そして、彼は街灯を消した。

それから、赤いチェック柄のハンカチで額の汗をぬぐった。

「僕のやっているのは、ひどい仕事さ。むかしは筋が通っていた。朝になると消し、日が暮れると灯す。そのひまに、昼の間は休むことができたし、夜は眠ることができた……」

「で、それから、指令が変わったの？」

「指令は変わらなかった」と点灯夫は言った。「それこそが悲劇なんだ！　星は年々、だんだん速く回転するようになったのに、指令は変わらなかったんだ！」

「それで？」と王子さまは言った。

「それでさ、いまでは、星は一分間で一回転するものだから、もう一秒たりとも休みがとれないのさ。一分間に一回、灯したり、消したりするんだよ！」

「なんておかしいんだ！　きみのところでは、一日が一分だなんて！」

「ぜんぜん、おかしくないさ」と点灯夫は言った。「もうひと月も前から、僕たちは一緒に話をしているんだよ」

「ひと月も?」

「そうさ。三〇分で、三〇日だ! こんばんは」

そこで、彼はまた街灯を灯した。

王子さまは、彼をまじまじと見て、指令にとても忠実なこの点灯夫が好きになった。かつて、自分で椅子を動かして探しだそうとした夕陽のことが思い出された。彼はこの友人を助けてやりたいものだと思った。

「ねえ……ぼくは知っているんだ、きみが好きな時に休む方法を……」

「いつだって休みたいと思っているよ」と点灯夫は言った。

というのも、指令に忠実な人であっても、時には怠けたいと思うことがあるのだから。

王子さまは言葉をついだ。

「この星はとても小さいから、大股で歩けば三歩で一周できる。ゆっくりと歩きさえすれば、陽《ひ》の当たる場所にとどまれるよ。仕事の手を休めたい時には歩けばいいいんだ……そうすれば、好きなだけ昼間が続くことになるし」

「それじゃたいして良くならないよ」と点灯夫は言った。「僕がつね日頃望んでいるのは、眠ることなんだから」

「ついてないね」と王子さまは言った。

「ついてないさ」と点灯夫も言った。「おはよう」

そして、彼は街灯を消した。

「あの人は」と、さらに遠くへ旅を続けながら、王子さまは思った。「あの人は、ほかの人たち、王様や、うぬぼれ屋や、呑んべえや、ビジネスマンから、ばかにされるだろうな。でも、彼だけは、ぼくにとってこっけいに思えない人なんだ。それは、たぶん、あの人が自分以外のことに専念しているからだ」

王子さまは心残りなまま、ため息をついて、またこう考えた。

「友だちになれたかもしれないただひとりの人なのに。でも、あの星はほんとうに小さすぎる。二人分の場所はないいんだ……」

王子さまが胸のうちにしまっておいたことがある。彼は、この星を去りがたく思った。それは、この星が二四時間のうちに一四四〇回も夕陽が見られる、とりわけ恵まれた星だったからなんだ！

15

六番目の星は十倍も大きい星だった。そこには、並はずれて大きな本を書いている老人が住んでいた。

「おや！　探検家がやって来たぞ！」と彼は、王子さまの姿を認めるや叫んだ。

王子さまは机の上に腰かけて、少し息をついた。もうずいぶんと長い旅をしてきたのだ！

「どこから来たのかね？」と老人はたずねた。

「この大きな本はなんですか？」と王子さまは言った。「ここでなにをしているんですか？」

「わしは地理学者なのだ」と老人は言った。

「なんですか、地理学者って？」

「それは、海や、川や、町や、山や、砂漠がどこにあるかを知っている学者なのだ」

「これはおもしろいや」と王子さまは言った。「これこそほんとうの仕事だ！」。そして彼は、地理学者の星の上で、周囲をちらっと見まわした。これほど大きくてりっぱな星は、それまで見たことがなかった。

「とても美しいですね、あなたの星は。大きな海もあるのですか？」

「わしにはわからんのだ」と地理学者は言った。

「ああ！　（王子さまはがっかりした）。それで、山は？」

「わしにはわからんのだ」と地理学者は言った。

「町とか、川とか、砂漠は？」

「それも、わしにはわからんのだ」と地理学者は言った。

「でも、地理学者なんでしょう、あなたは！」

「そのとおり」と地理学者は言った。「だが、わしは探検家ではない。ここには探検家が足りんのじゃ。町や、川や、山や、海や、大洋や、砂漠の数をかぞえに行くのは地理学者ではない。地理学者はとても偉いから、出歩いたりはしないのだ。自分の書斎を離れることはない。その代わり、探検家を迎え入れるのだ。彼らに質問して、その報告を書きとめる。それから、もし彼らの中に、報告が興味深く思われる者がいたら、地理学者はその探検家の品行について調査させるのじゃ」

「どうしてなんですか？」

「探検家が嘘つきであれば、地理学の本に大混乱が生じてしまうからな。それと、酒を飲みすぎる探検家もだ」

「どうしてなんですか？」と王子さまはたずねた。

「酔っぱらいにはものが二重に見えるからな。そうすると地理学者は、一つの山しかないところに、二つの山を記入してしまうことになる」

「ぼく、知っています」と王子さまは言った。「探検家にはなれそうもない人を」

「そういうこともあるだろうな。そこでじゃ、まず探検家の品行が良さそうであれば、彼が発見したものについて調査することになる」

「それを見に行くんですか？」

「いや、それはめんどうきわまりない。ただ、探検家に証拠を提出するように言うのだ。たとえば、大きな山が発見されたとすると、そこから大きな石を持って帰るように要求するのじゃ」

　地理学者は、にわかに興奮した。

「そうだ、君は遠くから来たんだ！　探検家なんだ！　君の星について語っておくれ！」

　そこで、地理学者は自分の記録簿を開いて、鉛筆をけずった。まず初めに、探検家の話を鉛筆で記入するのだ。インクで書くのは、探検家が証拠を提出してからのことだ。

「さあ、どんな具合だね？」と地理学者はたずねた。

「ええ！　ぼくのところは」と王子さまは言った。「そんなにおもしろくないです。とても小さいんです。火山が三つあって、二つは活火山、一つは休火山です。でも、いつ噴火するかわかりません」

「いつ噴火するかわからない」と地理学者は言った。

「花も一輪、咲いています」

「花は記録しないのじゃ」と地理学者は言った。

「どうして！　いちばんきれいなのに！」

「花は、はかないものだからね」

「どういう意味なの？　〈はかない〉って？」

「地理学の本というものは」と地理学者は言った。「あらゆる本の中でいちばん正確でまじめな本なのだ。けっして古びてしまうことがない。山の位置が変わってしまうなんてことは、めったにあることじゃない。大海の水がなくなってしまうなんてことは、めったにあることじゃない。地理学者は不変の事物を記述しているのだ」

「でも、休火山だって、活動をはじめるかもしれませんよ」と、王子さまが口をはさんだ。「どういう意味なの、〈はかない〉って？」

「火山が休んでいようと、活動していようと、それはわしたちにとっては同じことなのじゃ」と地理学者は言った。「重要なのは、山なのだ。山は変わらない」

「でも、どういう意味なの、〈はかない〉って？」と、ひとたび質問するとけっしてあきらめたことがない王子さまは、また言った。

「それは、〈近いうちに消えてなくなるおそれがある〉という意味じゃよ」

「ぼくの花が、近いうちに消えてなくなるおそれがあるの？」

「もちろんだとも」

「ぼくの花は、はかないんだ」と王子さまは考えた。「外界から身を守るものといっては、四つのトゲしか持っていないのに！　それなのに、ぼくは花をひとりぼっちで星に残してきてしまったんだ！」

これは、彼が抱いた最初の後悔だった。けれども、彼は気を取り直した。

「次に、どこを訪問すればいいか、教えてくれませんか？」と彼はたずねた。

「地球だね」と地理学者は答えた。「たいそう評判がいいよ……」

そこで王子さまは旅立った、自分の花のことを考えながら。

16

七番目の星は、そんなわけで地球だった。

地球はありきたりの星ではないんだ！　ここに

は百一人の王様（もちろん黒人の王様たちも忘れず勘定に入れて）、七千人の地理学者、九〇万人のビジネスマン、七五〇万人の酔っぱらい、三億一一〇〇万人のうぬぼれ屋、つまりおよそ二〇億人のおとなたちがいる。

地球の大きさがどれくらいなのか、それをわかってもらうために、こんな例をあげよう。電灯が発明されるまでは、六つの大陸を合わせて、まるで軍団のような四六万二五一一人の点灯夫を配置することが必要だったのだ。

少し離れて見ると、それは壮麗な効果を生みだしていた。この軍団の動きは、オペラのバレエさながらに規律正しいものだった。まず、ニュージーランドとオーストラリアの点灯夫の出番がやって来た。彼らは、ランプに火を灯《とも》したあと、立ち去って眠りにつく。今度は、中国とシベリアの点灯夫たちが踊り始める番だ。次に、彼らも舞台裏に引っ込んでしまう。そこで、ロシアとインドの点灯夫たちの出番となる。お次の役は、アフリカとヨーロッパの点灯夫に回ってくる。それから南アメリカの点灯夫たち。続いて北アメリカの点灯夫たち。彼らはけっして舞台の出番を間違えたりしなかった。それは壮大なものだった。

北極に一つだけある街灯の点灯夫と、その仲間で、南極の一つだけの街灯の点灯夫、この二人だけがのんびり気楽な生活を送っていた。彼らが働くのは年に二回だけだったから。

17

気のきいた台詞を吐こうとして、少し嘘をついてしまうことはよくある。僕も、点灯夫の話をした時、すべてを正直に話したわけではないんだ。僕たちの星のことをよく知らない人たちに、間違った考えを与えてしまったかもしれない。人間たちが住んでいるのは、地球上のごくわずかな場所なんだ。もし、地球に住んでいる二〇億の人々が、集会の時のように、少し窮屈にすき間なく立ち並んだとしたら、二〇マイル四方の広場に容易におさまってしまうだろう。太平洋のいちばん小さな島にだって、人類全体を積み重ねることができるだろう。

おとなはもちろん、こんな話を信じないだろう。彼らは、自分たちが広い場所を占有していると思いこんでいる。自分たちのことを、まるでバオバブのように、たいそうなものだと考えている。だから、彼らに計算するように勧めてみたらいいよ。彼らは数字が大好きだから、喜んでやるだろう。でも、そんなつまらないことで時間を浪費するのはやめよう。むだなことだよ。君たちには、僕の話を信用してほしいんだ。

だから、地球に降り立った王子さまは、人影がまったくないのに驚いた。星を間違えたのかなと早くも心配になったとたん、月の色をした環《わ》が砂の中で動いた。

「こんばんは」と王子さまは、念のためあいさつした。

「こんばんは」とヘビがあいさつを返した。

「ぼくが落ちてきたのは、どこの星なの？」と王子さまはたずねた。

「地球だよ、アフリカなんだ」とヘビが答えた。

「ああ！……で、地球にはだれもいないの？」

「ここは砂漠なのさ。砂漠にはだれもいない。地球は広いんだ」とヘビが言った。

王子さまは、石の上に腰をおろして、空を見上げた。

「星たちが輝いているのは」と王子さまは言った。「一人ひとりが自分の星にいつの日か帰って行けるためなのかな。ぼくの星を見てごらん。ちょうどぼくたちの真上にきているよ……でも、なんて遠いんだろう！」

「美しい星だね」とヘビが言った。「君はここに、なにをしに来たんだい？」

「花とうまくいかなくてね」と王子さまは言った。

「ああ、そうなの！」とヘビが応じた。

それから、彼らは黙った。

「どこにいるんだろう、人間たちは？」と王子さまが、ようやく言葉をついだ。「砂漠にいると、少しさびしいね……」

「人間たちの中にいても、さびしいものさ」とヘビが言った。

王子さまは、長いあいだヘビをまじまじと見つめた。

「きみは奇妙な動物だね」と彼はようやく言った。「指のように細いよ……」

「でも、王様の指よりも強いんだぜ」とヘビが言った。

王子さまは笑みを浮かべた。

「きみはそんなに強くないよ……足だってないし……旅をすることだってできないし……」

「おれは君を運んで行くことができるんだぜ、船で運ぶよりも遠くへ」とヘビが言った。

ヘビは、王子さまのくるぶしに巻きついた、まるで黄金《こがね》の腕輪のように。

「おれが触れたものは、大地へ、もといた場所へと、還してやるのさ」とヘビがまた言った。「でも、君は純粋だし、星からやって来たんだし……」

王子さまは、なにも答えなかった。

「君を見ているとかわいそうになってくるな、この花崗岩の地球の上では、とても弱そうだし。君がいつか、自分の星が懐かしくてたまらなくなったら、助けてあげることができるよ、おれにはそれができる……」

「ああ！　もうわかったよ」と王子さまは応じた。「でも、なぜ、きみはいつも謎を使って話すんだい？」

「謎はぜんぶ、おれが解き明かすのさ」とヘビは言った。

それから彼らは黙り込んだ。

18

王子さまは砂漠を横断したが、出会ったのは一輪の花だけだった。花弁《はなびら》が三枚だけの花、なんともつまらない花だった……。

「こんにちは」と王子さまが言った。

「こんにちは」と花が言った。

「どこにいるんですか、人間たちは？」と王子さまが、ていねいにたずねた。

花は、かつてある日、隊商が通るのを見たことがあった。

「人間たちですって？　いるわよ。六、七人はいると思うわ。見たことがあるの、何年も前に。でも、どこで見つかるかは、ぜんぜんわからないわ。風に吹かれてさすらうのよ。人間たちには根がないから、とても困るの」

「さようなら」と王子さまはあいさつした。

「さようなら」と花が言った。

19

王子さまは、高い山の頂《いただ》きに登った。それまでに知っていた山といえば、膝の高さまでの三つの火山だけだった。そして彼は、休火山を腰かけ代わりに使っていた。「こんなに高い山なんだから」と彼は思った。「星の全体と人間たちのすべてがひと目で見わたせるだろうな……」。ところが、見えたのは、岩山のするどくとがった峰だけだった。

「こんにちは」と王子さまは、だれにともなく言ってみた。

「こんにちは……こんにちは……こんにちは……」とこだまが応えた。

「きみたちはだれ？」と王子さまが言った。

「きみたちはだれ……きみたちはだれ……きみたちはだれ……」とこだまが応えた。

「友だちになってよ、ぼく、ひとりぼっちなんだ」と彼は言った。

「ひとりぼっちなんだ……ひとりぼっちなんだ……ひとりぼっちなんだ……」とこだまが応えた。

「なんておかしな星なんだ！」と彼は思った。「すっかり干からびて、ひどくとげとげしくて、ぴりぴり塩からい。おまけに人間たちには想像力が欠けている。人の言ったことをくりかえすばかりだ……ぼくのところには花がいて、いつも彼女のほうから話しかけてくれたのに……」

20

それでも、王子さまは、砂や岩や雪を越えて長いあいだ歩いたあと、とうとう、一本の道を見つけることになった。道というものはすべて、人間たちのいるところへ通じているものだ。

「こんにちは」と彼は言った。

それはバラの咲きこぼれる庭だった。

「こんにちは」とバラたちが言った。

王子さまは、花たちをまじまじと見た。どれもこれもが、彼の星の花に似ていた。

「きみたちは、だれなの？」と仰天して、彼はたずねた。

「わたしたちはバラよ」とバラたちは言った。

「ああ！」と王子さまは声をあげた……。

彼はとても悲しくなった。彼の花は、自分が宇宙の中でたった一つのバラの花なのよ、と言っていた。それなのに、どうしたことか、いまこの庭だけで五千本もの、そっくり同じバラが咲いているのだ！

「ひどく傷つくだろうな」と彼は思った。「もし、あの花がこれを見たら……途方もない咳をして、死んだふりをして、物笑いの種になるのを避けようとするだろうな。そして、ぼくは、彼女を介抱するふりをしなければいけないだろう。なぜって、さもないと、彼女はぼくを困らせるためにほんとうに死んでしまうだろうから……」

それから、彼はさらにこう思った。「この世にあるただ一つの花だと思って、ぼくはとても豊かな気持ちになっていた。ところが、ぼくの持っているのは、ただのありふれたバラにすぎないんだ。あの花と、膝の高さまでの三つの火山、そのうち一つはたぶん永久に休んだままだろうし、それだけでは、ぼくはりっぱな王子さまにはなれやしない……」

そして、草の中にうつぶして、彼は泣いたのだ。

21

その時だった、キツネがあらわれたのは。

「こんにちは」とキツネが言った。

「こんにちは」と王子さまは、ていねいに答えて、振り向いたがなにも見えなかった。

「ここだよ」その声は言った。「リンゴの木の下さ……」

「きみはだれなの？」と王子さまが言った。「とてもきれいだね……」

「おれはキツネさ」とキツネが言った。

「こっちに来て、一緒に遊ぼうよ」と王子さまが持ちかけた。「ぼくは、とても悲しいんだ……」

「君とは遊べないんだ」とキツネは言った。「おれは手なずけられていないから」

「ああ！　ごめんなさい」と王子さまはあやまった。

でも、しばらく考えてから言いそえた。

「どういう意味なの、〈手なずける〉って？」

「君はよそから来たんだね」とキツネが言った。「なにを探しているんだい？」

「人間たちを探しているんだよ」と王子さまは答えた。「どういう意味なの、〈手なずける〉って？」

「人間たちは」とキツネは言った。「猟銃を持っていて狩りをする。やっかいなことだよ！　彼らはまたニワトリを飼っている。ただ一つの取り得ってわけだ。君はニワトリを探しているのかい？」

「そうじゃないよ」と王子さまは言った。「友だちを探しているんだ。どういう意味なの、〈手なずける〉って？」

「いまではすっかり忘れられていることだけどね」とキツネが答えた。「それは〈絆《きずな》をつくる……〉って意味さ」

「絆をつくることなの？」

「そうなのさ」とキツネは言った。「君は、おれにとって、まだ十万人もの少年とまるで変わりのない少年にすぎない。おれは君が必要じゃないし、君もまたおれが必要じゃない。おれは、君にとって、十万匹ものキツネと変わりのないキツネにすぎないさ。だがね、もし君がおれを手なずけてくれたら、おれたちはお互いが必要になるんだよ。君は、おれにとって、この世でただひとりの少年になるだろう。おれも、君にとって、この世でただ一匹のキツネになるだろう……」

「わかり始めてきたよ」と王子さまは言った。「一輪の花があってね……彼女がぼくを手なずけたと思うんだ……」

「そういうこともあるさ」とキツネは言った。「地球の上じゃ、なんだって見られるからね……」

「ああ！　地球の話じゃないんだよ」と王子さまは言った。

キツネは、たいそう興味をそそられたようだった。

「ほかの星なのかい？」

「そうだよ」

「猟師はいるかい、その星には？」

「いないよ」

「そりゃいいね！　で、ニワトリは？」

「いないよ」

「うまくいかないもんだね」と、キツネはため息をついた。

しかし、キツネは自分の考えに立ちもどった。

「おれの生活は単調なんだ。おれはニワトリを追いかけるし、人間たちはおれを追いかける。ニワトリはどれも似たり寄ったりだし、人間たちもみんな似たり寄ったりだ。それで、おれはちょっと退屈しているのさ。だけど、もし君がおれを手なずけてくれたら、おれの生活は陽《ひ》に照らされたようになるだろう。おれは、ほかのだれとも違う一つの足音を聞き分けるようになる。ほかの足音を聞くと、おれはすぐ穴に身を隠す。でも君の足音は、おれを巣穴から外へと誘いだすんだ、まるで音楽みたいに。それにほら、見たまえ！　あそこに、小麦畑が見えるだろ？　おれはパンを食べない。小麦は、おれにとっちゃ、なんの値打ちもない。小麦畑を見ても、おれにはなにも思い出すことなんかない。それは悲しいことさ！　でもね、君の髪は黄金色《こがねいろ》だ。だから、君がおれを手なずけてくれれば、それはすばらしいものになるんだ！　小麦は黄金色だから、おれは君のことを思い出すだろう。そして、おれは小麦畑をわたって行く風の音が好きになるだろう……」

キツネはそこで口を閉ざし、長いあいだ王子さまを見つめた。

「ねえ……手なずけておくれよ！」と彼は言った。

「そうしたいよ」と王子さまは答えた。「でも、あまり時間がないんだ。友だちを見つけなければならないし、たくさんのことを知らなくちゃいけないんだ」

「知ることができるのは、自分で手なずけたものだけさ」とキツネは言った。「人間たちにはもう、物事を知るための時間がない。彼らは、商人のところで出来合いの品物を買い求める。でも、友だちを売っている商人はいないから、人間たちにはもう友だちがいないのさ。友だちがほしいなら、おれを手なずけておくれよ！」

「どうすればいいの？」と王子さまはたずねた。

「とても忍耐力がいるんだ」とキツネが答えた。「君は、まず初めに、おれから少し離れてすわってごらん。そんなふうに、草の上にだよ。おれは、横目で君を見るだろう。でも、君はなにも言ってはいけない。言葉は誤解のもとだからね。でも、日が経《た》つごとに、君は少しずつ近くに腰をおろしてもいいんだ……」

その次の日、王子さまがまたやって来た。

「同じ時刻に来たほうがよかったのに」とキツネが言った。「たとえば、もし君が午後四時に来るなら、三時には早くも、おれは幸せな気分になるだろう。時間が経つにつれて、ますますおれは幸せを感じる。四時になれば、もうそわそわして、気もそぞろになってくる。幸せの値打ちを知ることになるんだ！　でも、もし君が時刻をかまわずやって来たら、おれはいつ心の準備をすればいいのかわからない……しきたりってものが必要なんだ」

「しきたりってなんなの？」と王子さまがたずねた。

「それもまた、すっかり忘れられていることなんだ」とキツネが言った。「しきたりがあるから、一日がほかの日々とは違ったものになるのさ。一時間が、ほかの時間と違ったものになるんだ。たとえば、おれをつけねらう猟師たちにもしきたりはある。彼らは、木曜日には村の娘たちと踊るんだ。それで、おれにとって木曜日はすばらしい日になるってわけだ！　ブドウ畑まで、ぶらぶら出かけて行ける。もし猟師が曜日にかまわず踊ったら、どの日も同じになってしまって、おれには休暇ってものがなくなってしまうのさ」

こうして、王子さまはキツネを手なずけた。それから、別れの時が近づいてきた。

「ああ！」とキツネが言った……「泣きだしそう

だよ」

「きみがいけないんだ」と王子さまは言った。「ぼくは、きみを悲しませようなんて思ってなかったのに、きみが言ったんだよ、手なずけてほしいって……」

「そのとおりさ」とキツネが言った。

「でも、きみはいまにも泣きだしそうだよ！」と王子さまが言った。

「そのとおりさ」とキツネが言った。

「それじゃあ、きみはなにも得をしなかったことになるよ！」

「得はしたさ」とキツネが言った。「小麦の黄金色のおかげでね」

それから言いそえた。

「もう一度、バラたちを見に行ってごらん。きっとわかるよ、君のバラがこの世でただ一つのものだということが。それから、ここに戻って来て、お別れの言葉を言っておくれ。君に、贈り物として、一つの秘密を教えてあげよう」


王子さまは、もう一度、バラを見に行った。

「きみたちは、少しもぼくのバラに似ていない。きみたちは、まだなにものでもないんだ」と、彼はバラに向かって言った。「だれもきみたちを手なずけていないし、きみたちだって、だれをも手なずけていない。きみたちは、友だちになる前のぼくのキツネと同じだ。初めは、ほかの十万匹ものキツネと変わりのないキツネにすぎなかった。でも、ぼくが彼を友だちにしたから、いまではこの世でただ一匹のキツネなんだ」

それを聞いているバラたちは、気づまりな思いをしていた。

「きみたちはきれいだ。でも、空っぽなんだ」と彼はさらにバラに言った。「きみたちのために死ぬことはできないんだ。もちろん、ぼくのバラだって、通りすがりの人が見れば、きみたちと変わらないバラだと思うだろう。でも、ぼくのバラは、たった一輪のバラなのに、きみたちみんなよりも大事なんだ。なぜって、ぼくが水をやったのは、そのバラなんだから。ぼくがガラスの覆いをかぶせてやったのは、そのバラなんだから。ぼくが衝立《ついたて》で守ってやったのは、そのバラなんだから。ぼくが毛虫を退治してやったのは、そのバラのためなんだから（二、三匹は蝶々になるようにと、見逃してやったけれど）。ぼくが不平や自慢話を聞いてやり、時には沈黙にさえ耳を傾けてやったのも、そのバラなんだから。なぜって、それはぼくのバラなんだから」

そして、王子さまはキツネのところに戻った。

「お別れだね」と彼は言った……。

「お別れだね」とキツネは言った。「これがおれの秘密なんだ。とてもかんたんなんだよ。心で見なくっちゃ、よく見えない。いちばん大切なものは目に見えないんだ」

「いちばん大切なものは目に見えない」と王子さまはくりかえした、忘れないために。

「君が、バラのために費やした時間のおかげで、君のバラはとても大事なものになったんだよ」

「ぼくが、バラのために費やした時間のおかげで……」と王子さまはくりかえした、忘れないために。

「人間たちはこの真理を忘れてしまった」とキツネが言った。「でも、君は忘れちゃいけない。君は、自分が手なずけたものに対して、いつまでも責任があるんだ。君は、君のバラに対して責任があるんだ……」

「ぼくは、ぼくのバラに対して責任がある……」と王子さまはくりかえした、忘れないために。

22

「こんにちは」と王子さまが言った。

「こんにちは」と男が言った。彼は線路のポイントを切り替える転轍手《てんてつしゅ》だった。

「ここでなにをしているの？」と王子さまがたずねた。

「旅客をより分けているのさ、千人ごとにね」と男が答えた。「旅客を乗せた列車を送りだすんだよ、その時々によって、右へ、または左へと」

それから、明かりを灯《とも》した特急列車が、雷鳴のような音をとどろかせて、男の小屋を震動させた。

「ずいぶんと急いでいるね」と王子さまが言った。

「なにを探しているんだろう？」

「機関車の運転手も、それを知らないのさ」と男が言った。

次にまた、反対方向に向かう、明かりを灯した二番目の特急列車の音がとどろいた。

「もう戻ってきたの？」と王子さまがたずねた……。

「別の旅客だよ」と男が言った。「すれちがったんだ」

「自分のいたところに満足できなかったの？」

「だれも自分のいるところには、けっして満足できないんだよ」と男が言った。

それから、明かりを灯した三番目の特急列車の雷鳴のような音がとどろいた。

「最初の旅客を追いかけているの？」と王子さまがたずねた。

「なにも追いかけてなどいないよ」と男が言った。

「彼らは車内で眠っているか、あくびをしている。子どもたちだけが窓ガラスに鼻を押し当てているのさ」

「子どもたちだけが、自分がなにを探しているのか知っているんだね」と王子さまは言った。「彼らはボロ布人形のために時間を費やしている。そのため人形はとても大事なものになって、もしそれを取り上げたら、子どもたちは泣きだしてしまうだろうな……」

「子どもたちは幸せだよ」と転轍手が言った。

23

「こんにちは」と王子さまが言った。

「こんにちは」と商人が言った。

それは、のどの渇きをおさえる特効薬を売る商人だった。週に一錠、それを飲むともう水を飲みたいとは思わなくなってしまう。

「どうして、そんなものを売っているの？」と王子さまがたずねた。

「大幅《おおはば》な時間の節約になるんだよ」と商人が答えた。「専門家が計算したんだ。すると、週に五三分の節約になるんだ」

「で、その五三分でなにをするんだ？」

「なんでも自分の好きなことをするの？」

「ぼくなら」と王子さまは思った。「自由に使える五三分があれば、静かに歩いて行くだろうな、泉に向かって……」

24

砂漠に不時着してから八日目となり、僕が商人の話を聞いた時には、たくわえの水の最後の一滴を飲み干していた。

「ああ！」と僕は、王子さまに言った。「とてもいい話だね、君の思い出は。でも、飛行機の修理はまだ終わらない。もう飲み水は一滴もないんだ。僕もまた、泉に向かって静かに歩いて行けたら、うれしいんだけどね！」

「友だちのキツネがね」と、彼は僕に言った……。

「ねえ、坊や、もうキツネどころじゃないんだよ！」

「どうして？」

「もうじき渇きで死んでしまうんだから……」

僕の理屈が理解できなくて、彼はこう答えた。

「友だちができたのはいいことなんだよ、たとえもうじき死ぬとしてもね。ぼくは、キツネと友だちになれて、とてもうれしいんだ……」

(彼には危険が感じられないんだ) と僕は思った。(空腹も渇きもまったくおぼえない。わずかな日の光があれば、それで充分なんだ……)

でも、彼は僕を見て、それから僕の考えに応答するかのように言った。

「ぼくも、のどが渇いている……井戸を探しに行こうよ……」

僕は、うんざりだというようなしぐさをした。広大な砂漠の中を、あてもなく井戸を探しに出かけるなんて、ばかげたことだ。それなのに、ともかく、僕たちは歩き始めたのだ。

何時間も黙ったまま歩いているうちに、日が暮れて、星がまたたき始めた。のどの渇きのせいで少し熱があったので、僕は、さながら夢を見るように星を見つめた。王子さまの言葉が、僕の記憶の中で踊っていた。

「それじゃ、君ものどが渇いているの？」と僕は彼にたずねた。

でも、彼は僕の問いかけに答えなかった。ただこう言っただけだ。

「水は心にとっても、良いものになるんだ……」

その答えが理解できなかったけれど、僕は黙っていた……彼に質問すべきでないことはよくわかっていた。

疲れていたので、彼は腰をおろした。僕もそばに腰をおろした。しばらくして、彼はまた口を開いた。

「星たちは美しい。それはここからは見えない花のためなんだ……」

僕は「そのとおりだよ」と答え、それから、なにも言わずに、月の光に照らされた砂の起伏を見つめた。

「砂漠は美しい」と彼は言いそえた……。

そのとおりだった。僕はいつだって砂漠が好きだった。砂丘の上に腰をおろす。なにも見えない。なにも聞こえない。それなのに、なにかが静寂の中で光を放っている……。

「砂漠が美しく見えるのは」と王子さまは言った。「どこかに井戸を隠しているからなんだ……」

突然、砂が神秘の光を放っているそのわけがわかって、僕は驚いた。子どものころ、僕は古い屋敷に住んでいた。言い伝えによれば、そこには宝《たから》物《もの》が埋められているということだった。もちろん、だれもそれを発見できなかったし、おそらく探そうともしなかったのだろう。けれども、宝物はこの屋敷全体に魔法をかけていた。僕の家はその奥深い中心部に一つの秘密を隠していたのだ……。

「そうだよ」と僕は、王子さまに言った。「家でも、星でも、砂漠でも、それらの美しさを作り出しているものは、目に見えないんだ！」

「うれしいよ」と彼は言った。「きみがぼくのキツネと同じ考えだから」

王子さまが眠りこんでしまいそうだったので、僕は彼を両腕に抱えて、ふたたび歩き始めた。僕の心は動揺していた。壊れやすい宝物を運んでいるような気がした。地球上に、これほど壊れやすいものはなにもないようにさえ思われた。月明かりのもとで、この青白い額、閉じた両の目、風にそよぐ髪の房を眺めて、こう思った。「僕がいま見ているのは、抜け殻にすぎない。いちばん大事なものは目に見えないんだ……」

彼のうっすらと開かれた唇が、わずかな笑みをもらした時、僕はまた考えた。「眠りこんだ王子さまの中にあって、こんなにも僕の心を強く打つもの、それは花に対する彼の忠実さだ。一輪のバラのイメージが彼の中にあって、ランプの炎のように光を放っている、彼が眠っている時でさえも……」そう考えると、僕には彼がいっそう壊れやすいものに感じられた。このランプの明かりを守らなくてはならない。風のひと吹きで、消えてしまうかもしれないから……。

こんなふうに歩き続けたあと、僕は夜明けに井戸を発見したのだ。

25

「人間たちは」と王子さまが言った。「特急列車に乗りこむけれど、いまでは自分がなにを探しているのか知らないんだ。それで、落ち着かず、堂々巡りをしている……」

それから、彼はつけ加えた。

「そんな必要はないのに……」

僕たちがたどりついた井戸は、サハラ砂漠で見かける井戸には似ていなかった。サハラ砂漠の井戸は、砂の中に穴を掘っただけのものにすぎない。ところが、これは村の井戸に似ていた。しかし、あたりに村らしきものはなく、僕は夢を見ているのかと思った。

「不思議だね」と僕は王子さまに言った。「すべてそろっている。滑車に桶、それに綱も……」

彼はほほえんで、綱を手に取り、滑車を回した。すると、滑車はきしんだ音をたてた。風が長い眠りから目覚めた時に、古い風見鶏《かざみどり》をきしませるような音だった。

「聞こえるだろう」と王子さまは言った。「ぼくたちがこの井戸を目覚めさせたんだ。井戸が歌っているよ……」

僕は、彼に力仕事をやらせたくなかった。

「僕にまかせたまえ」と彼に言った。「君には重すぎるよ」

ゆっくりと、僕は桶を井戸の縁石《ふちいし》まで引き上げた。そこに桶をしっかりと据えつけた。僕の耳には、滑車の歌がまだ響いていた。そして、なおも揺れている水の中で、太陽が震えているのが見えた。

「この水が飲みたいよ」と王子さまは言った。「水をちょうだい……」

そこで、僕はわかったのだ、彼がなにを探していたのかを！

僕は桶を持ち上げて、彼の唇に近づけた。目を閉じたまま、彼は飲んだ。なんだかお祭りのような心地良さだった。この水は、ただの飲み水ではなかった。星空の下を歩いてやって来て、滑車の歌を聴いて、僕が自分の腕で汲みあげて、そこから生まれた水なのだ。この水は、贈り物のように、心にとって良いものだった。僕が子どもだった時には、クリスマス・ツリーの明かりや、真夜中のミサの音楽や、人々の優しいほほえみが、僕が受け取るクリスマス・プレゼントにいっそうの輝きを与えていたように。

「きみのところの人間たちって」と王子さまは言った。「一つの庭に、五千本ものバラを育てている……でも、そこに、自分たちの探しているものを見つけることはない……」

「見つけることはないよ」と僕は答えた……。

「ところが、探しているものは、たった一輪のバラや、わずかな水の中に見つかるかもしれないんだよ……」

「そのとおりだよ」と僕は答えた。

そして、王子さまはつけ加えた。

「でもね、目では見えないんだよ。心で探さなくっちゃね」

僕は水を飲み終えた。生き返った心地だった。

砂は夜明けには、蜂蜜のような色になる。僕は、この蜜の色にも満足していた。それなのに、どうしてつらい気持ちになるんだろう……。

「約束を忘れないでよ」と、静かに王子さまが言った。彼はふたたび、僕のそばに腰をおろしていた。

「なんの約束だい？」

「ほら……ぼくのヒツジのための口輪だよ……ぼくはあの花に責任があるんだよ！」

僕はポケットから、デッサンの下絵を取り出した。王子さまはそれを見ると、笑って言った。

「きみのバオバブは、ちょっとキャベツみたいだ……」

「えぇっ！」

僕は、バオバブの絵がとても自慢だったのに！

「きみのキツネは……その耳が……なんだか角《つの》みたいだね……それに長すぎるよ！」

そして、彼はまた笑った。

「それはひどいよ、坊や。僕は、中の見える大蛇ボアと見えないボアの絵以外は、描《か》いたことがないんだよ」

「ああ！　でも大丈夫だよ」と彼は言った。「子どもたちには、わかるから」

僕はそこで、鉛筆を使って口輪を描いた。そして、胸がしめつけられる思いで、彼に絵を渡した。

「君は、なにか、僕の知らないことを計画しているね……」

でも、彼は答えずに、こう言った。

「あのね、ぼくが地球に落下してから……あしたでちょうど一年なんだ……」

それから、少し間《ま》を置いて、また言った。

「ぼくは、このすぐ近くに落ちたんだ……」

そして、彼は顔を赤らめた。

ふたたび、どうしてだかわからないが、僕はなんとも言えない深い悲しみにとらわれた。それでも、王子さまへの一つの疑問が心に浮かんだ。

「それじゃ、一週間前に、僕が君と知り合った朝、君があんなふうにひとりきりで、人里から千マイルも離れたところを歩いていたのは、偶然ではなかったんだ！　君は、自分が落ちた場所へ帰ろうとしていたんだね？」

王子さまは、また顔を赤らめた。

そこで僕はためらいながらも、つけ加えて言った。

「たぶん、一年目の記念日のために？……」

王子さまは、もう一度顔を赤らめた。彼はけっして質問には答えなかった。でも、人が顔を赤くする時、それは同意したということではないだろうか？

「ああ！」僕は彼に言った。「心配だよ……」

でも、彼はこう答えた。

「きみはこれから仕事をしなくてはいけない。きみの機械のところに帰らなくちゃいけない。ぼくはここで待っているから。あしたの夕方、戻って来てよ……」

しかし、僕は安心できなかった。キツネの言葉を思い出していたのだ。手なずけられてしまったら、少し泣きたくなるものなんだ……。

26

井戸のそばに、壊れた古い石壁《いしかべ》があった。翌日の夕暮れ、僕が自分の仕事から戻ると、僕の王子さまが壁の上に腰かけて、両足を垂らしているのが遠くから見てとれた。それから、話し声が聞こえてきた。

「それじゃあ、もう覚えていないの？」と彼が言った。「ちょうどこの場所ってわけじゃないけど！」

相手の声がそれに答えたのだろうと思う。というのは、彼がまた次のように応じたからだ。

「そうだよ！　そうだよ！　この日なんだよ。ただ場所はここじゃないけど……」

僕は、壁のほうへそのまま歩いて行った。それでもまだ、だれの姿も見えず、だれの声も聞こえなかった。けれども、王子さまはまた相手に応えて言った。

「……そうだよ、砂の上のぼくの足あとがどこからはじまっているのか、きみにはわかるだろう。

そこでぼくを待っていてくれればいいんだよ。今夜、そこへ行くからね」

僕は壁から二〇メートルほど離れていた。それでもまだなにも見えなかった。

王子さまは、ややあって、また言った。

「きみの毒はよく効くの？　ぼくを長いあいだ苦しませないって、請け合えるかい？」

僕は胸がしめつけられて、立ち止まった。でもやはり、まだ事態が理解できなかった。

「さあ、もうお行きよ」と彼は言った……。「ぼくは、下に降りたいんだ！」

そこで、僕もまた、壁の下に目をやって、思わず飛び上がった！　そこにいたのだ。三〇秒で生命《いのち》を奪ってしまう黄色いヘビが、王子さまのほうへ頭をもたげていた。拳銃を取り出そうとポケットをまさぐって、僕は駆けだした。けれども、その足音で、ヘビはするりと砂の中へ潜りこんだ。まるで、噴水が止まる時のようだった。それから、ヘビは悠然と軽やかな金属音をたてて、石のすき間に姿を消した。

僕は壁際に走り寄り、間一髪で、雪のように白い顔をした僕の王子さまを、腕の中に抱きとめた。

「どういうことなんだ、これは！　君はいま、ヘビと話をしていたね！」

僕は、彼のいつもの黄金色《こがねいろ》のマフラーをほどいた。こめかみを濡らしてやり、水を飲ませた。それからあとは、もう彼になにも問いただす勇気がなかった。彼は僕を真剣に見つめて、両腕で僕の首に抱きついた。空気銃で撃たれた瀕死の小鳥の心臓さながら、彼の心臓が打っているのを感じた。彼は僕に言った。

「よかったね、きみの機械に欠けていたものが見つかって。自分のところに還ることができるんだね……」

「どうしてそれを知っているんだい！」

僕はちょうど、思いのほか仕事がうまくいったと、彼に報告に来たところだったのだ！

彼は、僕の質問になにも答えず、ただこう言いそえた。

「ぼくも、きょう、自分のところに還るんだ……」

それから、哀しそうに言った。

「もっと遠いんだよ……もっとむずかしいんだよ……」

僕は、なにかただならぬ事態が起こっているのを感じた。幼い子どものように彼を腕に抱きしめた。それでも彼がまっすぐに深淵へとすべり落ちて行くように思われて、僕には引きとめる手立てがなにもなかった……。

王子さまのまなざしは、真剣そのもので、はるか彼方《かなた》へと注がれていた。

「ぼくには、きみがかいてくれたヒツジがいる。ヒツジを入れる箱もある。それに口輪もある……」

それから、彼は哀しそうな顔のまま、ほほえんだ。

僕は長いあいだ待った。彼のからだが少しずつ温まってくるのを感じた。

「坊や、怖《こわ》かったんだね……」

彼は怖かったのだ、もちろんそうだ！　でも、彼は静かにほほえんだ。

「今晩は、もっと怖くなるだろうな……」

ふたたび、僕はとり返しのつかない思いにとらわれて、身が凍えるように感じた。それから、この笑い声がもう二度と聞けなくなるなんて、とても耐えられないことだと思った。それは、僕にとって、砂漠における泉のようなものだったから。

「坊や、もう一度、君の笑い声が聞きたいんだ……」

でも、彼は僕に言った。

「今夜で一年になるよ。ぼくの星が、一年前にぼくが落ちた場所のちょうど真上に来るんだ……」

「坊や、悪い夢じゃないのかい、あのヘビの話や、今夜の約束や、星の話は……」

しかし、王子さまは僕の質問に答えず、こう言った。

「大事なもの、それは目には見えないんだ……」

「そうだとも……」

「花だって同じことなんだ。もしきみがある星に咲いている一輪の花が好きになったら、夜、空を眺めるのが楽しくなるだろう。星という星がすべて花開くんだ」

「そうだとも……」

「水だって同じことなんだ。きみがぼくに飲ませてくれた水は、滑車や綱のおかげで、まるで音楽みたいだった……おぼえているだろ……あれはいい水だった」

「そうだとも……」

「夜には、星を眺めてね。ぼくの星は小さすぎて、どこにあるのか指さして教えることができない。でも、そのほうがいいんだよ。ぼくの星は、きみにとって、たくさんの星の一つになるだろう。すると、きみはすべての星を眺めるのが好きになるんだ……星たちはみんな、きみの友だちになるんだよ。それからぼくはきみに贈り物をあげるよ……」

そこで王子さまはまた笑った。

「ああ！　坊や、坊や、僕はその笑い声を聞くのが好きなんだ！」

「そうなんだ、これがぼくの贈り物なんだよ……それはあの水の時と同じようになるだろう……」

「どういうことなんだい？」

「人は、それぞれ違った星を持っているんだ。旅路にある人たちにとっては、星は案内人だ。ほかの人たちにとっては、それは小さな光にすぎない。また別の人たち、学者にとっては研究課題だ。ぼくが出会ったビジネスマンにとっては黄金だった。でも、それらすべての星は沈黙している。きみだけが、だれも持っていない星を持つことになるんだよ……」

「どういうことなんだい？」

「きみは夜、空を眺めるだろう。だって、星の一つにぼくが住んでいて、星の一つでぼくが笑っているからね。その時きみにとっては、星という星がみんな笑っているように見えるだろう。きみは、笑うことのできる星を持つことになるんだよ！」

彼はまた笑った。

「きみが慰められる時（人はいつだって慰められるものだからね）、きみはぼくと知り合ったことをうれしく思うだろう。きみはいつまでもぼくの友だちなんだ。ぼくと一緒に笑いたくなるだろう。

そして、きみは楽しむために、時にはこんなふうに窓を開けるだろうね……すると、きみの友人たちは、空を眺めて笑うきみを見て、とても驚くだろう。そしたらこう言えばいい。〈星を眺めていると、いつも笑いたくなるんだ!〉すると、彼らはきみの気が触れたと思うかもしれない。そうなると、ぼくはきみにひどいいたずらをしかけたことになってしまうね……」

彼はまた笑った。

「まるで、ぼくがきみに、星の代わりに、笑うことのできるたくさんの小さな鈴をあげたみたいになるだろうね……」

彼はまた笑った。それから、まじめな表情に戻って言った。

「今夜は……ねえ……来ないで」

「僕は君から離れないよ」

「ぼくは具合が悪くなったように見えるかもしれない……少し死んだみたいになるかもしれない。でも、それでいいんだよ。だから見に来ないで、ほんとに来なくていいから……」

「僕は君から離れないよ」

でも、王子さまは不安そうに言った。

「きみにこんなことを言うのは……それもまたヘビのせいなんだ。たいへんだよ、きみが噛まれたりしたら……ヘビっていうのは、いじわるだからね。ふざけて噛むかもしれない……」

「僕は君から離れないよ」

でも、彼はふと気づいて、安心した。

「そうなんだ、ヘビは二度目に噛む時には、もう毒が残っていないんだ……」

その夜、僕は、王子さまが出かけるところを見なかった。彼は、音もたてずに、そっと抜け出したのだ。僕がようやく追いついた時、彼は、意を決したように急ぎ足で歩いていた。彼は僕にこう言っただけだ。

「ああ! きみなの……」

それから、王子さまは僕の手を取った。けれども、彼はまた不安にかられた。

「来ちゃいけなかったのに。きみは悲しむことになるよ。ぼくは死んだようになってしまうけれど、でもそれはほんとうじゃない……」

僕は黙っていた。

「わかってくれるよね。すごく遠いんだ。ぼくはこのからだを運んで行くことができない。重すぎるんだ」

僕は黙っていた。

「でも、それは脱ぎ捨てた古い皮のようになるだろう。悲しくはないよ、古い皮なんて……」

僕は黙っていた。

彼は少しくじけてしまった。でも、もう一度力を奮いたたせた。

「それはすてきだろうね、きっと。ぼくのほうでも星を眺めるからね。星という星がみんな、錆びついた滑車のある井戸のようになるだろう。星という星がみんな、ぼくに飲み水を注いでくれるだろう……」

僕は黙っていた。

「とっても楽しいだろうな！　きみは、五億もの鈴を持つことになるんだよ。ぼくは、五億もの泉を持つことになるんだよ……」

それから、彼も口をつぐんだ、なぜって彼は泣いていたのだから……。

「あそこだよ。あと一歩は、ひとりで行かせて」

王子さまは怖くなって、腰をおろした。彼はまた言った。

「ねえ……ぼくの花……ぼくはあの花に責任があるんだ！　それに彼女はとても弱いんだ！　とても純真なんだ。外界から身を守るものといっては、役にも立たない四つのトゲだけなんだよ……」

それ以上は立っていられなくて、僕も腰をおろした。すると彼は言ったのだ。

「さあ……これですべてだよ……」

彼はなお少しためらったが、おもむろに立ち上がった。一歩を踏みだした。僕は身動きできなかった。

王子さまのくるぶしのあたりに、黄色い閃光が走っただけだった。一瞬、彼の動きが止まった。叫び声はあげなかった。一本の木が倒れるように、

静かに彼は倒れた。音もたてずに、だってそれは砂の上だったから。(→p.98)

27

そうなんだ、あれから、もう六年の歳月が流れた……僕はこれまで一度だって、この話を人に語ったことはない。再会した仲間たちは、僕が生きて還れたのを見て、とても喜んでくれた。僕は悲しかったのだが、彼らにはこう言っただけだ。

「疲れているんだ……」

いまでは、僕の悲しみは少しだけ慰められた。つまり……すっかり慰められたというわけではないんだ。でも、王子さまが自分の星に還ったことはよくわかっている。というのは、夜が明けると、彼のからだが見つからなかったからだ。そんなに重いからだではなかったんだ……そして、夜になると、僕は好んで星たちに耳をそば立てる。それは、さながら五億の鈴のようだ……。

けれども、たいへんなことが起こったのだ。王子さまのために描《か》いた口輪に、僕は革紐《かわひも》をそえるのを忘れてしまった！　彼はそれをヒツジに取り付けることができなかっただろう。そこで、僕は心配になってくる。「彼の星ではどうなったんだろう？　もしかすると、ヒツジが花を食べてしまったかもしれない……」

でも、別の時には、こう思うんだ。「断じてそんなことはない！　王子さまは、毎晩、花にガラスの覆いをかぶせて、しっかりヒツジの番をしている……」すると、僕はうれしくなる。そして、星という星たちがみんな、静かに笑うんだ。

また、別の時には、こう思うんだ。「一度や二度は、うっかりすることもあるだろう。それだけで万事休すだ！　ある晩に、彼はガラスの覆いを忘れてしまう。あるいは、夜の間に、ヒツジがそっと抜け出して……」すると、すべての鈴が涙に変わってしまう！……。

これはもうとても不思議なことだよ。僕にとっても、同じように王子さまが好きな君たちにとっても、どこか知らない場所で、僕たちの知らないヒツジが一輪のバラを食べたか、食べなかったかで、宇宙はもう同じようには見えなくなってしまう……。

空を眺めてみたまえ。そして、こう自分にたずねてみるといい。「ヒツジは花を食べたのか、食べなかったのか?」すると、すべてが違って見えるだろう……。

そして、おとなはだれひとり、理解できないだろう、これがとても大事だってことを!

これが、僕にとって、世界でいちばん美しく、またいちばん悲しい景色なんだ。(→p.99)これは前のページの景色と同じものだ。でも、僕がそれをここにまた描《か》いたのは、君たちにしっかりと見てもらうためだ。ここだよ、王子さまが地上に姿をあらわして、そして消えてしまったのは。

この景色を注意して見てほしい。もし、いつの日か、君たちがアフリカの砂漠を旅することがあれば、この場所だときちんとわかるように。そして、もし君たちがこの場所を通るようなことがあれば、お願いだから、急いで通り過ぎないで、この星の真下でしばらくとどまってほしいんだ!

そこで、ひとりの子どもが君たちのほうへやって来たら、彼が笑って、黄金色《こがねいろ》の髪をしていて、たずねかけてもなにも答えなかったら、それがだれだかわかるだろう。そこで、僕のお願いを聞いてほしいんだ! こんなに悲しんでいる僕を放っておかないで。すぐ僕に手紙を書いてほしいんだ、王子さまが還って来たと……。

コラム5

ミュージアム「星の王子さまミュージアム　箱根サン＝テグジュペリ」

世界ではじめての『星の王子さま』ミュージアムは、サン＝テグジュペリ生誕一〇〇年を祝した世界的記念事業の一環として、一九九九年六月二九日、サン＝テグジュペリ権利継承者の総代理店であるサハル株式会社の経営により箱根に開設された。開館時には、作家の生誕一〇〇周年を記念した講演会が開催され、その後もさまざまな催し物を続けてきたが、二〇〇四年一月には施設改修のため一時休園し、そのあと三月にＴＢＳによる経営のもとにリニューアルオープンした。さらに二〇〇九年春には一時休園して、庭園を造り替え、装いも新たに七月十八日再開した。

エントランスを抜けると、フジザクラやハンカチの木、アジサイ、バラ、クリスマスローズなど四季折々に楽しめる庭園を通り抜け、サン＝モーリス＝ド＝レマンス（→p.257）の屋敷を模した展示棟の入口に至る。まず一階の映像ホールでは、『星の王子さま』の物語とサン＝テグジュペリの生涯を紹介した映像が四百インチのスクリーンに映し出され、そのあと二階に上がると、ここから展示室が始まる。

展示室では廊下に沿って、写真や手紙、愛用品などの資料が展示され、サン＝テグジュペリの生涯の紹介とともに、『星の王子さま』が生まれた経緯が解説されている。まず初めに、作家の子供の頃の部屋がイメージして再現され、続いてスイスの寄宿学校へ転校した頃から、義務兵役について民間飛行免許を取得し、その後パイロットとして活躍したキャップ・ジュビー（→p.270）やブエノスアイレス時代までが紹介される。さらにニューヨークのアパートの室内が再現されて、ここではサン＝テグジュペリ本人の肉声を聞くことができる。最後に、『星の王子さま』の原画や手書きの原稿等の複製が展示されている。
廊下の端まで達すると、サン=テグジュペリが行方不明になった際に乗っていた飛行機「P三八ライトニング」の模型の下を通り、階段を一階へ降りる。そこには、『星の王子さま』の作品世界が広がり、登場人物たちに出会うことができる。出口付近には、世界各国で出版された『星の王子さま』の本が展示されている。また施設の一角にはサン=モーリス=ド=レマンス城に隣接する礼拝堂を独立して再現したチャペルがあり、中の正面中央上のステンドグラスには、バラとキツネのモチーフが隠されている。

世界に先駆けてミュージアムを開設した日本にもう一つ、二〇一〇年夏には、『星の王子さま』をテーマとしたパーキングエリアが誕生する。箱根の『星の王子さま』ミュージアムを手がけたサハル株式会社の後身である株式会社 Le Petit Prince とNEXCO東日本との協力により建設され、運営はサハル株式会社および株式会社 Le Petit Prince の親会社である株式会社セラムが共同であたる。埼玉県の関越自動車道寄居（上り線）に、南仏プロヴァンスの香り溢れる『「プチ・プロヴァンス」寄居星の王子さまパーキングエリア』を創りあげる。建物の佇まいやエリア内のサインや装飾、ストリートファニチャーなどの随所に、箱根のミュージアムを思い出させるような仕掛けや、王子さまやサン=テグジュペリに関連するモチーフがちりばめられた、花と緑の豊かな風景が展開され、高速道路の中継基地は車のパイロットたちの憩いの場となる予定である。

二〇〇四年九月、かつてのキャップ・ジュビー、現在のタルファヤに「アントワーヌ・ド・サン=テグジュペリ記念館」が開館した。草創期のアエロポスタル社の活動や、『南方郵便機』誕生に至る作家の様子が紹介されている。

またフランスでは、サン=モーリス=ド=レマンスに「星の王子さま」ミュージアムあるいはサン=テグジュペリ記念館を開設する計画がかねてよりあったが、用地の複雑な所有権が障碍となっていた。二〇〇九年になって、この問題が解決し、具体化へ向けて一歩を踏み出したところである。

「星の王子さまミュージアム　箱根サン=テグジュペリ」
（上）サン= モーリス=ド=レマンス屋敷を模した展示棟
(Photo: Nacasa & Partners)
（下）バラ園（図版提供：TBS テレビ）

サン=テグジュペリ略年表

＊［　］内は主要世界情勢・同時代の主要作品

一九〇〇　六月二九日　アントワーヌ・ド・サン=テグジュペリ、リヨン市ペラ通り（現アルフォンス=フォシエ通り）八番地で誕生。
一九〇三　［米、ライト兄弟動力飛行に成功。］
一九〇四　父、ジャン・ド・サン=テグジュペリの急逝後、リヨン近郊のサン=モーリス=ド=レマンスの城館で生活。
一九〇九　ル・マンの祖父のもとへ転居。ノートル=ダム聖十字架学院に入学（〜一九一四）。
一九一二　アンベリュー飛行場で初飛行を体験。
一九一三　［プルースト『失われた時を求めて』（〜二七）］
一九一四　［第一次世界大戦勃発（〜一八）］
一九一五　スイス、フリブールの聖ヨハネ学院に寮生として入学。
一九一七　［二月　ロシア革命］
七月　弟フランソワ死去（享年十五歳）。
九月　パリ、サン=ルイ高校に入学し、進学準備クラスで海軍兵学校を目指す。
一九一九　海軍兵学校入学試験に二度失敗、パリの美術学校建築科で聴講生となる。
一九二一　四月　兵役義務でストラスブール第二航空連隊に配属される。民間飛行免許を取得。

一九二二　八月　モロッコ、カサブランカの戦闘機部隊、第三七飛行隊に転属。
　　　　　十月　パリ近郊のル・ブールジェ飛行場に配属。
一九二三　一月　ル・ブールジェ飛行場で墜落事故。
　　　　　同年春　ルイーズ・ド・ヴィルモランと婚約。
　　　　　六月　兵役を終え、パリで製造管理の仕事に就く。
　　　　　同年秋　ルイーズ・ド・ヴィルモランと破局。
　　　　　十月　妹ガブリエル、ピエール・ダゲと結婚。
一九二四　三月　トラック会社の販売代理人となる。
一九二六　四月　『銀の船』誌に「飛行士」を発表。
　　　　　十月　トゥールーズのラテコエール社に入社し、整備工として勤務した後、パイロット職へ
　　　　　(～一九三一)。
一九二七　十月　キャップ・ジュビーの飛行場長として赴任（～一九二九)。
　　　　　[リンドバーグ、ニューヨーク＝パリ間単独無着陸横断飛行に成功。]
一九二九　七月　『南方郵便機』出版。
　　　　　十月　ブエノスアイレスのアエロポスタ・アルヘンティーナ社支配人として赴任。
一九三〇　六月　友人のギヨメがアンデス山脈で遭難し、捜索を行う。
　　　　　九月　コンスエロとの出会い。
一九三一　二月　フランスに帰国し、コンスエロと再会。
　　　　　四月　レジオン・ドヌール勲章授与、コンスエロと南仏アゲーで結婚。
　　　　　十月　『夜間飛行』出版。フェミナ賞を受賞。

一九三二　六月　母、サン＝モーリス＝ド＝レマンスの屋敷をリヨン市に売却。
一九三三　十二月　水上飛行機テスト飛行で着水事故。［マルロー『人間の条件』・ナチス政権獲得］
一九三五　四月　ルポルタージュ執筆のためモスクワに一か月滞在。
同年秋　映画『アンヌ・マリー』（シナリオ執筆）撮影。
同年末　パリ＝サイゴン間長距離飛行レースに参加するがリビア砂漠に不時着し、三日間の遭難。
一九三六　ルポルタージュ執筆のため、スペイン内戦に二度の派遣。［スペイン内戦勃発（〜一九三九）］
一九三八　二月　南北アメリカ縦断飛行の記録更新を試みるも、グアテマラで大事故に遭う。
三月　ニューヨークで二か月の療養生活を送る。
［サルトル『嘔吐』］
一九三九　二月　『人間の大地』出版、アカデミー・フランセーズ小説大賞、全米図書賞を受賞。
［九月一日　独、ポーランド侵攻。］
［九月三日、仏・英、独に対して宣戦布告。］
九月　トゥールーズ＝フランカザル飛行場に予備役大尉として配属。
十一月　シャンパーニュ地方、オルコントの偵察部隊航空写真撮影班へ配属。
一九四〇　［五月　独、仏侵攻。］
［六月　独仏休戦協定。］予備役将校としての動員解除。
十二月　リスボンからアメリカへと出航、ニューヨーク到着。［仏、ヴィシー政権樹立。］
一九四一　十一月　コンスエロがニューヨークに到着。
［日、米がそれぞれ参戦、世界大戦の様相となる。］

一九四二　二月　アメリカで『戦う操縦士』フランス語版、『アラスへの飛行』英語版の出版。
〔カミュ『異邦人』〕
同年夏　『星の王子さま』執筆開始。
一九四三　十一月　『戦う操縦士』フランスで出版、その後ヴィシー政府により発売禁止。
四月　『星の王子さま』出版、アメリカを発ち船でアルジェに到着。
五〜六月　モロッコ、ウジダの偵察部隊に復帰。
七月　空撮任務時、着陸に失敗し、以降予備役におかれる。
一九四四　五月　サルディニア島の偵察部隊に復帰。
〔六月　連合軍、ノルマンディー上陸。〕
七月三一日　最後の偵察任務でコルシカを出発、不帰の人となる。
〔八月　パリ、独占領下から解放。〕
一九四五　裁判所により死亡認知、仏東部コルマールでミサ。
〔五月　独、連合軍側に降伏。〕
一九四八　未刊の大作『城砦』刊行。
一九五四　『母への手紙』刊行。
一九七九　コンスエロ死去。

あとがき

二〇〇七年五月、東京、神田のレストランで、大修館書店の小林奈苗さんと話しているときだった。前著の『「星の王子さま」で学ぶフランス語文法』が刊行されたばかりで、私たちはこれに続くいくつかの企画案を練っていた。そのとき、彼女が取り出した本がきっかけだった。本書でもあちこちで触れたアルバン・スリジエ編『昔々、王子さまが…』（ガリマール社、二〇〇六年）である。大げさなもの言いを許していただけるなら、明治大学近くの名前も覚えていないレストランが、私たちの「カフェ・アーノルド」となったのである。

スリジエの書物にアイデアを得て、さまざまな形での本作りの案をたてたあと、数か月後に私たちの企画は『「星の王子さま」事典』へと行き着いた。そのあと、二〇〇七年十一月、パリでサン=テグジュペリ権利継承者事務所にオリビエ・ダゲ氏を再訪した私は、そこで紹介された劇作家・演出家のヴィルジル・タナズ氏とはじめてお会いした。翌日、ル・タンプル劇場において、タナズ氏の招待により新演出の『星の王子さま』の舞台を目にしたあと、私の本の構想が次第に固まっていった（この会見と観劇については、二〇〇八年八月、京都の青山社から刊行されている『流域』第六三号に発表した「ヴィルジル・タナズの新演出『星の王子さま』」で報告している）。

翌二〇〇八年一〇月、パリ第三大学で開催された国際カミュ学会の年次総会および理事会に出席するためパリに滞在した機会をとらえて、私はモンパルナスのカフェでタナズ氏と再会した。自分の仕事の進捗状況を報告したが、この時点においては道半ばといったところだった。その後、本書の草稿が七、八割ほどできあがった頃、二〇〇九年六月末、パリで三日間にわたって大規模なサン＝テグジュペリ国際会議が開催された。オリビエ・ダゲ氏から招待を受けて出席した私は、そこで小さな発表を行ったが、懇親会の会場では、『昔々、王子さまが…』の編者であるアルバン・スリジエ氏ともはじめて言葉を交わすことができた。氏は、私の『「星の王子さま」で学ぶフランス語文法』をすでに入手していて、ガリマール社でもこのような本を出版したいものだと述べた。私からは、逆にスリジエ氏の本にヒントを得て『「星の王子さま」事典』を執筆中であると伝え、章立てと内容を紹介した。

第一章「『星の王子さま』の誕生」に収めた証言のうち六割ほどはスリジエの書物に教示を受けたが、引用に際してはすべて原典にあたった。資料収集については、奈良女子大学図書館にたいへんお世話になった。同図書館、および貴重な資料のコピーを送っていただいた国内の各大学図書館、および海外（アメリカ、フランス）の図書館にお礼申し上げたい。

また、第六章「『星の王子さま』はどのように読まれてきたか」の執筆にあたっては、大半は『「星の王子さま」の謎』（論創社、二〇〇五年）を執筆したときに収集した資料を用いた。フランス語および英語で書かれたものであり、ドイツ語文献については仏訳によった。すでに日本語訳が刊行されているものについては、それを参照させていただいた。この章で紹介した他に、日本人による『星の王子さま』論も多数出版されているが、それらは読者の方が直接参照することも可能であり、また紙幅の関係もあって、ここでは割愛させていただいた。

巻末には、本書のために新たに作成した『星の王子さま』の拙訳を収めた。

サン＝テグジュペリの著作からの引用はすべて、ガリマール社のプレイヤッド叢書版『サン＝テグジュペリ全集』（全二巻、一九九四年、一九九九年）によるが、邦訳のあるものについては適宜参照させていただいた。

本書の成立にあたっては、すでに名前をあげたオリビエ・ダゲ、ヴィルジル・タナズ、アルバン・スリジエ各氏の他に、デルフィーヌ・ラクロワ（サン＝テグジュペリ権利継承者事務所）、フレデリック・マサール（ガリマール社）、鳥居明希子（株式会社 Le Petit Prince 代表取締役）、工藤尚美（ＴＢＳテレビプロデューサー）、佐藤麻理子（ＴＢＳテレビ文化事業部）の各氏にもお世話になった。ここに記して、お礼申し上げたい。

三野博司

二〇一〇年四月二〇日

Londres ou à New York », *Icare*, n°84, printemps 1978.

Vircondelet, Alain, *Saint-Exupéry, Vérité et légendes*, Chêne, 2000.

———., *Antoine et Consuelo de Saint-Éxupéry, un amour de légende*, Les Arènes, 2005.（アラン・ヴィルコンドレ『サン=テグジュペリ　伝説の愛』岩波書店，2006）

———., *La Véritable Histoire du Petit Prince*, Flammarion, 2008.

Webster, Paul, *Antoine de Saint-Exupery, The Life and Death of the Little Prince*, Papermac, 1993.（ポール・ウェブスター『星の王子さまを探して』角川書店，1996）

———., *Consuelo de Saint-Exupéry*, Editions du Félin, 2000.

Werth, Léon, *Saint-Exupéry tel que je l'ai connu...*, Viviane Hamy, 1994.

Zeller, Renée, *La Vie secrète d'Antoine de Saint-Exupéry ou la parabole du Petit Prince*, Alsatia, 1950.

———., *La grande quête d'Antoine de Saint-Exupéry dans le Petit prince et Citadelle*, Alsatia, 1961.

出版，2009）

Pariset, Jean-Daniel et Frédéric D'Agay, *Album Antoine de Saint-Exupéry*, Gallimard, 1994.

Phillips, John, *Au revoir SAINT-EX*, Gallimard, 1994.

Pratt, Hugo, *Saint-Exupéry, le dernier vol*, Casterman, 2004.

Quesnel, Michel, « Présentation du *Petit Prince* », in Saint-Exupéry, *Le Petit Prince*, Gallimard. 1993.

———., « Préface générale », in Antoine de Saint-Exupéry, *Œuvres complètes, Tome II*, Gallimard, « Bibliothèque de la Pléiade », 1999.

Richelmy, Michel, *Antoine de Saint-Exupéry*, Éditions Lyonnaises d'Art et d'Histoire, 2000.

Robinson, Joy D. Marie, *Antoine de Saint-Exupéry*, Twayne Publishers, 1984.

Rougemont, Denis de, *Journal d'une époque, 1926-1946*, Gallimard, 1968.

Roy, Jules, *Passion de Saint-Exupéry*, Gallimard, 1951.（ジュール・ロワ『サン=テグジュペリ，愛と死』晶文社，1969）

Saint-Exupéry, Consuelo de, *Mémoire de la rose*, Plon, 2000.（コンスエロ・ド・サン=テグジュペリ『バラの回想』文藝春秋社，2000）

———., *Lettres du dimanche*, Plon, 2001.

Saint-Exupéry, Simone de, *Cinq enfants dans un parc*, Gallimard, 2002.

Schiff, Stacy, *Saint-Exupéry, A Biography*, Da Capo Press, 1996.（ステイシー・シフ『サン=テグジュペリの生涯』新潮社，1997）

Sfar, Joann, *Le Petit Prince d'après l'œuvre d'Antoine de Saint-Exupéry*, Gallimard, 2008.

Travers, Pamela Lyndon, « Across the sand dunes to the Prince's Star », in *New York Herald Tribune,* Weekly Book Review, 11 april 1943.

Vallières, Nathalie des, *Saint-Exupéry, l'archange et l'écrivain*, Gallimard, 1998.（ナタリー・デ・ヴァリエール『「星の王子さま」の誕生』創元社，2000）

Vallières, Nathalie des, *Les Plus beaux manuscrits de Saint-Exupéry*, Éditions de La Martinière, 2003.

Victor, Paul-Émile, « Nous nous sommes donné rendez-vous à Alger, à

Guillot, Renée-Paule, *Saint-Exupéry, L'Homme du silence*, Dervy, 2002.

Hamilton, Silvia, « Souvenirs », *Icare*, n°84, printemps 1978.

Hendrick, J.-J., « L'Enigmatique Petit Prince », in *Nouvelle Revue pédagogique*, vol 16, 1960.

Higgins, James E., *The Little Prince, A Reverie of Substance*, Twayne Publishers, 1995.

Hitchcock, Peggy, « Relations auteur éditeur », *Icare*, n°84, printemps 1978.

Le Hir, Geneviève(dir.), *Antoine de Saint-Exupéry*, Université Laval, 2001.

Le Hir, Geneviève, *Saint-Exupéry ou la force des images*, Edition Imago, 2002.

Le Hir, Yves, *Fantaisie et mystique dans le Petit Prince de Saint-Exupéry*, Nizet, 1954.

Lhospice, Michel, *Saint-Exupéry, le paladin du ciel*, France-Empire, 1994.

Lindbergh, Anne Morrow: « Journal », in Antoine de Saint-Exupéry, *Ecrits de guerre*, Gallimard, 1982.

Maurois, André, « Les destins exemplaires : Saint-Exupéry », *Les Nouvelles littéraires*, 7 novembre 1946.

———., *Mémoires 1885-1967*, Flammarion, 1970.

Meunier, Paul, *La Philosophie du Petit Prince ou le retour à l'essentiel*, Carte blanche, 2003.

Monin, Yves, *L'ésotérisme du Petit Prince de Saint-Exupéry*, Nizet, 1975.

Monnier, Adrienne « Saint-Exupéry et Le Petit Prince », in *Les Gazettes 1923-1945*, Gallimard, « L'Imaginaire », 1996.

Mourier, Anne-Isabelle, « *Le Petit Prince* de Saint-Exupéry : Du Conte au mythe », in G. Le Hir(dir.), *Antoine de Saint-Exupéry*, Université Laval, 2001.

Nguyen-Van-Huy, Pierre, *Le Devenir et la conscience cosmique chez Saint-Exupéry*, The Edwin Mellen Press, 1995.

Ordioni, Pierre, *Tout commence à Alger 1940-1944*, Albatros, 1972.

Pradel, Jacques et Luc Vanrelle, *St-Exupéry, l'Ultime secret*, Rocher, 2008. (ジャック・プラデル，リュック・ヴァンレル『海に消えた星の王子さま』緑風

Breaux, Adèle, « J'étais son professeur d'anglais », *Icare*, n°84, printemps 1978.

Bringuier, Paul, « Le Petit Prince », in *Elle*, n°2, 28 novembre 1945.

Brumond, Maryse, *Le Petit Prince, Saint-Exupéry*, Bertrand-Lacoste, 2000.（マリーズ・ブリュモン『「星の王子さま」を学ぶ人のために』世界思想社，2007）

Cate, Curtis, *Antoine de Saint-Exupéry His Life and Times*, G.P.Putnam, 1970.（カーチス・ケイト『空を耕すひと　サン=テグジュペリの生涯』番町書房，1974）

Cerisier, Alban, *Il était une fois... Le Petit Prince*, Gallimard, 2006.

Chevrier, Pierre, Antoine de Saint-Exupéry, Gallimard, 1949.

Clair, René, « Entretien », *Icare*, n°84, printemps 1978.

Courrière, Yves, *Pierre Lazareff ou Le vagabond de l'actualité*, Gallimard, 1995.

Delange, René, *La Vie de Saint-Exupéry*, suivi de *Tel que je l'ai connu...* par Léon Werth, Seuil, 1948.（ルネ・ドランジュ，『サン=テグジュペリの生涯』みすず書房，1963）

Destrem, Maja, *Saint-Exupéry*, Editions Paris-Match, 1974.（マジャ・デストレム『サン=テグジュペリ』評論社，1976）

Devaux, André-A., *Saint-Exupéry et Dieu*, Desclée de Brouwer, 1994.（アンドレ・ドゥヴォー『サン=テグジュペリ』ヨルダン社，1973）

Drewermann, Eugen, *L'essentiel est invisible : une lecture psychanalytique du Petit Prince*, traduit de l'allemand par Jean-Pierre Bagot, Editions du Cerf, 1992.

Estang, Luc, *Saint-Exupéry par lui-même*, Seuil, « Ecrivains de toujours », 1956.（リュック・エスタン『サン=テグジュペリの世界』岩波書店，1990）

Galembert, Laurent de, *La grandeur du Petit Prince*, Le Manuscrit, 2003.

Gascard, Pierre, « Quand l'homme d'action se fait écrivain », in *Saint-Exupéry*, Hachette, « Génie et Réalité », 1963.

Gelée, Max, « Le chasseur de papillons », *Icare*, n°96, printemps 1981.

Guéno, Jean-Pierre, *La mémoire du Petit Prince*, Editions Jacob-Duvernet, 2009.

参考文献

Ⅰ. サン=テグジュペリの著作

Antoine de Saint-Exupéry, *Œuvres complètes, Tome I,* Gallimard, « Bibliothèque de la Pléiade », 1994.

———., *Œuvres complètes, Tome II*, Gallimard, « Bibliothèque de la Pléiade », 1999.（サン=テグジュペリ著作集，みすず書房，1983-1990）

———., « *Cher Jean Renoir* », Gallimard, 1999.

———., *Dessins*, Gallimard, 2006.（サン=テグジュペリ『デッサン集成』みすず書房，2006）

———., *Manon, danseuse et autres textes inédits*, Gallimard, 2007.

———., *Lettres à l'inconnue*, Gallimard, 2008.

Ⅱ. サン=テグジュペリおよび『星の王子さま』関連文献

Albérès, R.-M., *Saint-Exupéry*, Albin Michel, 1961.（アルベレス，R.-M.『サン=テグジュペリ』白馬書房，1970）

Annabella, « Sous le signe des contes de fées », *Icare*, n°84, printemps 1978.

Autrand, Michel, « Notice du *Petit Prince* », in Antoine de Saint-Exupéry, *Œuvres complètes Tome II*, Gallimard, « Bibliothèque de la Pléiade », 1999.

Barbéris, Marie-Anne, *Le Petit Prince de Saint-Exupéry*, Larousse, 1976.

Biagioli, Nicole, « Le Dialogue avec l'enfance dans *Le Petit Prince* », in G. Le Hir (dir.), *Antoine de Saint-Exupéry*, Univsersité Laval, 2001.

———., «"S'il vous plaît, dessine-moi un mouton," analyse sémiotique des illustrations du *Petit Prince* », in Jean Perrot (dir.), *Visages et paysages du livre de jeunesse*, L'Harmattan, 1996.

Bonhomme, Denise, *La Preuve par Neuf, ce que Le Petit Prince essaie de nous dire*, Author House, 2005.

な

は

さ

た

索引

［著者略歴］

三野博司（みの　ひろし）

1949年京都生まれ。京都大学卒業，クレルモン=フェラン大学博士課程修了。奈良女子大学名誉教授，放送大学特任教授。

著書　*Le Silence dans l'œuvre d'Albert Camus*（Paris, Corti），『カミュ「異邦人」を読む』『カミュ，沈黙の誘惑』（以上，彩流社），『「星の王子さま」の謎』（論創社），『「星の王子さま」で学ぶフランス語文法』『カミュを読む――評伝と全作品』（大修館書店）

共編著　『新リュミエール　フランス文法参考書』『プチット・リュミエール』（以上，駿河台出版社），『文芸批評を学ぶ人のために』『小説のナラトロジー』（以上，世界思想社）他

訳書　サン=テグジュペリ『星の王子さま』，シュペルヴィエル『ノアの方舟』（以上，論創社）他

「星《ほし》の王子《おうじ》さま」事典《じてん》

NDC950／x, 375p／20cm

初版第１刷――2010年６月10日
　　第２刷――2016年９月１日

著者――――三野博司《みのひろし》
発行者―――鈴木一行
発行所―――株式会社大修館書店
〒113-8541　東京都文京区湯島2-1-1
電話03-3868-2651（販売部）03-3868-2294（編集部）
振替00190-7-40504
［出版情報］http://www.taishukan.co.jp

装丁――――中村友和（ROVARIS）
イラスト提供―Succession Antoine de Saint-Exupéry
Licensed by Le Petit Prince™　星の王子さま™
印刷所―――広研印刷
製本所―――牧製本

ISBN978-4-469-25077-0　Printed in Japan

サハラ砂漠
(映画『南方郵便機』撮影風景, 1936年)Ⓤ

アンデス山脈の山々
(アルゼンチン, フィッツ・ロイ)Ⓤ

サン=テグジュペリの足跡（フランス国外）

シムーン機（レプリカ，
ル・ブールジェ航空宇宙博物館）

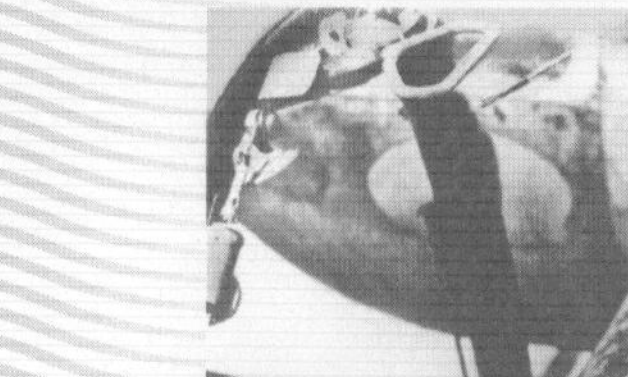

操縦席でのサン=テグジュペリ
（ジョン・フィリップ撮影，1940年）回